满意的她

—— She Is
Satisfied

侯虹斌 著

花城出版社
中国·广州

图书在版编目（CIP）数据

满意的她 / 侯虹斌著. -- 广州：花城出版社, 2025. 5. -- ISBN 978-7-5749-0260-2

Ⅰ. I247.5

中国国家版本馆CIP数据核字第2024SN1543号

满意的她
MANYI DE TA

侯虹斌/著

出 版 人	张 懿
责任编辑	陈 川
责任校对	卢凯婷
技术编辑	凌春梅
封面设计	拜喵来设计
出版发行	花城出版社
经　　销	全国新华书店
印　　刷	佛山市浩文彩色印刷有限公司
开　　本	880毫米×1230毫米　32开
印　　张	15　1插页
字　　数	410,000字
版　　次	2025年5月第1版　2025年5月第1次印刷
定　　价	68.00元

版权所有·侵权必究。如发现印装质量问题，请与出版社联系。
联系电话：020-37604658　37602954

目 录

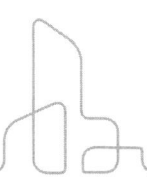

第一章 / 1

第二章 / 22

第三章 / 47

第四章 / 70

第五章 / 96

第六章 / 120

第七章 / 141

第八章 / 167

第九章 / 187

第十章 / 209

第十一章 / 230

第十二章 / 253

第十三章 / 277

第十四章 / 296

第十五章 / 315

第十六章 / 337

第十七章 / 361

第十八章 / 384

第十九章 / 406

第二十章 / 425

第二十一章 / 450

尾　声 / 475

第一章

1

2016年的大年二十九，午夜1点钟，一架航班缓缓降落到广州白云国际机场。

这班飞机由北京起飞。候客区里有许多人深夜赶过来接亲友，都在焦急地等着乘客从机场出来，人人一脸疲惫。

其中一位明亮而鲜艳的年轻女孩，坐在椅子上，表情平静，不慌不忙。

她叫许臻臻，平城电视台的主持人。她是从平城开车赶到白云机场，特意来接好友王小轶的。

闹哄哄的人流，像羊群一样涌了出来，许臻臻一眼看到了王小轶，本来就苗条，一左一右拖着两个大行李箱，显得更瘦了；走在王小轶身后的，是她的表姐吕筝。吕筝怀里抱着熟睡着的女儿小雨，就像抱着一只巨大的考拉，走出了到达厅。

许臻臻等候已久，赶紧过去帮忙。昏睡的小雨在吕筝怀里快挂不住要掉下来了，许臻臻把她抱起来，一起走向停车场。

广州白云机场离粤北的平城大概还有3个小时的车程。许臻臻开车,王小轶很不好意思:"哎,半夜一两点你专门来接我们,太惭愧了。"

许臻臻笑说:"没什么。我去北京,你也经常去机场接我呀。放心,为了晚上过来,我下午特意睡了一觉,不用担心我疲劳驾驶。"

坐在后排的吕筝看着熟睡的女儿,不好意思地说:"我父亲会开车,可是他年龄大了,我不放心他开长途到广州。这次的航班晚点了,多亏有你。"

"听王小轶说,姐姐是傍晚才做完手术,所以只能赶上这最晚的一班飞机是吧?哎,主刀医生太辛苦了。"

"不是一般的主刀医生,是肿瘤科的,而且是北京最好的肿瘤科的医生。表姐差点忙得回不了家过年了。"王小轶补充。

许臻臻笑说:"你呢,不是说最讨厌放假、最讨厌春节吗?讨厌春节快递不上班,你开的网店无法发货,无法赚钱,只好回家过年。哪有你这样的黑心老板哟?"

很快,忙了一天的吕筝和孩子都在后座上睡着了。无边无际的高速公路,只有不断奔赴眼前又迅速退却的路灯。

许臻臻开着车,但她一点都不觉得累。今天,她总算安排好,尽力从空隙中,偷偷摸摸地抠出一点自己的时间,小小地叛逆一下了。她都29岁了,还一直在父母的羽翼下,被看管太严了。今天,竟然敢瞒着爸妈半夜悄悄出门,还开车两个多小时跑去广州。

王小轶悄悄给她伸了大拇指,点赞。王小轶这种从大一开始就自己赚生活费、心灵上断了根的人,她无法理解许臻臻这种"妈宝女",但看到许臻臻偶尔跳脱出来的自由,也替她高兴。

王小轶悄悄地开了一丝车窗,风立即呼啦啦地灌进来,篷、篷、篷,很隆重。南方的风,就算在一月也是暖乎乎的。

凌晨3点多,许臻臻陆续把王小轶和吕筝送到了她们在平城的家。许臻臻也累了,赶紧开车回家。

还好，平城市区不大，大家都住得都不远。

她悄悄地回到自己的房间，神不知鬼不觉的。昨晚她就跟爸妈说了她最近没睡好，让两人千万别在早上叫醒她。

2

今天，是大年三十。这个冬天不冷，到了中午，阳光娇艳欲滴，洒在每个人的脸上。

平城市离广州市区也就200多公里，人口不到百万，交通便利，不富不穷。广东虽然富裕，但是粤北有很多中小城市，GDP还低于全国平均水平，平城就是其中一个。平城是山区，地理条件一般，但交通比较便利。只是，在珠三角地区经济快速发展的时候，它没有赶上好时机，差距就越拉越大了。这里，大家都收入平平。当地的年轻人如果不是公务员或在国企上班，都会去广州、深圳、东莞打工，立足之后就不回来了。王小轶和表姐吕筝特殊一点，她们学历高，去了北京，也过得不错。

平城的人口结构是未成年人多、老年人多、青壮年少。这样的地方，只要没有什么追求，日子就可以过得不错。城市小，生活节奏慢，没什么压力，各种欧陆风情的房地产在不同的街道上鳞次栉比地建起来。总是有人买得起。

一到过年，奔赴四面八方赚钱的青壮年们，就像公园水池里被投喂了食物的锦鲤一样，又从四面八方赶回来在平城重聚了。这才是它最热闹的时候。

69岁的吕天航，住着平城市中心的一套大平层，160多平方米。小区环境不错，是他在北京退休后，才回平城买的。

中午，吕筝和小雨总算睡够起床了。因为一年才回来一次，小雨缠着外公，话痨一样说个没完，还非得把在学校里学的歌、同学讲的段子，都有板有眼地再模仿一遍。吕天航笑眯眯的。

他生活优渥，脾气又好，没事儿就写书法、画国画。吕筝看到父亲的状态很好，也就不再责怪自己疏于照顾了。

下午不到两点，有人按门铃了。吕筝看到吕天航又兴奋又紧张，跳起来去开门。她想，这是谁呀？

门口站着一个50多岁的女人，身材很高。吕天航赶紧把她请进来，有点害羞地给她们互相介绍说："我女儿，吕筝；我外孙女，小雨。这，是何红玉。"

吕筝一下子明白了：门口的这个女人是父亲的新女朋友。她心里不爽，但还是微笑着请她坐。

但那女人，瞄了一眼屋里多出来的一大一小两个女性，面无表情地点了一下头，算是打招呼了。她走进屋，直接打开冰箱拿出菜；又走进厨房，开始整理事先买好的土豆、洋葱和其他蔬菜等。

小雨好奇地看着外公，吕天航很尴尬，说："何奶奶很厉害的，她做饭特别好吃。今天她跟我们一起吃年夜饭好不好？"

何红玉对吕筝的不喜欢，差不多就是写在脸上的。吕筝看着这个女人，熟练地把这里当作是她自己的家，还不把她和小雨看在眼里。她很不高兴。吕筝不是对这个女人有意见，而是对父亲有意见。他从来没有跟她提过自己交了女朋友，让她毫无心理准备。故意瞒着女儿，这是什么意思？

这时候，吕天航才想起来向吕筝介绍："小何55岁，刚退休，她有一个儿子，已结婚有孩子了，在广州……"

吕筝意识到，父亲在女儿和女友之间，明显是偏向后者的。而这个女友，恨不得吕筝娘儿俩永远不出现。连小雨都感觉到了无趣，拿起妈妈的手机就玩游戏了。

3

刘美兰一个人住在一套60多平方米的新房子里。

这套二居室的房子，是王小轶买给妈妈刘美兰的。这房子跟王小轶小时候住的老房子也只隔几百米，老邻居来往很方便。附近有个很小的社区花园。刮风下雨了，大爷大妈们就去花园里的棋牌室打牌；天气好出太阳了，大家就坐在小亭子里闲扯。刘美兰最热络，她每天抱着个坐垫带着个保温杯出去坐，口齿伶俐，为人热心，积极得很。这些老街坊，个个都喜欢她。她对谁都很热心、都很好。

只除了对她的亲人。

在平城这样的地方，刘美兰的日子可称得上幸福了。因为王小轶有钱。

凌晨，王小轶回到家之后，一个早上都在睡觉。刘美兰做好午饭叫醒她，她随便吃了点，两人唠嗑了一会儿。

刘美兰说了好几次，既然吕筝也回平城了，那他们两家一起吃年夜饭吧，她跟吕筝说好了，吕筝说他们家可以准备好饭菜，她们去就是了。

王小轶很奇怪这个提议。刘美兰跟吕筝的妈妈刘美荷是亲姐妹，但刘美荷几年前去世了，只有姐夫吕天航在；而且刘美兰跟姐姐一家的关系，一直都不好啊。

王小轶再一遍向刘美兰确认："妈，你非要两家人一起过年吗？没必要……"

刘美兰打断她说："你常年不回家，冷冷清清，我死在家里都没人知道。我就想过年热闹一下，不行吗？你平时啥用都没有，现在难得我想见见亲戚，你就推三阻四……"

又来了。王小轶很烦她。

她不想听妈妈的唠叨,就去收拾带给吕家的礼物。她带了一些进口饼干、巧克力和坚果,还有一个提前买给小雨的航模。刘美兰看到她带的年货,又牙酸了,说花那么多钱送给他们,一盒饼干都要两百多,吕天航配吗?带几斤橙子就行了。王小轶白了妈妈一眼。

王小轶没有注意到,就在她收拾东西的时候,刘美兰悄悄地把一个东西,塞进了随身背的一个布包里。

4

大年三十,下午五点半左右,王小轶带着刘美兰,打车去了吕天航的家里。

门是吕筝打开的。王小轶一看,咦,厨房里怎么有另一个中年女人在忙乎?吕天航自己坐在客厅里,跟小雨玩游戏呢。

吕筝很不好意思地向王小轶介绍说:"这是何阿姨。"

王小轶马上明白了,这是吕天航的女朋友。姨妈都去世好多年了,姨父想要新的生活,正常。在她的记忆中,吕天航是一个修养和脾气都不错、和蔼可亲的老亲戚。

吕筝让王小轶陪小雨玩儿,厨房里她和何红玉两个人搞定就可以了。但是,何红玉显然不希望厨房里多一个人,何红玉主厨,吕筝洗菜、切菜、打下手。她一直想跟这个女人说话、套近乎,但是何红玉非常冷淡,吕筝跟她说十句话,她都未必回复两句,恨不得全程背对吕筝。

热脸贴冷屁股贴不下去了,吕筝只好走出厨房。吕天航还在那里对女儿说何红玉的好话,说她以前是正规企业的会计,人家也有退休金的。总之就是对这个女友的条件很满意。吕筝能说啥?平时她在北京，爸爸在平城，自己不在身边，她哪来的立场反对？她只能说："没事没事，她对你好，你高兴就行。"王小轶向吕筝询问何红玉的情况。吕筝说："我也是几个小时之前，刚进家门才知道。"王小轶奇怪了："你经常跟你爸联系，他不告诉你吗？"吕筝摊个手，无奈。

王小轶陪小雨在玩手机里的小游戏，吕筝懒得管。但吕筝也并不想跟刘美兰说话。她从小就不敢惹这个小姨妈，长大后偶尔见面也还是不想搭理。刘美兰是狗嘴里吐不了象牙，每次见面说话都夹刀带枪的，句句她都不爱听。只不过好几年没见面，今天她又这么积极地打电话说一起过年，吕筝实在不好意思拒绝。

奇怪，今天刘美兰一声不吭地嗑瓜子、吃花生、看电视，既没有在何红玉那里插话，也没有在吕天航那里多嘴。这不合常理。

吕筝还趁刘美兰去厕所的时候问王小轶："你妈妈今天怎么这么老实？"

王小轶耸耸肩，说："不知道。我一年也就回来两趟，她说在家人少无聊，想过年热闹点。"

何红玉做家务手脚麻利，一桌六个人，她两个小时做出十道菜。上了桌之后，吕筝先站起来，以茶代酒，祝愿一番；王小轶代表刘美兰，吕天航代表何红玉，给小雨包了大红包。直到这个时候，整个年夜的气氛还是温馨、正常的。

刘美兰不多说话，埋头吃饭。小雨在跟王小轶讲学校里同学们的笑话，吕筝偶尔给大家添点茶。何红玉和吕天航则互相给对方夹菜，情意流动。大家看在眼里，没习惯这种老年人的爱情，有点别扭。

当吕天航再一次把筷子伸到一碟鸡肉面前，想把肉夹给何红玉的时候，一直沉浸在吃吃吃的过年氛围中的刘美兰，看到那碟鸡肉离她最近，忽然把那盘鸡肉端起来，狠狠地一放。

众人愕然。

大概刘美兰吃饱饭了，精神特别好，她笑着说："你都七老八十了，害不害臊啊？大过年恶心人！"

王小轶慌了，马上拉住刘美兰："过年别这样！好好吃饭！"半年没回家，她还以为妈妈性格变好了呢，没想到妈妈越来越能发疯了。

刘美兰一把甩开女儿，口齿爽利了，站起来说："吕天航，你对得起我姐吗？我姐姐为了你、为了这个家，日夜操劳，积劳成疾，才得癌症去世的。你现在泡了个老狐狸精，在我姐住过的屋子里做些见不得人的事……"

王小轶拼命想拉住妈妈，拉不走，再拉就怕桌子也被掀了。刘美兰弯腰从椅子上拿自己的布包。王小轶还以为她骂完就要撤了，没想到她从布包里，抱出一个木盒子，骨灰盒！

刘美兰把它往饭桌上一拍，对吕天航说："我姐的骨灰盒！你有本事当着我姐的面做奸夫淫妇？要么，你就给它下跪，我才让我姐原谅你！"

吕天航气得发抖，只会叫"滚出去！"，何红玉也有点吓呆了。但她很快反应过来了，在惊愕之后，她退后一步，淡漠地静观其变。

不仅孩子有叛逆心，老人也有叛逆心，被刘美兰这种小姨子莫名其妙地背刺一刀，反而坚定了吕天航的决不屈服。他一边叫"我家不欢迎你来！"，一边想把刘美兰推出门。刘美兰哪里会这么听话，搬起椅子就要抵抗。

王小轶箍住妈妈的腰，就要往外推。刘美兰往王小轶肩上拼命打："狗崽子，吃里爬外！"小雨吓得哇哇哭了，越哭越大声，再哭下去就喘不过气来了。吕天航连声说："气死我了，气死我了。"何红玉扶着他，轻轻地给他抚着胸口顺气。

眼看刘美兰还在僵持，王小轶对吕筝喊："姐，你报警吧！"刘美兰使劲要甩开女儿："你还想把你妈拉到派出所吗？"刘美兰就是不肯走，不管女儿怎么推，她的脚像长了钉子似的，一动不动。

只有始作俑者——骨灰盒，静静地龟缩在饭桌上，笑而不语，前面是满满的一桌菜和吃剩的骨头。

吕筝急了，对王小轶喊："你带小雨出去走走，逛逛。我留下来，我能解决。"

王小轶披上外套，赶紧拉着小雨就往门口走。临出门之前还对吕筝说："实在不行就报警。那也是她活该。"

王小轶抱着小雨，先出门了。好不容易，小雨的哭声才渐渐小下来。

5

一直到走下楼，王小轶的心还在剧烈地跳着，她后悔死了。今天凌晨才回来，整个白天刘美兰没有表现出什么情绪，王小轶还以为妈妈老了，心境平和一些了。但看刚才刘美兰的冷静，前面默不作声，应该是早有准备，蓄谋已久。她的目的到底是什么？

但王小轶仔细一想，刘美兰做事需要动机吗？正常人总以为做事需要合理的解释，至少是最符合利益的选择，但刘美兰不需要。刘美兰一直怨恨姐姐，只是王小轶以为，姨妈去世多年，妈妈应该不再恨她了。这才疏忽了。她怎么连这都疏忽呢，人只会变老，不会变好。

王小轶受够了这样一个妈了。

小雨说："小姨，以后我不想见到姨婆了，你别带她来家里了。"

王小轶蹲下去说："对不起，下次我不会带她来了。姨婆不懂事，我却没有管好她。你妈妈会处理好的。走，我带你玩。"

她打电话给许臻臻。两人白天时就约好，各自吃好年夜饭之后，就一起去河堤上看烟花。许臻臻压低声音对着话筒说："你稍等一会，我男朋友朱子平和他爸妈也来我家做客了。我20分钟后下楼跟你会合。"

王小轶想了想，现在离放烟花还有一个多小时呢，不如去许臻臻那个高档小区的花园里等，也可以让小雨玩一下滑梯。她说："我去你家楼下等你。你不用着急。"

此时，许臻臻家的年夜饭，也到尾声了。许臻臻和父母一家，还有男友朱子平和朱家父母都在，吃完在收拾东西了。

他们的父母，都正好是刚刚退休的年龄。朱子平爸爸说："听说平城某某县的何副县长，有8个兄弟姐妹，几个子女分别是县医院院长、镇党委书记、县文化局局长等，儿媳、女婿也是各个县区的官员……"朱家爸爸在市人事局当过主任，这些关系，他如数家珍。

朱妈妈说："他们这些人都是20世纪60年代或70年代初出生的人，哪家有条件不是生五六七八个呢，然后安插在各行各业，以前都是些有关联的家族……"

朱妈妈退休前是财政局的科长，手里也是掌管过不少钱的。

许臻臻的妈妈陈晓芬，是平城的重点中学的副校长，她说："我们现在没有赶上好时候呗，你看，咱们两家都是独生子女，亏了。"

许振羽是许臻臻的爸爸，他笑说许妈妈不了解现在的形势，跟以前大不一样了。计划生育也不是针对他们这里，而且现在干部交流，异地任职很多，都扎不下根来。年轻人都去外面上大学了，直接就留在上海、深圳、广州不回来了，有能耐的还出国了。

朱子平妈妈赶紧说："臻臻的舅舅上次不是说好，只要平平回平城，能安排他去住建局是吧？平平已经决定，做完手头的项目，今年下半年就从单位辞职回来。"

陈晓芬说："应该没问题，平平有学历，又有在北京的建筑师事务所的工作经验，这样的人才求之不得。他回来后，我让臻臻舅舅马上给他安排合适的好项目……"

朱子平听得很认真，但许臻臻对这些不感兴趣，随手刷手机。她就不明白，爸妈怎么这么喜欢讨论谁升官了，谁家有人脉，谁又不懂事看不懂自己的站位。都讨论了这么多年，他们不还是那样吗？真正挖空心思走仕途的人，人家大概一句废话也不说了。

不过，朱子平三心二意，竖起耳朵听着这边的话呢。

差不多时间了，朱子平和他爸妈也要走了，许臻臻偷偷看了看表，正好下楼去跟王小轶会合，她就说要去送他们。可是，爸妈却非要亲自送他们出小区。

许臻臻别别扭扭的。她可不想爸妈碰到王小轶。

6

真是怕什么来什么。小区里晚上的灯还是亮堂堂的，花园里有个人影，陈晓芬眼尖，一下子看出那是王小轶，问道："奇怪，你是那个王司机的女儿王小轶吧？你怎么在这儿？"

她也看到许家人了，躲不开了，只好走出来说："叔叔阿姨新年好，我在这里等许臻臻，不想打扰你们吃年夜饭。"

小雨也很聪明地打招呼："哥哥姐姐，叔叔阿姨，新年好。"

许振羽看到王小轶就明显不高兴。许臻臻赶紧打圆场，向朱家爸妈介绍王小轶，说是她的大学同学，朱子平也认识。朱爸爸听说王小轶在北京工作，就问她是做什么。王小轶谦虚地说："我在北京开网店，卖衣服的。"

朱家爸妈的态度立即就冷淡了下来，简直能听到空气中降温的声音。朱妈妈又问："结婚没？这是你女儿吗？哦，外甥女……那你还没男朋友吧？在北京很难找对象吧？"

连小雨都听出了朱妈妈明显不带善意。小雨插话说："我小姨妈是个事业女性，一年收入三四百万呢，根本不需要交男友。我妈妈也是北京三甲医院的主刀医生呢。她们都说女孩要把心思放在工作上，结不结婚无所谓。"

许臻臻乐了，抱着小雨，就差点要亲她了："你可真棒！"

朱家父母听到这里，不由自主嘴角又开始往上扬了，满脸笑容。许臻臻问朱子平跟不跟她们一起去看烟花，朱子平说："算了，我陪我爸妈回家守岁，你们玩开心点！"

许臻臻去了地下停车场开车。刚下电梯，许振羽就打电话过来了："晚上别去玩了！叫你别跟那个什么王小轶混在一起，怎么老不听我们的？她的一家都那么低俗。有点钱又怎么了？她有钱跟你有关系吗？我还怕她带坏你呢。别去了，回家！"

"爸！我又不跟王小轶结婚，出去一下也不行吗？"她烦死了，她一下班就乖乖回家，连个朋友都没有，好不容易答应她今晚和朋友出去玩，还不行吗？

"跟这种人混一起……"许振羽还没说完，旁边的陈晓芬就抢过电话了："行行行，给你一次机会，记得10点之前回家。下不为例。"

许臻臻气得没说"再见"就直接摁断了电话。

她真的没有在10点后回过家。几年前有一次电视台的庆功宴，她没有跟父母说，手机又没电了，晚上12点回到家的时候，房间不仅反锁了，门里还堵上了柜子。许臻臻拍了半天的门，直到有邻居开门查看怎么回事了，陈晓芬才动了恻隐之心，放她进门。

许臻臻本身不喜欢应酬；但是，自己不喜欢，和被别人禁止，是有区别的。

许臻臻在车子里坐了好一会儿，才平息下委屈，缓缓地把车开了出来。

而在小区门口等着许臻臻来接的王小轶，意外地收到朱子平的微信："我在北京华贸附近工作，说不定我们的工作还会有一些交集呢。你回北京后，我们两个出来吃个饭，好好聊聊？"

她一撇嘴，心想：有病。我卖衣服，跟你的建筑行业有交集才怪。

她都懒得回复他。

王小轶跟许臻臻是大学好友，早就认识朱子平，有联系方式，可一次也没有单独联系过。朱子平一直看不上她的穷酸和俗气，还劝过许臻臻别交往这样的闺蜜。朱子平现在才听说，原来王小轶这个"卖衣服的"，收入这么高。这种平时白眼翻上天的势利眼，如今无事献殷勤，王小轶可不稀罕。

等了半天，王小轶又发微信问吕筝："表姐，你那边怎么样了？能处理吗？"

吕筝行事稳重、绵里藏针，这些事她是有应付能力的。果然，吕筝回复："你妈妈已在回家路上了，按路程，几分钟后到家。"

7

在吕天航家里，刘美兰虽然是以一对三，她可一点都不怕。吕天航要去抢前妻的骨灰盒，但刘美兰比他手快，抢着抱进了自己的怀里，一边还在骂："吕天航，你喜新厌旧，不得好死！"

吕筝和吕天航父女俩都是知识分子，动手的事干不来；何红玉事不关己。大家僵持着，配合背景里的满桌剩饭，就像是拆迁现场。

吕筝急中生智，说："姨妈，把我妈的骨灰卖给我！"她从钱包里掏出厚厚的一沓钱，说："2000，给你！"

刘美兰说："想得美！"

吕筝："3000！"

"5000！"刘美兰说。

吕筝说："我没带那么多现金。剩下的明天我给你送过去。"一边说，一边去抢这个盒子。刘美兰不让，吕筝说："我一定给！不然我把剩下的钱给王小轶，你跟她讨。"

吕天航马上说："行。那就这样定了。"就这一分神，吕筝把骨灰盒抢到手了。

与此同时，吕筝立即给刘美兰订网约车，催她下楼，生怕她反悔。

刘美兰拿起轻了很多的包，满意了，"嘭"的一下关了门。

空气忽然安静下来，剩下的三个人非常尴尬。特别是吕天航，不知道是该安慰女儿，还是该安慰女友；是要声讨那位忽然冒出来的可恶亲戚，还是自责一下、给在座的两个女人道个歉。何红玉冷笑了一声，开始收拾桌子。吕天航也想帮忙。

吕筝也很不爽。她把母亲的骨灰盒装进自己的行李箱里，准备带回北京、带回自己家。估计爸爸有了新女友，未来的新妻子未必想留着。而且，现在这个家里，吕筝才是外人。一看吕天航就不敢得罪何红玉的样子，战战兢兢。吕筝不想跟父亲和未来的后妈待一起当电灯泡，就说："我去接小雨回来。"

吕筝去到河堤，总算在人山人海里面找到了王小轶、小雨和许臻臻。王小轶万分抱歉，说今天晚上的年夜饭，给自己妈妈搞砸了。

吕筝淡淡地说："我爸也不怎么样。"

河对岸的烟花还没开始点呢，大家正紧张地期待着，这时，许臻臻就接到了庞主任电话："有紧急新闻，争取15分钟内回电视台,带上录播设备等。"

原来是有个小区有人违规放烟花,引起大火,摄影记者已经在路上了。这个新闻可能要放头条。许臻臻收到消息,立即表示:"没问题,我十分钟能到。"

然后,她就一路小跑着去停车场了。

许臻臻不放心,一边跑,一边打电话给爸爸:"我今晚有紧急采访任务,是真的。千万别锁我的门。我一会去办公室收拾东西,录个视频,给你们证明,我真的是在工作。"

这场火还烧得挺厉害的,有个孩子伤重不治,还有消防员受伤。这在平城很少见,何况还是在春节。许臻臻一直在忙这个报道,采访消防队、采访医院、采访小区、采访警方、采访目击者……从大年三十晚上,一直忙到大年初三。

终于,大年初三的中午,许臻臻有空跟王小轶一起吃饭了。王小轶说:"这几天打开平城的电视台,全都是你在做采访啊。"

许臻臻苦笑着说:"有什么办法,劳碌命啊。"爸妈还是因为知道是紧急任务,才没干涉她的。

王小轶很奇怪,许臻臻都工作好几年了,还是电视台的台柱子了,怎么爸妈还敢管呢?许臻臻也很无奈,因为爸妈把房子、车子全都准备好了,新的婚房也马上安排了,她从小就听话。现在,许臻臻就等着朱子平回平城,两人结婚。等他们搬到新房子,那时她就能自己做主了。

王小轶反过来安慰她:"往好的想吧,你做着自己喜欢的工作,房子车子应有尽有,父母爱你,男友青梅竹马,一家人和和美美——严一点也是为你好。"

"呃,你不明白。他们对我好是好,但是无微不至,太窒息了。我晚一点回家电话就追杀过来了,想跟朋友吃个饭还得瞒着他们。"许臻臻转移了话题,"说真的,你是不是真不喜欢男人?这几年了,你就连个发展的都没有吗?"

"呵,不是我眼光高,而是根本没——有——人——看——上——我!我就这么丑吗?"王小轶打开手机摄影,看了看自己的脸,左摸摸、右摸摸,"其实我还挺漂亮的呀!"

"你应该主动出击。看中的就不要放过。"

"你说的不算,你这辈子就一个朱子平,你又有多少经验?哼,我就是太忙了,等我不忙的时候,我一定要找一个有钱人,一个又帅又有钱的男人,把自己风风光光地嫁出去!"

听得许臻臻一直笑。

王小轶不服:"你笑什么?"

"我在笑,你一个钢铁直女,你不主动,不努力,你以为有钱帅哥,会从天上掉下来掉到你屋里吗?"

8

4个月之后。

北京的夏天,热得像是轰轰作响的烤箱,地面仿佛能冒出白气。下午2点,公园里的人不多,两位高挑的白人模特,在烈日下,巧笑嫣然,走过来、走过去;定点,转身,有时靠墙,有时弯腰,有时抚发,有时凝视远方。

摄影师和他的灯光师在给两位模特抓拍。数码摄影机还连着一个手提电脑,王小轶就在旁边看摄影效果。

一整天,王小轶都待在拍摄基地里跟拍。今天要拍四五十套新的衣服,还要搭配不同的包包、鞋子,换场景。请了两个乌克兰模特,每人每小时2000元,算是淘宝模特里很贵的了,请了3小时。摄影基地2小时1500元,还有外景。两个摄影师从不同机位拍,这样快多了。另外还有灯光师,化妆师跟妆;两个服装助理,拍外景时还要拉出一个给模特换衣服的专业帐篷。拍好回去后还另有室内的商业摄影师，专门拍产品的平面图，还要修图，写文案，想创意……

王小轶是一个服装网店的店主，她的店不大不小，做了差不多7年了，生意还不错。一个月上新4次，这样的拍摄，两周拍一次，一次拍完两次上新的内容。王小轶最怕的就是这个。每次都要提前把所有要拍摄的衣服搭配好，烫好挂好，配饰都要配全套，拍照存档，然后摄影师要去勘查外景，发地点照片给她确认。

做服装这行，到现在拼的就是性价比了。她主打女装，夏装均价300元左右，冬装均价500元左右，算是好走货的区间。但这行赚的就是辛苦钱。衣服同质化，成本高，退货多，压货的压力很大。

拍摄现场更是体力活。王小轶是个抠门的人，不养闲杂人等。她让司机开着一辆二手的小面包车，她只带着两个女助理，亲自上阵，把几个架子的衣服抬到车上，每个都几十斤重。模特拍好一组了，助理们就要赶上去伺候外模们换衣服，越快越好。

模特必须雇贵的，这钱不能省，因为人家专业、美貌、身材好，整套衣服的档次都显得不一样。但粗重活，王小轶自己来。

运营总监田青跟王小轶同岁，都是28岁。她趁着模特在摆姿势，催着王小轶："王总，赶紧的，赶紧抹防晒！"

田青一边说，一边拿着防晒喷雾往王小轶的胳膊上喷，然后也往自己的胳膊上喷。

王小轶一边抹防晒，一边被太阳晒得睁不开眼，皱着眉说："给我脸上也喷一点。晚上我要去参加晚宴。这一下午下来，又要黑两个色度了。"

暴晒了一下午，总算回到公司了。田青叫来两个男员工，拖着好几个衣服架子和箱子上电梯了，还走得磕磕绊绊的。男员工抬起架子，不禁一惊："妈耶，起码三四十斤，王总，你们两个瘦子是怎么抬得动的？"

忙了一天，王小轶回来还要盯着文案和美术，看他们改页面设计。直到连加班的设计师也下班了，她才看了看时间，想起自己没吃饭。

今晚有一个经销商年会的鸡尾酒会，王小轶报名了，主要希望在这里多认识一些人，寻找一些新的合作对象。只剩一个半小时了。她只喝了一口水，就赶紧去洗手间里洗脸，卸妆，重新化妆。

这段时间太累了，又晒了一下午，皮肤变硬了似的。王小轶只感觉这个妆跟脸不贴，像独立出来似的，浮在皮肤上面结了另一层壳。她很无奈，到洗手间里换小礼服裙。

这件绿色的紧身裙她很少穿，居然穿不上了。不是胖了，而是她的右手有严重的腱鞘炎。她忍着半天疼，都没拉上裙子的拉链，精疲力竭，放弃了。王小轶只好换上一件白衬衫和牛仔裤，就开车去参加活动了。

她很厌恶自己。虽然喷了香水，恐怕也不能掩盖住她作为一个体力劳动者的汗臭。

9

这是一个鸡尾酒会。实际是王小轶花了9800元购买的高端会所的入场机会。她连续来过两年了，在这里认识过供货商，也认识了不少同行，拉了群，经常有人交换信息，偶尔有几个姐妹约出来吃饭。王小轶觉得，自己越是不喜欢社交，越是不喜欢认识新人，就越是得参加一些这样的活动，多认识一些人。

不然的话，她的生活只是像机械一样，工作，赚钱，活着，更无聊了。

台上主持和企业领导在讲话，下面的人露出僵硬的微笑，端着高脚酒杯，静静站着聆听。别人穿的都是亮闪闪的礼服，男士也全都是正装；在里面，王小轶显得很邋遢，真是白糟蹋了这钱。但现在她管不了这个了，她的眼睛只往芝士奶酪和小蛋糕那里瞄。她饿死了。

趁着众人开始四处走动了，王小轶赶紧走到餐架前，用镊子拿出一小枚点心，一口吃完，她又看中了前面的巧克力慕斯。

这时，有个男人撞到了她。王小轶"哎哟"一声，但顾不上说话了，她只想赶紧吃东西。可那男人主动说："对不起，对不起，没撞疼吧？"

王小轶笑笑，说："没关系。"这男人长得真好看。她又多看了一眼，再笑了一下。

那男人马上说："不对，我觉得我肯定把你撞疼了，或者把你的衣服弄脏了。"

王小轶本来还想说"没有"，但想起许臻臻说过，不主动，不用点小技巧，是不会有男人的！她又改口了："你看，你一撞过来，我的白衬衫领口蹭了巧克力酱，怎么办？"她特意把声音放软了。

"是我的错，我的错。告诉我微信，我给你转洗衣费用？"对方说。

王小轶好久没有碰到过主动搭讪的男人了，而且这个看起来还那么顺眼。他身姿挺拔，应该是有健身习惯的。白净斯文，穿着白衬衫，白色西裤，白色皮鞋。笑起来，牙齿还很白。

他一笑，王小轶的心跳就快了。

两人边走边聊。这个男人主动说，他叫林晖，北京人，是一家大型证券公司的证券分析师，本硕都毕业于美国的藤校，父母也是企业家。他说："人群里，都是一些庸脂俗粉，个个都花里胡哨，一眼就看到清新脱俗的你，只穿着白衬衫牛仔裤，气质特别干净。"

王小轶有点傻眼了。她就是一个生意人，天天就只想着挣钱和省钱，从妈妈到各种熟人，给她的定义都是"俗"，啥时候气质干净了？而且今天连皮肤都是卡粉的，妆比平时还要难看。

　　她不好意思地说："我在经营一家服装公司，想来这里认识更多志同道合的合作伙伴……"

　　大概是因为背景嘈杂，林晖听不清，靠她更近了，似乎呼吸都能吹到她脸上了，对她说："你是一个有事业心的独立女性，这样的女孩真难得。"

　　再矜持，再迟钝，王小轶也知道林晖的意思了。聊了一会之后，王小轶说她想去喝杯果汁，一会再回来。她想冷静一下。见鬼了，这不会是喜欢上他了吧？她怎么心跳这么快？

　　王小轶赶紧往嘴里塞各种点心和甜点，先填填肚子再说。然后，她跑去远远的走廊另一头，打电话给好朋友许臻臻。

　　许臻臻一接电话，王小轶就压低嗓子说："亲爱的，你知道吗？就在十分钟前，我碰到了我的真命天子，我预感到，他会追求我；而我也很喜欢他，他一跟我说话，我就很紧张，心跳加快。你说，这是不是就是传说中的一见钟情？"

　　这边呢，许臻臻刚刚结束新闻节目下播，正在让化妆师卸妆时，就收到王小轶电话。

　　一心钻进钱眼里的王小轶，也会陷入爱河？这可是稀罕事。许臻臻让王小轶说说林晖是个怎么样的人。王小轶把他的条件都描述出来，总之就是北京人，工作好，学历好，家境好，父母有钱，自己有钱，还长得帅……

　　说着说着，许臻臻忍不住说："这世间怎么会有这么完美的人呢，你刚认识他十五分钟，这人别是骗子吧？"

　　王小轶笑了："哎，你不是经常说我太不解风情吗？就算有丘比特往我身上射箭，但我都能灵巧地一一躲过！我都六年没谈过恋爱了，处女膜都重新长回来了！这次，这个男人，我不能再放过了……"

正说着,同时又有一个电话打进来,王小轶更快乐了:"不跟你说了,林晖打电话找我了。快祝福我吧!"

她一边接电话,一边匆匆补口红,补香水,走到酒店大堂外面的阳台。林晖就像个白马王子一样,站在旖旎的月光下,斜靠着雕栏,微笑地等着她。

王小轶再怎么粗糙,再怎么不解风情,也开始努力地凹造型了:在喜欢的男人面前,笑的时候,嘴角咧开的幅度要小;左侧脸的角度好看,那就稍稍斜对着他;多多低头,羞涩点,他说什么,都要深情地抬头看他一眼……她要在林晖面前,有点女人味,不能横冲直撞了。

两人坐在花园的法式雕花椅子上聊天。哦,不是聊天,而是王小轶单方面地倾听。林晖谈起他在投行的成功,做过什么案例,流转的金额达到数亿,朋友们多牛,他不久前还跟一个能左右镍矿的二级市场的大佬谈笑风生……王小轶听着很不舒服。他很少问她,也不给她机会说话,那些无穷无尽的炫耀,与她根本不是一个世界的。

林晖在言谈之中,似乎也明白这一点,更刻意显摆,拉开他与她的世界的差距,似乎在催促她:快来崇拜我吧!

就在王小轶赔笑得有点累了,想溜走的时候,林晖忽然又深情款款地看着她,柔声说:"我能荣幸地邀请你明天晚上一起晚餐吗?"

她心里一跳:嗳,他还是喜欢我的嘛。她含着笑说:"可是我明天晚上有事……好,那就明天晚上。"

林晖一把抓住她的手,说:"就这么定了,我来接你。"那种急切,像是怕她跑了似的。

他还说要送王小轶回家,但王小轶是开车来的,一辆开了四五年的雅阁,太寒酸了,她赶紧说:"我自己开车走,不劳你送了,我们明天见!"

第二章

1

王小轶还是有点恍惚。自从大学毕业与前男友分手之后,她有五年多时间都没有谈过恋爱,连约会都没有。曾经有过两三个男人向她表示过好感,但那几个男人,她都不喜欢,条件太差了。她要生存,要把网店做起来,要起早贪黑,要殚精竭虑;她从要去批发市场自己搬货拖货、从用小板车拖着几大麻袋衣服做起,到现在弄了两辆小货车和面包车,有了自己在郊区的一层办公室和仓库,十多个员工。一路走过来,太不容易了。可这一行竞争太激烈了,几乎就是拔刃见血,王小轶不敢休息,她能稍稍稳定,闯出一条血路,也是靠一刻也不敢松懈、一点一点啃下来的。

她知道自己长得好看,但是没有工夫打扮,而且平常接触到的人,都不值得为他们打扮了。她穿得很男性化,工装裤,T恤衫,连帽衫,搞定所有,连妆都不怎么化。今天只是稍稍化了妆,她不明白,为什么像林晖那样养尊处优,一看就是平时会有无数女孩生扑上来的男人会喜欢她,对她一见钟情呢?

王小轶心里既快乐,又混乱,还有激动,甜蜜,迷惑。

她想到了一个以前看过的鸡汤文：当你拼命渴望爱情的时候，你就卑微了，爱情就会躲着你；当你毫无期待，不再执着，爱情就会被你吸引，就会主动来找你。

　　应该是这个原因。王小轶像是得到了答案。

　　晚宴结束回到家已经是晚上10点，王小轶还要跟平面设计师沟通，一张张图调细节，修图，改图，字号调整……一个晚上休想完成。明天还要一个个地核对库存、尺码，质检过一遍，至少还要忙两天，才能把产品上新搞定。

　　她忽然想起了什么，又马上打开电脑。林晖，这么完美，确实很像假的。王小轶搜到了林晖供职的那家券商，她听说过，业界前十位之一，赫赫有名。在公司架构里一层一层往下翻，果然在"宏观分析师"那栏下面找到了林晖。他的主要工作是分析宏观形势以及为债券之类的投资提供投资研究支持。里面有林晖的照片、学历、从业经历等。

　　王小轶心里狂喜，她又开始翻林晖的爸爸的公司，一家教育投资公司，公开资料都可查到，注册资本3000万元，法人代表就是他的爸爸，年龄也都对得上。

　　完全跟他自己说的一模一样。

　　王小轶抚着自己的胸口，嘴角忍不住笑意。她真的怀疑过林晖是骗子。她不相信她能有这样的运气，怎么样？还真有这么幸运！而且，正好是她一身臭汗、在酒会上塞了满嘴食物的时候出现的。啊，命运就是对她那么眷顾，她是一棵树，在树前面，刚好一只兔子撞晕了。

　　立即，王小轶给许臻臻写了条微信："我查了，林晖不是骗子，他说的信息全都是真的。我捡到宝了，这就是我的完美恋人！"

　　但她停了一下，没有按键发出来，就把这条微信删掉了。没必要，幸福是没必要炫耀的，一个人独自快乐就好。

这个时候，王小轶睡不着了，看了一下从上个月到现在的报表，退换货率很高，然后，纱线成本上调，衣服的成本也高了，连纽扣等附件也涨价了。但是，她却不敢轻易调价。一件卖200块钱的上衣，你卖210块钱，顾客立即就选其他店的类似款了。压货成本太高了。

她叹着气，一边刷牙洗脸，敷上睡眠面膜，调好明天一早的闹钟。

2

第一次约会，王小轶在微信上问林晖晚餐去哪里吃。林晖发给王小轶一个链接，是一家昂贵的西餐厅。

王小轶心里痒痒的。真好，她找到互补的人了。她没有情趣，而林晖讲究生活情调，正好带她体验高雅的人生。

这次，她提前准备，穿上了漂亮的蓝色真丝连衣裙，不像上次那么狼狈了。她也早早就敷好面膜，化了个美美的妆容。王小轶从自己的办公室出发，打车到国贸，可不想让林晖看见她租的办公室在郊区，而不在CBD。

林晖比她早到西餐厅。他不仅提前电话订好了餐，而且还让服务生提前点上了蜡烛，说是专属于她的。王小轶有点今夕何夕的错觉。她不值得这么好的待遇呀！

不一会儿，林晖来了，他还是那么帅。点餐时，林晖点的一份牛扒1888元，又再点了头盘、汤、副菜、蔬菜、甜点，又点了一瓶香槟。果然是很会享受生活。王小轶不好意思花那么多钱，她点了一份388元的主食，外加了头盘和汤、咖啡。

王小轶矜持而优雅地笑着，小心翼翼地用刀叉切开主食，一点一点地抿着食物，主要就是听林晖说。林晖一边熟练地切着牛扒，一边侃侃而谈。他总是不经意地透露出，最近又跟某大学经济学系主任一起吃饭，跟某集团总裁谈笑风生。虽然王小轶现在相信他说的基本是真话，但听了只想打呵欠。她又不感兴趣，老谈这些话题有意思吗？

只有到了吃甜品的环节，又喝了点香槟，林晖似乎才放松下来。他说："你知道我喜欢什么样的女人吗？"

王小轶故意一脸天真地等着他的回答。林晖说："我喜欢那些独立女性。那些靠自己、从来不靠男人的女孩。这样的女人聪明、能干，有魅力。我最讨厌那些贪小便宜的女孩，庸俗得要死，就知道向男人要礼物，只会买包包，买名牌，脑袋里空空如也……"

王小轶听得心里七上八下。林晖轻轻地抓住她的手说："所以，你这样的女生在这个时代里，非常特别，非常难得。"王小轶心里甜滋滋的。

但不一会儿，林晖又大谈特谈现在的女孩儿多么虚荣，头脑空空，王小轶忍不住问："你交往过很多这样的女孩吗？"林晖一愣，说："也没有啦，是她们很主动追求我，我觉得她们太拜金了，都拒绝了。"

关键是，吃完最后的甜品之后，已经过去半小时了，明显感觉林晖自己都聊累了，想不出什么话题了，他还是不买单，别的桌子客人都走了。这时，林晖说要去洗手间。王小轶等了很久，至少20分钟了，他还没出来，服务生走过来问是否要买单，站在王小轶身边不走。

都坐了3个小时了，王小轶也累了，不想再假笑了，只好刷卡买单。

好家伙，这顿差不多4000元了。

王小轶的心像刀割一样疼。要卖多少件衣服才能赚到这利润呀。买完单不一会儿，林晖出现了，他知道买过单了，惊呼道："你怎么先买单了？好吧，下次我请，说定了！"

王小轶白了他一眼。他到底是骗子，还是抠门？

林晖坚持说要送王小轶回去。王小轶本来就是希望他送自己，来见他，就故意不开自己的破车了。没想到，林晖开着一辆明黄色的敞篷法拉利，从地下停车场出来，停在她的面前！

在众人眼光的注视之下，林晖从车里出来，先绕到车的副驾位，拉开车门，把穿着一身飘逸的宝蓝色真丝连衣裙的王小轶，请上了法拉利。然后，他再绕回去，开车。一个帅哥开的敞篷法拉利！她掩饰不住的笑意。这辈子从来没有过那么美妙的体验。她的脑海里，已经脑补出几盏追光灯打在她这位公主身上了。

王小轶甚至懊恼，她应该穿一件更加隆重的大礼服裙出来。

可惜北京的夜晚车流还是很多，没法像电影里的敞篷跑车一样风驰电掣，让里面的长发美女发丝飞扬，裙裾飞扬。王小轶刚才对林晖的厌烦和怀疑被打消了。她安然地享受着从旁边的车里射过来的羡慕的目光，嫉妒的眼神。她这么辛苦赚钱，还是像个民工一样累。只有被人喜欢，被人娇宠，这才是她的高光时刻呀。

林晖一个劲地问："这个车好看吗？喜欢吗？下个周末我们一起去郊外玩好吗？"王小轶满心欢喜，他说什么就是什么。

不过，王小轶坚持让林晖只送到小区门口，不想让他进去了。小区门口是新修的，比较现代；但她住的楼层比较旧，租来的三室一厅，装修太普通，她可不想让他"上来坐坐"。

等王小轶回家洗完澡，她有点清醒过来了。也许那辆法拉利是租的；也许他并没有那么有钱。不然，为什么要借故逼得她出那4000块的饭钱？但另一方面，王小轶也能判断，林晖说的那些天花乱坠的生活方式，大概率是真的。

她还用英文查了一下林晖，寥寥的几条信息，都跟他说的吻合，他的学历、职位、履历、父母，都没有撒谎。

王小轶心里七上八下地想着想着，越想越精神。

从小，她就在各种各样的诅咒、挖苦和讥笑当中成长起来。她就没有真正恋爱过，包括在大学里的那场恋爱，那时太穷了，也不懂爱情。没有人对她这样好过。而林晖，是天之骄子，那么帅，那么好的条件，多少女孩子上赶着喜欢呢。你还要挑剔吗？难道不是应该抓紧抓紧，把他拿下吗？几千块的饭钱你出不起吗？你已经28岁了，难道以后还能遇到条件这么好的男人吗？

就这么愉快地决定了。王小轶觉得自己想通了，安然入睡。

不过，法拉利的梦想之后，白天还是要上班、做生意。第二天，王小轶带着田青去郊区的蓝雪服装厂。这间工厂她已经合作了好几年了，秋装、冬装、外套、毛衣，她主要是在这家厂进货。这次，她主要是想订一批秋天的薄针织衫。老板何怀山带着她去看车间。

王小轶穿过一个一个正在修剪线头的女工，穿过飘着飞絮的厂区，到了服装车间。她和田青把架子上的样衣一件一件地记录下数据，然后在电脑上与表格核对，开始选款。

中午，王小轶在工厂车间里吃盒饭。盒饭还没吃完，工厂的经理拿了一堆衣服来，催她确认。这一批在下午一点半之前定下来的话，就可以赶在下周末之前出货，就可以比别的类似款早一周拍照上新了。王小轶放下吃了一半的盒饭，把衣服抱去会议室，一件一件地铺开了，一件一件地摸面料、针脚、走线、版型。

两个小时后忙完了，饥肠辘辘的王小轶才回公司吃面包。

这种生活，她已经过了好几年了。

3

许臻臻请了两天假，加上周末时间，飞来北京，看望男朋友朱子平。

今天是周五。许臻臻下午到北京，带着行李，在朱子平公司附近的一家餐厅等他。朱子平从来不会去给许臻臻接机的，他说自己在北京没车，总不能打车去接她吧，那多划不来啊。许臻臻都习惯了一个人来去。

但是，到了餐厅，她又累又饿，忍不住满腹怨言。朱子平一见面，首先打量了她一番，一看她的裙子短，就赶紧把自己的长袖衬衫脱下来，把衬衫绑在许臻臻的腰上，自己只穿T恤。

朱子平说："答应我，以后不要穿这么短的裙子，好吗？"

这只是一条膝上五厘米的普通裙子啊，这也算短？许臻臻有点不高兴："我都这么大个人了，你能不能不要管我穿什么衣服啊？"

可是朱子平的语气又那么温柔，还把她的衬衫的衣角往下再拉了一下："这不是'管'啊，我是为你操心呀。北京这么大的城市，也不一定安全。昨晚我还给你发了新闻，说有个女白领加班深夜回家被拖到暗处性侵了，你没看到吗？"

"可犯罪分子犯罪，跟那女白领穿什么有什么关系？我看那女白领穿的还是牛仔裤呢。""你想想，穿牛仔裤都能碰到危险，你穿裙子不是更会引起色狼关注？我还能害你吗？"朱子平握着她的手，啰啰唆唆地说了一堆，就是劝她穿着打扮要注意，晚上要少出门，没事尽量不化妆，不要出风头，他是关心她，别的男人啊，恨不得她穿越短越好呢……

许臻臻看他这么真诚，真诚到唠叨，看不出来她已不想听了吗？哎，家里有个爹在管着了，怎么找的男朋友还是爹？她烦了，开始点菜。

朱子平看到她点了一个120多块钱的菜，就跟服务员说换一个。许臻臻说："别抠抠搜搜了，这顿我请行吧？我很饿，现在就想吃这个。"朱子平一本正经地说："不是谁出钱的问题，以后我们共同生活，你的钱也是我们俩的钱，必须得省着来。"他挑了个40块的炒菜。

接着，朱子平又让服务员把她后面点的饮料也删去，说给一人一杯凉白开就行了。他对许臻臻说："你想喝橙汁是吗？一会儿我们在我家楼下买两斤橙子，自己榨，便宜多了。"

许臻臻脑海里就响起了妈妈的声音："朱子平是个会过日子的人。他精打细算，什么都不吃亏。你们在一起肯定过得好。"

想喝杯果汁都这么难，这是过好日子吗？

吃饭过程中，朱子平一直在抱怨说，在北京生活太艰难，在平城几十万可以买到的房子，在北京至少需要一千万，还要有资格限制。户口这样的事，想都别想了。前几年他还总想着多挣点钱，还能博一博，还能把许臻臻接到北京来，但现在看来，北京的房价一日千里，钱不值钱，没戏了……

他又说，现在这个合作项目还有半年就能完成，届时团队就能分到项目奖，项目奖金他大概能到手十多万，之后就辞职，回平城跟许臻臻结婚。到时，等许臻臻的舅舅把他安排在住建局工作，至少先拿个项目，争取升个副科，再往上走。

这件事，是许臻臻的爸妈做主的，她没有朱子平那么高兴，听了只是"嗯嗯"，感觉不关她的事。

朱子平还问许臻臻："你现在攒了多少钱，准备花多少钱在新房的装修上，婚礼是不是能简单一点，婚纱照能不能不拍……"

许臻臻很委屈："我上次已经答应了，钻戒你不愿送就算了，三金不要我也认了；现在这个也要省、那个也要省，一辈子结一次婚，你都不肯让我高兴一点吗？"

"钻石就是智商税，是商家打造的阴谋，你这也信？唉，你想想，这些钱，都是要供我们以后共同生活的，你花在这些华而不实、打肿脸充面子的地方多了，真正用在家庭里的钱就少了……"

"可是我们两家，就缺那十来万吗？买结婚戒指也不是什么非分要求啊。嫁妆什么的,我家也会给啊!"

"你这人就是被洗脑了,那些婚纱照和钻戒什么的,就是给爱慕虚荣的人的,活给别人看,一点用处都没有。你应该为我们的未来打算……"

许臻臻正要说什么,这时,她的手机响了。她如释重负,怕朱子平再说下去,她就忍不住要跟他吵架了,这个电话拯救了她。

原来是许臻臻的一位前同事在北京,男的,询问她一个工作上的事,还说知道她最近拿了平城的最佳新闻评论奖。没想到拿这么个破奖还有人关注呀,她很高兴,一边说一边笑。

但聊着聊着,许臻臻发现朱子平的脸色不对了。她赶紧挂掉了电话。朱子平说:"你怎么跟别的男人聊得这么开心?"

"他是我的同行,普通朋友而已。"

朱子平勉强笑着说:"少跟男人打电话,他们都不怀好意。"他摆出一副很委屈的样子,又补充说,"你进入社会就会发现,没几个好人,我只是太在乎你,怕你上当。"

许臻臻不作声。她只是在心里默默地想:如果这顿饭朱子平让我买单,那就说明他真的是太精明了,一分钱亏都不能吃。我就买单走人。

但是,朱子平没有给她这个机会。他主动结账了,这顿饭花了一百块钱。临走前,他特意去开发票了。他说,有这个习惯,是为了不给商家偷税漏税的机会。

朱子平在葵园小区租了一个70多平方米的房子,两室一厅,公司给了较高的住房补贴。回家前,他果然信守承诺,买了2斤橙子。

到家后,朱子平把橙子削了皮,用榨汁机榨好,把橙汁递到许臻臻面前,笑说:"怎么样,比起饭店里兑水的,是不是更甜?"他还买了葡萄,一颗一颗地洗干净,两人一起瘫在沙发上看韩剧,他就给她喂葡萄。

现在,许臻臻又开始怀疑自己是不是太敏感了。朱子平还是很会照顾人的，关起门来，他就是一个贴心的可人儿，他愿意对她好，呵护着她，宠着她。许臻臻为自己对他的误解和厌烦，心怀歉疚，主动贴着朱子平。

半夜，许臻臻醒了。她发现朱子平侧身背对着她，被窝里有暗光。她没敢动，但已经看出来他在微信聊天，调了很暗的背景光。她悄悄看了看手机，半夜两点半。

她奇怪，刚才朱子平可是比她先睡着的呢。

许臻臻不想打扰他。她想不起来朱子平跟什么异性熟悉，似乎一个都没有。她对于朱子平可放心了，这么多年，即便在异地，她一次也没有怀疑过他。

她本想盯着他，看他要聊到什么时候，结果不一会儿，她又睡着了。

不知道为什么，第二天半夜，差不多同一时间，许臻臻又醒了。而比她早睡着的朱子平，此时正背着她发微信，能感觉到他回复得正起劲。许臻臻动了一下，朱子平马上把微信关掉。她调整到均匀的呼吸，过了好一会儿，他又重新发微信。

她一动不动地观察了好久好久，可能是5分钟，也可能是15分钟，她终于拍了拍朱子平的背："这么晚了，你还没睡吗？"

朱子平吓了一跳，赶紧收起手机，说："马上睡。"

"你在跟谁聊天呢？半夜三更的？"

"哪有！我们的项目出了点小问题，我半夜想起来，就先回复了。现在睡吧，我困了。"

许臻臻将信将疑。

4

第2天,朱子平安排了去逛家居市场,这是许臻臻最喜欢的娱乐项目。但今天许臻臻心不在焉。

过去,许臻臻特别看不上那些恋爱脑的女孩。她对朱子平从不查岗,朱子平接女同事电话都是当着她的面毫不犹豫地接,她不信他是那种人。可最近,她总觉得有哪里不对劲。

白天的时候,看到朱子平拿出手机,她就忍不住多看几眼。等到晚上,朱子平去洗澡了,神差鬼使地,许臻臻从他换下的裤子口袋里,取出了他的手机。

许臻臻想打开手机密码,先试用朱子平生日,不对。她又尝试输入自己的生日,手机解锁了。

忽然,她感觉有股阴森森的风,均匀地挡在她面前。是朱子平,正站在她面前,看着她,一直盯着看她是怎样解锁了他的手机,还试图打开他的微信。她太聚精会神了,居然没发现他。

一下子,许臻臻吓得头皮发麻了。朱子平一句话不说,猛烈地把桌子上的所有东西全都用手臂扫到地上,盒子、瓶子、零食、水杯,"哐哐哐"地在地上弹跳着。

她惊得一哆嗦。朱子平愤怒地看着她,一声不吭。她还没来得及说话,朱子平拉着她的手,摁着她的手,让她翻微信记录,让她看,必须看!前天晚上和昨天晚上的凌晨两点多,朱子平确实有聊天,内容是关于一个建筑平面图要修改的问题。对方头像是男人。

还没等许臻臻认真看清楚字,朱子平便冷冰冰地说:"这么不信任我,那就分手吧。你现在收拾行李,走吧!"

许臻臻自知理亏,真的去收拾行李了。

看来是要分手了,没想到却是以这种方式狼狈地逃走……今晚先去王小轶那里待着吧,要不就住酒店,明天回家。她有点麻木，心里说不清楚是什么感觉，一边收拾衣服，一边想听朱子平的动静。

朱子平走过来站在门框那里，看着她收拾东西。许臻臻抬头一看，他的眼角竟然有泪痕，他在流泪？她尴尬得要命。为什么他会流泪？骂她能理解，至于这么生气吗？她低声嘟囔着："是我不对……"

朱子平让许臻臻坐下，开始谆谆教诲："臻臻，我太伤心了。我还以为你是一个受过高等教育的女人啊，怎么一点都不懂隐私权呢？没有界限感和分寸感，你这样让我以后怎么信任你的能力和人品？我在想，我们之间没有了信任，还怎么继续走下去？越想越难过……"

要是在平时，许臻臻就要分辩几句了，可这会儿怕他再次掉泪，她不敢说话，就听他像教导主任一样说下去："我一心只想为你好，可你总是在自己小城市的小圈里打转，交的朋友档次也不高，长此以往你的素质自然也高不到哪里去。我在北京的压力很大，我在为我们的未来打拼，每天都很辛苦，你却总是在这里挑事……"

许臻臻实在忍不住了，说："既然觉得我没素质，那就分手好了。"

"你看你，动不动就用分手要挟，太幼稚了。我对你这么好，你还不好好检讨一下自己，只知道逃避问题。你就一点都不为我们的未来努力吗？你花钱多，又整天交往些狐朋狗友，工作也不上进。现在，我一说你就不高兴，完全听不得反对意见……"

许臻臻不吭声。如果对方真的要求分手，她就分吧。可她心里没有做好准备，是被动的，一片混沌。朱子平从来没有生过这么大的气呀。

就在她以为朱子平要摊牌的时候，没想到他忽然话音一转，牵起她的手说："我先去洗澡了。你把行李箱的东西放回去，这么晚了你去哪里都不方便。冰箱里我早给你准备了你最喜欢的芝士蛋糕，给你当早餐吧。你不用想着明天买菜的事了，我已下单了，明天给你炖乌鸡汤，还有花旗参，都是按你的口味……"

许臻臻蒙了。

刚才还审讯、批判、声讨她来着，下一句就变成了关心和体贴了？这样就算和好了？嗯，和好了。

她暗自有点庆幸，又把收拾好的行李放回去。她毕竟也不想晚上被赶出门。

坐在床边，她发了一会儿呆。她感觉跟朱子平的距离越来越远了，他喜怒无常，她不知道他接下来的态度是什么——可是，他一直在为许臻臻付出，不是吗？她几乎不用做家务，都是他在照顾她。她实在说不出朱子平哪里不好。手机电话响了，惊醒了她。是王小轶打来的。许臻臻知道朱子平对王小轶没有好感，不想被他听到，便掐断了电话，跑到阳台回微信。王小轶要约许臻臻吃饭，两人微信里定了地点。

朱子平正好洗完澡了，问："刚才是王小轶找你吧？"

"嗯。"

他冷笑："说了多少次了，王小轶是个商人，商人就唯利是图。你这人从小被保护得太好，不知道人心险恶，根本分不清好歹。除了你爸妈和我们一家是真心为你好的，这些人能安什么好心？"

许臻臻听得很烦。可是她不想再起什么波澜了，她很累了，想歇歇。

5

趁朱子平去上班，许臻臻还是如约去跟王小轶吃饭了。

许臻臻缠着王小轶，要她讲讲跟那个金龟婿的进展。王小轶开始还不想说，禁不住许臻臻央求，就简单说了。她用手机搜索出林晖的资料给许臻臻看，全都是真实的。重点是，他还有一辆荧光黄的敞篷法拉利，非常拉风。但是，王小轶偏偏没有提，那顿昂贵的晚餐是她付钱的。

许臻臻低声尖叫："哇！敞篷法拉利！"她低声问，"那你跟他睡了没？"

王小轶赶紧摇头："哪里！没有。我不敢，怕我太急了，会吓跑他。我心里再急，也不能表现出来，要欲擒故纵。"

许臻臻笑死了："你以为人家看不出来？这样的人，能不是情场老手？说，他这么有钱，送了什么礼物给你？"

"没有。我才不图他钱。我觉得，我们都是独立女性，就不要搞拜金那一套了。什么是独立女性？就是女人不花男人钱，还能给钱男人花。谁主动，谁受益，女人，要敢于为自己喜欢的男人付账，这样，才能挑到自己最中意的人。"

"咦？你整天嚷嚷'越抠越有钱，越有钱越抠'的，给自己花钱都不舍得，还舍得给男人花钱？你说的这个林晖，到底给你灌了多少迷魂汤？"

王小轶心虚，岔开话题，说："你今天怎么脸色不好？没睡好？跟男友纵欲过度？"

许臻臻说："我倒是想。跟朱子平这几天没少闹矛盾。"她描述了一下自己跟朱子平差点分手的事。

王小轶说："你真相信他说的？"

"他让我看微信了。"

"我工作这么多年，现在明白一个道理：有时，眼见也不一定为实。因为，你看到的也许是人家精心安排的。"

许臻臻还想问，正在这时，王小轶的电话响了。

原来是林晖打过来的。王小轶站起来，走到一边接电话。虽然许臻臻听不见她在说什么,但看王小轶那个娇羞作态,嘴角含笑,花枝摇曳,简直让人牙齿都酸掉了。许臻臻快看不下去了,多高浓度的糖精才会甜成这样啊。她可从来没有见过王小轶这个钢铁直女的这副模样。

唉,她跟朱子平,很久很久没有过这种甜蜜了。

好一会儿,王小轶才挂了电话,依依不舍。

许臻臻给她翻了个白眼:"热恋中的女人,傻子一样,不可理喻。可惜,我跟朱子平还没结婚,就已经相看两厌了。这世道不公平,不公平啊。"

王小轶说:"别忘了,你们你侬我侬的那几年,我可是一直单身啊,单身!身边连只公蚊子都不咬我。"

许臻臻说:"那倒是,公蚊子只咬植物,母蚊子才咬人。"

两人笑成一团。

6

两人回忆起以前的大学生活。两人虽然都是平城考出来的大学生,但家世可差太远了。许臻臻在大学时就是班花,家庭富裕,打扮漂亮。她还是学生会各种活动的主持人,很多男生追求她,她很快就交往了同样是平城来的建筑系同学朱子平,谈起了恋爱,而且感情很牢固。

而王小轶却穿着土气,沉默寡言。细看起来也是眉清目秀,身材高挑,但因为家里穷,整个人就显得有点瑟瑟缩缩。每年的生活费,她都是靠助学金和奖学金撑起来的。她不怎么与同学一起玩,大一大二为了挣奖学金,她玩命地学习,经常挑灯夜战。

其实,两人在平城的时候就认识了,进了大学发现是同班同学的时候，一度还刻意回避。因为，许臻臻的爸爸许振羽是中级人民法院的法官，而王小轶的爸爸则是法院的司机。在王小轶十岁的时候，她爸爸开车去送许振羽到县城出差，半路与一辆大卡车相撞。许振羽受了重伤，做了三四次大手术，才保住了命。而王司机，连皮都没蹭破。虽然事故鉴定结果下来，大卡车负全责，王司机没责任，但是在那个还流行铁饭碗的年代，许振羽坚决要炒掉王司机。

王小轶的爸爸从此就再也没有找到过工作了，他也不想工作了，就一直待家里。刘美兰恨他，也恨许振羽，谁都恨。

当两个孩子成为大学同班同学的时候，很尴尬。当两家人都知道他们的女儿是同学的时候，更是跟自己的孩子反复强调：绝不能跟对方这个坏分子一起玩。

王小轶家里穷，当宿舍女生互相分吃水果零食的时候，她从来不接，从来不吃。许臻臻也是一次又一次地给她分苹果、橙子、草莓等，王小轶开始不要，但许臻臻说：“我知道你不是不喜欢吃，只是因为你没有办法回礼。其实人和人之间的关系并不总是等价的。大大方方地接受别人的好意，也是一种自信。"

王小轶听懂了。虽然她还是很少吃别人的东西，但从那以后，她就不那么介意别人比她有钱了。

而王小轶也帮过许臻臻。有一个外系的男生，天天在宿舍门口守着等许臻臻的出现，还扬言许不同意做他的女朋友的话他就要割腕。有一天晚上许臻臻在路上被他纠缠得没办法要呼救的时候，王小轶在后面看到了，拿起书包把这个男生一顿胖揍。这个男生自此再也没有在许臻臻面前出现了。

自此，两人成了莫逆之交。

大三时，王小轶开始尝试做网店，卖廉价的头花和首饰，她发现自己有赚钱的天赋，马上把战略重点转移了，一心一意地做小生意赚钱，成绩一路滑到及格线附近。

多年后，王小轶才跟许臻臻说，她在大四时卖球鞋，连着卖出了几个爆款，半年挣了差不多20万。只不过读书时她一直都在故意哭穷。毕业时，王小轶没去找工作，正式开始做网店，没几个月，她已凭自己的本事买了一辆车，还租了一个仓库，成了班上靠自己赚钱最多的人。

毕业多年了，许臻臻和王小轶依然不离不弃，一直是闺蜜，哪怕在不同的城市，还是互相挂念。

7

许臻臻说："看你和你的新男友进展神速，说不定我们能同时办婚礼？"

王小轶哭笑不得："差远了，还八字没一撇呢。"她黯然说，"我感觉我的人生没什么希望，再好的男人也不想跟我一起生活。"

许臻臻不懂，王小轶打开手机，放了几段语音给她听。语音是刘美兰发来的，在骂王小轶。内容无非就是：白白养你这么大，你半年都不回来是当我死了吗？以为甩给我一点生活费就行了吗？有点钱就以为自己了不起吗？你不结婚不要孩子，还是不是女人？是不是要气死我？你现在想嫁人已经晚了，不会有人要你了，又丑又没有女人味不会做家务，我都不知道怎么养了你这么一个废物……

许臻臻同情地看着王小轶。王小轶耸耸肩："我都习惯了。"她长叹一口气，看着许臻臻说，"我没办法告诉你，开网店做点小生意有多累，我就像苦力一样，身体苦，心里苦。我多羡慕你啊，你有完美的原生家庭，你的父母相爱，他们爱你，他们给你提供一切。你还有稳定的男友，体面的工作。你是众星拱月，温室的娇花……而我的父母，我并不认为他们是我的亲人。我只想逃离他们。"

王小轶苦笑着,继续说:"林晖是不是真的爱我,我一点把握都没有。但从来没有人对我说好听的话,会接送我回家。哪怕他只是玩玩,我也认了。"

许臻臻抚着她的手背,说:"所有的幸福都有代价。我也一样。你年收入300万,我年收入20万,还都要交给我妈保管。他们管我吃喝,帮我买衣服,照顾我,但我也没有自由。"爸妈不允许许臻臻在晚上10点以后回家,就连她跟女性朋友上街,他们都要详细询问那女孩的家境和背景。她反过来羡慕王小轶,虽然吃了苦,但现在拥有的一切都是她自己争取来的,干什么就能成什么,一个人就抵一支军队。

许臻臻说:"亲爱的,你别老担心林晖是骗你。他条件是好,但你也不普通,绝对配得上他。"

王小轶听到这里,眼里就有眼泪涌出来。许臻臻拿出纸巾,刚想给她擦眼泪,她一把抢过来,自己擦了。

王小轶说:"以前我看到有位美国作家写过一句话:'每当看到我的好朋友过得比我好,我都像死掉一半。'真是男人的胡说八道。谁说女人之间只有塑料姐妹情?我们俩呀,就情比金坚。"

这时,许臻臻接到了朱子平电话。朱子平先是问她为什么不在家,知道她是跟王小轶一起,朱子平说他离得不远,刚好可以赶过来。

王小轶觉得自己应该先走了,但许臻臻不让,因为这样就是明摆着像是对朱子平有意见。

等朱子平到了,他刚坐下,闻到许臻臻有酒气,再看到桌上有瓶啤酒,不高兴地说:"你又喝酒了?"

许臻臻说:"我们喝得又不多,两人加起来才喝了一瓶啤酒。"

朱子平说:"我不让你喝是为你好。现在科学界已经确认,酒精是一级致癌物，完全没有喝的必要，一滴酒都不该喝。"

许臻臻打断他说："那我以后不喝行了吧？"

朱子平拉住许臻臻的手说："不行。你的脸有点红了，你喝酒过敏。以前你喝多了就吐，怎么就不记得了？我要把你送医院，不然有危险。"

许臻臻挣脱他的手："我哪有酒精过敏？"

朱子平看她不服气，对王小轶说："小轶，你告诉她，她的脸很红了，是不是？很危险了是不是？这就代表着酒精中毒了。我要把她送医院。"

王小轶有点蒙了，不置可否地回应了几句，就让服务员立即买单。她不想搅和进去。

可王小轶刚走出了几步，感觉不对劲，又折回来，说："朱子平，你确定许臻臻酒精过敏？你别强迫她。如果真要送医院，那我表姐吕筝是有名的医生，我陪你们送去医院，医药费我出。"

许臻臻想奋力甩开朱子平抓住自己胳膊的手，说："我没事！"

朱子平说："不，你脸都红了，酒精中毒怎么办？"他说要带许臻臻打车去，不用麻烦王小轶。

王小轶坚决地说："我请喝的酒，我必须负责到底！要送的话我来送！"

许臻臻越发生气了："我不想去医院。朱子平，你这么纠结说我有病，到底是什么意思？"她拎起包就走。

朱子平赶紧追过去，话也软化下来了："好了好了，我不就是担心你嘛……"

许臻臻让王小轶先回去，她站在路边截了出租车就走。朱子平赶紧追上去。

在出租车上，朱子平先是跟许臻臻表忠心，说他多么多么担心她，还趁着中间工休的时候赶过来；然后又对她展开教育，认为她不该跟猪朋狗友一起。"你看，你跟我一起，都是喝鲜果汁，吃水果，低油低盐，你跟你的那些朋友一起，不仅都是油炸食物，还喝酒了！平时我给你看了多少健康的文章你怎么就不长记性呢？"

许臻臻嫌他管得太宽，朱子平则痛心疾首，说："如果不是我在乎你，我管你抽烟喝酒还是文身吸毒呢！"

许臻臻假装看手机，不想听他的话，但是，他的那些声音还是灌进耳朵里了，难受。她看到王小轶发来的微信："我刚才主动说要送你去医院，是看他控制欲太强了，怕他打你，你要小心。"

许臻臻回复"我没事"。可她心里好难过：我们怎么变成这样了？以前一直觉得子平最在乎我了，在意我，情比金坚，可为什么现在我却不想跟他说话？连朋友都怕他打我了！

许臻臻要从北京回去了。朱子平纡尊降贵，要送她去机场，还特意从单位调休，留出时间。她又迷糊了，觉得自己过于挑剔。人家朱子平就是很在乎你啊，你还有什么不满足的？

坐在飞机上，许臻臻很感伤：曾以为自己的生活是完美的，令人羡慕的。但为什么现在会这么不满意自己？为什么跟朱子平一起越来越不开心？马上就要定婚期了，该怎么办呀？

8

表姐吕筝打电话给王小轶，她马上要做一台手术，请求她帮助接一下一年级的小雨放学，保姆今天请假。王小轶家离吕筝家又不远，她把工作上的一些琐事交代给员工之后，就去接自己的小外甥女放学了。

小雨平时很喜欢小姨，但今天她不开心。王小轶问什么，她一两个字就回答完了；王小轶逗她，她也无精打采。

送小雨回家之后，王小轶看着她写作业。快八点钟，吕筝总算带着超市买的菜回来了。她让王小轶继续陪小雨,她就在一边忙着做三个人的饭。

"姐夫呢?"

"他不回来吃。他好久没有回家吃过饭了,连周末也很少在家吃。"

看到吕筝一个人麻利地切菜,洗菜,炒菜,同时还炖汤,王小轶赶紧过去帮忙。她很佩服吕筝,她自己长期单身,压根就不会做家务,就打打下手。

等做好饭,小雨的作业也做完了。

"要是能有表姐那么完美的生活就好了。"王小轶由衷地说,"你学历高,热爱工作,又受人尊重;姐夫收入高,早早就买了房;姨丈自己有退休金不用操心,小雨又聪明……每一条,都是我没法企及的。"

她还没有想清楚,要不要把林晖的事告诉表姐。如果她跟林晖在一起,倒是很容易把这些目标都实现了,就像表姐一样,组建体面的精英中产家庭。

吕筝笑而不语,只是催促小雨吃饭吃菜,要保证营养齐全。她说,小雨肠胃不太好,每次吃外卖都会拉肚子,换了多少家店都不行,必须吃家里做的饭。平时是保姆做饭,今天只能她自己来了,再晚也得做饭。

等到把小雨哄去看学英语的动画片了,王小轶和吕筝一起到厨房里洗碗。吕筝还要回过头看看有没有吵到小雨,然后才压低声音对王小轶说:"完美?袁以智现在负责这个项目组,忙得像狗一样,哪有时间着家?他一天都睡不到三四个小时,天天黑眼圈,胡子都没空刮,哪里还敢奢求他来带一会儿小雨?"

王小秩说:"劝他一下吧,别这么忙,搞坏了身体就得不偿失了。而且你也是副主任医师了,医院已经够忙了,他总得帮下忙吧……"

她的话还没说完，吕筝就叹气道："也是没办法，以前小雨幼儿园的时候，袁以智经常带孩子还好。现在他忙了，上小学后小雨的成绩就在班里倒数了，别人都去学钢琴、学画画、学其他才艺了，只有我们都忙，请的保姆只能够做点生活琐事和接送，没办法带孩子学习。现在两人都顾不上孩子了，袁以智还想着让我辞职呢……"

"那怎么可能？"王小轶不解，"谁读完博士在三甲医院当医生还辞职啊？你可是高级知识分子啊！这个姐夫，脑子是坏掉了吗？"

"我拿到副高职称都好多年了，根本都没有心思写论文，也出不了成果，就没有办法评正高。我们科室有个资历比我还浅的男医生，早就正高了。"她叹口气说，"那个男医生都生了二胎，其中有对双胞胎，共三个孩子，可这对他的工作没有影响，带孩子全都是他老婆一个人的事。"

王小轶叹口气："我原本以为到了你这样的境界，已没有什么难以解决的困难了。"

快10点钟了，吕筝催小雨睡觉，但小雨说要跟小姨说说话。王小轶只好跟着她进了儿童房。小雨抱着她的头，凑着她的耳朵说："爸爸是不是嫌我成绩不好，没有去上才艺班，才不回家的？小姨，我退学就不会成绩差了，爸爸是不是就不怪妈妈了？"

王小轶吓了一跳："千万别这么想，那不是你的错，你爸爸只是工作忙。"

"我不想去上学了，爸爸妈妈就不用担心我成绩不好了。他总是怪妈妈没有好好陪我。"

王小轶安慰了小雨半天，还让她玩了10分钟游戏，好不容易才把她哄睡了。王小轶还不知道怎么跟吕筝说，这孩子藏心事了，看来她下午魂不守舍，也是有原因的。

正在这时，袁以智回来了，跟王小轶打了个招呼。虽然有客人,他也掩饰不住难看的表情,说不定两人就要吵架了。王小轶看看表,晚上10点40分了,她赶紧跟吕筝告别,溜了。

9

看到王小轶走了,女儿睡着了,袁以智才对吕筝说:"很可能下一波裁员的人里面就有我了。我带的项目组已注定不可能完成任务,目前看来整条项目线都会被裁掉。"

吕筝不知该说什么。在他们这样的互联网公司里,35岁已成了梦魇。他38岁了,周围一起奋战过的同事被裁过好几轮了。而且,袁以智进公司没赶上好时候,不能像早期的员工拿到那么多股权了。外面的人以为,35岁退休的大厂普通员工卖了股票就有1000万或2000万,可以一辈子不干活,可那样的故事早就绝迹了。袁以智的股权折现了顶多也就一百来万,意思意思,现在就看遣散费是否能拿够了。

但袁以智对这点也不乐观。

吕筝问:"那你打算以后怎么办?"

袁以智说:"创业。"

吕筝满脑子问号:"你怎么突发奇想?"

"我怎么算突发奇想?我们都策划了三个月,我的合伙人大辉都跟七八家风投公司面谈过了,我这边在物色办公室了。这次我们做的这个社区送菜的APP肯定能火……我正好把公司的遣散费和期权套现都投进去。"

"你说你都准备几个月了?怎么我一次都没听你说过?你还没被裁呢!"

袁以智不耐烦地说:"专业的事你懂个啥?跟你说有什

么用？"

"你要被裁员、你要创业，这么大的事你不跟我说？不跟我商量一下？"

"你懂技术吗？你懂架构吗？你懂营销吗？你懂风投吗？这是一个风口，一个赚大钱的机会。我就知道你一定会阻拦的。可是，过了这个村就没这个店了，我不能再错过这个风口，我不想留下遗憾，这是我的梦想，"

"你什么时候说过你的梦想是做一个社区送菜的APP？"

"我怎么没梦想？我的梦想就是创立一个科技企业，去纳斯达克敲钟啊！"

"你说我没有建设性意见？我有，现在，我的建设性意见就是，你在平摊了一半的家庭支出和平摊了一半的家务之后，可以尝试去做梦，梦里什么都有。"

袁以智冷哼一声："有病。"

吕筝不知道袁以智为何如此不明事理。两人虽说是相亲认识的，但好歹各方面都很匹配。一个医生、一个算法工程师，一个医学博士毕业、一个数学博士毕业，认识之前都是长期忙于学习，感情一片空白。相似的学霸人生，类似的家境和经济条件，同样前程似锦，两人很快就结婚了。多年后，吕筝成了肿瘤科的业务骨干，而袁以智则成了架构师，税前年薪百万，还有公司股票期权。加上小雨聪明可爱、很好带，这种日子本来很好过的。

但是，吕筝3年前升任副主任医师，手术任务越来越重，而袁以智也成为项目组的主管，何止"996"，简直是"007"。两人的事业都在蒸蒸日上，谁来顾家？小雨小时候是袁以智照顾得更多，小雨经常骑在爸爸脖子上，把爸爸当大马，黏着爸爸不放手。可是，两人在职场晋升后，吵架越来越多了。小雨是高知家庭出来的孩子，居然一年级就在班里成绩垫底了。

袁以智认为，都是吕筝对孩子不负责任的错。

"手术,加班,整天加班,医院不是没有你就不转了,你能拿多少钱?还不如多陪陪孩子呢!"

吕筝很生气:"如果我不是因为要照顾小雨,我要是肯去接飞刀手术,我不会赚得比你少!你一个工作到深夜1点回家的人,没有资格说我不管孩子!"

以前,至少袁以智赚钱多,是家里的经济支柱。哐,袁以智要创业了。他的钱要全拿走了。

那么,他在这个家存在的意义是什么?

第三章

1

　　王小轶翻开自己的衣橱，怎么看都不顺眼。基本上都是休闲装，裙子也是宽松的，一切为了方便舒适。此外还有几套西装用来充商务人士，就没了。她一直是一个没有性别的人。
　　她捂着胸口，算是明白自己为什么总是没有人追了。可现在她要打扮一下，不然就配不上林晖了。
　　王小轶一口气在网上下单买了好多华丽的裙子，外套、长裙短裙、高跟鞋；买了两个名牌包，还买了项链、手表、香水；又抽空做了指甲，做了皮肤护理……这一个星期，店里的事没有那么多，她倒是忙得要死，不是在买买买，就是在打扮护理。
　　林晖不爱聊微信，王小轶发过去闲聊的话，他不回复，但会无缘无故冒出一句：想你了。然后，他又要过一两个小时才回复。弄得王小轶反倒觉得自己在干扰人家的工作，是不是太黏人了？
　　周末，林晖又主动约王小轶见面，说要带她吃北京最好吃的，他请客。王小轶想着，林晖肯定要带她去很高档的场所。她在家挑了半天衣服，挑了一件有亮片、显身材的紧身长裙。林晖开着的敞篷法拉利停在小区门口。王小轶从下楼到出小区，一路跟邻居、保安热情洋溢地打招呼，飘飘然地上了他的车。

林晖一脚油门，法拉利就"轰"的一下，就像野兽宣示地盘时的嘶鸣，鸣蝉在寻求交配的呐喊。但没等你回味过来，这匹奔腾的马就飙远了。

王小轶很满意。至少，这个小区很多人都看到了，看到她上了一个帅哥的法拉利了。

林晖带她去了一个商贸中心里，带她看了一部漫威电影，买了爆米花和可乐。两人紧紧坐在一起，手牵着手，她依偎在林晖肩膀上。他们还在黑暗中悄悄亲吻。恋爱的禁忌与浪漫，都尝到了。原来这就是恋爱啊！她就像个情场上的新丁。因为，以前大学里谈的恋爱，没钱，浪漫不起来。

来之前，王小轶还想过，如果两人去逛商场，她要买衣服买包包，是谁来付钱比较好。她看别的女人谈恋爱都是男人买单的，但她没有试过，不知道怎么开口。王小轶并不是想贪那点礼物，但她想要一个仪式感，证明这种感情。

但是，林晖不让她有时间尴尬了，他直接说："我们不逛了，我要带你去一个神秘的地方晚餐。"

林晖把法拉利停在老远的地方，两人步行走进一条杂乱的巷子。王小轶提着裙子，蹬着高跟鞋，咬牙忍着，脚都磨破了，这一公里的路走得苦不堪言。两人走到了一家面馆大排档面前，林晖说："就是这间了。"

王小轶很诧异。但来都来了，她坐下来了，一看菜牌，真的，就是普通的大排档，面条，馄饨，小炒，饺子，豆汁儿。王小轶很不高兴地点了一碗炸酱面，加一瓶北冰洋汽水。林晖点的是小馄饨。他吃得有滋有味。

王小轶压制住怒火，问："你为什么带我来这种地方，你是怎么想的？"

"你点的北京炸酱面,可是他们的招牌,你不觉得汤很鲜、很好吃吗?"

"你说的北京最好吃的地方就是这里吗?我可是为了你,穿了晚礼服来的。"王小轶更生气的是,上次你带我去吃4000块的牛排,我请客了,这次你请客,你带我来吃20块钱的面条?可她没好意思说出口。

林晖不疾不徐地说:"你还是不懂这家店的好,你看——"他打开一个著名的饮食点评APP,"这家是海淀区面食第二名,口碑极好。一般人还找不到这地方呢。"他看出王小轶的不高兴了,放下碗筷,抓住她的手,凝视着她的眼睛,说:

"因为你是一个独立的女人,见多识广,我无须再带你去看那些繁华,你自有品鉴。但这些最最地道的北京饮食风味,不是我这样资深的北京人,还未必能找到呢。没有我,你可能永远不会有机会来这里。我希望给你留下最深的记忆。"

王小轶还有怨气,但是被他这么一说,无法发作。

王小轶叹口气说:"你偶尔吃点苦,可能是在体验普通人的生活,是情趣。但对我来说,我从小家境就不好,我就是泡在苦水里长大的,是现实。我每天都活在现实里,没必要再花钱体验了。"

林晖很心疼地把她的手拉过来,捂住自己的胸口。忽然之间变这么亲密,紧张得王小轶的小心脏狂跳。林晖说:"你这么一说,我好心疼你,好希望能让你过更好的日子。"

两人吃完,王小轶踩着高跟鞋又艰难地挣扎蠕行到一公里以外的停车场。王小轶坐上了法拉利的副驾位,不快才平复下来。

林晖故意不说话,好一会儿,然后才拉住她的手,握在胸前,说:"今天我更觉得你是一个值得我珍惜的女孩,我没有见过像你这么有思想的女孩,我爱你。"

王小轶满心欢喜,说:"我也爱你。"

怎么一切来得这么轻易、美满呢?天啊!她是上辈子造了七级浮屠吗？

2

林晖坐在座位上，搂着她，把她扳过来，深深地吻着。

王小轶也不由自主地迎合着。她不知道舌头可以这么柔软、湿润，太久没有这种感觉了，她的头皮也发麻了。

好一会儿，林晖才在她耳边轻声说："我今晚能不能去你家？"

王小轶有点慌张："可家里乱，我还没收拾好呢。"

"那我们去前面那栋最高的酒店好吗？我想跟你在一起。"

王小轶有点结结巴巴："可是我没准备东西，也没准备换洗衣服。"

林晖笑说："那你同意了？楼下就是一大片商场，我们随便买点替换的就好了。明早我送你回家。"

她坐在车里，心里还是有点紧张，忐忑不安。不知怎么，就是觉得像做梦似的。这不像是她的世界里真实发生的事。他到底爱不爱我？是真心还是假意？感情这一块，是王小轶的短板，她很难辨析。

但转念，她又用熟悉的盈亏表去衡量了。骗色吗？以林晖的身材、模样，她睡到他，也值了。骗钱？老娘做了这么多年生意，也不是那么好骗的。

想到这里，王小轶放松了。进了酒店，林晖紧紧地搂着她，她依偎在林晖身上，他们表白了，是恋人了。在登记入住的时候，林晖说没有带身份证，王小轶带了，就由她来办手续了。

进了房间，林晖表现得很热切，不停地吻她，让她喘不过气来。等王小轶看到林晖脱了上衣,她就完全投降了。他有胸肌和腹肌,显然是经常健身的,不等他主动,王小轶的手就自己摸上去了。

要说遗憾,也是有的。林晖在床上的表现,太一般了;而且一点服务精神也没有,自己爽完就睡,理都不理她了。等她洗完澡,他早睡着了。她不免失落。

不过王小轶今天走了那么多路,累了,也很快睡着了。

早上睁开眼睛,林晖刚醒,把她揽在怀里。王小轶躺在酒店的大床上,心想:呀,他还是爱我的。我都多久没有男人了?想到这里,她开始吻林晖。两人又缠绵起来。

王小轶枕在林晖的臂弯里,林晖轻吻着她的头发,弄得她很痒,只想缩起来,担心她昨天洗的头发,不会有味道吧。

只听林晖说:"下周末是我的生日,我很希望能跟你一起过呢,这将是我最美好、最有意思的生日。"

"太好了……"

"我们好好策划一下怎么过?你到时打算送我什么礼物呢?"

本来正高兴的王小轶心里沉了一下,还是在装笑:"那你喜欢什么呢?"

"我喜欢的东西很多啊,配得上你我身份的东西就行。你看,我平时穿的衣服、鞋子都很少低于两万的,平时我都是跟集团总裁、司长打交道,你买个能跟我相衬的礼物就行。"

说得轻描淡写,但王小轶心里盘算了一下,这要求不低啊!她也笑着说:"那我生日你要送我什么呢?"

"你的生日不是在12月24日嘛,我都记着呢。没那么快到。"

这家伙居然一下子就记住她的生日,那是真在乎她。王小轶又喜又忧。

林晖似乎感觉到王小轶的犹豫,他吻着她的耳边,说:"现在社会上的传统观念还很多,很多人都是大男子主义,总觉得女人要靠男人养着，女人要听男人的。其实，女人现在都非常能干，女人不再等男人的爱，不再等男人的施舍。她们也能够花钱，为自己喜欢的男人花钱，就是女人一种能力的证明……"

说得王小轶心里甜滋滋的。

离开酒店时，到了大堂，林晖直接坐到沙发上，自己在玩手机。王小轶蒙了，看起来他完全没有想要付账的样子嘛。

王小轶想起是以自己的身份证办理的入住，僵持了一会儿，没办法，她又出了酒店钱。

林晖开着他的法拉利送王小轶回家了。

王小轶刚到家，大中午的，刘美兰打电话来了："早上打你电话你怎么不接？说，为什么不接？"

王小轶开了静音，没听到。但她很烦妈妈的这种语气，赌气说："我跟男朋友一起，听不见！"

刘美兰奇了："你啥时有的男朋友？怎么不告诉我？"

王小轶说："这两天新交的男朋友！现在你满意了，你别再催我了。"

这句话千真万确，但任谁来听，都是赌气。刘美兰平时没少催王小轶找男朋友，赶紧结婚，赶紧生孩子，她再不结婚谁还要，过了30岁了不好生孩子了……这会儿听到女儿说有男友了，刘美兰却冷笑着说：

"你又不相亲又不打扮，不会做饭又不会收拾，对象难道是从天上掉下来的吗？就你那副德行，不修边幅，你找的男友能好到哪里？别以为你有两个臭钱就了不起，你不肯侍候男人……"

王小轶也气了，打断她，说自己的这个男朋友，长得又高又帅，家里是富二代，学历又高，工作又好，赚的钱也多，对她也很好，好得不得了。刘美兰更不相信了，说她是编出来的，就为了糊弄自己，发张照片来看。刘美兰还说："这么好的男人还会看得上你？肯定是骗子啊！"

王小轶把电话挂了。

尽管王小轶一次一次地提醒自己，不要生妈妈的气，当她的话都是废话，不值得放在心上——但是，她还是控制不了气愤。喉咙像被塞了块抹布一样，一口气堵在嗓子眼，骂不出来。这二十多年了，她的所有努力，都是为了能远离妈妈。现在，王小轶觉得已经能挣点钱了，还能每月打钱给妈妈，就是想证明自己。但妈妈依然不满意，说她没有男人要；好了，现在有男朋友了，还要被她羞辱……她到底要怎么样才满意？

王小轶曾经花过很多精力，劝自己相信，妈妈的心地是好的，是为她好，只是不会表达。但她真做不到自欺欺人。

3

虽然两人确定了关系，但两人工作都很忙，林晖更是说，不要打电话，他永远不方便接电话。发微信他不一定回，等他有空了，自然会回复。

话都说到这个份儿上了，王小轶也尽量不打扰他。她没办法表达爱，满腔盈于胸间的情感无处宣泄，就像一拳打到棉花上一样，没法使劲。

只有一次，林晖主动给王小轶发了一个自己在内部会议上做英文发言的小视频，台下有很多老外，他的英语标准流利，用词准确，而且还有问答环节，他都挥洒自如。王小轶又多了一份放心。这么优秀的人，怎么会是骗子，能骗她什么？

她打定主意了，不入虎穴，焉得虎子。林晖条件这么好的人，再不花点心思、花点本钱抓住，就没了。王小轶这些年做生意，接触到不少赚了几个臭钱的男人，都庸俗不堪。庸俗也就算了，可连那种庸俗的男人，都看不上她，嫌她不够妖娆，嫌她不够顺从，再嫌她不够有钱，家庭没背景。林晖就是天上掉下来的白马王子，时不我待啊！

王小轶在官网上下单了一个LV的新款男包，隔天就送到了办公室。

她拆包的时候，田青都呆住了："王总，你男友这么大的魅力吗？你平时抠门得要死，订盒饭从来不加汤，平时习惯背个几十块钱的帆布袋，现在忽然大方了。他到底给你下了什么药？"

王小轶摸着这个新包，真的，贵有贵的好处，感觉这皮革都是香的。

"两万八。"

田青叹口气，自己嘟囔着："那肯定是有什么过人之处。"

王小轶假装没听见。

两天后就是林晖的生日。这次王小轶学聪明了，自己订了个餐厅，人均300多元的消费水平。不然的话，又要她大出血了。她不明白，林晖都这么有钱了，怎么总是让她来出约会的钱。

林晖一见面就问："亲爱的，给我的礼物在哪里呀？"

王小轶把LV包递给他，他接过来，打开，熟练地四周抚摸了一圈，又看了一下包包最深隔层里的标牌，像在验看是不是正品。检查了一轮以后，他把它收好，笑着对王小轶说了声"谢谢"。

王小轶不开心。他太轻描淡写了，她可是心在滴血呢！林晖一边点菜，还一边假装不经意地说："这个LV包新款还不错，是这一季的流行。不过我还以为你会送我手表呢！"

她差点生气。但小不忍则乱大谋，她淡淡地说："我们还会一起过很多生日，我以后送。"她希望他听懂了。

快吃完了，王小轶撒娇说："我们还没合过影呢！"林晖说不合适，解释说："你想想，我堂堂一个政策分析师、高级专家，在朋友圈里发那些跟女朋友玩嘟嘴自拍的照片，别人怎么看我？还有专业性吗？"

王小轶无话可说，但还是很失望。

他不肯发朋友圈，那我就自己发吧。趁林晖低头，王小轶拍了几张他的侧脸。嗯哼，他还是蛮帅的。

吃完饭，林晖说今天有事，让王小轶自己回家。到家后，她挑了一张刚才拍的林晖照片发朋友圈，写上："亲爱的，生日快乐。"

反正，他那么忙，未必会看到朋友圈。

忽然，有一个女孩给她发微信："王小姐，林晖是你的什么人？这人是我男友。"

王小轶脑子"嗡"的一声。她总觉得哪里有问题，没想到原来问题在这儿。他是有女朋友的。难怪他这么忙，还没空跟她互动。这个女孩叫小碧，是一家大牌化妆品公司的华北区总代理，在一次商务活动中跟王小轶互加微信的，不熟，印象中，她很能干。

凭直觉，王小轶立即相信了这个女生，撒谎的一定是林晖。想了一会儿，她答道："我跟林晖确实是男女朋友，但只交往了三四天。他说他是单身，我就信了。"

她还在等着这个小碧的回答，忽然又收到另一个女生发来的信息："你是哪位？林晖为什么会跟你一起？今天不是他的生日！"

王小轶蒙了。这个女孩她都不记得是谁了，查了一下，她是某个公司的市场总监。

王小轶的脑子里瞬间像接通了一盏灯：林晖同时在跟三个以上的女孩谈恋爱。

那要礼物，又是怎么回事呢？他是骗钱骗色吗？

王小轶把刚才的回复，复制了给第二个女孩。

有意思，这两个女孩，似乎都迅速就相信了王小轶的话。这说明，林晖的漏洞太多了。她们没有互相生气，而是想搞明白，林晖到底怎么回事。

王小轶在微信上拉了一个小群。现在初步明白了。三个女生跟林晖的交往时间都不长，从几天到一个多月不等。林晖对她们每个人来说，都还很神秘。

还没说几句，忽然王小轶接到了林晖的电话。他严厉地说："马上删照片！谁让你侵犯我的隐私权！"

4

林晖的强烈反应，让王小轶瞬间清醒：以前的担心都是真的，这个男人隐瞒着很多重大问题。

想到她今天刚刚送去的LV包，28000元，还有今晚700元饭钱，上周4000元的饭钱，2980元的酒店钱……她的心，在一滴、一滴、一滴地沥着血。而他，两人一起共花了他80元的电影票钱，35元的爆米花钱、65元的炸酱面、馄饨加北冰洋汽水！

王小轶立即决定，不要放过这个狗男人了。她简单地问了一下，发现那两位女生，也坐过林晖的法拉利，也给林晖送过价值不菲的礼物，但却没有收到过回礼……王小轶说："我怀疑，林晖的女友不止我们三个。"

王小轶让她们屏蔽林晖，不要让他怀疑，然后在朋友圈里问问还有谁认识林晖，有过重要的合作，很可能还会碰到相关的女性。

过了两个小时，也就是晚上11点的时候，小碧和另一个女生，也陆续收到几位女性的私信。

除了一个是因为林晖冷暴力明确分手的前任以外，加上王小轶，林晖的现役女友，有6位。

几个女生都恍然大悟了。6个人加入了群里，七嘴八舌。王小轶擅长分析，从大家说的一些情况里，她慢慢理出头绪了。

为什么大家跟她一样,不相信亲密关系中的男朋友,宁愿相信陌生女性,就是因为,他在每一个女人那里都是一个谜,表现很奇怪。这个林晖,除了几句甜言蜜语之外,太多事情让女生们产生怀疑了,全靠她们自己骗自己,才能维持这段关系。

这些女生都有一些共同点:二十七岁到三十五岁之间,事业不错,有点好看,但不是网红脸,收入高,急着想结婚。林晖基本上不花钱,却让女生请他去高级餐厅吃饭,去超五星级酒店开房,给他买价值不菲的礼物。其中一个,才交往十天就给他买了一个超过十万块的手表,因为他说,想要跟她订婚。

可没有哪一个女性跟林晖的交往超过三个月。

大家核对了一下约会见面的时间,都完美地错开,没有失误。王小轶恍然大悟:这家伙从来都是他在指定约会时间,不迁就女性;他肯定弄了一个excel表格,把每位女性的时间、收入、生日、约会经历都做好管理了。而且,林晖给每个女人说的自己的生日都不一样,方便他分别跟每个女性约会、要生日礼物。

林晖的口头禅就是:我喜欢独立女性。我讨厌拜金女。如果她涉世未深,就带她看遍世间繁华;如果她历经沧桑,请带她坐旋转木马……六个人听得都快要吐了。每一句话,他跟所有女人都说过。每个细节,几乎都一模一样。

他的套路就是,等女人送完一堆礼物之后,他就玩消失,就冷暴力。而这些"独立女性",难道还能哭闹纠缠吗?只能打掉牙齿往肚里吞,潇洒转身。甚至,林晖可能还有更多同时交往的女人,这一套路还可能循环用过很多轮。

王小轶说:"我们不能让这件事白白过去,必须给他点教训。不然,更多的女性会被坑。"

大家一致决定让王小轶来通盘考虑,做计划,其他女生都愿意支持她。

商量完,都已经快半夜两点了。这时,王小轶这时才停下来喘息,感觉到心脏在怦怦地跳,紧张,躁动,恶心。

她没法原谅自己。她也不年轻了,也不是没见过世面,怎么就能蠢到地沟里呢?她这么爱钱,怎么就甘心受骗呢?要是一碰到要花钱的地方,她就提高警惕,赶紧溜,怎么会有后面这些破事?

越捋这件事,王小轶越是得承认,林晖跟她睡,不是因为喜欢她,也不是因为想"睡"她,而是,因为跟她睡了以后,王小轶才会心甘情愿地送礼物。女人跟一个男人睡了,往往是她的感情的开始;而男人跟一个女人睡了,却可能是他的感情的终点。

而这个林晖,就是利用女人希望跟他确定关系的心理,骗色不重要,重要的是,只有骗了色,女人才心甘情愿地给他花钱。

妈妈说得对,人家只想骗钱,骗色都不想骗你的呀!

是虚荣,法拉利的虚荣,糊住了她的双眼。她差点以为人生里有奇遇呢!

王小轶压制住悲愤和恶心。这事儿,不能急。

5

许臻臻下班前,她的顶头上司、电视台新闻频道的庞主任分配给她一个紧急的活:两天后的下午,主持一个名人纪念馆的剪彩仪式,省里的张副厅长亲自过来;还有几位大学教授也会从省城来参加。他扔给许臻臻一些资料,让她和纪念馆的丁老师对接。

这种小城市的新闻节目都相当套路,主持活动,那就更简单了,关键是排好领导的讲话次序,组织好衔接编排,不需要什么精辟的幽默,更别搞出什么独到的见解。

许臻臻是这一批年轻主持里公认最认真负责的,每次有这些任务或商务活动,她都会比别人做更充分的准备功课。当然,也会有人暗笑她不够聪明，只能下笨功夫。笨功夫就笨功夫，最后看谁飞得高。

两天后，剪彩活动就要开始了。计划是下午三点各方就位，领导讲话，讲完就剪彩、参观。省城的电视台也派人来了，各大媒体都到齐了。但眼看就两点半了，却出了点状况：张副厅长一行从省城开过来的公务车，因为前面的高速公路上出了个严重事故，被堵得严严实实的，下不来。据张副厅长的秘书反映，三点半都到不了。庞主任急得团团转。

纪念馆的丁老师赶过来说，省城文化和旅游厅的何副厅长走另一条路，已经到了。但是何副厅长的工作安排是在剪彩之后与大学教授们开座谈会，没有准备开幕发言。如果能把两位厅长安排的工作对调一下，那么，整个活动就能顺利进行。

庞主任很高兴，打电话给张副厅长的秘书，他们还堵在高速上，同意了。问题就在于，这个开幕发言至少要讲十分钟，怎么可能在二十分钟内给没有做准备的何副厅长准备好讲稿？作为主持人的许臻臻立即说："没问题。请求把开幕式延后5分钟。我20分钟弄出一份讲稿，5分钟给领导熟悉讲稿。"

她借用了一台电脑，把自己手机里的文件传进去，马上开始写。虽然现场人来人往，但她没有时间找舒服的地方了，就坐在后排的椅子上写起来。

庞主任不信有人能这么短时间写完一篇演讲稿，但他也只能急病乱投医了，大不了让嘉宾说短一点。

没想到，十几分钟内许臻臻真的就写出来了一篇2000字的稿子，庞主任看了两遍，内容没问题，立即找人打印了几份出来，交到何副厅长手里。

许臻臻长长地吁了一口气，化妆师赶紧上来补妆。她看着时间，延时5分钟开始，大家都准备好了，她笑意盈盈，走上了台。

领导讲话，轮到何副厅长了。她虽然不能脱稿，但发言还是很有水平。她先从平城的历史底蕴说起,谈到平城历史上人杰地灵,对文化做出的贡献,再谈到在革命时代平城涌现过的英雄人民,其中包括了这位名人,最后总结,我们今天生活在这片幸福的土地上,既是依靠党的领导,也是因为有了这些革命先烈的付出。

庞主任一听,哎,比以前其他领导的讲话言之有物多了。有内容,有情感,有细节,有正能量。

何副厅长讲完,下来,点点头。显然,她也对自己的这次讲话很满意。

等到许臻臻主持完剪彩仪式,带领嘉宾们参观展馆的时候,张副厅长已经到了,在休息,准备下面的专家讨论。

何副厅长是一位50岁的大姐,她特意找到许臻臻和庞主任、孟台长,说:"今天的讲话稿是这位女同志写的吧?时间这么紧,却能写出这样一份高质量的演讲稿,让我对平城有了新的了解。这里真是个好地方。你们平城电视台,出人才啊!"

大家顿觉脸上有光。

庞主任悄悄问许臻臻:"你怎么做到的?打字都打不了这么快啊?"

许臻臻说:"我昨天就准备了两个版本的主持稿,一个是长达十多分钟的开场白,详细介绍平城的文化;一个是简洁的开场白,把时间留给领导和专家们讲话。我用了简洁版,把另一篇谈平城文化的,按何副厅长的身份和角度,稍加修改。其实,以前的主持工作,我也经常准备两个版本。"

庞主任向她伸了大拇指。

第二天上午,频道里开了个例会,庞主任对许臻臻大加赞许,夸她这种随机应变的能力,首先来自她对工作的认真,对每一次活动的精心准备,把工作当成是最重要的事情。他还让各位记者、主播多向许臻臻学习。

许臻臻坐在台下,皱了皱眉。谁不喜欢听表扬呢,但是庞主任话说得这么满，就有点像把她架在火上烤，这让其他资历比她深、年龄比她大的主持们怎么想？

果然，她就听到后排"哼"了一声。想都不用想，那是另一个新闻主播孟文。孟文比她早来五年，以前类似的活动，往往是找他主持的；但现在，如果只用一个主持人，十有八九都选许臻臻。

这倒不是因为许臻臻有多优秀，而是孟文经常向办商业活动的企业额外索要礼品卡、优惠券，数额不算高，一般两三千元，对方忍着恶心也就给了。不过时间长了，终于还是有企业跟电视台反馈了，给了孟文内部处分。这对孟文的正常工作影响不太大，不过，以后各种各样的政府活动、商务活动的主持，需要新闻频道配合的，大部分都让许臻臻去了。

许臻臻总是影影绰绰地听到有人说她是睡上去的，她两腿一张就行了。她知道编排这个谣言的人就是孟文。她心里憋气，但没当场抓住，没法骂回去。

这回，会议结束后，大家都散了，许臻臻也走出去了，隔了几个人，还能听到后面孟文跟一个不太了解内部情况的新来的男记者边走边说："这个女人，以前大家只知道她能搞定老男人，也不知道用了什么功夫……现在厉害了……连老女人也能搞定，瞧她那阿谀奉承的嘴脸……厉害了……"中间说啥听不清，但话肯定是很难听。

她知道这个人不是东西。但人家又没有指名道姓，她还不能主动讨骂，说：对，你说的这个坏女人就是我，你为什么骂我？

清者自清吧，她只能假装没听到。许臻臻就不信了，这人也没有什么后台，他还能长久地混下去？以后肯定会倒霉的。

快到下班了，朱子平父母打电话来，说周末是许臻臻的生日，邀请她和父母一起去餐厅帮她庆祝生日。

6

许臻臻父母和朱子平父母很早认识，两家人的亲戚也遍布平城的各种重要岗位，他们看到孩子们自由恋爱，开心都来不及。这完全门当户对。这么完美的姻缘哪里找？

这样的小城市，几乎找不到一个孤立的家族，年龄大一点的，都在由血缘和姻缘编织的关系网络中。也就是这二十年左右，年轻人基本上都需要通过考试才能当上公务员了，但是进入单位之后，有人脉的和没有人脉的，发展机会也是差别很大的。像许臻臻和朱子平，都是平城年轻人里的佼佼者。以后，许臻臻在电视台逐步升职，是理所当然的。虽然朱子平在北京想赚点钱，可家里人也催着他赶紧回来结婚，因为在平城，他的路会越走越宽，背后挤满了保驾护航的人。

这样的人家，不是什么大富大贵，手里也没有大钱，但只要不出平城，日子就像神仙一样舒服，生老病死一体都安排好了。

朱子平爸妈喜欢许臻臻，就经常让她来自己家吃饭，当自己女儿一样，反正朱家爸妈也退休了，家里还有钟点工，做饭、家务都不用他们操劳。电视台离朱家只有一公里左右的路程，有时，许臻臻中午就受邀去朱家吃饭，还能午休一会儿再回去上班。家里有俩老人，儿子不在，他们也乐于有未来儿媳陪着说说话。

这个周末就是许臻臻生日，朱妈妈邀请她带着父母一起来家里过生日。"请上你的爸妈，我们一起给你好好过个生日。这次平平虽然来不及回平城；但放心，你们尽管空手来阿姨家，我们什么都安排好了！"

许臻臻心情很复杂。她跟朱子平越来越没有默契了。他的每句话都能让她不痛快，总是在教育她做事，教她做人，小到穿衣吃饭喝水，大到价值观、人生观，都是她这不懂、那不懂，天真又蒙昧；而他总是为了两人的将来操碎了心，这是为她好、那是为她好，伟大又善良。

有时看他的行动，感觉他对她很在乎；但一听他说话，本能地，她就心情低落。

但是，许臻臻也快29岁了，在这种小城市里，哪有过了25岁还单身的女孩呢！她耽搁不起了，没法把七八年的感情都断了，重新开始。在平城，根本不可能有其他合适的对象了。而且，朱家的爸妈对她那么好，就算看在他们的分儿上，许臻臻一时之间就断不了这份牵绊。人生的选择，还是太少啊！

7

王小轶与林晖还是像以前一样联系着。她捏着鼻子忍住恶心，时不时地发一句"想你了"。林晖爱理不理的风格，也跟以前一样。王小轶思忖着他应该不知道情况，就对他说："前两天你过生日，你想要的礼物是手表，我想补偿一下。不过，我可不知道你对我是不是真心的呢，我想去你家里看看，才能确定……"

她发了个全新的江诗丹顿的男表给他看，还有收据。这是王小轶向一个做生意的朋友借的。

果然，林晖的反应速度飞快。他说"好"，还安排好时间，就按照王小轶说的周六下午，她要送他礼物，还去他家做饭。

到了周六，林晖开着法拉利来接王小轶了。别的不说，这辆法拉利还真是林晖本人的，他约了那么多女孩，出镜率极高。林晖住的地方也不错，是个高档小区，均价是每平方米12万元到15万元。她悄悄把他家的地址和门牌号发给了群里的姐妹们。

林晖的屋子不算大，但很整洁，其中有一间是健身房。这里的摆设和风格，一看就没有女人住过的痕迹，整洁，应该是请的阿姨比较贵。只有一个小房间的门是锁着的。他说里面没什么，很乱，不让开。

林晖很想亲热，王小轶百般推脱，说要给他做饭。其实她做饭也不行，勉强学会了炖汤和几个炒菜。林晖没有怀疑。主要是他不那么在乎吃，他想要礼物。

忙了好一会儿，楼下门禁响了。王小轶说："我叫了附近那家海鲜酒楼的参鲍翅的外卖，知道你喜欢吃高档东西。"林晖满心欢喜地开密码，让外卖员进来了。

不到一分钟，门铃响了。林晖一开门，5个女人齐刷刷地站在门口，冲了进来。她们都是林晖的"女朋友"。大家关上门，把林晖堵在角落里，有个女生上去没收了他的手机。

林晖明显慌了："你们在干什么？"

他的一个女友，曾是某大赛的选美亚军，现在是健身和拳击教练。她拿着一根棒球棍，按着他说："别动。你骗钱骗色，同时至少交往六个女人，真是人渣。你还骗钱！骗钱！把我们送出去的东西还回来！"

另一个女友，则拿着专业摄像机在拍摄。

每个女人都一个一个在镜头面前轮流说，这个林晖骗了她们多少礼物，让她们花了多少钱，一脚踩六只船，自己这么有钱了还吃软饭，丧尽天良，要让大家都知道……

林晖明白了，他想动，但被两个女生按住了，还有一根棒球棍。他嚷着："我要报警！这些礼物是你们自愿送的，房是你们自愿开的！我又没强迫你们。"

王小轶看出来了，这样的男人身娇肉贵，他可不敢来硬的，因为不想有任何损伤。

拍摄的女生笑眯眯地说："等等。我们一边拍，一边一段一段地发到云上面了。我们每个人都有当时购物的小票、付款依据，或者会员记录。"这个拿摄像机的女生让另一个女生继续录影,她自己则动手,扒下了林晖手腕上的那个手表,展示到镜头前,"你看,我给你买了这块伯爵表,12万元!店员都认识我,会员购物记录都有。我们要拿回自己的东西。你立即把房间门打开。"

林晖很不情愿,马上就被人用棒球棍压着肩膀,一群女人虎视眈眈。他只好打开那个锁着的衣帽间,一边还说:"我警告你们,我可以告你们非法入室,还可以告你们抢劫。"

6个女生进去,发现里面一溜儿全新的包包、球鞋、西服,以及各种奢侈品。也许全都是女人送的。每个人找到自己送出的东西,基本上都没用过,发票都还在。她们陆续出来,每个人都把自己手里拿的东西放在林晖面前晃一晃,又在镜头前亮相,表示她们可没贪图他别的东西。

王小轶笑着说:"怎么,这些就是你不断地泡女人,女人送给你的?那你也够忙的,付出的劳动不少嘛。你一个公共政策分析师,打着这么高大上的招牌,搁这儿,原来你是在卖身呢?"

林晖说:"你们这是私闯民宅。"

王小轶说:"放心,这里有一个女律师。我们每个人都能证明我们是你的现任女友,而且门禁也是你开的,我们只拿自己的东西,多一根毛都不拿。再说了,视频都录了。情况就是这么个情况,你也没否认啊!"

林晖哑口无言。

几个人热热闹闹地告别了。拍摄视频的回去处理视频,给林晖和其他人的脸都打上了马赛克,给女律师审核过没有法律和诉讼风险后,把视频发到了林晖所在的券商,也发给了林晖父母的公司。

昨天,这些女生就商量好了,不要去纠缠什么骗财骗色了,赶紧把送的昂贵礼物拿回来。这些女生,都是靠自己的努力爬到职场高位,一旦清醒过来,就知道要止损,终局重开。而且,大家还说好,不要纠缠,不值得为这样的人损伤自己的名声和未来。

回到家，王小轶丝毫没有大仇得报的兴奋。她并不开心。她从来不知道自己是这么浅薄又愚蠢。时不时，两人欢会时候的情话还浮上来，他的身体宛若在眼前，想想都要吐了。而且，这一个多星期，她兴奋地买了那么多衣服鞋子、珠宝首饰、香水化妆品，就是为了取悦这个骗子，假装像个深陷恋爱中的女人一样，简直就是一个笑话！

更糟的是，王小轶知道自己并没有爱上林晖，只是因为虚荣，只是因为贪恋那点恋爱的感觉，才自己跳进陷阱里的。她是活该呀。

长久以来，王小轶就像根草一样，胡乱地成长着，只知道赚钱，毫无生活，她以为林晖能引导她走向另一种生活方式，哪怕那种生活标有价码，也值得。他曾让王小轶觉得生活有了盼头，她有了高的标准，她想要更完美。

原来，不会有人爱上一棵野草。是她痴心妄想了。

王小轶意兴阑珊，那些衣服首饰大部分一次都没有使用过，标签都没剪，她把能退的全都退了。

这时，刘美兰又打电话来了。

王小轶一接电话，刘美兰就说："今天怎么马上就接电话了？我早就估计到了，你根本没男朋友，你就是在吹牛！"

本来就心情不好的王小轶被激怒了："你烦不烦？我们今天在商量结婚了！"

"就凭你吗，怎么会有男人要？再说了，就你那邋遢样子，连你都追的男人，得有多差劲啊！"

"他在北京有好几套房，还开豪车，他还说以后工资卡都给我！"

两人又斗嘴了几句，王小轶把电话挂掉了。

王小轶心力交瘁，眼泪吧嗒吧嗒地掉下来了。别人的讥讽挖苦，她未必放在心上；但每次妈妈说的话，都像一把锥子一样，锥心刺骨,她一秒钟都忍不了,必须顶回去。每次她都告诫自己:别接电话,别回话,别讲道理。可是,只要听到妈妈的电话,她的血都要被气得沸腾,无法平静。

她甚至想,如果不是她那么急于摆脱妈妈,不是因为她从来没有尝过一点甜,她何至于在感情上摔那么大的跟斗?

8

距离上次大闹林晖家三天了。王小轶早就把林晖的联系方式等全都删掉了。上班时,田青过来告诉王小轶,林晖打电话到公司了。

林晖说,前两天视频传出来之后,他被公司内部警告处分,在行业圈子里沦为笑柄。他有个合同被取消了。今天早上公司开会,把他降级调去上海了。父母也骂他了。现在还有一个完整视频在网上流传,点击率好几万,不知道是她们当中的谁发的,问王小轶能否帮忙找出来,把它删掉。

王小轶答应了。但是,她的脑子忽然抽风了似的,问:"你追求我就是为了骗我吗?你是否对我有过感情?你找这么多女人,只是为了'集邮'吗?你有没有爱过其中的哪一位?"

她还是不甘心。

林晖不愿回答。但王小轶还是要问,他被催急了,也不客气了:"你做什么梦?你一个十八线小县城的平民女孩,跟我这种京城富二代,中间差了多少个阶层?你一年挣个两三百万,这是你这辈子的顶级天花板了吧?跟我打交道的哪个不是身家几亿、几十亿?你认识的那几个女人,也就是高级一点的白领。我这样的家庭、这样的条件,我家里给我找的女孩,要么是富豪的女儿,要么是大官的女儿。你说我骗，骗你啥了？一个三万块钱的包？不是你们自愿送的吗？你们一个个号称独立女性，就这么在乎这点小钱？我这么优秀的一个男人，到处都是女人追着要，睡了你，我还觉得你占我便宜呢！"

王小轶听得浑身血都冷了。她强行压制自己的愤怒说："搞了半天，你当自己是什么？吃女人的、花女人的、用女人的，一毛不拔，一个子儿不出？开房是女人出钱，套套也是女人出钱？对了，最后告诉你，我们懂法，不会随便发公众的平台上。这肯定是你们公司内部的人自己下载了发出去的，救不了了，你自己看着办。我警告你，别再联系我了。恶心！"

她懊恼得想撞墙。她没工夫恨林晖，恨的是自己。"我就这么缺男人了吗？有多少次，我已经看出他不靠谱，已经知道我们合不来了？有多少次，我已经能感觉出他不喜欢我，对我没兴趣了？为啥我没有困难自己制造困难也要上？"

这样一来，想到那次糟糕的性体验，王小轶羞辱难当。明天，她要去退掉那个LV包，还好单据都在。

临睡前，她一个人喝了点红酒，有点醉，给许臻臻打电话。

那个渣男！人渣！王小轶简单地说了经过。她还在迷惑，林晖条件这么好，他何苦要坑那点小钱？三万块钱的包，他自己买不起吗？出不起酒店钱吗？吃不起西餐吗？为什么要绕那么大的圈子，这么辛苦，一个一个地从不同女人身上拼凑？

许臻臻当主持人久了，也见识过一些土豪，她说："他要从数量中获得成就感，他只是在狩猎。你们送给他的礼物，就像是猎人从猎物的身上拔下的獠牙、掀开的头盖骨，收集起来，是用来证明自己的能量与魅力的，而不是拿来使用的。"

王小轶一声哀号。

许臻臻说："只睡了一次，交往时间很短，你还没爱上他，损失也不大。你应该往好的一面想。他长得帅，身材好，有腹肌，他还带你去一些你自己一个人不舍得去的高档场所，还给你说过那么多甜言蜜语……多想点开心的吧……"

王小轶说："唉，我也是这么安慰自己的。可是，他身材好，但活儿不好；带我去高档餐厅，但我出钱；说的是甜言蜜语，但全都是批发的……我骗不了自己啊！我从来没有得到过父母的爱；也从来没有人爱我。我都愿意倒贴了，还是得不到。"

"啊，你太清醒了，那真是没法快乐啊！算了算了，踩了狗屎就赶紧走，别再仔细回味了。"

王小轶像是想明白了："事实证明了，没有人爱我啊，只有钱爱我。现在我明白了，女人只要拜金，就不会遇到骗子。我要是不当什么鬼'独立女性'，就压根不会上当了。我发誓，以后我要一切向'钱'看！"

第四章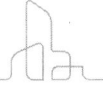

1

周末是许臻臻的生日。朱家爸妈早早就请了做饭阿姨,在家里做了一桌她喜欢的上海菜,还预订了生日蛋糕,安上了粉红气球和鲜花。许家爸妈当然也不会空手,带了大闸蟹、虾、红酒,还有买给朱家爸妈的多功能按摩枕,一起去做客。

朱妈妈送给许臻臻一条宝格丽的项链。许臻臻不肯收,觉得太贵重了。朱妈妈说:"这是朱子平托我给你的惊喜。他很遗憾他没法回来给你过生日。"

许臻臻很意外。朱子平从来没有给她送过像样的东西啊,都是些很便宜的毛绒玩具,几十块钱的。想不到啊想不到,他怎么忽然开窍了?

但是,她心里积蓄着一种强烈的不悦,不好意思说出来。作为一个电视台的主持人,这些年颇有些人想送她礼物,包包、项链、手机,一两万、两三万,这对于一个美女来说,太平常了。许臻臻有男朋友,当然不会接受。她也不想跟别人比。同一个电视台的其他女主持人,收追求者的礼物收到手软,许臻臻表示不在乎,因为她在乎的是爱情。——但是，这么多年来，家境不差的朱子平，没有送她超过两百块钱的任何礼物，没有给她发过一分钱的红包。

朱子平说，许臻臻不缺吃、不缺穿的，没必要来那套虚的。要把钱留给以后的家庭；那他们可以买大房子、换更好的装修了。碰到许臻臻生日，朱子平说，去他家吃饭，他爸妈给她做点好吃的，比去饭店便宜又实惠。

许臻臻自己买过好些大牌的包，也有很贵的首饰，但只要跟朱子平一起的时候，她会穿得格外朴素些，不然，如果朱子平看出来了，会讥讽她还信这些智商税，包包能装东西不就行了吗，这不就是用来骗骗你们这些虚荣的女人吗？许臻臻就一次一次地告诉自己：男友是不会送我任何东西的。没有期望也就不会失望，不要跟其他人比较，人好就行了，要啥礼物呢。我们是要过日子的。

许臻臻手指头摩挲着项链的盒子，却在不知不觉中想了很多。朱妈妈和许妈妈聊了许久之后她才回过神来。

朱妈妈说，平平准备明年初春节后，拿到年终奖就辞职，回到平城结婚、工作。陈晓芬则说，平平这么优秀，去哪里，都是个人才，是咱们平城的荣幸。

你看，每次朱子平不在的时候，这种家庭氛围都让许臻臻感觉非常美好、幸福。许臻臻虽然时不时会对朱子平不满；但是，一看到朱家父母，她又疑惑了。至少有一点，许臻臻是确定的：朱家把她当女儿一样，肯定是不会出现婆媳矛盾的。这种知根知底的家庭太难得了。

这让她觉得，结了婚，也是回到另一个家，就跟没结婚差不多。那这种生活也是能接受的吧？

2

许臻臻不愧是新闻频道的红人啊。接下来,连着三天,都是平城的招商典礼,市里的领导来了,粤北、粤西等多个城市的企业家也来了。周五的招待晚宴最重要,许臻臻担任晚宴的司仪。好在晚宴不复杂,主要就是几位领导的即兴发言,控控场即可,主要还是让大家吃吃喝喝,吃得愉快,喝得开心。

听完领导讲话,正式开吃了。庞主任站起来,对着来参加晚宴的电视台、广播电台、报社的记者们的那几桌介绍说:"今天,省城来的大企业家潘总,是我们最重要的嘉宾之一。因为,潘总的母亲曾在平城生活,他在这里出生,他想投资三千万在平城建罐装饮料的生产基地,以后还可能每年追加投资……我们大家鼓掌!"

吃饭时,潘总点名要让主持人许臻臻坐旁边。

许臻臻无奈,只好坐下。潘总一个劲地夸她主持做得很好,聪明伶俐,仪态万千。许臻臻也接话,感谢您亲临我们的招商活动,感谢您对我们平城的重视,您的这个产品销售得怎么样啊,呀,市场占有率这么高呀,可喜可贺呀……

这是许臻臻学的一招:每次有人想往私人方面引,夸她漂亮、性感;她就往宏大叙事上面引,企业文化,城市建议,为国为民……总能说得对方索然寡味。

旁边不断有领导过来给潘总敬酒。他喝多了,并没有太听进去许臻臻说啥,还是那么兴奋。他给许臻臻上满了一杯白酒,笑眯眯地说:"你要是看得起我呢,就把这杯酒一口气喝完。"

许臻臻笑笑说:"潘总,我是今晚活动的主持,后面我还要上台呢。要是我喝醉了,后面的节目就成了演出事故了,我担不起这个责任,我可不能喝……"

潘总不服气地说:"你们电视台又不是只有你一个主持人,让别人上不行吗？"

庞主任看样子不好，赶紧上来拦着潘总，用眼神示意许臻臻赶紧走，一边说："来来，我们来喝了这一杯，您特能喝，我们找到电视台最能喝的来陪你……"

许臻臻心想，还亏得庞主任来给她解围，没必要把场面闹得难看。她上台开始了抽奖环节，比原定计划提前了十来分钟。现场顿时热闹起来，得了奖的、没得奖的，都拍烂手掌，热烈的气氛上来了。

她换了一桌坐下来，抽空赶紧吃东西。

不一会儿，许臻臻看到潘总又指定一位刚刚招进来的女记者木木喝酒。木木在新闻频道工作，才22岁。

潘总说："3杯，今天你要喝掉3杯。"

木木说："我不会喝酒。"

潘总猛地拍桌子："你们是不是看不起我？一个两个都不肯给我一点面子，你们平城就这么牛吗？"

木木一动不动。旁边围坐的人纷纷说，木木，喝吧喝吧，潘总可是我们平城的大客户；喝吧喝吧，他跟你喝酒是给你面子呢！

那小姑娘杵在那里，没动。许臻臻觉得这样子下去不是办法，走过来，抢过女生手里的杯子，笑意盈盈："潘总，人家还是新人，还是小姑娘，别难为她了。"

"好，她不给面子，那就你喝！你不是小姑娘了吧？"潘总这里又不像喝醉了，盯着许臻臻说，"你喝呀，喝！"

许臻臻没办法，就把那一小杯白酒喝完，正想说点什么圆场，旁边马上有个男同事，替她把酒满上了。

潘总瞅了一眼许臻臻和木木，示意她继续。

木木把杯子抢过来，放在桌子上，对着潘总笑眯眯地说："您就这么喜欢叫女生陪酒吗？怎么不叫你老婆来给大家陪酒？"

大家都呆住了，空气凝固了一秒钟。

3

许臻臻赶紧把木木拉着:"你去旁边那桌吧,这边我来应付。"

在一旁看情势不妙的庞主任拉着台长过来了,安抚着潘总,把他围在中间,连哄带骗。潘总还想从人群中挤出去,找木木算账。但许臻臻站在他面前,他往东她就往东,他往西她就往西,挡住他的道,柔声轻语地给他说尽好话,但就是让他走不过去。潘总指着许臻臻,又指着后面的木木,气得说不出话来。他喝得太多了,表情都扭曲了。

眼看潘总的表情不对,许臻臻立即让男同事赶紧扶着他。果然,潘总还没走到厕所,半路上就呕吐了,据说吐得不省人事,被扶回酒店房间了。

台长过来,瞪了许臻臻一眼。庞主任在一边说:"得了,许臻臻,你得罪潘总了。要是他不痛快了,不跟平城签约了,你就是在破坏平城的招商大局。你等着处分吧!"

"木木呢?"

"你都自身难保了,你还管她呢!"

许臻臻无奈。这都什么破事啊!

回到家,她不敢跟爸妈说,躲在被窝里,在想,这事她做错了什么吗?到底会挨什么处分?她心里没底。

从小到大,许臻臻都是很听话的那种,还从来没有受过处分。没想到,她帮一个女生挡酒,一句过火的话都没说,怎么就要处分了?凭什么?不行,明天得申诉。

但许臻臻又很纠结:如果要驳回这个处分,会不会让庞主任和台长更生气?

她想到那个22岁的女孩木木。现在的"90后"女孩,真是生猛，敢说敢做。瞧木木的样子，并没有觉得自己说的话多有杀伤力，她就是轻轻松松、理所当然地说出来，不用顾虑后果，她就是一种"我就不喝酒你爱咋咋地"的样子。说起来，还是木木保护了她这个职场老狗。

后生可畏啊！许臻臻羡慕木木这样的姑娘，她们没有负担。想必，是在自由的空气里长大的吧。

第二天，许臻臻回到台里，一来就发现自己的桌上堆着很多空的纸箱子和一团团的废纸，把桌子椅子都淹没了。有女同事用眼神示意。她知道了，就是孟文干的。昨晚知道她得罪了大客户，得罪了领导，估摸着她要失宠了，就给她使些小绊子，把这个办公室的垃圾都倒给她。

难为他，还故意把好几个办公室的纸垃圾都凑齐了。

许臻臻找了一辆平板小推车，把箱子都叠好，废纸都堆上去。她本来想推到走廊尽头的大垃圾桶里扔掉就算了，正好孟文经过，他漫不经心地把手里的纸巾团成一个球，轻佻地往小推车上的纸箱一扔。

许臻臻火起了。她二话不说，把平板小推车转了个弯，直接推到孟文的座位上，再把小车掀翻，所有的纸箱都倒在他的位置和他身边。

孟文没想到兔子也会咬人，急了："你干吗？！"

许臻臻冷笑一声："你别欺人太甚。我脾气好，给你面子，不等于我就是孙子。"她把平板车推走，回到自己的座位上，当什么都没发生过。孟文看许臻臻的表情，只奇怪她怎么像换了个人，只好骂骂咧咧地自己收拾。

许臻臻的愤怒还没平息下来。她曾一直忍让。爸妈总是说，要行得正、立得正，不要背后说人坏话，恶人自有恶人磨，坏人自有天收，别还手。她现在有点后悔了，听信这一套，什么"清者自清"，结果只能听任别人说她的坏话、欺负她。

自己不阻止,坏人不会有报应。

再说了,大家都有编制,她翻脸了,孟文又能拿她如何?

4

下午,庞主任把许臻臻叫到办公室了。

频道还是决定,给许臻臻一个内部处分,扣除她这个季度的奖金;说法是,工作不注意方式方法,对外造成不良影响。

庞主任告诉她,潘总昨晚喝多了,吐得不成样子,骂了电视台一晚上。今天早上悄悄地走了。本来应该是今天签合同的,昨天一顿招待宴会,弄得人家不告而别了。市里招商工作的领导很生气,说是电视台招待不周,让煮熟的鸭子飞了。庞主任说并不觉得许臻臻做错什么,但这件事情不能不给上面一个交代,他不处分许臻臻,就没法圆场。

许臻臻说:"我明白,处分我接受。"

庞主任挥挥手,让她走,许臻臻没走,反而问:"我可以接受处分,但我不能蒙冤、不能糊涂。请领导明示,我错在哪里?我从小到大都听老师的话、听爸妈的话、听领导的话,只有超额完成任务的,没有拉垮的。这个招商不是我的工作,我的工作是主持。我主持晚会有问题吗?没有。我有发酒疯吗?没有。我一个不喝酒的人,甚至主动帮新人替酒,我做错了什么吗?请领导明示。"

庞主任被反驳得无话可说,他提醒说:"工作不看过程,只看结果。你都工作这么多年了,没点经验吗?得罪了客户,就是结果。"

"您不觉得这个什么总,他就不是好好谈生意的吗?就知道给女人灌酒,这不就是性骚扰吗?我已经够给他面子的了。"

"好，好。"庞主任瞪了许臻臻一眼，"你最近是不是飘了？我告诉你，我没少收到有关你的投诉。说你情绪化，傲慢，打压同事……我都把这些投诉给你压下来了，当没看到。这次，你确实是不能控制情绪，直接影响了我市招商大局。"

"谁投诉的？孟文吧？他是什么人您又不是不知道……"

庞主任怕她又说起孟文向商家索要购物卡的旧事，赶紧岔开话题："谁投诉的不重要。我只是告诉你，你要珍惜你的工作，珍惜我和我们台里给你的机会。无数的人都想要你的位置，想要你的机会。我们频道也很重用你。但你就是这么犟，以为你现在有的一切都是理所当然的。不是，没有什么理所当然，你并非不可替代。"

许臻臻知道庞主任是在敲打她，让她听话。她嘴上说谢谢，心里还是很不舒服。放眼整个新闻频道，大家都得过且过，谁像她那么兢兢业业？还有谁的业务水平比她高？除了几位比她大二十多岁的中年老主播，经验丰富人品好以外，她真不觉得谁能比她强。

下班后，木木走过来，带了一大盒各种各样的点心，送给许臻臻。她说，这些点心是她跑了大老远专程去买的。

木木也跟她一样，受处分了，三个月的奖金都被扣光。不过，她说："反正我刚进来，本来就没有多少奖金，扣不扣都差不多。"她感谢许臻臻伸出的援手，很遗憾许臻臻因此受处分了，向她道歉。许臻臻脑子里复盘了一下：她的出手确实没有必要。她不出手，木木也照样不会喝酒，照样得罪那个潘总。她勉强笑了一下。

木木说："许老师，要感谢你。这些事，不看结果，只看心意。"

"我羡慕你的勇敢。"

"许老师，你我的情况不一样，我是新人，我不怕事，实在不行就一走了之，损失不大；而您是台柱子，必须体谅领导，顾全大局，维护体面。我胡说八道是勇敢，您冒着得罪人的风险来帮一个不懂事的小女生挡酒，更是勇敢。"

说得许臻臻好感动了。

许臻臻受了内部处分这事儿，她不想告诉爸妈，谁都不想告诉。但是小城市地方小，电视台的好几个长辈都认识许臻臻的爸妈。也不知道是谁透露的，许臻臻回到家，许振羽跟她聊着聊着，就在那里埋怨女儿，觉得她脾气不好，多管闲事，做事顾头不顾腚，不留余地……

许臻臻很不高兴："爸，我一直听你的。但你真不明白，现在的社会，不是所有人都讲体面的。我已经够给他面子了。可是，又有什么用？他做投资的目的，就是为了逼女生喝酒吗？不找女人陪酒，就不会做生意了吗……"

许振羽气死了："你懂不懂一点人情世故？人家是来投资平城的，好像听说首期就要投5000万元。叫女生喝几杯酒要求很高吗？你破坏了平城的招商大局你知不知道？拖慢了平城的城市建设规划，你负得起这个责任吗？要不是台长那边罩着你，你都不知道该怎么死！"

许臻臻说："如果整个平城的招商引资大局，落在一个年轻的女生喝不喝酒身上，你不觉得这个投资很荒唐吗？你们没觉得这有问题吗？她刚刚工作才一两个月，一个底层小记者，然后你们都认为她喝不喝酒，影响了平城未来的大局？"

许振羽更生气了："可你工作的时间不短了，你是资深记者了，是你搅黄了这件事！你现在成了平城的罪人！平城的未来建设大计不能毁在你的手上！"

不愧是许爸爸，满嘴都是大局观。许臻臻觉得很没意思。那些人不就是仗势欺人吗？没想到的是，一向正直善良的爸爸，也完全不理解自己。现在还要冤枉她，太窒息了。

许臻臻一个人在房间里，抱着膝盖，哭了。

她一直引以为傲的不争不抢，"你伤害了我，我可以一笑而过",那种淡定,是多么可笑。妈妈说,坏人会遭报应的,会被雷劈的;爸爸说,别人越是在背后骂你,搞小动作,你就越要当作没看到;如果你也骂回去、也在背后报复,不就跟这些小人没有什么区别了吗?时间会证明一切的。

结果呢?

许臻臻第一次想搬出去住,想离开他们。

5

今天周五。许臻臻一般在周末会给朱子平爸妈打个电话问候一下。那边是朱妈妈接的电话,说了几句之后,忽然,许臻臻听到电话那头有朱子平的声音。

不对啊,朱子平早说了这段时间都不回来的,忙,忙,忙。

许臻臻问:"伯母,朱子平是不是在家?"

朱妈妈迟疑了好一会儿,也许是在询问朱子平的意见。好久她才说:"是的,平平下午回平城了,是临时回来有事,匆匆忙忙来不及告诉你了。"

许臻臻心里一片冰凉。从北京回广州再到平城,从买机票到买高铁票,而且已回家了这么久,中间有那么多时间,他都不舍得用微信发几个字给未婚妻?这还不足够说明他早就不爱她了吗?

她结结巴巴地说:"那伯母,你们忙吧,忙吧。我先挂电话了。"

这时,朱子平的声音抢进了手机里:"臻臻,现在才晚上8点半,我15分钟后就能开车到你家,看看你,看看叔叔阿姨。我很想你,很想你,就是今天太忙了。"

许臻臻已经索然寡味了,随口说:"你要来就来吧。"

她告诉爸爸妈妈,朱子平一会儿来家里坐坐。许爸许妈明显很高兴,他可是有两个月没来了。但只有许臻臻的心,是沉的。

朱子平到了。陈晓芬做了一大盘水果拼盘,给他热了炖汤。许振羽热情地问朱子平,工作怎么样,项目顺不顺利,现在这个行业的行情怎么样,北京的发展空间如何……许臻臻是个配角,没啥兴趣,就坐在一边,吃水果,刷韩剧,把音量调到最低。

陈晓芬看到许臻臻没话说,就主动跟朱子平说:"平平,臻臻今天不开心,她因为帮一个女实习生挡酒,让客户不高兴了,挨了处分。你劝一下她,不要再这么耿直了。她爸都劝不听。"

许臻臻还来不及反对,朱子平就说了:"她就是这样,自以为是,不管不顾,只顾自己一时口头快活,从来不在乎别人感受。总有一天会出事的。叔叔阿姨还是不能太宠她了,臻臻一直被你们保护着,不知道外面的世界多险恶,还总以为自己有正义感……"

许臻臻很生气:"你知道前因后果吗?一来就训我一顿。我做了什么自私自利、自以为是、不管不顾的事?你说呀?说呀!"

朱子平一脸"好男不跟女斗"的表情,连连说:"行行行,我知道你听不进去,明明是为了你好……"他回过头,对陈晓芬说,"阿姨,您看,我没说错吧?她任性到谁的话都不听了。"

许臻臻冷笑道:"你还没说呢,我怎么任性了?怎么自私自利了?赶紧地,说了我好改。"

陈晓芬生气了:"臻臻,你能不能闭嘴?人家是客人。从北京这么辛苦回来,就为了看你,你怎么能这样说话?你这个坏脾气能不能收一下?"

"妈,你知不知道,他这次回家并不想见我,开头还是故意瞒着我的,是我刚才打电话给朱阿姨才无意中知道他回平城了。"

陈晓芬有点疑惑地看了朱子平一眼,赶紧打圆场说:"这不重要了。人家现在都上门来看你了,就说明人家是有诚意的……"

许臻臻没有办法解释出这种委屈。实际上她根本就不该让朱子平来。他一出现，每一句话都让她烦，让她生气。她忍住眼泪，回房间了。

客人来的时候，她走掉，是更大的不礼貌。许爸爸许妈妈只好赶紧安抚朱子平，说许臻臻今天挨处分了，心情不好，让他别放心上。两人把朱子平送到车库才回来。

父母两人轮流敲许臻臻的房门。她只好把门打开。许振羽开始训她："朱子平说得一点不错，你太任性了，还是这么冲动。你觉得帮年轻女记者是正义，可是，你就不能换自然一点的方式吗，你能不连累你们电视台吗，你做事就不能像下棋一样，多想几步吗……唉，怎么一点人情世故都不懂，不分轻重……"

她受不了了，说："爸，妈，你们怎么向着外人？我才是你们的女儿啊！他对我说那么难听的话，你们还帮着他？"

许振羽坐下来："忠言逆耳。以前你还算争气，我们不舍得对你说重话。但是，你的性格冲动、暴躁，迟早会惹麻烦的。算了，今天正好到这个份儿上，我要好好跟你说说，不然你们结婚后还有得吵。"

他示意许臻臻坐旁边，慢慢地说："你不要意气用事。你在电视台里总是自我感觉太良好了，以为业务能力强就是一切。跟同事关系也不好。——你先别急着反驳，你可以说人家妒忌你、刁难你，都是别人的错，但哪一行不是这样？你如果一直处理不好这些问题，总被人刁难，就是你的能力不足了。要知道，是庞主任和孟台长看在你爷爷的面子上，还多少护着你的。五年前，你进电视台，还是你爷爷找人请托的……"

许臻臻根本不信，许振羽告诉她："在我们这样的城市里，进电视台，这么多想排队进去的人，你以为你现在靠学历就够了吗？那是因为有我和你妈妈呀！找工作，买房，买车，你一个人行吗？甚至我们还要帮你安抚稳定你未来的老公，给他找留在平城的工作。没有我和你妈，你行吗？你就不能好好听我们安排吗，为什么要自己另做一套?"

许臻臻越听越吃惊,这不可能。

"爸,你胡说什么?我明明当时面试成绩就很好。我一直是大学时里的各种晚会的主持人,试播的时候我也是最优秀的。我哪点比别人差?"

"你都工作了那么多年怎么还这么天真?你是优秀,但现在谁不优秀?谁不是高学历?大城市可能还讲讲公平,小城市里不讲这套。每个人都认识,每个人都是关系户。别人能用关系,你怎么就不能用?庞主任这些人照顾你,给你商务的机会这么多,你以为真是你特别厉害吗?还不是看在你爷爷的分儿上!而且,如果你踏踏实实,你是有机会升到新闻中心副主任的;你这样一闹,人家还怎么用你?啊?"

许臻臻瞠目结舌,说不出话来。她明白了,孟文编排她的话,竟然不完全是假的。

爸爸又说:"都怪我们,把你保护得太好,你还以为你是能力强、本领高吗?不,那是我们悄悄帮你走的后门。醒醒吧,你还是别搞这么多有的没的,循规蹈矩,不要出头、不要出错,按部就班,按我们的安排去好好生活,就一辈子不用操心。"

许臻臻听不下去了,淡淡地说:"嗯,我累了,我想休息一下。请问,你们可以离开我的房间了吗?"

她把自己关在房间里。

这么多年来,她的容忍换来了什么?从小到大,许臻臻的学习在班上名列前茅,喜欢她的男生那么多,她没有早恋;考上不错的学校,和爸妈特别喜欢的男生恋爱,再也没有换过;工作不迟到、不早退,没有跟人吵过架,没有跟人红过脸;工资上交,晚上很少出门,门禁在晚上十点前;不抽烟,不喝酒,不跟不三不四的人说话;不染发,不文身,不穿短裙吊带衫……

许臻臻是教科书一样的好女孩。

她已尽力让所有人满意了。

可忽然有一天,她发现这是楚门的世界,是爸妈给她安排好的虚假的良辰美景,她该怎么办?许臻臻快喘不过气来了。原来以前的乖还不够,要掐掉一丝一毫想要自由的念头。自由,自我,这些都是对父母,甚至对朱子平的尽心安排的亵渎,每一根想振翅起飞的羽毛,都是一根反骨。

6

傍晚,王小轶在公司里,跟年轻同事一起吃盒饭,准备吃完再加会儿班。手机响了,她一接,居然是很少联系的表姐夫袁以智打过来的。他问:"吕筝或小雨,有没有联系你?"

袁以智在河北出差,小雨老师打电话来问,说放学了小雨没有人接,是一个人走的,老师不放心,打电话给家长,吕筝没接电话,就找到了他。但袁以智也联系不上吕筝。家里的电话没人接,吕筝的科室里说她两个小时前就离开了。

小雨呢?

王小轶马上说:"行,我去学校附近找找小雨。"

吕筝的手机没关,但一直在响,没人接。王小轶先去吕筝家里,拿出备用钥匙,家里没人。她赶到学校,问了门卫和保安、旁边小卖部的阿姨,调了监控,看到小雨一个人在门口等了很久,还借了门卫的电话来打。同学都走光了,她最后一个人孤零零地走了。

学校和家只有三个公交车站的距离,也许是她自己回家,在路上走丢了。

天色已经很黑了,王小轶坐上了小雨坐的那趟公交车,想问问司机。但司机已换过班了，不知道。就在王小轶坐到第二站的时候，她看到车站旁就是派出所。离小雨走出学校已经两个小时了，必须报警了！她提前一站下车。

没想到，一进派出所，王小轶迎面就看到小雨坐在里面，端端正正地在写作业，一个民警阿姨给她倒果汁。

王小轶高兴得眼泪都出来了，上去抱住了小雨。

"小姨！"小雨也哭了，她好委屈。小雨等不到人来接她放学，又打不通妈妈的电话，就想自己回家；她坐错车了，下车后，只能在陌生的路上走来走去，不知道该怎么办。天已经黑了，她好害怕。她不敢哭，怕吸引人贩子的注意把她拐走。还好，巡警发现了这个背着书包的迷路女孩，把她送到了派出所。

派出所女警打电话给袁以智，让他确认一下，是不是让刚来的这个女人接孩子。说清楚以后，王小轶把小雨送回了家，陪着她做作业，一边给她简单地弄了一顿饭。

可是，吕筝的手机一直都没有人接听。她有点心慌，哪怕吕筝是在做手术，也不应该五个小时都找不到人啊。这么大一个人，到底出了什么事？王小轶开始担心了。

晚上十一点，王小轶把小雨哄睡着了。她还犹豫，是不是要留在小雨家里陪她。这时，她终于收到吕筝的微信："小雨还好吗？袁以智说你接她回家了。我出了点事，一个小时后回来。"

吕筝还是没说为什么。

7

快半夜一点了，王小轶躺在沙发上，不敢睡着，只能刷手机玩。听到门口钥匙声响，她知道是吕筝回来了。

结果，王小轶打开门，就看到袁以智和吕筝两人都站在门口了！王小轶刚想说话，脸色阴沉的袁以智就摆摆手说："行了行了，我先回公司了。"然后，转身就走，连招呼都不跟王小轶打。

吕筝进了门，感谢了王小轶，先回房间看女儿，不敢开灯，只用手机的余光照着。看到小雨已熟睡，吕筝的眼泪流下来，整个人都是失神落魄的。

王小轶问："怎么姐夫一点钟了还要回公司？他不睡吗？"

吕筝才擦了擦眼泪，说："他不是回公司，他是现在要开车回河北廊坊，明天一大早他要开会呢！"

王小轶感慨："我一直对姐夫有偏见，原来他这么在乎你和小雨啊！我觉得有这个心，就不容易了。"

"别提他了，他回来倒不如不回呢。我们又吵架了。先说说你是怎么找到小雨的吧。"王小轶简单说了一下找到小雨的经过，问吕筝："你今天是发生了什么事吗？"

"我到现在还粒米未进。"吕筝去冰箱里拿了两个面包，煮了两个鸡蛋，然后才说，"从下午开始，我就被病人家属锁在医院的一个会议室里，手机也被抢走了，他们控制了我的人身自由。后来医生们和病人家属谈判妥了，才把我放出来。"

这件事要从前天说起了。吕筝负责的一个直肠癌手术，切除肿瘤时才发现肿瘤有粘连，和大动脉长在一起，难度极高，术中患者意外大出血。最后手术失败，患者去世。本来，病人是癌症晚期，生存期短，风险极高，当时经过多方商议后，家属同意做手术，他们是知道手术风险的。但是，在病人去世后，死者家属又翻脸了。他的老父母表示很气愤，认为死者只有四十多岁，发病时间短，一定是医生害死的。而死者是家庭的经济支柱，父母年龄大了，妻子早跑了，还有一个脑瘫的八岁儿子。他们一家要找医院讨回公道。

昨天，院长和医院相关专业的多个主治医师、医院办公室、党委办在充分评估后，都认为这个手术本来就属于高风险，医生也完全履行了告知责任，医生没有过错。

但从今天早上开始，病人家属就找了七八个人，还都是老年人，他们在医院的大院、门诊处吵闹，说要向电视台、报纸揭露医院谋财害命的嘴脸；他们还在门口拉拉扯扯，把导诊的护士小姐姐揪住不放，办公室的负责人也被他们缠住；他们还要找开刀的吕医生算账。医院报了警，派出保安来看住这些人，不让他们靠近门诊楼和住院楼的门口。

到了中午，这些人就在医院附近的花坛边坐着，不吵不闹。大家以为他们就这样了，放松了警惕。

这些，吕筝都不知道，还在楼上住院部查房呢。

下午的门诊下班了，吕筝今天要按时接小雨，就在她走出办公室的时候，几个老年人把吕筝围住了。这些人年龄都有六七十岁，还有一个拄着拐的老太太，他们拥簇着她，把她一直堵到走廊尽头，一个很少人用的会议室里。

这些人，是手术去世者的父母、婆姨、叔伯等人。但吕筝莫名其妙，既不知道他们是谁，也搞不清他们的来意，就被堵着进会议室的门了。他们不听吕筝解释，搜走了她的手机，要她赔偿。他们把吕筝关在会议室里，还用一把自备的自行车锁把门锁上了。

医院几位领导和专家组的成员隔着门安慰吕筝，说肯定没事的。然后他们和病人家属就在另一个不远处的会议室里谈判，在会议室里吵个没完没了。家属们反反复复重申着自己的道理，说："就算是癌症晚期，也是在你们医院才检验出来的，好好的一个壮年人，怎么一来就动手术，一动手术就死了？你们医院的人上上下下都是穿同一条裤子的，你们的结论我们信不过。"

虽然警察来了，但是死者的妈妈不断地强调自己有心脏病，已经八十岁了，别碰她，一碰她就心脏病发作了，一起死就算了，反正她的独生子刚刚被这家医院害死了……几个负责人车轮战一样应付亢奋的家属们,两边都是车轱辘话来回说。加上吕筝没有危险,大家都不紧张,只顾着谈判,都忘了吕筝还被锁在门里了。

吕筝没有手机,急得要死,拍门,但是这里是角落,没人听到。唯一的好处是,会议室里有饮水机,还有个单独的厕所。

可是,女儿小雨没有人接,怎么办?怎么办?

吕筝平静下来,很确定小雨的班主任很负责,会通知袁以智的。而且,小雨9岁了,这条路走了这么多次,应该知道怎么回家,现在才下午5点,天还很亮,她应该没问题。

谈判一直拖到晚上10点多钟,死者家属才勉强同意了让第三方医疗鉴定小组来确定这场手术的过失问题,再商量赔偿问题。他们中的一个男人终于过去把锁解开了,把手机扔还给吕筝,临走前还记得拿回自己的自行车锁。

两个女医生过来扶着吕筝,问她有没有事。吕筝倒没什么事,只是被关了四五个小时,心力交瘁。她的手机里有十来个电话,从老师到保姆,从袁以智到王小轶。

王小轶问:"那姐夫刚才怎么陪你回来了?他不是在廊坊出差吗?"

吕筝叹口气:"他是知道女儿的情况后,专门赶回来的。接上我之后,我们大吵了一架。我宁愿他不回来,我不想听这么多废话!"

原来,袁以智晚上还在廊坊开会,知道小雨不见了的消息,又联系不上吕筝,一直神不守舍。他咬牙决定,中途退会,连夜赶回来。但在北京的高速上,遇到了交通大堵塞,他进退两难。王小轶告诉他小雨找到了,送了回家,让他放心。但吕筝还是联系不上,袁以智又怎么能放心?可明天早上还要回河北开会,怎么办?袁以智决定还是继续开回北京,去医院找吕筝,确认她的情况。

晚上10点多,袁以智在快到医院时接到了吕筝的电话。她安全了。袁以智赶到医院办公室,大家都已散了,只有吕筝瘫倒在沙发等他。他看到吕筝并没有受伤,没有什么大碍之后,却由紧张变成了愤怒。

袁以智开车送吕筝回家,越想火越大。就是因为她,每件事都没处理好,连累他长途奔袭五六十公里回来,还要立即开车回廊坊明早继续开会:"你知道我多累吗!我今早8点开始开会,开会到晚上8点钟,慌慌张张半夜开车回来,我一会还要开两个小时的车回去!我到酒店要3点钟了!你是怎么看女儿的?"袁以智气急败坏,"这个项目现在是在关键时候,明天下午我就要跟投资人见面了,因为你,害得我什么都没准备好!我的下属都在等我,我都不知道怎么跟他们交代!"

吕筝本来还很内疚的,但被他这样骂也怒了:"就算你的工作不顺,也不能把责任往我身上推。今天这种小概率事件谁能想到?我是被医闹的人给绑架了!小雨不是我一个人的,凭什么认为是我一个人的责任?"

"我在工作,不在北京,照顾她不是你的责任吗?如果小雨真的丢了,我一辈子都不能原谅你!"

两人又吵起来了。

他们的心里都有气,谁不是累了超过十五个小时呢?一个觉得"凭什么我还要给你擦屁股",一个觉得"我受到伤害你不是来安慰我而是来骂我,那你为什么要回来"。

王小轶大概明白了,劝吕筝说:"如果不是姐夫关心你和小雨,他怎么会放下紧急关头的工作跑回来找你们呢?人太累了,发脾气也能理解。"

吕筝摇着头,喃喃自语:"我不是怪他发脾气……"王小轶也不知该怎么安慰她。吕筝说,这两年来,她几乎没有机会跟袁以智好好说话。袁以智是一墙的空气,她说的话都像是吹向了虚空里。他确实是忙,是真的忙,但关键还是没兴趣跟她沟通,也不想听她讲话。她原本想着,今天以智深夜千里迢迢回来找她,真好,她好想向他倾诉……但袁以智并不给她说话的机会，他只想裁决是谁的错、谁该领受他的责罚。

王小轶不理解。吕筝苦笑着说："你不用理解。"

过了一周，经过第三方的医疗组专家鉴定，还是维持原来的裁定，不属于医疗责任，医院无责任，主刀医生吕筝符合执业规范，无过错。鉴定费由提出医疗事故争议处理申请的家属方支付。

但是，死者是个单亲爸爸，儿子是个脑瘫儿。死者父母年迈、贫穷，身体不好。家属反复哀求，说没有活路了。经过多方调解，医院基于人道主义，不得不赔偿给病人家属10万元。

院方没有批评吕筝，也没有人责怪她。马院长还安慰她说，死人最多的地方，往往是好医院、大医院，因为最难的病总是送到这里，难免会有这个结果。但大家越是留面子，吕筝的压力就越大。

8

距离许臻臻挨处分刚好一周，电视台就得到市里的反馈，说潘总返回来，同意签约了，项目正式落户平城。按市里的指示，报纸、电视台都要做一个策划，更全方位、多层次地做一个专题，来报道这个项目的深远意义。

而且，庞主任听到消息说，潘总对许臻臻印象很深刻。他说许臻臻聪明，大方，不卑不亢，应变能力强。

庞主任眉开眼笑，撤销了对许臻臻的惩罚，就是不用扣奖金了，还在工作群里夸了她。

这事，也同样不用通过许臻臻，就传到了她的爸妈那里。等许臻臻下班回来，许振羽的脸色明显不一样了。大概是想起了前几天对她的严厉批评，许振羽不太好意思，就拉着许臻臻一起下棋。父女俩好久没有一起下棋了。

对了，许臻臻小时候上过好几年的围棋班，还是少儿围棋高手呢。那时候，父母是把许臻臻当男孩子来养的，让她天不怕地不怕，爬树、冒险，甚至打架，样样行。她也不知道从什么时候开始，她在父母眼里不再是男孩了，而是被要求当一个淑女，一个体面的、懂事的、优雅的淑女。

许臻臻觉察出来，父母对她好，是因为得知了潘总和台里对她的表扬。这种殷勤，让她心里不爽，心不在焉。

这件事打破了许臻臻的幻觉。她曾以为，只要自己做得足够好，符合别人的要求，那这个世界必然也给她足够的回报，所有事都将在掌握之中。但并不是。她已经那么乖了，抹掉了自己的意志了，可是还不够。没有人想知道她的感受。这种状态，只要还在电视台，还在父母身边，还在平城，就是永恒的。

许臻臻打电话给王小轶。她说她想辞职了，想去北京发展。

王小轶非常高兴，劝她说："快，来北京！你这么聪明、这么漂亮，又有媒体经验。现在做自媒体，是时代的风口。我们一起合作，你做自媒体带货，我们一起赚钱。"

许臻臻说想先找份媒体工作做起来，用业余时间来做自媒体，不然没保障。

王小轶不管这些细节，怎么都无所谓，反正不能错过这个风口。她还给许臻臻讲了很多她知道的成功案例。她认识几个时尚号、女性号，作者也是20多岁，并不是明星，两年时间从零粉丝做到百万粉丝；赚得少的一年也有好几百万。而且她们成功之后还能复制，变成矩阵，新号不到半年都能赚钱了，还能够组群、带货。几个人的工作室，盈利能超过一百人的杂志社。

"那些人，不比你资历高，不比你漂亮，也没有后台，就是赶上了风口，猪都能飞起来。总之，天与弗取，反受其咎。时至不迎，反受其殃。"王小轶总结道。

许臻臻听着听着，她心情复杂，一会儿斗志昂扬，一会儿深感自卑，不知道自己能不能行。

回过头来，她看了看自己的工资单。全部加起来，税后月薪10000元出头，加上外快，年薪20万元出头。虽然听说有些会来事的主持人，不经过电视台同意就悄悄去走穴，还能从商家那里拿些回扣，神不知鬼不觉。但她缺的不是钱，而是成就感。跟孟文这样的人平起平坐，说明什么？说明自己在别人眼里，也就是跟他同一档次啊！

她很想改变。

9

晚上，许臻臻跟朱子平打电话，说她想辞职，去北京工作。现在这个工作不适合她。

这通电话，她也是鼓了很大的勇气才拨通的。她知道朱子平一定会反对，一定会说很难听的话。但是她得挺住。

果不其然。朱子平坚决反对。

许臻臻说："你在北京，我们在一起不好吗？我又不是不工作。我在平城的发展已经到顶了，平城也不会有更好的工作了。我不想过这种一眼看得到尽头的生活……"

朱子平打断她："你在平城生活得好好的，什么都不用操心，事事都有人替你安排好了。为什么要来北京受苦呢？有家人照顾你不挺好的吗？想想看，你什么也不会，只会念念稿。北京缺一个念稿的吗？你在这里根本找不到工作。好好的日子不过，总是想折腾，不切实际。你要怎么才能懂事呢？"

许臻臻不想说话了，挂断了。你朱子平能在平城找到好工作,不就是靠我家的关系吗?但她是一个害怕冲突的人,不想当面吵架。

跟朱子平说话太累了。不知道为什么,开启任何一个话题,一分钟之内,就会转化成对她的指指点点,认为她需要聆听自己的指教。他是一个高高在上的爹,而她,亟须开化,她只能忙于防守,使劲地接过他扔过来的一个一个球。就算她再伶牙俐齿十倍,能够成功地挡回他砸向她的球,但她还是亏了。

第二天,许臻臻看到爸爸心情好,试探着问:"我的朋友在北京帮我联系到一份不错的工作,我想换个工作,你说好不好?"

许振羽一听,就气了:"你想去北京?那就是要辞职啰?你有没有想过,你肩不能抬,手不能挑,你能干吗?你不可能找到像样的工作。你要是到北京,你能有户口吗,你买得起房吗?你有买车指标吗?没有关系你寸步难移知道不?唉,你就是安稳日子过多了,以为生活总是这么顺利。那是因为有我和你妈啊!你还不满足。你现在享受到的生活,一到大城市,化为乌有……"

许臻臻耐着性子,试探着说:"子平也在北京啊,我们一起努力,日子会好起来的……"

但许振羽并不认同。他认为,许臻臻有自己的主张,就是纯属添乱,这边打乱了他们二老的计划,那边打乱人家朱子平的生活,人家没法安心工作,还要想着怎么照顾你。他还说:"我就不信朱子平能同意你去北京,你哪儿都别去,听大人的。"

许臻臻忽然发现,怎么自己的亲爹跟朱子平那么像,说话的语气一模一样?

这么多年来,许臻臻对自己的家庭和生活都很满意。但现在,她就像一个被针扎了的气球一样,泄了气。有人问过她想干什么工作吗?有人问过她对前景的打算吗?每个人的第一句话都是:你是个废物,你只会添乱。

可没多久之前,许臻臻一直是"别人家的孩子",是爸妈们向别人夸耀的对象呢!

晚上,陈晓芬拉着女儿到自己的房间,关上门。她把自己衣柜的一个隔层打开,把里面的几个证件拿出来。许臻臻一看,这么大的册子,是房产证呀。陈晓芬把房产证打开,给她看。一个,是三人现在住的房子,名字是爸爸和妈妈的;一本,110多平方米的,名字是许臻臻一个人的;还有一本,在广州,120多平方米的,原本是爷爷的房子,现在已改到爸爸妈妈名下了。

陈晓芬说:"后面两套房子,都租出去了;就算是广州的房子,也迟早是你的,都是你的婚前财产。我们打算在你结婚的时候,和朱家一起,给你们在平城再买一套180多到200平方米的大平层,以后,就算你们生两个孩子,再加上月嫂、保姆,都够住了。朱家给我们多少彩礼,我们也会贴多少嫁妆,加起来不会少于100万,都还给你们小家庭……万一你们俩有什么需求,我们两家在平城,也能帮到你呀……"

许臻臻抱着妈妈,心情很复杂。

父母是真心为她着想的,把她的人生,都安排得妥妥帖帖、安安稳稳了。她自己奋斗,要多少年才能坐拥这些?

她还记得一句话:钱在哪里,爱就在哪里,包括父母也一样。父母还是爱她的。也许命中注定,她许臻臻就应该在爸妈的羽翼下受庇护一辈子。

昨天在王小轶那里获得的能量、续的命,在这里,又还回去了。

许臻臻打电话对王小轶说:"算了,我不来北京了。爸妈给我的房子和车子,困住了我。我不敢动。我怕失去这一切。"

10

这个周六傍晚,一家人早早吃完饭,二老就先出门散步了。现在陈晓芬很讲究养生,每次都拖着许振羽跟她一起饭后百步走,一走就是一个多小时。他们刚走,许臻臻也想去商场逛一下了。她很久没去那家书店了。

开车几分钟,许臻臻就到了市中心的商场。她买完书,经过一家装修典雅的意大利餐厅时,不禁被门口摆的花吸引了。

莫索蒂餐厅算是这个小城里难得的高档西餐厅。门口摆着一个缀满花朵的小拱门,这种淡雅清隽、品种独特的鲜花估计得从外地空运来,肯定不便宜。她特意拿出手机来拍这丛漂亮的鲜花。就在她对焦的时候,手机拍到了藏在花拱门里摆着的一个牌子:"朱子平先生与胡方圆小姐新婚志喜,百年好合。"

许臻臻的脑子嗡嗡声地炸响,但马上就平静下来了。嗐,没想到这么小的城市,还有人同名同姓呢。她走进去看。

这时已过了晚餐时间,里面的人快吃完了;门口的服务员看到有人来,以为是哪方的亲戚,就把她往里面引。

许臻臻看到,朱子平正挽着一个女人,在一桌桌地给大家敬酒。

她好奇地走近了。侧面看着朱子平,穿着非常修身的上好西装,脸上也是化过妆的;那女孩,长相一般,比她年龄大一点,挽着朱子平的手臂,夫妇俩在举着酒杯,旁边的人跟朱子平勾肩搭背,劝他多喝。

他没看到她。许臻臻扫视了一圈现场,现场不大,大概就三四十人,其中一大半是她认识的。由于晚宴已近尾声,大家都喝得不少,站起来呼朋引伴,觥筹交错,吵吵闹闹,没有人注意到她。朱子平的父母一直跟坐在他们身边的老人聊什么,眼睛都没抬起来过。

还有什么比这更清晰的吗？一切模糊的、不明朗的，就像猛地被扯去一层帐幔一样，袒露出了真相，许臻臻连视力都好起来了。

很好。这一瞬间，她竟然有点高兴。有很多奇怪的事，不能解释的疑点，在这个现场总算找到了自己想要的答案。

许臻臻看到台上有个麦克风，很自然地，她就直接站上去，就像她无数次主持节目一样。她用非常标准的播音腔说："各位嘉宾们，大家好。很高兴能参加这个婚礼。在一分钟以前，我还是新郎朱子平的女朋友，而且一直在准备着婚礼。不过有点意外的是，我是来到现场这一分钟才知道，我不是新娘……"

说到这里的时候，朱子平已经清醒过来了，冲上来，就要拖走她。但许臻臻紧紧地扒住麦克风，继续说："不过没关系。只不过请现场的这位新娘小心一点，新郎昨晚才在微信里说他爱我，他很快就从北京回来跟我结婚……你看，你看，昨天这条微信还在……"

第五章

1

宾客哗然。

朱子平爸爸大声说:"误会误会,平平跟她早就分手了,分手了。"朱妈妈则过来抱着许臻臻的肩膀,说:"臻臻啊,你们分手这么久了,就算你心里难过,你也不该这时候破坏平平的幸福啊!"

许臻臻已经被朱子平、朱妈妈和两位女宾客,连推带劝地从台上拖下来,再把她拖到旁边的一个空包厢里了。许臻臻不哭,脸是麻的,但手一直在发抖。她再镇静,也无法处理这么混乱的信息。她现在明白,朱家一家人都是骗子,骗子!

朱子平让妈妈出去,让她安抚一下新娘,他说要跟许臻臻说几句话。

关上了门之后,外面响起了响亮而庸俗的流行音乐,就像是借助滂沱大雨来清洗罪案现场,一样的蛮不讲理。许臻臻坐在椅子上,脸上没有怒意,也不哭,就是一直在发抖,像筛糠一样,抖个没完。

朱子平半蹲下来，握着她的手，低声对她说："臻臻，别意气用事，我有我的苦衷，过几天我会向你详细解释的……"许臻臻厌恶地想推开他，奈何朱子平握得太紧了，他还在叽叽叽地说，"我们两家这么多年的关系和感情，难道你还怀疑我对你的爱吗？我能把感情与理智分得很清楚，对你是感情，对她只是一种利益的选择。我实在太想在北京留下来了，她家里有好几套房呢。但是，她只有中专学历，还比我大几岁，又不漂亮，怎么能跟你比……我瞒着你是怕影响我们的关系，我一点也不想让你难过……"

忽然，门被一个女客给撞开了："朱子平！你别说了！你的话都变成广播啦！"

紧接着，新娘和新娘的爸妈冲进来，一堆人横冲直撞，要打朱子平。新娘一下子扑上去，把朱子平扑了个跟跄，四仰八叉地摔在地上。许臻臻识趣地跑到墙角，躲得远远的，生怕血溅到自己身上。

新娘趴在朱子平身上，拼命地抓他的脸。

原来，朱子平的西装上别着微型麦克风，是用来录婚礼视频的。本来总麦已经关了，刚才外面为了掩饰尴尬开了音乐，把麦克风又重新打开了。于是，所有人在音乐声中，听到了朱子平对许臻臻的告白。

许臻臻看着新娘的家人也一起扑到地上，扯朱子平的衣服，踹他，打他；朱爸朱妈也被新娘的亲戚们推来推去……她毫无兴致，不想参与，也没人跟她计较。她一个人独自走开了。她不敢看满场的宾客，这里很多人都是她的熟人、她爸妈的熟人，她不知道他们的表情是什么，在他们眼中是如何理解这件事的。

许臻臻慢慢地走出门，拐到电梯口，下了电梯，到了地下停车场，还找到了自己的车。

很好，头脑还是清醒的，还能开车回家。

她慢慢地琢磨朱子平的话，但脑子就像是被泡沫充斥了，是实心的，转不动了。她只知道，这不是人话。

到家也才 8 点不到。爸妈已经散步完回家了，看到许臻臻回来，表情凝滞，甚至还有点痴呆，就有点紧张地问她去哪里了。许臻臻的脸依然是僵的，淡淡地说："我出门逛了逛，无意中碰见朱子平的婚礼了。"

许振羽吓得都从沙发上弹了起来："你说啥？朱子平跟谁结婚？"

臻臻平静地说："跟一个北京的小富婆。他说是闪婚。"

陈晓芬急得就要抱住女儿，许振羽也不知道该说啥，只能没话找话："平时都叫你没事少出门的。哎……"他也蒙了。

旁边的陈晓芬就要按手机了，一看就是要打电话给朱家。许振羽按住她："别，事情还没搞清楚。你先问清楚臻臻。"他的意思是，现在明显他们臻臻被甩了，他们女方家属不能上赶着，太倒贴，得要点脸、矜持点。不然女儿会更丢分儿了。陈晓芬则认为，必须质问朱家爸妈为什么要欺骗他们，到底什么时候开始的？欺人太甚，谁咽得下这口气……

许臻臻倒了杯水，漠然地说："朱子平这场婚应该是结不成了。他的新娘子已经知道他的真面目了。"

陈晓芬问她当时的情形怎么样，许臻臻很累，不想说。陈晓芬抱着她，安慰她："妈妈支持你，这种陈世美，就是不能让他好过。"

许振羽却很不满了。他抱怨两母女不顾大局："你跑去婚礼现场，还这么多熟人，把事情闹大干什么？静悄悄地，人家也就当你们分手了，很快就忘了，你何苦把自己搞得这么不体面。小城里这么小，这些事马上就会传开，你就不能自己低调地解决吗……"许臻臻已经有点木了。"不听不听，和尚念经……"她一边喃喃自语，一边去洗澡，早早就睡了。

按理来说，碰到这样的事，不应该失眠痛哭吗？但许臻臻觉得心里堵得慌，难受，哪哪都难受，但一躺床上，立即就睡着了，连梦都未曾做过一个。

2

许臻臻一直睡到第二天中午，被妈妈敲房门，才出来吃饭。

还好，饿了，她吃得很香。

许振羽和陈晓芬都像是欠了她什么似的，小心翼翼地看着她的脸色，呵护着她。

饭后，陈晓芬跟着许臻臻进了她的房间，先是躲躲闪闪地问她怎么样了，心情好一点没有。许臻臻觉得妈妈的这些语气和表达方式都很奇怪，陈晓芬才告诉她："朱子平还没有领结婚证。他已经跟那个女人吹了，希望能跟你复合。我和你爸都觉得，如果他愿意和你真心实意过日子，浪子回头金不换嘛……"

许臻臻惊奇地看着妈妈，忽然觉得眼前的这个人变得好陌生。她说："陈女士，你是疯了吧？我是你亲生女儿呀！你为什么要向着一个外人？他这样背刺我，你们为什么还要帮他？"

陈晓芬抚摸着女儿的手，表现得很心疼的样子，絮絮叨叨说了一通。原来，昨晚他们就跟朱子平爸爸联系上了，今天早上，许振羽夫妇跟朱子平父母见了面。对方说，朱子平是真心实意想跟许臻臻在一起的，这么多年了，能没有感情吗？但是这位胡方圆追求平平追求得很紧，而且她还答应重新买一套三环内的新房加上平平的名字，平平也是想在北京留下来，神差鬼使地答应了。但是，经过昨天的事，平平也明白了，他还是对臻臻有感情，所以希望能跟臻臻复合……

朱子平爸爸还说，他跟台里的书记是战友，他前不久帮这位书记一个大忙,只要臻臻成为朱家的儿媳,两年内,他有把握可以安排臻臻当上新闻中心频道副主任。臻臻业务能力强,没问题的。

许振羽心动了。在小城市里,女儿如果能升到电视台频道副主任的位置,一辈子做到退休都不亏了,这样就能一辈子稳妥,不再用他们操心了。而陈晓芬也觉得,朱子平这孩子一向老实,跟胡方圆好,也不是因为花花肠子多那种乱搞,是一时被利益迷了心窍,可以原谅。朱子平跟臻臻有多年感情了,其他女人怎么能比得上呢!只要把昨天发现的事都抹去,还好好一起,多好呢!

陈晓芬说得有利有节,多完美的方案啊!但许臻臻却发脾气了,把她推出去,"呼"的一下关上房门。

许振羽想过来说句话,敲门,但她就是不开。

她听到外面爸爸在责备妈妈:"你每次都宠着她,看看把她惯成什么样了!"

许臻臻缩在被子里,压住自己的哭泣声,不想被人听到。朱子平这种渣男就算了,她恨,恨自己眼瞎,但是,为什么爸妈要背着她跟朱家的人谈条件!是要把她卖给人家吗?她受伤的时候,爸妈居然跟凶手谈条件!

越想越气,越想越伤心。

第三天是周一,许臻臻是夜班,下午四点才上班。

许振羽夫妇俩午饭时,又说要跟许臻臻严肃地谈一谈,要她认清利弊。看到许臻臻把碗筷推开,不想听,许振羽生气了:"你当自己还是小孩吗?一不高兴就甩脸子?坐下!"

许臻臻无奈,只能老老实实地坐在饭桌前。

许振羽说,他和妈妈已经跟朱子平一家说好了,臻臻可以跟他复合,但是要求他必须当着两家人的面向臻臻道歉。而且,要求朱家必须信守承诺,安排臻臻当上副主任。他们家出多少彩礼,许家也会出多少嫁妆,反正一步也不能少。

他还对许臻臻说:"这次你们就不要再举行婚礼了,旅行结婚算了，低调一点。结婚也好，你的名声就算回来了，人家也只当你打败了小三嘛。结婚以后，大家会很快忘掉这些事的，这是解决问题的最好办法……"

"爸，你说完了没有？"许臻臻站起来了，"你们从来没有问我愿不愿意跟他在一起，就做完了交易？你们就是这样为我好的？"

陈晓芬赶紧说："胡说，这怎么是交易？这不是每一条都在为你以后着想吗？我和你爸得了什么好处？我们一分钱都不要他家的，什么嫁妆彩礼都是你们小两口的；你当了朱家儿媳，他们还能帮你升职……"

"朱子平一家算计，你们也算计吗？他这样背刺我，你们怎么还能忍？"

"有我们看着，他以后还敢欺负你吗？"陈晓芬把女儿按下来，"平平犯错，所以咱们一家要让他道歉，让你消气。但年轻人嘛，错了也要给机会……"

许臻臻心灰意冷："算了吧，你们能忍，我不能忍。我没有办法跟背叛我的人睡觉！"

她马上就拎起包出门，宁愿提前一个小时上班。

这个家没办法待了，跟爹妈也没法相处了。

许臻臻到了办公室没多久，就接到朱子平打来的电话了。他知道她到了办公室了。其他方式都联系不到许臻臻，因为她已把他的微信、电话都删掉了。

朱子平没有跟她提道歉，只说，他能不能过来跟她商量点事。

许臻臻犹豫了一下，说了家电视台附近的咖啡馆。

直到现在，许臻臻的情绪还是在震荡当中，还是麻的，连痛苦都感觉不出来。她倒是好奇，都这样了，还能商量什么？

两人在咖啡馆里见了面。他们在平城很少有这种体验。他们的恋爱一直是居家模式的，经常就是两家父母互相拜访、互相问候。

这次，朱子平脸上有两个创可贴，还有几块淤青，过了两天了，还有一点痕迹。许臻臻先问："你是你爸妈派过来的，还是我爸妈派过来的？"事到如今，她已觉得什么感情都是假的，这么多年的恋爱，也像是两个家庭之间的合约。

没想到，朱子平说的第一句话是："没想到造化弄人啊！"然后他还叹了一口气。

许臻臻只想看看朱子平还能有些什么解释。朱子平倒也坦诚，告诉她，前两天许臻臻走了后，胡方圆和她爸妈连夜买了最晚一班飞机的机票走了。本来朱家只想在平城办一场很简单的婚礼，然后再去北京领证和办酒席的。现在证也没领，胡家把他们都拉黑了。那套答应写他名字的北京三环的房子，也没了。朱子平声称，按北京三环的房价来看，他因此损失了起码800万。许臻臻冷笑了一声："怎么，你的意思是，我应该给你赔800万？"

朱子平竟然说："唉，现在说什么也晚了。我也不可能真要你赔钱吧？所以我才感慨造化弄人，谁能想到会这么巧……"就像以往一样，朱子平声音不大，用最平和的语调说出最匪夷所思的话。

许臻臻笑了："造化弄人？这是老天爷的旨意，让你骗我的吗？你居然能怪到老天爷的头上？"

朱子平打断她的话，说："你能不能不要这么任性冲动？过去的事已过去了，我们想想以后怎么补救才是。我家跟你爸妈商量过了，我们还是尽快结婚吧，你和我，都不要再纠结之前的事了……"

"你能不能要点脸啊？你话里话外是我做错了事，是你大人有大量，是你在宽恕我？到底是谁无耻、谁欺骗？"

"你这人怎么都说不通呢？我来跟你商量，是为了我们俩的未来，未来！你整天只有负面情绪，只知道抱怨这抱怨那的，有用吗？你就不能好好解决问题吗？"

一时之间，许臻臻竟不觉得难过，只有荒谬感：那个有钱的胡小姐，怎么没把这个朱子平娶了去？不就没有现在的事了吗？唉，人家胡小姐也很无辜呀！这么多年，我太瞎了。

她说："我们一起差不多8年了，我再问你最后一个问题：你一直挑剔我、一直看不上我，我心里早就有感觉了，只是不愿意面对。你本来可以早早跟我分手的。为什么你要和你爸妈一起演戏？你们到底演了多久的戏啊，是不是还要彩排？我不值得你们这么多演员一起来忽悠，真的，不值得。"

"哎。你不要因为一点小事，又在这里闹情绪。要往前看，懂吗？我们好好安排以后的生活不好吗？也只有我，才会把你当回事，才会教你做人的道理。你别不识好歹！"

类似这样的话，朱子平以前也经常说，但那时的许臻臻虽然觉得不中听，多少会不自觉地检讨一下自己是不是哪里没有做好。到了今天，一切都明朗了。移情别恋，喜新厌旧，贪财好色，满嘴谎言，是很多男人常见的无耻行径，许臻臻多少还是有点心理准备的，但她不明白，朱子平骗了她、"绿"了她，偷偷摸摸要跟别人结婚了，还反过来可以教训她，批评她不顾全大局；给她指导人生，说是为她好，还说是为她的未来作打算。朱子平在求她复合，但他的祈求方式，就是不断地指责她。

她终于明白了，这两年来，为什么总是怀疑自己是不是不爱朱子平了。其实，是她的潜意识在拯救她。

许臻臻默默地把脖子上的宝格丽项链摘下来。她不喜欢收别人的东西，她把项链扔回给朱子平。朱子平没接住，蒙了，问这是什么。许臻臻说："滚你的，两个星期前我生日，你托你爸妈送给我的！那时候，你们一家还在合起来骗我！"

朱子平说："哦，什么礼物？我不知道啊……"

她明白了。那礼物是朱子平的父母想留下她当备胎的缓兵之计。万一儿子没搞定富婆，回家还能有一位媳妇。朱子平本人可从来没给她送过礼物。

朱子平疑惑了:"难道你不想结婚了?你把我的北京半套房子都整没了,我还没怪你呢!人家胡方圆比你有钱都没有你这么任性、这么难哄!你装什么娇小姐?"

许臻臻冷笑:"跟你结婚?河水可能倒淌、太阳可能从西边出,但我绝不会走回头路。"

而朱子平还在那边低下头在地上找,找她扔了什么宝贝,扔在哪儿。半天没找到。他也怒了:"我跟你讲得那么清楚了,说了半天,你就只听到了钱!我还不是为将来长久打算吗?"

许臻臻把一杯冰可乐都泼到朱子平脸上。对,冰块也飞到他脸上了,砸了他一头一脸。

她拎包就走,回去上班。

哭不出来。她只有满腔的愤怒,都快要炸了,却不知道该向谁发泄。

许臻臻坐在工位上,想整理稿件,但是那些字一个一个地跳出来一样,不服管,她看不懂,看不进去。

忽然,许臻臻感觉到大家总是在盯着她。各种不善的眼光,走到哪里都像黏着一身的眼珠子,抓不下来。她很不自在。

大概是那个孟文又说了她啥坏话吧。真不明白,明知道她是有编制的,光靠这些胡说八道是没法让电视台炒掉她的,这人到底想干吗?

3

晚上九点,许臻臻下播之后,木木过来了。就在许臻臻取消了处分之后,她的处分也取消了。木木说,给许臻臻打包了消夜,都是各种肉,还有鸡汤。虽然这只是电视台旁边的外卖,但小姑娘这么有心思,她还是有点诧异:"今天为啥给我买这么多?你自己不吃吗?"

木木看着旁边没有人了,才说:"许老师,感谢你上次帮我。我也不知道该怎么帮你,不过你打了胎,还是要多吃点东西,肉和鸡汤营养价值高……"

许臻臻很吃惊:"谁说我打胎了?"

木木也很奇怪:"没有吗?台里上上下下都知道啊!前天,许老师是不是,是不是去了闹一个婚礼?"

许臻臻反而冷静下来,问她,听到的内容都是什么。木木说,她听到台里今天不同的老师都在讨论这事,说许臻臻跟另一个北京女人两女共侍一夫,为了争宠,两个女人在婚礼上大打出手。这个呢,木木肯定不相信。但另一个说法是,大家都知道许臻臻被男友甩了,不得不打胎……

许臻臻的血都凉了,从脑门儿一直寒到脚底。她昨天看到宾客当中就有电视台的人,还不止一个,但她已经记不得是谁了。关键是,她怎么去澄清?一个个地告诉大家"我许臻臻没有打胎"吗?

木木说:"我还从孟老师那里听到说,您马上要离开平城了,您的男朋友因为您打过胎不要您了,您很快要辞职了……许老师,孟老师绝对不是好人。您要提防他,他肯定是故意害您的。我知道我不该跟您说这么多,不该站队。但是您上次主动出头,我觉得还是提醒您一下比较好。"

许臻臻冷静下来了:"谢谢你告诉我这些。你不要让别人知道你向我透露过消息。"她顿了下,说,"不然,可能他们会认为你跟我是一伙儿的。我能承受打击,你还小,你不能,要小心。"

晚上,一路开车回家,许臻臻整个人都是僵硬的,像一具游魂的丧尸。一回家,她洗完澡就关上门,妈妈在拍门跟她说话,她也假装听不到。

她不想见任何人。

她现在想的，不是孟文，不是朱子平，不是电视台的那些人，不是谣言该怎么办。这些似乎太具体了，她的脑子转不动了。许臻臻只在思考一个问题，她做错了什么，为什么会这么懦弱，会一步一步地往后退。

这才是她最应该反省的地方。这些年来，许臻臻那么不想得罪人，就怕被人说句"没教养""不体面"，凡事自己退一步，觉得自己吃点亏事情能糊弄过去了，就算了。

全是错的。练出那种"别人打你左脸你就给他右脸"的本领，有意思吗？工作上，许臻臻这样的技术标兵被孟文这样的垃圾骑在头上为所欲为，被台里离谱的标准弄个处分；感情上，朱子文PUA她那么长时间，她竟然不舍得分手，如果不是他暴露得太彻底，她可能还会拖拖拉拉不想分。

忍一时乳腺增生，退一步卵巢囊肿。

她想起母亲给自己看的房产证，是很诱惑。但是，如果一辈子都是这么憋屈，那空洞的房子还有意思吗？

许臻臻睡不着了。

4

第二天上班，许臻臻被庞主任叫去办公室。

庞主任说："最近你的个人生活是不是有很多问题？"

许臻臻说："没有。不过是感情上的小事，我能处理好。不会影响工作，也不会把情绪带到工作中。"

"这你说了不算。事实上已经影响了。台里这两天收到很多投诉，有平台留言的、有发邮件的、有私下说的，总之，说你的私德很有问题。"

"又是孟文吧？"

"这次还真不是。很多人都知道了，你大闹婚礼的事，咱们平城的媒体圈、文化圈都知道了，论坛里有不少人在私下谈论……虽然，我在情感上理解你，你是被渣男骗了，是个受害者。但是，你是知名主持人，经常出镜，代表了电视台的形象，甚至代表了平城的形象。这件事对电视台的影响很坏，昨晚台里就已经开会讨论过了，从今天开始，你从主播岗位调到编辑岗位，从台前调到幕后，以后不再出镜了。至于这个处分到什么时候为止，再等通知吧。"

这种调岗，对于一个节目主持人来说，是非常严重的处分了。既然是台里的领导讨论决定的，那还有必要说什么？许臻臻不吭声了。回到工位上，她跟其他同事交接了工作，核对了工作安排。

晚上回到家，为了避免爸妈又从别人那里先听到消息，许臻臻直接把处分的这件事跟他们说了，也说了朱子平来找她复合，她拒绝了。这次，爸妈倒没有像以前那样批评她，两人只在唉声叹气。但她显然感受得出来，他们怨她，把所有事情搞砸了。如果许臻臻老老实实地不去帮女记者挡酒，不得罪投资商；如果许臻臻在电视台里机灵一点，会来事；如果许臻臻老老实实地待在家里不出门；如果许臻臻即便出了门看到朱子平的婚礼后老老实实地回家哭、当什么事都没有发生……那么，就不会在这个小城里声名狼藉、名誉扫地，还被电视台雪藏、降职。

这些话，许振羽没有说出口，但是，对父亲有深切了解的许臻臻知道，这是他心里想的，从小到大，许家最讲究体面，说白一点，就是被人打了一巴掌也要含着笑说：您的手打疼了吗？他们认为，这种修养一定会把对方噎得羞愧不已，举手投降，不战而屈人之兵。

父母的生存哲学就是如此，尤其父亲，在体制内有个不高不低的职位，为人八面玲珑，四面透风，用"伸手不打笑脸人"一招混得日子舒舒服服，给许臻臻开拓了幸福生活，他们觉得女儿应该把这种幸福延续下去。

　　在家里，许臻臻不哭，也不诉苦，就是木着脸地坐着、吃饭、帮陈晓芬刷碗。谁也不敢开口说话。

　　又过了一天。晚上，朱家爸妈来了，就在小区门口，打电话给陈晓芬。陈晓芬问许臻臻，可不可以让他们进来。许臻臻不高兴了："我不是明确说了跟朱子平分手了吗，何必再让他们来呢？"

　　陈晓芬说："可是人家长辈都到门口了，总不能不礼貌吧？"

　　许臻臻已没话可说了，答："这是你们家，你们想让谁来做客就让谁来吧。"

　　这次是朱家爸妈带着朱子平，亲自上门来道歉了。

　　朱家爸妈还是客气的，带着很贵的酒过来。他们对许臻臻说："当初是那位胡小姐追平平追得太紧，他一时糊涂嘛。何况胡小姐比平平大六七岁，我们也是有点不满意的，还是我们臻臻最好。现在子平也醒悟过来了，还是觉得8年的感情不能割舍。你的爸妈也能理解。希望你能够体谅两边父母的良苦用心，我们会尽快把你们的婚事办好……"

　　许臻臻听着，面无表情。朱妈妈劝说："我们应该往前看。跟平平结婚后，你是我们的儿媳妇，我们也好在台里给安排机会。平平也放心回平城工作了。"

　　朱妈妈捅了朱子平的胳膊，朱子平也说："臻臻呀，你明天来我们家吧，我爸妈提前准备了很多菜，还说明天一大早要去采购大闸蟹呢，你不是最喜欢吃海鲜吗？都是按你的胃口来准备的。你知道，我是爱你的，过去的事就让它过去吧。"

　　许臻臻盯着朱子平说："你还说爱我？太可笑了。你在跟别人结婚的婚礼上也说爱我，我能信你吗？"

　　朱子平说："臻臻，我都向你认错了，还让爸妈一起来，很有诚意了。哪儿还有过不去的坎呢？我们俩往后的日子还长着呢。"

　　他边说边要去拉许臻臻的手，许臻臻冷淡地推开他。

陈晓芬让许臻臻别这么没礼貌，她先是安抚许家的父母，说是小孩子还在闹矛盾呢，一会儿就好。然后她又说："臻臻，现在闹婚礼的事已经传出来了，工作也影响了；你们翻篇往前走，成了夫妻，就只是恋爱期间的小矛盾了，风言风语都能停息了。朱家也会把你当亲人看的……"

许臻臻说："不可能。要我原谅他，除非太阳从西边出来。"

许振羽怒了："你怎么这样跟客人说话！"

许臻臻站起来，回屋里拿了个包，穿上鞋子，走出大门，临走前，使尽全力摔大门。

她平时几乎不发脾气的，这下把大家都吓了一跳。

但是，许臻臻不知道自己该去哪里。她在这个城市里，有同学、有朋友、有亲戚、有同事同行，还有各种各样的打交道的人。她原本很喜欢自己的工作，喜欢自己的人生，她很卖力地生活着，开开心心。她这么乖、这么听话，一直沿着最正确的道路往前走，可最后为什么会落得这样的境地？一夜之间，许臻臻的人生，彻底被推翻了。

她生活在楚门的世界里，每个人面对她露出8颗牙齿的笑容，都是骗她的，大家都是演员。从办公室，到男朋友，连她爹妈都是，演员而已。她不知道还能相信什么。

许臻臻瞎逛了一轮，一个人看电影、吃饭，在外面兜了四个小时，绕树三匝，无枝可依。到了傍晚，她还是回家去了。她只能以沉默，面对父母的诘问。

晚上，许臻臻打电话给王小轶。她说她不知道该怎么办了。男朋友一边跟别人结婚一边说爱她，爸妈站在男友那边；台里要把她降级使用，可能再也不能出镜；平城四处流传着她打胎、被包养的传言。关键是，每一件事里，她什么都没有做，全都是走着别人要她走的路，那么听话、那么乖，为什么最后错的全是她，承受结果的全是她？许臻臻到后来，只能屏住自己的抽泣声，不然，她就说不下去了。

王小轶耐心地听完,说:"也许,一切都是有标价的。你爹妈给你安排的人生、房子、婚姻,都不错,但必须用你的自由、你的自我意识来交换。你必须忘了你是一个人,而仅仅是你父母延续的工具,你才能心平气和。但是,你既然已经睁开了眼,就退不回去了。那两三套房子,是困不住你的了。你来北京吧!一直走着别人要你走的路,你也该走自己的路了。"

"可是……"

"你担心找不到工作吧?闯不出一番名堂怕被父母嘲弄吧?北京确实生存不易,这是事实。你可要想好了,怕辛苦,你就只能从此龟缩在平城,夹起尾巴,听所有人的安排;怕憋屈,那就来北京,辛苦一点,从零开始。甘蔗没有两头甜。"

"我在北京人生地不熟,我也没有离开过体制,能行吗?"

"你是电视台出身的,文化产业、传媒,你只能找帝都,其他城市没北京这么多机会。何况,什么叫人生地不熟?在北京还有我呢!"

两人还谈了不少对未来做成顶尖自媒体,如何多平台复制、开发、做矩阵的各种想法。许臻臻开始有了点信心。

5

许臻臻没有退路了,把辞职信递给了庞主任。

庞主任很意外,劝她收回辞职信:"你知不知道电视台多难进啊?你能有这么好的机会,是多少人梦寐以求的啊?"

许臻臻说自己想休息一下。最近一下子发生了那么多事,累了。

庞主任显然生气了:"许臻臻,你太让我失望了。从孟台长到我,给了你多少机会?这次处分你,也是因为你的个人生活已影响到工作了。你这些年得罪了多少人,我都跟在你后面帮你擦屁股。你别不识好歹!如果你以后检点一些,还是有希望重回主持岗的……"

许臻臻一听"检点"这个词就来气了:"请问领导,我哪里不检点了?打胎了?当别人情妇了?婚外情了?你告诉我是谁说的这些话,我当面跟他对质,他哪只眼睛看到我不检点了?"

如此咄咄逼人,她已失了分寸。

庞主任怒了:"亏我还一向看重你,处处力捧你!觉得你听话、认真,值得培养。可现在,你爷爷已经去世了!当初,如果不是看在你爷爷的面子上,你的前面还排着一堆比你漂亮、比你学历高的女孩,等着进电视台,哪里轮得到你!好啊,给你脸你不要脸!"

许臻臻还在惊愕当中,庞主任已经在打内线电话,吩咐人事部协助许臻臻,尽快办完辞职手续。

事到如今,她只能硬着头皮走完流程了。她走在一个又一个的办公室,签字、盖章,面无表情。

仿佛是天有绝人之路。这一天,所有的行政人员和管理者都在,全都顺利签字了,许臻臻的流程,当天就办完了。既然如此,许臻臻也没有什么好拖延的,收拾了几个箱子的书和办公用品。

大家都对许臻臻迅速辞职离开这件事情,很不解。难听的话虽然很多,但没有实锤,过段时间大家就忘了呀!换个岗而已,何必辞职呢?许臻臻笑说,感谢同事们一直以来的支持,她对电视台还是有很深的感情的,主要是想去北京闯一闯了。

几个平时关系不错的同事,陆续过来抱了抱许臻臻,说随时欢迎她回来。男同事们帮她把东西送到地下停车场,塞到车的后备厢里。除了过两天还有最后一道手续要办,许臻臻就彻底离开了。

一夜之间，许臻臻的原生家庭、男友、工作、在平城的所有根基，都丢了。

她打电话给王小轶，说她已决定了。后路已经堵死了，她要去北京找工作了，想先去王小轶那里暂住。

6

许臻臻回家，等到爸妈都坐在厅里的时候，大大咧咧地说："爸，妈，我已经从电视台辞职了。手续都办好了。"

两人同时站起来，惊呆了。

许振羽指着许臻臻骂："这么大的决定你怎么不跟我们商量？你是不是脑子有病？"

陈晓芬扶着他，对女儿说："辞职的事还能不能挽回？"

许臻臻说："应该不能了。"

许振羽又一屁股坐回到沙发上，说："你别想一关门就跑回房里，你给我站住！你是要气死我吗？先是因为无事生非，人家灌年轻女记者酒关你啥事，你非要去得罪平城的投资商？好，被处分了吧？好不容易撤销了，你就去大闹朱子平的婚礼。人家朱家向你道歉了，你就算不想复合吧，为什么非要当面给朱伯伯朱阿姨脸色？有没有一点基本礼貌？现在，你居然还私自辞职！这么好的工作你都不要了，你想去讨饭吗？"

许臻臻也满腔怒火："你们一向教我要为人正直，我们老老实实凭本事吃饭，可现在呢？投资商是在性骚扰！我制止了，难道还不够正直吗？朱子平和你们所有人都骗我，我被你们骗得好苦！朱子平这种吃着碗里的看着锅里的，八年了还当我是备胎的人，人品怎么样我就不信你们看不出来！你们指责我不够体面，那是因为我想当个人！你们只知道从利益考虑，啥都只想着好处好处，一点礼义廉耻都没有吗？"

陈晓芬看到许振羽的脸色越来越难看，忙制止许臻臻："你还说？是想气死你爸吧？"

可许臻臻这么多年忍了那么多的怒火，偏要说："还有外面那些流言，那些说我打胎的、说我当二奶的，你们有没有想过，是不是朱子平散播的谣言？爸，妈，我到底是不是你们亲生的，我从小到大听你们的话、听老师的话、听领导的话，现在却受了那么大的委屈、那么多的痛苦，你们一句安慰我的话都没说过，只知道骂我，我到底做错了什么？我最大的错，就是投错了胎！"

她还要说，许振羽已经气得不行，抱着头，说头痛；又捂着腮帮，说牙痛，痛得就要在沙发上打滚，不停地说"痛，痛，痛"。他扭曲的样子就像有邪魔入侵似的，终于把许臻臻吓得闭嘴了。

陈晓芬也吓坏了，顾不上别的，赶紧过去扶着许振羽。许臻臻手忙脚乱地翻药，倒水，给爸爸服了止痛药，然后两人扶着他起来，说要去医院。

但过了一会，大概是止痛药起效果了，许振羽没有那么疼了。他缓过气来，不肯去医院，一边还数落许臻臻："别想趁我头痛时糊弄我。你除了顶嘴还会什么？你以前不敢这样说话的！"虽然力气小了，但许振羽还没骂完，"都怪我们太宠你了，从小到大对你这么好，房子车子全都准备好了，工作也是我们帮你安排的，连男朋友也是我们两家人在帮你维持着。结果好了，你和朱子平一个比一个冲动，还得我们两边老人给你们收拾烂摊子！如果你听我们的，这一关很快就能过，一切能恢复如常，以后还是有大把前途！你呢，你干了什么？就在那里作，没完没了地作，受点小委屈喊得惊天动地。成年人，谁没吃过点亏、谁没受过点委屈？就你尊贵吗？一点委屈也受不得、一点亏也吃不得？你看你，白白把婚姻作没了,工作也作没了……"

许臻臻无话可说。

回到房间,她仔细地回忆,确实,一直以来,看似光鲜,但每条路都是父母帮她选择的。在这群人眼里,她许臻臻就像个幼儿园的孩子,无法脱离母体,必须依靠大人,一出门外面全都是妖魔鬼怪。她很绝望。难道她都快30岁了,还不能让他们相信她已经长大成人了吗?原来,以前的幸福,不过是一个听话的瓷娃娃得到的片刻安稳。只有这次辞职才是自己的决定,内心的声音。

王小轶在电话里对许臻臻说:"北京,是媒体的中心,文化的中心,只要有创作能力,就能赶上风口,"但她话锋一转,"但是,让你来大城市,不是让你来逃避的,这里不适合消极遁世者,比你在小城市苦多了。"

许臻臻说:"行,我有心理准备。"

7

晚上,许臻臻主动做饭,一家人的心情都好些了。许振羽在吃饭的时候教训她,让她好好检讨一下自己,爸妈会再去帮她找工作,以后万万不可再任性。许臻臻听着,不说话。爸妈觉得她大概是后悔了吧。

等洗完碗,许臻臻悄悄地问妈妈,想要回以前给妈妈保管的工资收入。她想去北京打拼。

陈晓芬立即警惕地说:"不许去。说好你一直陪在我们身边的。我跟你爸,再找找关系,看能不能安排去你平城晚报社或者其他外贸公司。虽然收入低一点,但先做着,我们找机会再找更好的。"

许臻臻固执地要讨回钱，而陈晓芬则说："全部存定期了。怕你乱花。我们死了之后，不仅你的钱是你的，我们的钱、房子也是你的，我们是想让你的钱最大化……"

许臻臻说："定期的也行，存折给我。"

陈晓芬说："钱不能给你，你不能离开。"

过一会儿，陈晓芬把许臻臻想逃走的事告诉了许振羽。他严厉地指责她对家庭毫无责任感。

许臻臻算了一下，她工作了6年，前3年工资稍低，后来的每年20万元收入，全部听妈妈的，都由妈妈用许臻臻的名义存起来，但是她不知道密码。她每月留下3000块钱零花钱就够了。因为家教很严，平时不出门，不花钱。护肤品、化妆品她都用固定的牌子，需要好一点的衣服，跟妈妈说一声，妈妈会挑几款，让她选了之后下单。而平时的家用，自然都是住爹妈的、吃爹妈的、用爹妈的。

许臻臻一直相信：我们是相亲相爱的一家人，大家分什么彼此呢。我的钱就是爸妈的，爸妈的钱也就是我的。而且她自己对金钱一向都不敏感，从来不觉得缺钱，也没有需要独立用钱的时候。

但现在，没钱她就跑不掉。

许臻臻说："让我离开吧！这么多年我都在走你们的路，完全没有了自我。我以为你们爱我，其实你们爱的是养老工具，把我绑在你们身边。本来我还犹豫，现在，这里没有什么让我眷恋的了。"

"你、你这是要忤逆吗？"许振羽很生气。

"有生以来，大概这是我第一次想自己拿主意吧？我知道你不习惯，也不会那么容易同意。那我就绝食抗议！"

许振羽说："你爱绝食就绝食吧。小孩子的玩意儿也能威胁我们？"

反正都辞职了，许臻臻躲在房间里，开始刷一直没有空看完的韩剧，看没空读的书。妈妈叫她出来吃饭，她真的不吃。午餐、晚餐都没有吃。

但是饿了整整一天之后，第二天一早，许臻臻就到冰箱里翻找吃的了。她还主动跟爸妈说："对不起，我错了。"

实际上，许臻臻悄悄地收拾好行李，分了两个大行李箱，趁爸妈买菜或出门的时候，都托运到北京的王小轶家里了。她又回电视台，把最后的手续结了，一脸平静。

两天后，许臻臻悄悄收拾好随身的包，等爸妈出门的时候，她坐上高铁，到省城的机场，飞向北京。

她还有个活期卡，钱不多，各种凑起来也就是三四万，但住在王小轶那里足够应付一段时间了。

许臻臻要彻底告别这个家。

在上飞机之前，许臻臻给爸爸和妈妈分别发了微信："我去北京了。我会努力的。"

8

深夜里，许臻臻带着一个行李包，敲开了王小轶的家门。她一看到王小轶，眼泪就吧嗒吧嗒掉下来了："我现在男朋友没了，工作没了，跟爸妈翻脸了，众叛亲离了。"

她酝酿了很久的情绪，攒了很久的委屈，憋了很久的眼泪，一直没人可以倾诉，一直忍着。现在，终于可以大声地哭出来了。

王小轶抱抱她，然后把加热好的两大盘十三香小龙虾拿出来。

王小轶曾许诺要请许臻臻吃小龙虾，在平城没有专门吃小龙虾的馆子，但以前许臻臻每次来北京，因为朱子平不喜欢王小轶，许臻臻见她都像做贼一样，找不到完整的时间痛快地吃一顿。

许臻臻闻到香味就不生气了，马上放下行李，洗干净手，抓起小龙虾，一边剥壳，一边说："飞机餐太难吃了，我气得吃不下。"

许臻臻早就跟王小轶把分手的经历、辞职的事说了个大概。这次再听她讲详细过程，王小轶说一点都不意外。

"臻臻，你应该感谢老天爷，在结婚前就让你发现他的真面目，是你的好运。如果你结婚了生了孩子了，再暴露真面目，怎么办？"

王小轶分析说："朱子平的问题，不在于出轨或劈腿，而是在于他太有上进心了。有上进心的男人是世界上最可怕的男人。这种人谈不上爱不爱的。他一直就在寻找对他更有利的女人，你是条件还行，留着当备胎，先稳住你；同时还要不断地找更有钱、条件更好的。总之，他要吃干抹净才罢休。"

王小轶总结说："男人太有上进心，就是准备好随时踩着女人的尸骸上位了。恭喜你，逃过一劫。"

许臻臻疑惑地说："说得对。他压根就不是变心的问题，是没有心。我啊，也太蠢了，太渴望把自己绑定在他的身上了，觉得不可能分手，双方爹妈都在呢，我总得维持这段双方都认可的感情呀！他限制我的自由，说我这不行那不行，婚礼总想一分钱不出，从来没有取悦过我，八年送我的礼物可能都不超过两千块钱……我是被猪油蒙了心啊！"

她对朱子平的感受，已不是伤心，而是恶心，想吐："这恋爱还谈八年，我真傻呀！"

"好了好了，及时止损。"王小轶说，"朱子平一直在PUA你呢，你觉察不到也很正常。损失几年恋爱时间而已，赶紧放下，继续向前。"

朱子平向来认为王小轶很低俗，但过年时他听说王小轶的收入很高之后，就百般献殷勤，在回北京后还好几次约她吃饭。王小轶知道朱子平一直看不起自己，现在怎么可能搭理他？她都懒得回复他。

果然，之后朱子平就更反对许臻臻跟王小轶见面了。

王小轶忽然想起什么，又问："这个姓胡的什么新娘子，你不是说朱子平跟她认识了只有三个星期就闪婚了吗？你两个月之前就说，他总是不接你电话，按断再打给你；一个月前，天天半夜写微信；那说明，那时他在追求的，不是这个新娘子，而是其他女人。"

"不对，那次半夜聊天的，是他的男同事。"

"聊天记录，是可以删的，也可以注册小号假装聊天的，你不就是只看了一眼就被他生气地抢回手机了吗？林晖给我看过他的聊天记录，后来我才知道这是可以造假的，有专门的聊天对话生成器。"这样的事，林晖懂，朱子平应该也懂，又不是什么高深的科技。

许臻臻不信："他不让我看不就得了？为啥要大费周章？"

王小轶说："不对，他是故意给你机会，让你忍不住偷看的。这样，他就可以审判你、指责你，你在他面前就有愧疚，就再也不好意思怀疑他了。不是东风压倒西风，就是西风压倒东风，与其说想瞒着你，不如说，他是在想办法设计你、挫你的锐气呢！"

许臻臻默默地不吭声。小龙虾也不吃了，复盘起来，那些细节，果然一点不差。王小轶说得很对。

她更伤心了，说："王小轶，你混蛋，当时我跟你说过这件事，你为什么不告诉我？不提醒我？他几次约你，还有这种事，你为什么不告诉我？"

王小轶无奈地说："我要是当时说了，你能听吗？你不恨我吗？你说林晖是骗子，我不也没听进去吗？"

两个闺蜜躺在床上聊天到三点钟。但第二天早上，王小轶五点半就起床了，一大早她就要坐火车去内蒙古出差，深夜才回来，她只睡了两个半小时。

第三天,王小轶还要照常上班。

许臻臻问王小轶为啥这么赶时间,王小轶说:"我出差带着三个下属,要尽量当天去当天回,才能省下酒店、饭钱和差旅费。没办法,利润都是这样节省出来的。"

自从被林晖骗了之后,王小轶心无旁骛,专心地打理自己的网店了。她的上新速度更密了,对营销更上心,营业额也明显增加了。八月份她就在准备冬装了,跑了好几家厂家,到处选款,都没有找到合适的。

但是,有努力的方向,生活总是有奔头的,对不?

许臻臻花了两天来收拾东西,熟悉了一下周围环境。虽然同住一屋,但王小轶太忙了。直到周末,许臻臻才有机会跟王小轶一起吃饭。

许臻臻说要去楼下超市买菜,但王小轶非要带她去比较远的另一个菜市场,还要开车去,那个菜市场便宜。而且,王小轶没有把车停在菜市场旁边的停车场,而是停在另一个街区,穿越一个天桥过马路。她说这里的停车费更便宜。

看看王小轶,平时穿的都是啥?T恤、帽衫、卫衣、牛仔裤。许臻臻也不算多讲究,但毕竟在电视台当主持人,还是有不少好衣服的。她笑:"没想到你比我有钱多了,还这么抠门!"

王小轶说:"我是这三年生意才上了正轨,但必须投入,招聘新员工、扩大规模,不然做不起来。省钱已成了我的生存本能,钱就是这样抠出来的。你呀,眼里就没有见过钱,也没有缺过钱,所以手里的钱就像流水一样,哗哗地流走,你都没感觉。"

第六章

1

在许臻臻到北京的第二天,陈晓芬就打电话过来。

妈妈比爸爸还要生气。她说许臻臻把爸爸气得头痛、牙痛,是不想两个老人日子好过了吗?"你吃哪儿住哪儿?赶紧死回来,别学坏了!"

许臻臻以前很少挨骂的,而这一两个星期她挨的骂,比她人生的前20多年都多了。她已经破罐子破摔了,反唇相讥:"你们别控制我、干预我,不就不会生气了吗?我都快30岁了,我还能怎么学坏?再坏,有朱子平那么坏吗?"

许振羽抢过陈晓芬的手机,说:"我猜你肯定住在王小轶家里。你都堕落到跟她那种人混了吗?一个司机的女儿,现在混了半天也就是个小商贩,你跟这种女孩玩一起,自掉身价……你赶紧回来,别误入歧途了!"

许臻臻不想听了。挂掉电话。

以前她也知道爹妈都是功利心很重的人,但是,在平城的人都差不多是这样,父母的本质还是正直的,许臻臻也就习惯了。现在有了距离，一切看起来都那么刺眼。

王小轶劝她跟父母和解，说话好听一点，毕竟爸妈才是真的希望她过得好的人："你也别怪你爸妈势利，看着好处就把你往上拱，有句话说，孩子才分对错，成年人只看利弊。你还是孩子，你爸妈才是大人。"

许臻臻虽然还是不想服软，但对父母的怨恨也消退了不少。

在王小轶上班后，许臻臻决心支棱起来。她整理好自己以前做过的报道、链接、视频资料、文字稿、新闻照，还有主持过的活动、获过的奖。花了一整天，感觉比较满意了。

她一个个联系自己以前认识的人，发微信，打电话，希望找个工作。她的要求不高：有线电视台、广播台、报社，在里面当个普通记者，有没有户口、收入高低，她都不计较。

但许臻臻收到的都是坏消息。一个十八线城市的电视台的新闻主持，几年前的211大学中文系本科生，年龄也不小了，在小城市里拿到的奖，你在北京拿出来说事，这不笑话吗？许臻臻连面试的机会都没有。她去看求职网站上的公司，连外贸公司文员这样的岗位都投了，投了好几份简历，石沉大海。

到了第四天，许臻臻总算又收到一个来自某某公司的邮件。可点开来看，还是拒绝。许臻臻的心情怎么好得起来？

中间陈晓芬又几次打电话给许臻臻。她不接。然后过半天再回一个微信："我很好，我很忙，我不缺钱，在工作，勿念。"

王小轶劝许臻臻做自媒体。但许臻臻的疑虑很多。她也对自媒体感兴趣。但她的理想是必须找到了工作，稳定下来，才能花业余时间做自媒体。收入情况别看顶流，要看比例。95%以上的个人自媒体都是没有收入的；那5%有收入的自媒体里面，只有不到1%的自媒体月入过万，高收入的不到0.05%。而且，有收入了还只是暂时的，随时可能变化。

许臻臻总结："自媒体很好，但只能业余做着玩。风险大，没社保，收入没保障。我不敢孤注一掷。"

王小轶说她胆子太小、太保守，那就永远抓不住风口了。

许臻臻无奈："我不打无准备的仗，不走没胜算的路。而且，我以前可是新闻主播啊！"说完，许臻臻又再加了一句，"不过，我是走后门才当上主播的。"

许臻臻找到以前的一位师兄老张，请他吃饭。张师兄在大学时代曾经暗恋过她，现在他在北京的一家有线电视台工作，任人事主管。许臻臻想托他送出简历，哪怕是从实习生开始做起也行。

但张师兄还是拒绝了，他直说，竞争者当中，每一个都比她强很多很多，不管是学历还是资历。他给她看了一个列表，遮去了名字等信息，许臻臻看到的那些求职者当中，有美国哥伦比亚大学传媒硕士，有美国纽约大学导演专业硕士，有拿过世界小姐中国区第二名的，有在另一家著名电视台拿过"金话筒"奖的跳槽者……

张师兄说："你看看这些人，我们今年的指标只能进三个。我有推荐权，没有最终决定权。但在这些人里面，按你的资历，我实在没有办法把你塞进去。就算我把你塞进去，你都留不下来，待不久……"

许臻臻明白了。人家说得对。

张师兄说："如果你缺钱，我可以个人借给你五千块，你什么时候还都可以……"

她不需要，感谢了一番。

许臻臻中午赶不回去。她在路边吃了个快餐，犹豫了一下，没有点套餐，不要汤，省下几块钱。她是广东人，最喜欢喝汤，可以不吃米饭，但不可以不喝汤。但现在，还是戒了吧。

下午，她又去一家报社，找到了一位朋友介绍的朋友，一个资深记者。两人坐了一会儿，那位女记者告诉她："我们现在对学历的要求很高，这几年进来的记者，学历主要都是清北复交和海外名校的本硕以上了。现在，我们去北大开一次招聘宣讲会，能收到几千份简历，我们还会去上海复旦……可我们校招的，全部不超过100人。还有，有海外名校留学背景的也越来越多了。你懂我的意思吧？不过，如果你有特别知名的深度报道，可以破例。"

许臻臻知道自己肯定不是能被破例录用的那个。

回家的路上，许臻臻不再打出租车，也不坐地铁了，因为坐公交车比地铁便宜1块钱。

现在，她才知道，在这个2500万人的超级大城市里，自己什么也不是，跟个白痴没有区别。她找不到工作，是公平的，没有人欠她的，人人都比她优秀无数倍。她坐在车里，看到窗外的北京城，泪眼迷糊了，明明到了站，她也不想下，坐过了一站又一站。

但是，在一个熟悉的地方那里，许臻臻神差鬼使地下了车。

葵园小区。朱子平租的房子就在这里，已住了3年，这里，她来过很多很多次了。

她坐在小区花园的座椅上，看着幼童在玩滑梯，开着玩具铲车转来转去，以前的回忆浮现出来了。那时，她与朱子平就坐在这张椅子上，头挨头，肩并肩，说很多蠢话、傻话；他们还说，以后的孩子语文谁辅导，数学谁辅导，给一个不存在的孩子分配谁的黑亮头发、谁的大眼睛、谁的好性格、谁的高智商……

许臻臻已经删光了朱子平的联系方式了。与其说是恨他，不如说，怕他求情，怕自己心软，怕他说几句好听的，她受不了。

她不明白，朱子平为什么会变成这样。难道以前的都是假的？都是他演戏来骗自己的？他在她耳边说情话，吹起她的头发，也都是虚伪的吗？

发呆的时候，许臻臻忽然接到一个电话。是张师兄打来的。

他说，昨天电视台正好有个记者辞职出国了，加上前两天有一个休产假的，他们那里至少缺了两个人，来不及招人，问她愿不愿意先当实习记者，先试试；但是薪酬方面，在实习期间没有工资，只有餐补和车补……许臻臻很高兴，连说"愿意愿意"。

说着说着,她总感觉有人在看自己。果然,是朱子平,隔了一条小路,只有10米远,在盯着她看。她的心剧烈地跳着,挂了电话,起身就要跑,但腿居然像是粘住了似的,木了,走不动。

朱子平一边叫"臻臻!"一边走过来。许臻臻拿起包,撒腿就跑,还差点撞倒一个小孩。朱子平看见她跑,也跑起来。

她根本不想见他,更不想让他看到她还有一丝丝的眷恋。小区门口就是公交车站,但来不及坐公交车了。这时,刚好有辆出租车停下来,许臻臻立即坐上去,让司机马上开车。

朱子平追过来,都快摸到车屁股了,出租车还是一踩油门就跑远了。

许臻臻坐在车里,眼泪下来了。她心里还爱着他。凡是有他的痕迹的地方,都能让她的心刺痛,一起听过的歌不能听,一起去过的餐厅不能路过,她的呼吸里都有他的共谋。但正因为这样,他还非要在她赤诚的心上剜一个大疤,许臻臻更不会接受这个男人了,她永远不能原谅。

2

第2天,许臻臻到了北京有线电视台,被安排在财经频道组实习,她的指导老师是赵娟,一名很资深的女记者,采访过不少政要和跨国公司老总。许臻臻非常开心,开局就运气不错,她决心要好好努力,好好表现。

她得知,傍晚要跟赵娟老师一起去一个老牌经济学家王教授家里采访。下午,她在办公室里查了很多资料,还在重点的地方都画了线,都保存在手机里,随时可看。

赵记者从别的会场赶到王教授家里,许臻臻则是从电视台出发。赵记者负责采访，许臻臻懂一点摄像，就负责摄像和记录。这次先不做节目，主要是留存档案和资料。

要6点半到，许臻臻预估了一下，七八公里，算上塞车，45分钟差不多了。这样的时候钱不能省，还是打车吧。

万万没想到，她预计了北京塞车，但预计不到北京那么塞车。在经过国贸那一段路的时候，3公里走了接近一个小时。许臻臻都快急哭了，催，催，催，但再催，出租车司机也不能把车开到天上啊！

如果不是在高架桥上，她又抱着器材，许臻臻就要下车跑了。

到达的时候，已经7点半了，打车花了100多元。这还不是最糟的。当许臻臻心急火燎地按王教授家的门铃时，半天没有人开，她只能打电话给赵记者。过了好久，王教授才亲自给她开门，厉声说：

"你是来工作的吗？！"

采访刚刚结束。赵记者已经架起自己的手机录了视频、录了音，但画面质感肯定就大打折扣了。赵臻臻连声道歉，硬着头皮，哀求王教授再给她拍几张照片。

出门后，赵记者冷漠地说："你以后别来了。"

许臻臻恳求说："我知道错了。您刚才采访的稿子，要得比较急，我今晚通宵整理好，明天一早您就会在信箱里看到。您看看再说，行吗？"

第二天一早，赵记者看到整个访谈记录，整理得清晰干净，像是很懂经济的人写的专访，肯定是做过不少功课。她对许臻臻的语气稍好了一点儿，让她陪着跑了两个活动。许臻臻哪里还敢迟到；不仅如此，她每次都提前查阅受访者的资料，以便更好地理解。

又过了几天，有一个面向市属媒体的记者招待会，发布关于外贸关税的问题。在新闻发布会之后的群访中，每个媒体都有一个提问机会。轮到他们电视台了。作为实习记者的许臻臻没有座位，只能在后面站着。正好她看到拿话筒的工作人员就在身边，她举起手，马上就拿到话筒，抢先问了一个问题，官员认真地回答了。

一排相机往她脸上"咔咔咔"地照。许臻臻有点得意。嗳，没想到来了北京当记者，也有机会出头呢。

她坐下后，发现收到了在前排的赵记者发来的微信："你在干什么？？？"

许臻臻猛然意识到不好。她这是以前的职业习惯。她在平城电视台的时候，一直是主角，怎么就忘了自己现在只是实习生呢？唯一的提问机会给一个实习生用了，大记者准备的问题怎么办？

会议结束了，赵记者说："许臻臻，你太厉害了，我带不了你，我不配。"

许臻臻一直在道歉，但赵记者根本不再理她。她心知不妙。

等许臻臻回到家的时候，张师兄打电话给她说："师妹，你明天不用来了。因为你，我正在被我们主任像狗一样训话呢！"

许臻臻又把工作给丢了，还得罪了张师兄。

也许，以前孟文、庞主任那些人说的话不全是错的。她许臻臻，就是傲慢、狂妄、自以为是。从来不懂通盘考虑，对别人不管不顾。以前，有人宠着，大家谦让着，她恃靓行凶，还以为天经地义，理当如此。

不是的。没有人照应，她就是丧家之犬，什么都不懂。她以为自己很听话，也许，只是因为没有碰到真正的事，没有碰到利益冲突。

怎么办？来北京已经两个星期了，许臻臻什么也没做成，一分钱也没赚到。她没想到自己这么不行。

就在她自怨自艾，眼泪都快要掉下来的时候，手机响了。

居然是妈妈！

许臻臻开心得声音都变形了，忘了自己默默发誓的"决不妥协"，马上说"好想妈妈，好想"！陈晓芬听到女儿的声音也很高兴。她让许臻臻尽快回家:"我们一家人不要赌气了。没有人照顾你怎么办?你只要回来,一切好商量,平城电视台也好,报社也好,我们再想办法。"

许臻臻听得眼泪吧嗒吧嗒地掉,哽咽着说:"好,我回去。"

陈晓芬又说:"今天朱子平找我们,说他没办法联系上你了。我没告诉他你的地址。但是,我估摸着这孩子是真的后悔了?你要不要再给他一个机会?毕竟你们好了8年呀。"

许臻臻一听就泄气了,说:"算了,妈。这事你就不要掺和了。他要是爱上别人,跟别的女人跑了,我也就认了;但是,他想娶一个有钱的女人,让我当他的备胎。他谁也不爱,只会为了利益出卖别人。你愿意你的女儿跟这样的人在一起吗?"

陈晓芬说:"哎,我不明白你们年轻人怎么把这件事看得这么严重,他们还没领证,你还是初婚嘛……"

听了妈妈的话,她简直快晕厥过去了,连后来陈晓芬问她要不要钱、缺不缺钱,她都在那里嘴硬,说不要,不想要!

怎么到现在为止,妈妈还以为是她小题大做,担心她错过朱子平就再也嫁不出去呢!这重要吗?两个世界的参差,无法弥合。

她不禁又回忆起来,当初是怎样因为反感父母而心灰意冷、远走高飞的。如果再不离开,她就会慢慢被那个世界同化,再也找不到自己了。

3

许臻臻在王小轶这里住的这段时间,也是王小轶焦虑的时候。两个多月以后,就是"双十一",她不能错过,一天抵两个月的销量。可是,这回她挑了很久,都没有特别满意的货源。一直在合作的几家服装厂，提供的货都很平庸，价格还不低，没法走量。供货商鉴于往年的"双十一"总是在创销量新高，服装行业特别容易爆单，他们一点都不急，排着队要货的网店多着呢。

最后王小轶找到了蓝雪服装厂。蓝雪的老板是何怀山，也是王小轶稳定的服装供货商之一了，往年冬天的毛衣、小西装、小外套，从他的服装厂拿过不少货的。但问题就是，这家厂的产品水平不是很稳定，有时会有特别好的做工和款式，连出几个小爆款；有时又可能会连着几批货都滞销，很不好出。王小轶也没有摸清这个规律。

这次，何怀山对王小轶说，他拿到了一批品质很好的羊绒和羊毛混纺，而且性价比特别高。他先带王小轶和田青一起看了一些面料的样板。

王小轶摸着摸着，脸上的笑容就起来了。这几个样板，有羊绒羊毛混纺的，有纯羊绒的，还有超级细羊绒的，克重也高，从700克到830克，都是行内的硬通货。何怀山还一份份地拿出了检验报告。

她问了何怀山，价格比她预想的还要低一点。她心中窃喜。何怀山说他是通过特殊渠道才能拿到这么多面料的，这个厂开在东南亚，急需面料去库存，而且数量不小。只要她订，他就能拿到面料。但她的动作必须要快，因为后面还有好几家也联系过了，要准备下订了，她不要的话，他马上给下一家。何怀山还列了好几家店名。

王小轶知道，里面还有两家大店跟她是竞品，人家如果要订，就会要得比她多，得赶紧下手。

田青看到王小轶的喜悦都堆在脸上，把她叫到一边去商量："王总，你得讲价讲条件。"

"信我，我觉得这个价格、这个面料，肯定能爆。"

"但我们服装店的衣服都是200～500元之间，我们面对的是中低层消费群，超过这个价我们都很难卖得好。我们还没有卖过客单价1000元以上的单品呢，卖不动怎么办？"

"但只要产品品质好，又能讲好故事的话，我们可以的。正好趁机转型，我们要寻找中高端客户。"

王小轶挑了半天，最终订下了10%羊绒和90%羊毛面料混纺的大衣，还有纯羊毛的几款短大衣，价格不高不低，比较适中。

王小轶对何怀山说："这一批，我们全部预售。我这边统计订单你再开工。"

何怀山说："好，预售必须每个款、每个色、每个码都100件起订，不然没法合作。"

田青又拉着王小轶到一边去："我们很少预售，恐怕不行吧。这个单价那么高，压货了怎么办？"

王小轶说："做生意就是要有点胆量啊！啥都怕风险，那我还不如回家卖红薯呢。我看了他们的面料，还有价格，这次肯定行。"

这事就这么定下来了。她挑了几个大众款，羊绒羊毛混纺的，中长款浴袍式大衣，只要均码，只要驼色一个色，订了300件。还有羊绒围巾、短大衣等。

田青有点无奈。以前王小轶总是比较稳妥的呀，但这次她意志坚定。何怀山也反复保障："我们合作了四五年了，一直都非常愉快，怎么可能坑你？"

王小轶乐颠颠地忙着"双十一"。去年"双十一"一天销售额就100万元，除去退货等问题，还是小赚了一点的。今年她下定决心，要翻番。

4

许臻臻来北京三个星期了,都没找到工作,心灰意冷。王小轶劝她不要着急,还不到一个月呢,算什么。许臻臻觉得欠王小轶房租,想跟她AA分摊,王小轶笑了:"我的房租很贵的,以后等你找到好的工作,再还给我吧。"

但许臻臻也不想闲着。她窝在家里,在视频平台上注册了一个号,架起手机,拍了一个视频。许臻臻就坐在镜头前,批判现在的时尚虚头巴脑,连时尚icon也消费降级了,审美滑坡,白幼瘦的网红脸主宰了屏幕……

反正她现在又不在电视台了,可以口无遮拦。

没想到,许臻臻这个几分钟的小视频,很快有上万的点击率,接近两百个点赞。评论很多,有的评论下面还盖起了楼中楼,吵起来了。

许臻臻很开心。平城电视台有个官方的视频号,还有专人来做,做了快一年了,视频内容也是现成的,但点赞都是个位数,基本没有评论。她没想到自己随便做做,畅所欲言,效果还不错。

但怎么变现呢?许臻臻仔细看了很多直播、视频,看来看去,貌似能赚到钱的只有那些搔首弄姿的美女们,人家就是嗲嗲地求打赏,对对口型,就不停有人刷游艇、刷火箭。

她在跟王小轶讨论的时候,王小轶问她能不能学。许臻臻说不能。王小轶说她长得不比那些美女差呀,许臻臻白了她一眼:"你也很漂亮,只要你穿件低胸衣就行,你怎么自己不上?"

这事还不是道德感的问题。发嗲撒娇这事儿,讨人喜欢,真是个本事,她不行。许臻臻跟王小轶说:"这就像《不见不散》里葛优说的:'你以为跳脱衣舞光不要脸就行了?都得会劈叉,能倒立,一条腿轻轻松松一抬一人多高!'得有媚态,得有幼态,还得由着人作践,面不改色心不跳,我不行。我了解自己,要是像里面的那些小女生那样被性骚扰,我的脾气马上就上来了。这些钱也是辛苦钱,咱不羡慕。"

说归说,但许臻臻坚持做了几个视频,还是走调侃时尚的路。点击量时高时低,不过,她坚持了一个星期,很快就有1000多个粉丝了。王小轶让她尝试一下做直播,推销产品,先从王小轶店里的服装开始,让她挑几件来带货。

没办法加产品链接,许臻臻的折中办法是,换上服装,展示一番,然后让粉丝们去搜索"天轶"服装网店,凡是报"许臻臻"名字的一律打8.5折。每卖出一件,许臻臻还有15%的提成。

许臻臻开始时是随便聊天,坦白了自己来北京找工作的几件职场倒霉事儿,吐槽为主;直播间里的人渐渐多起来了,评论里都在各种埋汰自己的城市,身如蝼蚁,感同身受。接着,许臻臻就开始推衣服……

两个小时,不多,也就卖了10条裙子,许臻臻赚了300多块钱。

王小轶一结算,就很高兴:"你才刚开始,这成绩很不错了!没有你,我们平时不上新的时候,还没有这么好的出货率呢。加油!"

许臻臻却遗憾赚得还不多。因为她主持两个小时的节目,是可以有5000到8000元的主持费用的,碰到节假日还更多。更不必说电视台还有其他福利和稳定性。性价比不高啊!

关键还在于,她分析过,不是她与产品不匹配,而是这种商业模式天花板太低了,怎么都赚不多。许臻臻很灰心。

她觉得,是不是真的要回家了?

5

下班回来后,王小轶神神秘秘地给许臻臻看了她收到的一条微信。居然是朱子平发来的。朱子平说,上网看过王小轶的网店,真棒,真能干呀,想向她请教一下是怎么做得那么好的,周末想请她出来吃个饭不知赏脸吗……

王小轶注意许臻臻的表情,看她有没有生气。许臻臻惨然一笑:"你知道我现在的感受是什么吗?越是想到他不好的地方,知道他这个人是个混蛋,我心里就越平静,甚至有点淡淡的欣喜。"

"为什么?"

"如果他很好,跟他的分离,会是我的创伤。但他是混蛋,我心里反而好过一点,证明我离开的决定是无比正确的。你觉得,他想找你,是喜欢你吗?"

王小轶笑了:"不觉得。他不过是见谁有钱就追谁吧。——而且,很让我生气的一点是,明知道我们是亲生的闺蜜,他为什么觉得我会背叛你、接受他?太羞辱人了。"

许臻臻说:"也许他以为谁都像他一样没有底线吧!"

王小轶把朱子平的微信、手机号全删了。

许臻臻黯然道:"算了,不谈男人。我本来想着,在北京可能会比较辛苦,996,狂加班,压力大,买不起房。没想到,我根本到不了那一步,我压根就找不到工作!"

"你还想稳定,还想找个体制内的工作吗?"

许臻臻说,她已经不想提任何要求了,就是不行。北京是如此的高深莫测,她完全不得其门而入。她在这里也有些熟人,叔叔阿姨,但是,他们也只能帮忙投个简历,录取不录取,说不上话。许臻臻有个远房叔叔在一个报社当市场部副总经理,陈晓芬打电话去问,结果那位叔叔说,他连报社的保安都无权任用,更不用说安插一个记者了。许臻臻递送的简历根本就没能通过。

王小轶说:"其实,不进媒体也好。现在不是十年前了,纸媒已衰落了,我知道的中文系的校友们,早就纷纷从媒体出来了,做公关、做自媒体,什么都比媒体好。北京,稳定的工作,收入就低。体面,但是无用。"

许臻臻说想回家。王小轶就问:"你从家里逃出来,在平城的问题解决了吗?你不是一个冲动鲁莽的人,你能离开,说明当初确实积累了很多无法忍受的情绪。今天,如果你回去,不仅那些过去的问题尚未解决,你的失败,将让你们父母更不信任你,更有理由控制你;而你的前同事,或者整个平城,都会进一步地讥笑你。"

许臻臻很无奈:"你是不是在PUA我啊,我怎么进也不是,退也不是……"

"我的千金大小姐,你养尊处优这么多年,我刀里来血里去,我们看到的问题能一样吗?但是,你是有能力的,在那种古板的电视台里,屈才了。你要做,就做自己的IP,建立自己的个人品牌。而你专业的镜头感,是你的优势,做视频、做直播是最适合你的。这是一片蓝海。"王小轶分析说,"我是商人,在我眼里,你就是一个好产品,但缺乏包装,还没找到渠道。没有人比我更希望你成功。你的风格、个性、外形,是很讨喜的;如果你成功了,你不仅个人可以名利双收,还能成为我最好的新搭档。"

这个晚上,两人聊了很多,市场,前途,愿景,未来的可能性,失败有没有退路,等等。王小轶说自己是个商人,只想多挣钱,在挣钱中得到满足,获得承认;而许臻臻还是块璞玉,还有很多可能。

许臻臻终于鼓起了信心。

她坚持哼哧哼哧地埋头做,关于时尚、城市文化、女性的小视频,隔两天做一个带货直播。流量时好时坏,增粉没有她以为的那么容易。她把每次的主题、点击量、涨粉情况都做成表格,一期一期地分析。再去研究其他博主的类似选题,把这些内容拆解,找出人家的成功之处在哪里。

许臻臻就这样又在视频上打磨了一个星期。同时,她还在投简历。能拐着弯儿找到的人,都试过了,她现在只能上招聘网瞎投了。

从找工作,到做视频,每天都是失败,一个接一个兜头兜脸扑过来。要不是有王小轶的鼓励,她真的就要跑路了,干脆回到平城,嘤嘤嘤地回到爹妈的怀抱。

6

羊绒混纺大衣到了一批样品。质量确实不错。王小轶乐滋滋的。她对许臻臻说:"如果你真的在北京找不到好的出路,不如再等等,看这个'双十一',你的直播和视频带货是否能小赚一点,再决定是否能留在北京?我们的产品好,我觉得你跟我都有希望。"

离"双十一"还有半个月,王小轶开始了羊绒大衣的预售,许臻臻也把直播地点改在了王小轶的公司,灯光和环境更专业。王小轶给许臻臻的分成是阶梯式的,卖得越多提成越多,如果单场销售额超过20万元,许臻臻可以提成30%。王小轶的网店还没有试过直播卖货,这种方式也是全新的,她想让许臻臻试试水。

不过,连王小轶都没有想到的是,今年,她的羊绒冬装预售超乎预料地火爆,尤其是那款含10%羊绒的浴袍式长大衣,标价1999元,"双十一"优惠价是1299元,特别受欢迎。

王小轶亲自写产品详情页。按市场价,这个克数、这个羊绒含量,普遍都卖到2000元以上了。她买了三家别的店同类型的热门款大衣,从厚薄、走线、针脚、称重、长度,还剪了一角来烧,测试其羊绒的含量,拍了很多对比图,都是王小轶这家店的大衣最优秀,而且别人至少比她的贵300元。她把这款大衣称为"性价比之王"。

为了促销和引流,王小轶咬牙花大价钱上了推广。以前她是靠粉丝的黏性做起来的。但这次她想推爆款,势在必行,不花钱不行。

果然,有效果了。这款长大衣,原来预订300件,半天之内的订单就超过预订数了。王小轶继续做推广,数字的上涨速度有增无减。

如果不及时发货,就会被视为"无货空挂"而被平台处罚,王小轶赶紧打电话给何怀山:"多备点面料,面料!我们要加单,疯狂加单,赶紧调现货面料过来!"

何怀山也很高兴,连声说"没问题"。

那边,许臻臻也开始尝试直播。粉丝不多,人流量不大,她谈衣服、谈流行、谈人生,又回到谈面料,再演示衣服——她也在卖这几款冬装,有大衣、围巾。不多,每次直播两小时大约只能卖出十件八件;不过因为客单价高,许臻臻也算是凑出吃饭钱了。

许臻臻还问王小轶,为什么除了"双十一"预售的这批衣服,店里其他衣服几乎都乏人问津了。王小轶说:"那当然,别看'双十一'一天的销量大,但前后加起来一个月,几乎都没有生意了,大家都把消费力透支在这一天了。这也不是我们店的问题,大家都一样。必须得参加活动,参加打折,参加满减,还得买直通车,做推广,不然店里就完全没有流量,全导到别人家那里去了。"

田青陪着王小轶在服装厂和仓库、办公室等几个地方跑。不过,从预售第二天开始,看到预售量一直在迅猛增加,田青有点急了,多次提醒王小轶:"我们的供货能力没有那么强,别听那个何总吹牛,我们先拿到货再说。停止预售吧,这个销售量已经很棒了。"王小轶说:"那怎么行?难得这么高客单价的爆款,还能提升我们以后的定位呢。来,我们不仅不能停止预售,还要明确给顾客许诺'假一赔三'!就按法规来!姐玩得起!"

又过了两天,预订数还在源源不断地增加。田青又有点着急了:"何怀山这个人,有一搭没一搭,我们看得到的现货可以,但是他的供应能力很不稳定啊,哪有这么多?我们见好就收,赶紧下架吧。"

王小轶不舍得。5天时间,仅1299元的大衣,全店就预售出接近3000件,超单10倍!还有几款同批的衣服、围巾,也有几百单。王小轶这才心满意足地停止预售。

何怀山一个劲地保证:"没问题。我催大家加班加点,这边顶多晚两天点发货,不耽误!"

还有一周就到"双十一"了。第一批羊绒大衣100件很快到了,王小轶和她的团队验货,反复检查,没有问题,质量满意。王小轶拿起一件大衣,团起来,抱在胸前,呼吸着羊绒加羊毛的暖意,就像抱着个娃似的。她的发财梦,都在这里了。

半夜一点,团队才收工。王小轶和许臻臻最后走,王小轶站在一屋子的货面前,对许臻臻说:"女人就是要有钱,有钱才能有尊严。去你的狗屁男人!"

从11月10日晚上开始,大家就预备好了通宵加班。零点一到,现金像水一样地漫过来,后台滴滴地响个没完。王小轶很兴奋,第一批货最后一道质检完之后,她要求早上6点前把最早下单的100件快递打包完。她亲自看着。

接着,后面的200件羊绒长大衣和其他款式,也陆续发出去了。

王小轶承诺,等"双十一"的全部货都发出去之后,给大家年底加半月工资当奖金。

没过两天,第一批收到货的顾客们,纷纷反馈了。基本都是全5分,还有很多人返图,相当满意、非常满意,不愧是"性价比之王"。

新的一批货到了,王小轶交给质检团队去检测了,她开始忙圣诞季的新款。

这次活动,加了不少新粉,她要趁热打铁。全部货加起来好几千个订单,库房质检的职责主要是检查商品有无污损或者破洞,有无明显的线头,尺码颜色对不对,要抢在截止时间到来前完成发货。跟何怀山合作了几年,这次能拿到这样好的价格,真是抢对了。

王小轶这些天都特别亢奋,她回到家,对许臻臻说:"前段时间,林晖这件事让我心灰意冷,觉得自己智商低下,蠢货。现在,我明白了,在我不喜欢男人而喜欢钱的时候,还是很了得的。我爱赚钱,赚钱让我快乐!"

7

14日,第二批货已陆续有人收到了,也开始有更多评价了。下午,田青说:"有人在收货后给了差评,认为这件大衣不含羊绒,手感不对。"王小轶皱眉了,让客服返还几十块钱到100块,安抚一下,请她改评论。

但过了一会儿,第二、第三个差评出现了,都说手感很一般,根本没有图文里说的那么好,也看不出来羊绒的光泽和柔软。王小轶有点烦。生意一多,就什么人都有,总有人吹毛求疵,也不排除有竞争的商家找人来黑她。她要客服好言好语地说,再返还一点钱,改好评。

但客服丽丽过来说:"第一个客户坚决不肯改。"

王小轶无奈:"那就退货吧,多大点事,我们又不是不能退货。"

不一会儿,丽丽又说:"那客人也不肯退货,只说我们销售假冒伪劣,她要投诉。"

接着,其他的客服也说,差评顾客不愿退款退货。

王小轶觉得很倒霉,打电话给何怀山,问他怎么回事,为啥后面的一批货开始有好多人投诉?何怀山立即说:"你不是当面看过这些面料吗?还拿了成衣,对比、实验,有啥问题?我们1000块钱可以买到价值2000块、3000块的羊绒羊毛混纺的好货,但如果有人非要用这个价格买到价值1万块的纯羊绒的货,那是不可能的。我们主打的是高性价比。我用脑袋担保,这些货绝对没问题。"

王小轶想想也对。一样米养百样人。总有些差评实在说不通的,能怎么办呢?她让客服再好言好语解释一下。

后来又陆续有了几个差评。王小轶有点疯了,走来走去。这不对劲啊。杠精年年有,但今天的比例怎么这么高?而且,每位投诉的客人都表示不退款,坚决要求假一赔三,不然就投诉到底。特别是第一位顾客,ID叫"古城美女"的,语气特别强硬,说这就是假冒伪劣,不接受任何调解,"她"不仅要投诉,还要报警。王小轶知道了,这人要么就是职业黑子,要么就是专业打假人。夜路走得多终于遇到鬼。

第二天,又来了20多个差评。在反馈的200个评论里,居然有这么多差评,却没有中评,太奇怪了。王小轶急得白头发都出来了,简直是耻辱。她打电话给何怀山,但好几次,都是忙音,打不通。王小轶顾不上了,货已经全在仓库,已经15日了,今明两天必须都发出去,不然,发货晚,看这样子,又会来一批新的差评。

没想到的是,到了第三天早上,客服在后台收到了"古城美女"传上来的一个视频,里面有关于羊绒含量的分析比对检测,里面还有国家级的毛纺织科学研究所检验中心和某科学院的光析化工技术研究所两家专业公司的专业评测,结果都一样:衣服羊绒含量为0，是100%的羊毛大衣。

王小轶的脑子嗡地一下就炸了。她亲自当客服，回复说是可能发错货了，能否重发一件新的给"她"，并对"她"进行补偿，问"她"想要什么，需要店里做什么配合……她啪啦啪啦地打字，总之是好话说尽。

"古城美女"很淡定："我什么都不要。这个视频，我已同步发到了淘宝论坛、微博、豆瓣、抖音、今日头条……"

田青在淘宝论坛里搜到这个视频，刚发不久，已经有好几十个评论了，她给王小轶看，王小轶的脸色惨白。她亲自回复"古城美女"："说，你要多少钱可以把这些都撤下来？"

"古城美女"说："你以为我会上当吗？我要是开了价，你就可以说是我敲诈勒索了。我是为了正义。"

说完，"她"就下线了，再也不回复。

这时，已到傍晚7点。王小轶打电话给何怀山，已经关机了。拨打何怀山的运营经理的电话，也关机了。办公室电话更打不通。田青问王小轶要不要订晚餐，王小轶说："我不吃了，你也别吃，拿两个面包，我们马上去仓库，抽查一下我们的产品，让运营的小朱明天一早送去检测。然后，我们马上开车去郊区的蓝雪服装厂。"

王小轶话音刚落，就接到电话，电话居然是网商平台的公关部总监从杭州打过来的。这可是史无前例头一回。

总监李女士说："今天，我们平台的打假专项团队收到关于你店的几十个投诉，投诉你店销售的是假冒伪劣商品。另有多位顾客报警了，杭州公安局的经侦科派人到我们这里来了解情况了。事态严重。如果你方便的话，尽快来杭州一趟，今晚多晚我们都等你。最近是我们平台的全国打假行动，是我们工作的重中之重。"

王小轶蒙了，公安局都来了，到底发生了什么？这一行做了好几年，她从来没有碰到过这样的事。虽然听说过有同行造假被抓，但人家那是假冒名牌都搞出了几条生产线，获利几千万元。这样违法的事她从来不会干。——但如果"古城美女"说的是真的呢?那么,她就是被何怀山坑了。

这种恐惧慢慢压制住了她。她不知道问题有多严重,会有什么后果。

来不及了,王小轶叫上田青,不用收拾东西了,马上订今晚最后一班飞机的机票,飞去杭州。这时,仓库已派人带了几件样品大衣过来。她打包了3件羊绒大衣,把一些资料存在U盘里。

另一边,王小轶吩咐电商运营小朱,再拉一个男同事一起去何怀山的蓝雪服装厂,现在,立即去!如果能找到何怀山,先稳住他,就说还想加单,千万不要提售假的事,千万要稳住。她让小朱去,因为小朱头脑灵活,而且长期健身,块头大,能镇场子。

等两人到了杭州萧山机场落地的时候,已经是深夜12点半了。王小轶打开手机。小朱两个小时前就发来微信,说蓝雪服装厂完全是黑灯瞎火的,所有的门窗都是锁着的,空无一人,一看就是跑路了。他准备第二天白天再去看看。王小轶打电话给小朱聊了几句,让他明天注意安全,做好防备。

她打开网络,在几个大的平台上,"网红服装店'双十一'假冒伪劣、以次充好"这件事已成为小热点了。有的主帖是"古城美女"发的视频,有的是图文并茂的小作文。她看到就心烦,即使不看,上面说的是什么她都大致能猜个几分了。

王小轶脑子已乱了。田青有点怯生生地说:"公安局的都来了,我们会不会坐牢啊?"

她打断了:"怎么可能?而且这事也跟你没关系。唉,你一直都劝我,保守一点、步子迈小一点……"

网络平台的李总监,让她们到办公室等待。公关团队、打假专项部门马上会有同事一起来开会,还有公安局经侦科的警察,也会过来。

此时,已是半夜两点了。

第七章

1

李总监和两个同事，一个平台的法务，一个平台打假部门的服装行业的专家，公安局的郑警官，还有王小轶、田青，半夜两点半坐在办公室里。

李总监明确地告诉她们，"天轶"服装店后来又有一些新的投诉，一共三四十个投诉，说这些大衣假冒伪劣了，还有十余人报警。之所以邀请王小轶过来，而不是一封了之，就是因为王小轶的店，属于非品牌店中很受欢迎的一批店，这次的"双十一"预售活动又很配合，反响很好，但越是如此，越是要重视此事。平台希望给"天轶"店一个合理的解决方式，处理好消费者的情绪与问题。

最后，李总监说："这两个月，网商平台与省公安厅联合，正在全国范围内开展打假活动，从严从快，所以我们对每一个顾客的诉求都很重视。"

王小轶知道自己撞枪口上了。

检测已安排了，有两件大衣，明天一大早就会送去给当地的毛织品科研所检验科检验，他们答应中午下班前就出结果。开会的会场上还留着一件。在李总监跟王小轶他们开会时，服装专家在一边检查了那件羊绒大衣。他走过来对大家说：

"按我的经验，这件大衣不含羊绒，算是羊毛大衣里比较好的。"

王小轶明白，专家说的话很可能是真的。她也就诚恳地把跟何怀山的蓝雪服装厂的情况都跟李总监他们说了，还把"古城美女"的视频及相关讨论都给他们看。

李总监表示，她听过"古城美女"的投诉录音，对方懂法，还在他们这边报了警。"她"不提赔偿金额，就是希望让王小轶得到惩罚。如果方案不满意，"她"会不依不饶地继续告，甚至还说，如果不立案，还会向检察机关检举公安机关不作为。

王小轶怀疑那人是一个职业打假的，也可能是竞争同行派过来的。法务刘律师表示："就算这位客户是职业打假，但依然属于合法范围。只要你的销售产品与你的宣传不符合，拿羊毛来冒充羊绒，就要承担相应的责任。"

他在网上把法条给王小轶看："《中华人民共和国刑法》第一百四十条规定，生产者、销售者在产品中掺杂、掺假，以假充真，以次充好或者以不合格产品冒充合格产品，销售金额五万元以上不满二十万元的，处二年以下有期徒刑或者拘役，并处或者单处销售金额百分之五十以上二倍以下罚金；还有处二年以上七年以下有期徒刑的、处七年以上有期徒刑的情况。销售金额二百万元以上的，处十五年有期徒刑或者无期徒刑，并处销售金额百分之五十以上二倍以下罚金或者没收财产。你的金额，单单是这个羊绒混纺的单品，销售额已达到三百九十万元了，这个情况还是很严重的。"

王小轶听着声音都抖了："但我们，是被厂商骗了呀！"

李总监简单地看完王小轶提供的一些合同资料、订货信息，告诉她，目前来看，这事并没有上升到刑事案件，她并非知假售假，可能还是受害者。这事尚没有造成恶劣社会影响，就要看她能怎么样赔偿顾客的损失。

李总监要求明天拿到检测报告后,下午再开会。

王小轶哪里睡得着,直到早上7点多才迷迷糊糊有点睡意,就看到郑警官带着几个警察闯进来了,一见她就把镣铐扣在她手腕上,说她犯了销售伪劣产品罪,要坐牢。

一下子把她吓个激灵,醒了。

上午,王小轶收到小朱的电话确认,整个蓝雪服装厂都没人了。小朱还偷偷爬进铁门,看到机器什么的倒都还在。仓管小巴和运营小罗则说,他们一件一件核对还没发货的100多件羊绒混纺大衣,发现除了三四件含羊绒的成分以外,其余都是纯羊毛的。客服则纷纷反映,差评越来越多。糟糕的是,当时为了赶发货,效率非常高,客户基本全都收到货了。这些都是需要赔偿的对象。客服问王小轶怎么办。

完了,噩梦成真了。王小轶不敢哭。她又翻看了一下网络,很多平台上,"羊绒变羊毛,假冒伪劣何时休",关于她们店的话题,依然在购物消费的分频道上的头条,大家还在吵、还在骂。

下午,专业官方机构已经给出了对服装面料的鉴定结果。果然,100%羊毛,并不含羊绒。李总监表示,网商平台的管理层已经开过会了,他们把这件事情定性为:用羊毛产品冒充羊绒,违反广告法,宣传与实物不符,损害消费者利益,金额巨大。处罚意见:一、给王小轶3天时间发声明和给顾客们退款退货,3天后,正式封店;二、所有这次购入羊绒类产品的顾客,全部做好登记,假一赔三。这是几十桩投诉者的要求,他们不是要求自己买的产品假一赔三,而是对所有购买了店里羊绒大衣产品的顾客,都假一赔三。

王小轶不敢反驳,但她也疑惑:"我错了,我认罚,这个责任我必须承担。但为什么平台和警方对我的惩罚这么重?能否只罚款,不封店,或者减轻罚款?"

李总监表示:"确实,这个处分比较重。但没办法。因为我们现在越来越倾向于打击假冒伪劣产品，保护知识产权，希望建构一个更健康的平台。国家这段时间正在严打网络售假的情况，还开展了专项行动；不然的话，郑警官何必这么辛苦，半夜两点多还过来开会？虽然你主观上不是故意的，但确实造成了不良影响，也希望你配合。你可以向厂商索赔，这是你的权利。"

李总监还派了一位法务部的代表，随时与王小轶联系进展，跟进后续的赔偿问题。

郑警官也在现场。王小轶只能都同意。

她不知道哪里能变出来接近一千万，赔偿给所有人。

库里还有其他产品的存货，是合规的，但顶多就是二三十万，杯水车薪，凑不出这笔钱。关键是，马上封店了，她在哪里卖？她哪有钱再去租实体店了？她要做的，就是让客服全面开工、加班，逐个向购买羊绒大衣的顾客说明，并退款。

2

王小轶回到酒店收拾行李时，田青过来了。两人忍不住抱在一起哭。

田青跟随王小轶5年了，一直都是她最得力的助手。王小轶懊恼没有听田青的话，她给了自己这么多次的提醒，自己却一意孤行。这个时候，田青却说："其实你的判断是准确的，这个产品整个链条下来就是一个完美的爆款，你抓住了客户的核心需求。但关键问题是我们没有自己的产品，没有自己的服装厂，我们受制于人。以后做服装，只要想做好，一定要有自己的服装厂，才能把质量、品控、后端产品牢牢地抓在手中。"

王小轶难过得掉泪："现在，我懂了。可惜已经太晚了。目前算了一下,我要赔偿700多万元,还有你们的工资。我们店这3年才开始有一定的盈利,没有店了,我根本不知道以后该怎么办。"

回到北京,王小轶再重新清点了一下已经退货的产品,一件一件翻,甚至还核对顾客ID。她意识到当初为什么犯错了:何怀山给她的第一批300件产品,是货真价实的羊绒羊毛大衣,严格按照合同的,顾客满意度高。但之后的2000多件,绝大部分用全毛羊,只有寥寥几十件是真正的羊绒羊毛。抽检时,何怀山故意派助手来帮忙,专门挑出含羊绒的来检测,误导了质检员。

原来,一步错,步步错。

王小轶还是找不到何怀山,报警了。最后,她得到消息,何怀山在15日当晚就去泰国了。他早有预谋了。王小轶以前就知道,他在清迈买了房子,老婆女儿都住那里。

她彻底绝望了。

赔吧。所有的欠款加起来,她王小轶,就此倾家荡产。

唯一幸运的是,王小轶手里恰好有现金。她准备好过两个月就买房的。她看中了一套1100万的房子,准备好了首付400多万,并留了一点装修费用。加上公司账目上的钱,凑起来,有接近700万。她第二天、第三天,分了几批次,分了不同银行,把钱转进公司账上。

王小轶把所有员工都变成了客服,通宵把款打回了客户账上。

有些顾客说不退,很喜欢,要留着,不用退款;有的顾客坚决不要多付的赔偿,称物有所值;有的顾客说"你们的店什么时候开,以后你们每次上新我都一定要买";还有人,沟通着沟通着,就哭了起来,不敢相信:"'天轶'还在上升期呢,怎么忽然炸掉了?怎么处理得这么粗暴?不能改过自新吗?"

这个"古城美女"是谁,一直让王小轶感到很奇怪。她是有不少同行竞品,但类似风格的服装店不算少,花精力搞死某一家毫无意义啊。

王小轶查了一下"古城美女",居然是一个新用户,全部购买记录就是在王小轶的店里买过三次货。这个人是为了买"天轶"的东西而注册新账号。她再看了一下这人的送货地址。是一个北京的写字楼。这个地址有点熟悉啊?她模糊记得曾经在哪里看过这个写字楼的名字。她到底是在哪儿见过呢?

想起来了。这是林晖父亲公司的地址。她怀疑林晖是骗子时,连他爸的公司她都查过。

再往下找,好几个差评的、投诉的,收货人不一样,但收货地址同样是这个公司。

王小轶苦笑,还用说吗,这不就是林晖找人来干的吗?而且,林晖并不知道王小轶查过他父亲的情况。

这时候,她冷静下来了。她已被林晖拉黑了,联系不上。关键是,联系上他干什么?骂他出气?责备他怎么这么坏?

田青劝她报警,可是王小轶找不到报警的理由。王小轶没有那么冲动。

3

通过朋友介绍,王小轶找来一位专做合同法业务的黄律师。黄律师表示,职业打假合乎法律,就算林晖雇人来打假,他不违法。人家没有诈骗,更没有敲诈。当务之急,是立即找到何怀山来赔偿。她是被他骗了,应该马上起诉他。如果他暂时在境外,还可以先强制执行他在国内的部分财产,他租有的厂房和机器,都可以用来抵押或者变卖,至少可以弥补部分损失,剩下的,看看是否要申请涉外仲裁机构来裁决。

但是,等到黄律师仔细研究了王小轶与何怀山签订的合同之后,长叹一口气:"你这份合同有很多问题啊!完了,这个根本不能证明他骗了你,用不含羊绒的面料来冒充含羊绒的面料,是显示了你们是一起参与的。假如真有以次充好这件事的话,那么,你就是同谋,你们俩是合作者,然后,利益分配是你们俩之间的事。如果不是我相信你的话,仅看合同,你也不冤啊!唉,你怎么在签合同之前,就没找一个好律师来把把关呢?"

原来,王小轶签这份合同,是把好几款衣服放在同一个合同里。她既从这里购买了10%羊绒、90%羊毛面料的大衣,也购买了100%纯羊毛的短大衣,但由于签的是预售合同,面料的数量没有明确写明比例。而王小轶跟何怀山约定哪些衣服用羊绒面料这些细节,都是口头上的,并没有在合同上体现出来,对方随时可赖账。

王小轶颓然无力地跌坐在椅子上。

都怪她太抠门了。她的公司没有雇用专职法务,每次合同都是找一位兼职法务来看,按次收费。她觉得自己的合同比较简单,合作的多家厂家都是熟人了,互相信任,按以前的套路来,没有问题。

黄律师的结论就是:现在只能找到何怀山,并且要求跟他共同分担这笔赔偿。至于能谈下来多少,他肯赔多少,那是另一件事了,可以从长计议。但是,现在找不到他,只能先由个人承担全部责任,再回过头来向他追责。

王小轶没有了心气。

在3天之内,客服终于把款项全部打入顾客的户头了,网店也被封了。王小轶又成了孤家寡人。她让财务清算大家的工资,这一部分,她已预留了款项。租的办公室退租,仓库退租。

田青建议她重新开一个店,至少可以把囤的衣服重新卖出去。王小轶摇头:"不可能了。我已经身无分文。"何止没钱,王小轶还欠了其他供货商180万元的货款。

之前有几批货,是采用走货后再结账的方式。这四位供货商跟王小轶合作比较长时间，信任她。第三季度的这几批货，都是11月中旬结账的。这笔款项，王小轶早就准备好了，前几天还躺在"天轶"服装店的账上，准备到时间就划拨给对方。但是，出事之后的最优先项，是第一时间赔偿给顾客。

现在，赔付完之后，再给员工发完工资，账上已一分钱没有了。

最后一顿散伙饭，大家去了一个大排档。王小轶含着泪感谢大家，可惜不能善始善终，连最后的晚餐，也只能吃便宜的。

王小轶欠着四位供货商的货款，她还不了。她亲自上门道歉、说明，希望能够缓期半年或一年偿还。

当然，供货商怒不可遏。大家都是些小商人，欠这个60万元，欠那个70万元，不是小数目了。谁背后没有一个家在等着米下锅？王小轶不停地挨骂、作揖、赔礼道歉，被人指着鼻子喷口水。

还有两个骂累了，说不骂了，直接起诉，让她卖房卖车去。但王小轶没有房子，车子是要卖的，可卖掉也抵不上欠债的一个零头。她没有押抵物，啥都没有，连店铺都没有了，很难从银行贷款。王小轶一个个恳求债主说，再宽限一周，她去借钱。

都到这份儿上了，再不行的话，起诉她也认了，坐牢她也认了。是自己种的因，注定要结这样的果。

4

翻遍了电话号码，王小轶也没找到一个能借得出钱的人。她这辈子就没有求过人，很难开这个口。而且，她能想到的人里面，都是生意合作伙伴，借了，她也不知道怎么还、用什么还、什么时候还。在商言商，还不起，就没必要去借。

只有亲人，或许能暂时借她。

王小轶想到了表姐吕筝。她没有求过表姐。试试吧！

王小轶来到吕筝家里，保姆带着小雨去英语补习班了，吕筝难得喘口气，一个人在家订了外卖，吃的是盒饭。王小轶更不好意思了，吞吞吐吐地表示，想向她借50万元。

听完王小轶说了整个事件的经过之后，吕筝吃了一惊。没想到一个疏忽，这事会变得那么严重。

吕筝说："跟你这么熟了，就直说吧：我家没钱。一是，袁以智刚刚被裁员了；二是，我刚刚向医院交了辞职信。我们俩都失业了。现在我还没想好以后该怎么办呢。"

轮到王小轶大吃一惊了。

上周五，袁以智被裁员，他所在的整个团队七个人都被削减掉。开始就是谈补偿金。他去跟人力总监谈。

袁以智的意思是，按劳动法是N+1的补偿，他服务了7年，应该赔给他8年的月薪，每个月7.5万元。人力总监说："你错了，是按基本工资，你的基本工资高，是3.5万元，其他是各种奖金和绩效，你只能按这个来算补偿。股票加起来，很少，也就120万元左右。而且，你们这批被裁的，最好明天之前全部办妥手续。过了明天，股票只能被折价赎回。"

袁以智问了一下，团队里其他人都准备签字同意了，不然可能更低。听说去年就有个不满意赔偿金而跳楼的，可公司宁愿给他家里高额抚恤金，也不肯改这个抠门制度。

袁以智思前想后，接受了苛刻的条件，当天就把办公的东西搬回来了。

接着，袁以智只是打了电话跟吕筝交代一下，他要创业了，接下来要连着三天不回家。注意，是通知，不是商量。

他的创业项目已轰轰烈烈地展开了。

袁以智其实已预感到要被裁员了，至少三个月之前，他已和他的博士同学,以及辞职出来的互联网同行,三人合伙开发一个社区送菜送货的手机平台。现在已经有投资公司有兴趣,进入天使轮融资的流程中了。他们在燕郊租了一层办公室,便宜,但离袁以智家有六七十公里。他肯定不能天天回家。于是,公司还在旁边租了几套公寓给员工,袁以智虽然是老板,也住在这里。

整件事,吕筝很反对。袁以智现在不仅不回家,他还把自己裁员补偿的钱和积蓄,好几百万元,一分不留,全部都投入这个项目中了。

以前,袁以智也是会做家务、会哄孩子的,但自从两年前袁以智主管一个team之后,他就忙起来了,有时还通宵不回。他对新事业的爱,如痴如醉,日日夜夜只有这么一件事。

偶尔,吕筝想让他接小雨,做一下家务,袁以智就卖惨,说自己为了工作已经受尽苦了,再没有余力去顾及太多事了。

现在,他还把全部钱都投入创业中去了!

王小轶很诧异:"姐夫怎么能一点钱都不留给家里呢?他是怎么想的?"

而吕筝自己的情况更复杂。上次的手术失败,患者死亡,已经由第三方医疗鉴定组认定为医院无过错,也就是主刀医生吕筝无过错。但由于死者家庭非常困难,医院出于人道主义赔偿了10万元。医院并没有责怪吕筝的意思,但她所在的科室人员,都扣发了当月的奖金。

吕筝自己无所谓。但她发现,同科室有个年轻的住院医生,一个大男孩,躲到走廊的一头,偷偷痛哭。他刚刚分配到医院没多久,家境差,读医年限长,好不容易靠着助学金读完研,家里就靠着他寄回老家的收入了。一扣奖金,他连自己的房租生活费都不够了,老父母怎么办?吕筝很委婉地想给他3000块钱,但年轻人自尊心特强,坚决不收。吕筝觉得很对不起大家。

越是没有人说她,她越是惭愧。

考虑到这段时间袁以智被炒掉，总是抱怨吕筝没有把小雨教好，小雨自己的情绪起伏也大，成绩滑坡得很厉害，吕筝决定，一定要多点时间陪小雨，也不必对着同事这么惭愧了。

她给马院长递交了辞职信。

马院长很生气，说她不负责任。吕筝还想解释，马院长让她好好工作一个星期之后再说，没有批准她的辞职。

吕筝说："我顾得了工作，就顾不上小雨；顾了小雨，就别想再当医生了。现在，我是小雨没有照顾好，工作又没做好，两头都不落好。实在是分身乏术。"

"你又不是单亲妈妈呀，姐夫呢？"

"我就没有指望过他。以前是"996"，现在是"007"，他在这个家里约等于不存在。"

吕筝最后说，知道王小轶现在很难，只能借给她10万元。

王小轶说："你这样子我还怎么好意思借？你已经够难了。我找其他人试试吧！"

晚上9点了，保姆带着小雨回来了，不一会儿，袁以智也回来了。

王小轶看到袁以智回来，打了个招呼，就回去了。

以前她就对这个表姐夫不爱搭理人的沉默寡言印象不佳了，现在就更差了。有一种说法，有钱人如果只是吃喝玩乐，坐吃并不会山空，一旦有理想有抱负想创业，就完犊子了，多少钱都填不了无底洞，何况只是一个普通中产人士？

5

袁以智看到王小轶，就问吕筝她来有什么事，吕筝说王小轶的网店因为进了假货,店被封了,还要假一赔三地惩罚,欠了很多债,其实王小轶也是受害者……

袁以智冷笑:"我就说了,你少跟你表妹来往。你好好一个知识分子,别整天跟这些小商人打交道,市侩、势利,眼里只有钱,现在都开始卖假货了,不然我说呢,封得好。"

吕筝很生气:"她是被人骗了,根本不知道这面料里面掺假了。而且,她一个人承担了所有的责任。表妹已没办法了,才到我这里借钱的……"

"她还找你借钱?"袁以智一听更不能忍,"现在我被裁员了,创业正缺钱呢,你还有闲钱借给她?家里钱还有多的话,那还不如把钱给我呢!"

"我没借……"

"这不像你性格啊,你一向对亲戚很慷慨的。为什么没借?"袁以智讽刺道。

"因为我刚刚向医院递交了辞呈。"

"什么?"一波比一波更生猛的消息,他很生气,声音也大了起来。这时,小雨面无表情地从房间里走出来:"你们俩能不能换一个地方吵架?影响我写作业了。"说完,她回房间,重重地关上门。

两人回到房间里继续争论,只是关上门了。袁以智大骂吕筝愚蠢,她明知老公被裁员,还要辞职,谁来赚钱养家?能不能有点脑子?吕筝也很生气,以前她好好上着班,他总是催她辞职回家带孩子,说是照顾小雨,小雨成绩不好,没有人带她去兴趣班,样样都比不上人家,现在把这些都怪罪到她头上。好了,她碰到这么多事,小雨又差点走丢,决定辞职了,他又不满意。什么都是他一把嘴说了算?

袁以智没脾气了:"你怎么这么蠢?此一时彼一时也。那时我还有工作,能养你们母女,现在我不是在创业吗,你怎么还敢辞职带孩子？"

几个回合下来，吕筝已经累了："你既不赚钱，也不带孩子，还不顾家，难道孩子是见风长大的？你补偿的几百万元，一分钱都不给家里，全扔去投资玩儿去了。连你都是我养了。你可以不养家，为什么我就不能不养家？我为什么既要工作，又要照顾孩子；而你一样都不用干，就能审判我了？"

袁以智抓住一个词，开始发挥："你竟然说我的创业，是投资玩儿？！那是长远打算！是我为了这个家！每天累死累活的，工作十几个小时，你还说我是玩儿？我没有一天能睡够6小时，没有安心吃好一顿饭，这样已经好几个星期了，够累了，你不说为我分忧，好好安慰我，反倒认为我不负责任？我这么辛苦是为了谁？是为了自己的吃喝玩乐吗？还不是为了你们母女俩！"又是一场徒劳无功的对话。

吕筝宁愿他不回家，一直不回家，滚犊子吧！他除了让她生气，让她乳腺增生，还有啥好处？

10点钟，小雨按时睡觉。过了半小时，吕筝听到她的房里有声音，就悄悄地推门进去。原来小雨还没睡着，正缩在被子里，蜷成小狗一样地抽泣。她说："妈妈，我不想吵你们，可是我忍不住，忍不住哭。"

小雨哭的是：现在爸爸没工作了，妈妈也没工作了，没收入了，我们是不是要流浪街头了？以后我是不是就不能去读书了？我以前还不想上学，可是，现在我还是觉得上学好……

吕筝抱着女儿，心想，自己到底是做了多傻的一个决定啊！医院里的这点挫折就把她打败了，那她还是吕筝吗？还是那个当年学霸，本硕博一路保送、一路连读下来的吕筝吗？

吕筝轻吻着小雨说："不会，妈妈还要认真工作。是我不该让你担心，我们以后要好好的。"

第2天，她去找马院长。马院长说："我知道你一定不会走的，你是这么要强的人。"他欣慰地把她的辞职信撕了。

6

早上一起床，王小轶就收了一大箱快递，很重。打开一看，都是刘美兰寄来的腊肉、腊肠、腊鸭、广东干货特产，每份都用塑料布包好，旁边用报纸隔开，油把报纸都浸透了。

以前王小轶很喜欢吃这些腊肉腊肠，刘美兰每年都自己买肉，自己腌制好，给她寄，理由是，外面的全都是有添加剂的、都有毒，只有自己做的才原汁原味。王小轶很烦她的说法，全都是胡说八道，说得像外面都是豺狼虎豹，她自己才是大爱无私的圣人，但不可否认刘美兰做的腊肉、腊肠、腊鸭确实好吃，这几乎是王小轶心目中刘美兰唯一的优点了。

但这次是王小轶万念俱灰、被世界抛弃的时候，这一箱腊肉腊肠对她来说，意义不一样。

还是有人记着她的。

她打电话给刘美兰，说她收到了。

刘美兰说："你给我打的生活费我收到了。我托人给你找了两斤棉花褥好了厚被子寄给你，你这两天就能收到。你别啥都说自己买，市场上哪种东西不是偷工省料、赚些黑心钱？能抵得上我给你实打实的棉花被？怎么我说的你不信，你去信那些广告……对了，你跟你男朋友还好吧？啥时能结婚？不是我说你，你马上就29岁了，跟30岁有什么区别？"

王小轶说跟男友很好很好、特别好，在商量结婚的事了。

刘美兰总算闭嘴了。

她没空对妈妈生气了。那欠的180万元就像一把随时掉下来的剑，悬在王小轶的心头。虽然现在知道不会因为还不起债就坐牢，但她已经彻底破产了，会上失信人黑名单，从此不能坐飞机、不能住星级酒店、不能买房买车，也别想着正经地重开公司了。总之一切的一切，将成为王小轶一个抹不去的人生污点。

钱从哪里来呢？

王小轶每天都在四处奔波，处理赔偿的事，很晚才回来。她不敢跟许臻臻交流得太多。她只说忙，要忙着清算、借钱、凑钱。许臻臻问了她打算以后做什么，是继续开新的网店吗？

王小轶说："我要回平城了。我要离开北京。"

"什么？"许臻臻很意外，"你怎么能这样！我听你的劝，辞掉电视台的工作、跟爸妈翻脸，来北京才两个月！"

王小轶说："对不起。"这么多年，她风里来雨里去，彻底累了。出事这大半个月，她彻夜失眠，经常不由自主就满脸是泪，在这样的生活里，她喘不过气来了。她想回家了，不想这么累了。

"但是我还是希望我们一起在北京打拼的。我们一起找房子住吧，找一套便宜一点的，我们合租，一起公摊互相照应。再想想怎么安排以后的工作。"许臻臻诚恳地说，"我为了你，为了你说的机会、你说的无数可能性、你说的风口，才辞职来北京的……我连工作都找不到，我依然这么努力，你怎么就能放弃了！我一直以你为榜样，你不能这么软弱，不能碰到一点挫折就逃避。"许臻臻拉着王小轶去阳台，那里是北京的夜，9点多，还是明晃晃的，从天际线到天空，呈现出粉红色的黑。

她指着远方，说："你看，这是国贸，这是CCTV……这里，可以望到更高、更远的地方。以前我来北京的时候，你告诉我，大城市里才有机会，有无限可能，它公平、公正，只要你做得好，除了市场本身，没有人能当你的裁判。你还告诉我，我们有幸赶上了这个时代，可以拥有梦想，也可以靠自己过上好日子，千万不要辜负这个时代。我相信了你，也相信自己，所以我千里迢迢，不顾一切地来了……"

但王小轶的满脑子都是欠债。许臻臻跟她能一样吗？她没有耐心听许臻臻的抒情，轻轻地推开她，说要继续收拾东西。

许臻臻很无奈。她自己要做的事，也很不顺利。她坚持做了一段时间短视频，但粉丝涨得很慢，做了一个多月了，才两三千粉。而且，没有了产品，她没法变现，没想好做这个有啥意义。虽然总是听说"短视频是蓝海""短视频是未来趋势"，但是，依然一点也看不到光。

许臻臻连着几天没更新视频了，又开始在网上找工作。她出门面试了两次，但都因为对方的公司太差、太不靠谱，灰溜溜地回来了。

王小轶用几天时间，把东西全都收拾好。仓库还囤着一大堆货，绝大部分是退回的羊绒大衣，少量是其他的杂款，还没卖完。

她很费劲，通过各种渠道，联系了多家大网店、实体批发市场，希望把这批有羊绒混纺、有纯羊毛的大衣，按羊毛的价格，找人接盘，能回收部分款项就好。

但是，王小轶这批所谓的"羊绒"大衣，在服装买手圈里已经有名气了，直接就被人冠以"假冒伪劣"之名。哪怕它本身作为羊毛大衣已经算优秀了，但在这个名头下，半价都没有人收。另一方面，"双十一"已过，这又是一个暖冬，大家预期消费者的购买力将大大下降；再说了，很多商家自己的"双十一"存货都没有清完呢。

这么好的大衣，根本没有人接手。

王小轶找到了一家在郊区特别便宜的仓库，把这些衣服都先囤在那里，交了一点租金，为期3年。

在忙着找工作的田青，几天之内就拿到了两家服装企业的offer，她还没有决定去哪一家。田青是一个踏实细心又很忠诚的员工，在哪里都会做得很好。王小轶委托她代管一下这批衣服。如果有机会，能把它们卖出去最好。卖出去后，会给田青一笔提成。

田青问："你不怕我偷偷变卖掉不告诉你吗？"

"不怕。你跟我5年了，我知道你不是这样的人。"

接着，王小轶联系自己的房东，要把自己现在租的那套房子退租，再过一周就彻底搬走。车子也联系二手车市场卖掉了，这种用了好几年的日系车，买不上价，3万多元，对她的还债基本没有帮助，只能充当她以后一段时间的生活费了。

能处理的、能卖的、能扔的、能送人的，她都处理了。

7

王小轶从外面回来了。她给许臻臻带了一盒小吃，两人坐下来吃。王小轶一边给许臻臻算了账，说："不好意思，你是我最好的朋友，所以我最后才结款给你。前些天'双十一'的带货，我结账给你。"这个成绩还是可以的，3个星期，大概佣金有9000多块钱。

许臻臻说："你现在这么困难，我不能收钱，我省着用，陪你共渡难关。"

"9000块钱，对我的公司没什么用了，收下吧，我不拖欠员工工资，虽然你是外约的，也不能欠。"

王小轶手机转账给许臻臻后，试探地说："臻臻，你上次说得对，我不该逃避，我应该想办法，继续在北京留下来。你能不能从你父母那里帮我借点钱？我已还了700多万元了，还差170万元。能否先帮我借一点，比如50万元这样？你父母存了钱给你结婚买房，现在你又不结了，能否借一点给我，我会很快……"

"怎么你的债还没还完？"许臻臻打断她的话。

王小轶又简单说了一下她的债务组成,又说了她如何退租退房、如何还债,但许臻臻听了只觉心烦意乱,就屡屡打断她,因为她已经很不开心:"我自己省吃俭用,只坐公交不坐地铁因为地铁贵,过着逃亡一样的苦日子,我都不敢向我爸妈要钱。我不想妥协。我过得有多难,你是知道的。你怎么好意思开口让我向爸妈拿50万元?"

王小轶也有心理准备,就说:"那算了。那我再跟你商量一个事:我以前也跟你提过,我这房子的房租一个月要14000元,还有买菜钱、水电费,不算我请你下馆子的,你住在这里三个月,请平摊一下吧。我算了一下,每个月平均下来你大概给我9000元,一共27000元。"

许臻臻确实想过付房租的问题,但这下忽然被王小轶提出来,而且一点也不打折,这个数额超过了她的预期,她的脑袋一下子嗡嗡响,直接怒了:"你这么算计,就不该给我结那9000块钱工资!假惺惺,只会让我恶心!"

王小轶耐心地说:"一码归一码,你的工资我要给你结算,你的房租我该收也得收。之前我有钱,是想着等你找到工作有收入之后,我们再算;但现在,我太穷了,房子也要退租了,只能现在就算清楚了。"

"可是我现在哪有这么多钱?我给不了你!"许臻臻心里很慌。带出来的3万块钱,虽然吃住都是王小轶的,但3个月的零碎小钱加上机票钱,现在她手里只剩大几千了。就算加上王小轶刚返还的钱,根本不够还这笔房租加伙食费。她还以为王小轶是最好的朋友,能依赖,没想到,王小轶也在算计自己!

"你可以问你父母要……"王小轶还要说。

"王小轶!我受够了!你不就是自己出事了,想逼我借给你50万元吗?我不愿借你就用这种方式来羞辱我吗?"许臻臻愤怒了,"我根本就不该相信你。你劝我来北京,我辞掉了电视台的公职，放弃了一切，跟父母翻脸，投奔了你。我不过来你不是一样要出房租吗？合着你让我辞职投奔你，就是为了骗我来分担你的房租吗？"

"合租要分担房租，天经地义。你没钱你就想办法找啊！我是你的朋友，但我不是冤大头。而且，你来北京、你辞职，是你自己的选择，不是我逼你的。"王小轶也开始不客气了。许臻臻更生气了："那你为什么不在我来之前就告诉我住你这里要付房租，吃饭要交伙食费？"

王小轶气得笑了："吃饭要给钱，这样的事需要教吗？你是第一天出古墓的小龙女吗？"

许臻臻不懂了，她还以为有不掺杂任何杂质的友情："我爸妈早就劝我，让我远离你。因为你，我已经被他们骂过好多次。我现在真后悔，为什么没有听他们的？你跟你爸爸都是底层人，太像了！"

"你闭嘴吧！"王小轶也生气了，"你不过是投胎投得好。我知道我爸无能，但谁都可以嘲笑他，就只有你，只有你们家不行！法院早就判了我爸没有责任，是对方的错，凭什么把我爸开除公职？你们家有点小权就可以为所欲为吗？"

两人以前还没有实打实地吵过架，这一回，都是真动怒了。王小轶做生意多年，思路清晰，伶牙俐齿；许臻臻虽然性格温和，但在电视台当主持人，还经常主持大型节目，那嘴上功夫也不差。两人开始互相揭短。一个说，你既没关系也没门道，还说北京遍地是黄金一样让我过来，说要跟我合作，现在你欠了八九百万元的债，还想让我帮你还？一个说，你的路都是你父母全部给你铺好的，在我这住房不给钱、吃饭不付款，你还有理？一个说，你破产是被你那个一夜情的男人坑的，你不跟他闹，只知道跟我吵，是看我好欺负？一个说，你被你男友和父母PUA多年，害得你颜面丧尽，在老家待不下去了，别觉得你男朋友多坏你多好，你们俩是"一个被窝睡不出两种人"！

许臻臻彻底被激怒："王小轶，你要不要脸？现在到底是谁走投无路？当初到底是你爸爸的错还是我爸爸的错？你爸爸差点杀死我爸，他做了三次大手术才活下来，你爸连一根毛都没伤着！我没有怪你，你反倒怪起我来？！我恨我没有早听父母的话，离你远点。你是你妈教出来的，你的家教能好到哪里？你能赚钱不过是走了狗屎运，你看，现在，终于凭实力又赔光了吧？你家就是一个小城的底层市民。龙生龙，凤生凤，老鼠生来会打洞！"

许臻臻把脖子上系着的丝巾拿下来，给王小轶看："这是你送给我的爱马仕的小丝巾。"她从包里拿出一把小剪刀，绞了好几次，才绞断，把断了的丝巾扔给王小轶。

自己冲进自己的小房间，大力摔门。

王小轶没有想到她说得那么难听，竟然想听她说完，看她能有多狠。

不一会儿，许臻臻又开门，走出来说："我妈妈答应给我打钱了。明天就能还给你。放心，我会搬走的。"又回房去了。

王小轶坐在沙发上，抱着脸，一边压抑着自己的哭泣，不想被许臻臻听到。

她后悔了。就算许臻臻给她付房租，在她的债务面前，那么点鸡毛狗碎的钱也根本不算什么，为什么她要这个时候去为难许臻臻？还不断地往对方心口扎刀？本来就没有亲人了，这么多年，许臻臻已经是她的半个亲人了，她难道连许臻臻也要失去了吗？

现在王小轶才明白，是的，许臻臻一直看不起她，像她的势利眼家庭一样，别无二致。王小轶啊王小轶，你还真把自己当回事呢。这世界，哪有什么真的爱情、真的亲情、真的友情呢？！

王小轶抬起头。看到了晾在阳台一角的腊肉、腊鸭。那是刘美兰寄来的。还有一床实打实的棉花被，摆在杂物间里，没有拆开快递，这也是刘美兰大老远地寄过来、自己找人打的棉被。

也许，她应该回平城了。至少那里还有个妈。再讨厌，她也是亲妈。

8

在最后的最后，王小轶还想垂死挣扎一下。她不算是一个脸皮薄的人，做生意，脸皮薄了没法做。但是有个人，是王小轶早就想到的，可是她一直不敢联系。

前男友陶崧。

这是她除了林晖以外，唯一交往过的男朋友，两人是大学校友，王小轶是中文系，陶崧是计算机系，两人从大二开始恋爱，跟别的校园情侣一样，也就是一起吃饭、自习，偶尔周末有空的时候一起出去玩。两人的家境都不好，王小轶开始从小网店做起，陶崧也在忙着勤工俭学，各忙各的，只能做到互不拖累吧。

但是到了大四马上要毕业之前，陶崧带着王小轶回了一趟他在四川西南的老家。王小轶知道他家穷，但是没有想到他家这么穷。父亲瘫痪，母亲重病，妹妹陶岩读到初一就辍学，一个人照顾家庭，还要去村里和邻村打点零工赚钱。屋里连干净点的落脚之处都没有。王小轶在那里很勉强地住了两天，回到学校以后，跟陶崧大吵了一场，就分手了。分手是以吵架惨烈收场的，肯定也说了很多难听的话，一直以来，王小轶都不愿意去回想。

没想到，前两年，王小轶听同学说，陶崧开发游戏发财了，保守估计，陶崧现在身家至少5000万元。

在北京这种地方，大家听惯了豪门巨富，5000万元不算有钱人。但以陶崧这样的家境，半年前还是月薪1万元的上班族，这可以算是暴富了。王小轶没有联系陶崧，没那必要。现在，王小轶打算试一次。而且，她下定决心，无论他有没有可能借，无论他如何羞辱她、嘲笑她，她都要唾面自干。既是走投无路了，她要试试是不是"不入虎穴焉得虎子"，虽然希望渺茫。

鼓足了勇气，做好了挨骂的心理准备，王小轶拨通了陶崧的手机。

陶崧一下子就听出了她的声音："小轶？"

王小轶更紧张了，结结巴巴地说："很久没联系了，本来不应该打扰你。我对以前我说过的话、说过的那些话，很抱歉。今天再联系你，是有事求你。"王小轶简单说了自己的网店被封，她已尽力破产清偿，但还是不够。想向他借100万元。——"如果你觉得不合适也没关系，没关系，本来就是我唐突了。"

陶崧在电话那头说："嗯，我们见个面？你约个时间地点？"

听他的语气，很平静，很泰然自若，既不愤怒，也不激动。王小轶马上约了明天，报了一个商城的餐厅名字。

挂上电话，王小轶心跳加速。她没有料到陶崧是这种反应。这不是随便见个面就算了，她明白说了，要向他借100万元啊！

她在心里反复思量。这么多年，陶崧由贫穷到富有，足以发生很多变化了，她完全不了解他。他会不会想用钱逼她复合，或者使出别的羞辱她的昏招？或者想要跟她睡？再一想，她更黯然了。她哪有这么值钱，就算倒追他，他都未必看得上她，他见过的美女肯定很多，哪里需要浪费这100万元？

林晖彻底把她伤着了。她的自我评价已降得很低。

王小轶本来想跟许臻臻商量一下的。但是，两人既已翻脸，她开不了这个口。她左思右想，按她对陶崧的了解，他不会有多坏，顶多就是不肯借，拿旧事来指责她。王小轶决定还是如约见面。

9

　　王小轶精心地打扮了一下。只不过，她对自己的样子很失望。她就不是温婉甜美的女孩，想装也装不像。

　　到了西餐厅，她看到陶崧已坐在那里了。跟5年前比起来，他整个人整洁了很多，在室内穿的是白衬衫加一件有暗纹的羊毛背心；摘下万年戴着厚瓶底一样的眼镜，换了一个无边框眼镜，发型也变得清爽了。王小轶走了过去。

　　两人居然很自然地就像老朋友一样聊了起来，完全不是王小轶想象中的那样令人恐惧。

　　她问："你爸妈还好吗？你妹妹现在呢？"

　　陶崧告诉她这几年自己的近况，重点是谈了自己的家人。3年前，他瘫痪的母亲和残疾的父亲相继去世了。妹妹已经去读大专了。"我现在是单身。"

　　他为什么要强调这个？王小轶心想。她谈了自己的网店，谈了这次为什么会捅出这么大的篓子，反省了自己的急躁、自大、自以为是，甚至抠门，不舍得请一个好一点的律师，不舍得好好优化自己的质检团队，一切一切，都是她自己的错。现在她已山穷水尽了。

　　陶崧安静地听着。

　　越说，王小轶越无地自容。她是一个生意人，除了给钱妈妈，她说过不会借钱给任何人。她还得意地说过，这个商业社会里，信贷业这么发达，如果连银行都借不出钱来，而要向别人借钱，可想而知信誉有多差，这样的人她是不会借的。现在想想，每一句都是在打自己的脸。

　　而且，她要向一个自己曾经把他的尊严踩在脚下辱骂的男人借钱，借100万元。王小轶啊王小轶，你的脸皮怎么这么厚？

这时，店员送来咖啡。她想起，读大学时，两人过的艰苦日子。两人都很穷，都是靠勤工俭学或奖学金来维持生活的。那时，陶崧拿到奖学金，两人咬咬牙，去了星巴克，两人合起来点了一杯咖啡，20多块钱，够两人两天的饭钱了。那是他们俩平生第一次喝咖啡。

很苦，一点都不好喝，但王小轶和陶崧两个穷学生，还是硬着头皮，喝完了，一滴也不剩。两人回来路上还在纳闷：为什么这么苦，城里人还这么爱喝。陶崧还自作聪明地分析，那是因为城里的人很少吃苦，所以才好奇，才会喝这么苦的东西。

很久以后，等王小轶开网店赚钱后，她才明白，他们不懂得咖啡可以加奶加糖。

王小轶抬头说："你记不记得我们第一次喝咖啡？"

陶崧有点意外，说："记得。"

他至今印象深刻，因为他拿到奖学金，说请王小轶吃一顿好一点的，准备在食堂的二楼餐厅里花30块钱点两个小炒。但王小轶说不要他请吃饭，执意要上街，喝一下平生没有试过的咖啡，要尝一下"小资们"的品位。但咖啡非常难喝，他当时很生气，指责王小轶浪费钱，两人吵了很久。

"我那时真不知道我这么小气。穷也就罢了，脾气还这么不好。"陶崧有点尴尬。

"我可以借给你钱，不过要等等。"

"什么意思？"王小轶没听懂。

陶崧说："我可以借给你，100万元，不要抵押。不过，你需要等我3个月。"

王小轶索然寡味："那就是不行啰！直说嘛，没关系，我能理解。我们确实多年没来往，我跟你开口借钱是太唐突了。"

"不不，你误会了，我愿意，一百个愿意，只是真的有心无力，我手头没有现金。你知道，我平时花钱少，生活费留很少就够了。我们公司在忙着IPO、上市,像我这样原始股占总股本5%以上的,两年以上才能上市交易,我的资金压在里面……还有期权行权……"

后面的王小轶听不懂了,只觉得陶崧无聊地找这么多借口来推诿。她礼貌又僵硬地听了一会儿,越听越心烦,就要告辞。

而陶崧看她的表情这么丧气,又解释起来:"真的,我不骗你,我是有钱的,但不是流动资金,等我的资金部分解冻了我一定能借给你的。"

王小轶想起了《庄子》里有个"涸辙之鲋"的故事:庄子在路上听到呼喊的声音,只见干涸的车辙中有一条鲫鱼,就问它:"鲫鱼啊,你是做什么的呢?"鲫鱼回答说:"我原来是东海中的小百姓。你能给一升半斗的水救我的命吗?"庄子说:"可以,我要去南方游说吴、越的国王,引西江的水来迎接你,可以吗?"鲫鱼生气地说:"我因为失水而困在这里,只要得到一升半斗的水就可以活,你竟然说这些,还不如早点到卖干鱼的店铺里去找我呢!"她决定先试着要"一升半斗的水":"那先借给我20万元吧……不,10万元也行。"

陶崧为难地说:"我……转不出来。"

王小轶冷笑一声。不管陶崧根本没钱,只是吹牛吹破天,还是他并不想借给她,偏要吊着她胃口,这个人完全不值得信任。你看你,自取其辱了吧?人家耍你还没耍够呢。

她说有事要先走了,拿起包就站起来。

陶崧叫住她,似乎想挽留。

王小轶"哼"了一声:"你不必敷衍我敷衍得这么累,还费心编一套说辞。直接拒绝就可以了。嗯,你还有话要说?你不是想说,今天的咖啡要AA吧?没关系,我立即转账给你,39元一杯的咖啡我现在还喝得起。"

陶崧的微信收到了转账。

他还想解释自己不是这个意思,王小轶已"哐"地推开门,走了。
　　王小轶感觉自己已经搂不住火了,不抢先离开,她就忍不住要吵架了。
　　她没想到,分手5年了,当年她走的时候,留下的是一个泼妇、拜金女、势利眼的丑陋形象,这次在陶崧面前,又再巩固了这个形象,就知道钱钱钱!

第八章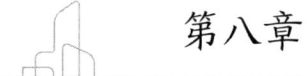

1

今天距离王小轶被封店过去10天了。

王小轶最终欠了4位债权人170万元,他们起诉了王小轶,王小轶名下的资产已全部清偿、无力偿还。几位供货商向法院提出申请,要求把王小轶纳入失信被执行人黑名单。法院会审查并做出决定,并发给她一份决定书。

虽然这份决定书还没有收到,但王小轶心知这成了定局。她凑出了800多万元,包括假一赔三的赔偿和员工的工资,少量的订单回款,她全部资产只有几万元了。这笔钱,以前只是她一个星期的收入。

对了,里面还有许臻臻刚还给她的27000元。

她知道两人彻底完了。王小轶早就后悔了,可到这份儿上,王小轶想不接,或者想推让,都变得可笑了。

王小轶明白,许臻臻有一句话可能是对的:"当初凭运气赚到的钱,总要凭实力赔精光。"是啊,刘美兰这样的家教教出来的,她能有多好呢?一个市井的小商人,格局就这么点,所学的就是抠门和赚钱。

北京让她心灰意冷。

王小轶是失信人,就做不了生意开不了店,也没有钱在北京租房子生活。从感情上来说,她也不想再待在北京了。从哪里跌倒,就从哪里麻溜地爬起来,滚。

她只能回平城,回妈妈身边。至少生活成本低。

许臻臻说:"我已找到合适的房子了,后天就搬出去。"

王小轶说:"好。现在这套房子已退租了,三天后房东就来收房了,我们一起离开吧,实在对不起。""小轶,该向你道歉的是我。我应该主动给你拼租。"

这话听起来就像抽王小轶的脸,她不知道怎么回答,顿了一下,说:"臻臻,我做错过许多事。但请不要因为我的过错,你就放弃前途。我还是那个判断,你适合北京、适合这里。你聪明,有生命力,你会一飞冲天,只缺一个机会。而我,竭尽全力了,很努力了,还是改变不了命运。我该走另一条路了。这个时代很好,特别好,超级好,只是我不配。"

许臻臻黯然说:"这些都不过是偶然事件,你早已证明自己的能力。不是我不帮,我帮不了你,我是逃出来的,我开不了这个口。"

王小轶笑着说:"你没错,错的是我。我本来就是底层的小镇女青年。我能赚钱不过是走了狗屎运,狗屎运走完了,我就该回到我的小城了。你在北京还有很多前途,而我,已经没有了。"

这话是吵架时许臻臻骂她的。许臻臻轻声说:"对不起。"

两人各自关上房门。

王小轶躺在床上,望着天花板。她和许臻臻,同人不同命。人家再潦倒,一个电话妈妈就会打钱。许臻臻是温室的花朵,而她只是一棵杂草;许臻臻的脚底板,已经是她的天花板。许臻臻身后,四面八方都是退路,她有无数的试错机会,永远有人给她兜底。而她呢，赔了800万元，还有母亲在不断拖她的后腿，错一步，她已万劫不复。

王小轶现在，就是万劫不复，一丝一毫的力气都没有了。她何尝不想体面呢，在有钱的时候，她完全没有想过让许臻臻拼房租、交伙食费；可是，穷到尽头了，没有办法再保持体面。体面，是富人的礼服，却是穷人的枷锁。

2

吕筝知道王小轶要离开北京，也来到王小轶家里，劝她："北京毕竟是大城市。就算你暂时没有本钱再重新开始做生意，留在北京，也比在平城好找工作啊。"

但王小轶去意已决。她不想告诉表姐，她还欠了一屁股的债，在北京，做点什么事，消费点啥，都容易碰到触及失信人执行的线，太容易被人知道了，这是一个污点和耻辱。而平城，没有人知道，也没有人会查她的背景。

王小轶只说："我彻底没钱了，在北京我租不起房子，打不起车，我又没有工作经验，找什么工作好呢？北京哪里是这么容易待的地方。"

吕筝说："就算回平城，你跟你妈妈也相处不好，你的日子也不好过。大城市过着累，小城市的人际关系不更累吗？当初，你明明是逃跑一样跑到北京来工作的，现在又逃跑回平城，在哪里都过不好，算什么？"

王小轶越听越难受："表姐，你从小到大都是学霸，都是人人羡慕的对象，你父母好、老公好、工作好、小孩可爱，你的社会地位这么高，看起来什么都好！但是，为什么你的个人生活一团糟？还经常要我来帮你？甚至还要我去报警找小雨？你又帮过我什么？"

说着说着，她又忍不住哭了："我不是怨你，我是怨我的命不好。我有钱就会给我妈，但换来她怎么对我？我对你够不够好？是不是每次你一个电话我就扑过去接送小雨？我对许臻臻是不是总是无偿地帮助？我对我的员工是所有的保险都买齐，从不克扣工资。我对我的顾客总是一分钱一分货，不曾欺瞒，我没有负过人——但是，这个世界是怎么回报我的？我从来没有得到过亲情，没有得到过爱情，你和许臻臻是我最亲的朋友，最信任的人了。可是，现在，你们帮不了我还指斥我。我孤身一人，天天像牛像马一样工作，最后亏空了差不多1000万元！如果我不是脸皮厚，我都找不到活下去的理由了。我一直不明白、不理解，为什么是我？我做错了什么，为什么是我？表姐，让我松一口气吧，让我换个方式，找到活下去的勇气……"

吕筝很难过，她帮王小轶擦去眼泪。

她给王小轶转了一万块钱，不是借，算是支持她先度过过渡期。

3

这些天找出租屋的历程，让许臻臻顿时明白"居长安，大不易"。

许臻臻先去看了离王小轶小区不远的几个房子。地点确实好。可是两室一厅，月租都要超过一万了。她先是看了一套70平方米的，但是也要9000元。她不服气了，忍不住挖苦中介："在我们平城，1000块可以在市中心租120平方米的房子了，咋的，北京人傻钱多？"中介笑了："平城那么好，你怎么不回去租，要来北京？鹤岗还3万块钱一套房呢，你可以去那儿买呀。"

许臻臻从妈妈那里拿的钱除了还给王小轶，还有3万元，为这，她是听了半个小时爸爸的数落、妈妈的叹息和恳求了。她已经下定决心，一定要在花完这些钱之前自力更生。要预付一个季度的押金，她根本不够。走了两天，看了差不多10套房。

她很后悔，很后悔。自己是不是疯了，王小轶确实在照拂着她呀。没有王小轶，这头3个月她根本待不下去，早就要打道回府了。

许臻臻慢慢想明白了。过去的这些年里，她一直深深地压抑着自己。她要成为别人家的乖孩子，好员工，贤惠女友。她的听话，也曾获得丰厚的回报。但最终发现，自己这么多年的乖巧，其实一钱不值。许臻臻是逃走了，但她的满腔怨气，还从来没有机会发泄。可是，她居然把最坏的脾气，冲着对她帮助最大的王小轶了。许臻臻恨自己太懦弱了，越是坐着公交车、地铁，一个一个地看房的路上，她就越觉得愧疚。

为了便宜，许臻臻把房子租在遥远的通州，南六环，60平方米，3000元，两房一厅，窗明几净环境好。但许臻臻算了算，哪怕天天打车，也比10000块的房租便宜点啊，而且这里离地铁站不远。

两天后，王小轶和许臻臻都把行李打好包了，尤其是王小轶，她住了好几年，东西太多了。她把一些还可以用的家电和家具，送给了田青；行李，一部分先托运回了平城。

王小轶要把家搬回平城了。

吕筝问王小轶什么时候的飞机，想去送一下。但王小轶买的是火车票。吕筝诧异了："你行李多，坐飞机可以托运啊，你坐火车多不方便呀！"她以为王小轶嫌贵，说可以帮她买张机票。但王小轶不肯。

王小轶不好意思告诉吕筝，她上了失信人名单，不能坐飞机，也不能坐高铁,她的身份证连票都出不了。

这天中午,许臻臻先走了,去那个通州的出租屋,她推着行李箱出了门。王小轶送她上出租车。

两人拥抱了一下,王小轶帮她把行李塞进后备厢,许臻臻上了出租车。

车开了,两人还在互相挥手,说一些告别的礼貌用语。但她们知道,两人之间的情分就算断了。

多么愚蠢的命运啊!两个多月前,许臻臻在平城有完美的父母、完美的工作,还算不错的未婚夫和未来公婆,她有完美的人生;王小轶有一个蒸蒸日上的网店,她的个人收入一年300万元,虽然没有男友没有好爹妈,毕竟人生向她展开的,是她可以掌控的那一面。

但现在,在平城的来了北京,在北京的去了平城。她们都成了一无所有、两袖清风的盲流。

两个小时后,王小轶留下了空空的房子,把门锁上了。房东晚一点会过来收房,换锁。她一人扛着一个大旅行箱、两大袋行李,终于挤上了火车。

王小轶坐在火车上,车里因为暖气关紧了窗子,显得空气特别混浊。她的脑袋只觉得很沉重。这段时间想得太多,脑子早就因为长期失眠,变成实心的了,容纳不下别的东西了。

她反复想着许臻臻的话。是不是她这样的阶层,还想向上流动,就是一种僭越?事实证明,不是你的就不是你的,想借着恋爱上升,结局是受骗;想借着做生意上升,结果是破产。

许臻臻是压倒王小轶的最后一根稻草。"龙生龙,凤生凤,老鼠生来会打洞!"你天生就是当老鼠的命,不要试图飞起来了,还是回到你的阶层去吧!

列车对面的人打了一个喷嚏。王小轶接到了一个电话。是陶崧。他说:"前几天你问我借钱,我没借,因为当时我真的没钱。

现在我可以把这笔钱拿出来了。咱们见个面？"

"陶崧，你到底想戏弄我几次？不借就不借，何必当我是只老鼠一样咬着玩儿？"

"我不是这个意思……"

"行了行了，你就当我没来找过你吧，反正我已经离开北京了。"

"见个面呗！我现在可以借钱给你了。"

王小轶只觉得滑稽，挂了他的电话，一片茫然。王小轶好多年没有坐过火车了，她没有买到卧铺，只有座位票，人不多，感觉还行。她一下子想起，5年前她和陶崧回他的西南老家，坐20多小时的火车。那是绿皮火车，便宜，有座位的简直算是幸运儿了，每个挤得下脚的地方都是人。到了晚上，走道坐着人，脚下睡着人，座位底下也躺着人，连座位背上也有人坐着，臭脚丫一直伸到他们肩膀上。而对面座位上一位长得不错的姑娘，居然在厕所里洗内裤，就晾在他们的头顶上，还滴水。

这种贫穷的感觉太屈辱了。那次从路上开始，她已经在生陶崧的气了。所以，回来就分了。

这勾起了王小轶最苦的那部分回忆。读书时虽然苦，但还是有指望的，以为未来有光明前程。但是出来以后才知道，贫穷让她的见识与感情都很匮乏，难以弥补。王小轶跟陶崧的初恋，就是在这种两个人同样匮乏、无能、不知所措中开始的。

她不想回忆自己的蠢。

陶崧真的会借钱给自己吗？晚了，已经太晚了，她在北京无立锥之地了，四个债权人已起诉了，马上就要上失信黑名单了。孩子死了奶来了，有意思吗？

弃我去者昨日之日不可留，乱我心者今日之日多烦忧。再不在乎陶崧，但还是把她的心搅乱了。潜意识里，王小轶相信陶崧并不是在为难她，而是真的有帮她的打算。但又怎么样呢？眼前的这个陶崧,与五六年前的那个傻学生,早已不是同一个人。回头路不能走了。他来得太迟了。在需要的时候他帮不上忙,那就约等于不帮忙。

没过一会儿,王小轶收到许臻臻发来的微信:"祝你一路顺风。"

她失神了半天,回复道:"也祝你前程似锦。"

这种套话,发了比不发还难看。

4

看到微信,许臻臻明白,两个人之间的裂缝,难以修复了。她们从肝胆相照的朋友,变成向对方关闭了情感交流通道的陌生人,只剩下客气了,一切无法挽回了。

许臻臻把东西塞进新的出租屋。她花了两天时间收拾东西,摸清周边环境。

忽然,她意识到,这是她有生以来第一次一个人住,独立生活,第一次真正的自由。许臻臻不禁感慨:"我该庆幸吗?"

接下来,许臻臻面试了几家公司,她已不再执着于找媒体了。还是找不到。先不说结果吧,真正让许臻臻痛苦的是,她去哪里都需要两个小时以上的车程,地铁、换线、接驳车,甚至打车。早上9点面试,她必须五点半起床,洗漱,化妆,6点15分出门,才能不迟到。在大城市里那种漫无边际的荒谬感,出来了。她总觉得自己是一块困在城市的大肠里的食物残渣,每每到目的地,就像逃出生天。

在北京,通勤太痛苦了。在平城15分钟的通勤时间,这里要乘以10倍。生命完全萎缩了。

过了两天，许臻臻接到了吕筝的电话，先是问她找到工作没有；再问她，有份工作她是否感兴趣，吕筝可以把她引荐给一个MCN公司的老总，她很适合当一个网络主播。

许臻臻非常高兴。但这个MCN机构是干吗的，许臻臻赶紧要资料了解一下。

这家鲜法MCN公司有两位比较有名的大网红，属于时尚自媒体行业的金字塔尖，广告收入很不错，她听说过。接着，是一批"腰部"小网红，这是专业术语，也就是指中等规模的号，处于金字塔腰部。还有一些金字塔底部的"达人"，不断签约进来，拿底薪，做得好就能留下，有望成为"腰部号"；做得不好的，没有过试用期，就直接炒掉。

如果许臻臻进去了，那么，她就会成为一个金字塔底部垫底的自媒体号。总之，流动性强，风险大，而且，就算有幸没被淘汰，收入也不高，公司抽成大部分。

看到这些，许臻臻索然寡味了。找工作，无非就是图稳定、收入高、有地位、有价值感；但这份工作看起来一条要求都达不到。如果辛辛苦苦地做一个月，无法涨到足够的粉丝那就被炒了，怎么办？

还有一个更实际的问题：这份工作配得起她每天来回五个小时的通勤时间吗？现在，许臻臻的价值尺度就是"时间"。吃一顿饭，要来回路程45分钟，那就不值，还不如吃方便面；见一个人，来回路程3个小时，不值；去办个手续，来回路程3个半小时，不值。

才在北京没多久，许臻臻感觉时间像是从自己融化的身体里流淌了似的，全都浇灌在来回的地铁和接驳巴士上了。

可如果不尽快找到工作，她真的要喝西北风了。她没混好，她不想回平城。许臻臻还是决定去了解一下。

5

吕筝带着许臻臻,与鲜法MCN公司老总赵小姐在咖啡馆见面了。赵小姐是吕筝的多年好友,她说看过了许臻臻的简历,也看过她拍的一些视频:"我觉得你挺符合我们要求的。"

显然,赵小姐很热爱自己的工作,三年前,经过她的手孵化出了"鲜橙小姐"和"Super阿尔法"两个大号,赶上了比较早的一波流量红利。同时,她还有另外几个文化传播、文化策划公司。现在她在鲜法MCN公司已很少管具体业务了。

赵小姐告诉许臻臻,现在的自媒体已过了单打独斗的时候,MCN公司都是做矩阵的,面对商业市场,哪块有盈利点就去做哪方面。一个优秀的自媒体人只要签约公司,公司会给你配备资源,给你配备专业内容生产团队。而且,鲜法更倾向于自己孵化账号,而不是去签那些已经走红的。"如果你足够优秀,在我们公司,你会有很多机会。现在视频和直播,很可能是未来的风口,也将是盈利的增长点;新人的机会还有很多。"

赵小姐的话确实很能蛊惑人心。不过,许臻臻心里有个小人一直把她往下拉扯:说这些都没用,我能挣着钱吗?

"但是,"赵小姐话锋转了,"在我们公司,每年我们接触面试的人中,能通过试用期、完成KPI、签约的成功率不到20%,以后可能更少。我们对网红要求一点都不低,想要找到一个特别优质、有潜力的达人很困难。做自媒体这一行,一切都是用数据说话。我说了不算,市场、流量、转化率说了算。"

这次面试赵小姐觉得许臻臻没问题,不过最后拍板的,是"鲜橙小姐"。她让公司的人事专员与许臻臻约定时间。

许臻臻口头答应了,心里却凉了下来。爆红是上帝在掷骰子,不是个人可以掌控的。这也太苛刻了。回家路上,她无精打采。她对这种公司没有多大兴趣,啥都不保障,随时可能被淘汰,难道白辛苦了一个月之后,又要重新找工作?

许臻臻进了地铁闸机。北京的地铁里还是这么多人,她平时穿高跟鞋,现在路上时间太长,她出门就在包里放着一双轻便的芭蕾平底鞋;进了地铁就换上穿平底鞋,这样能站一个多小时。

但今天,许臻臻那种深深的挫败感又从脚底升起来了。她的时光、她的青春,就这么无止境地消耗在拥挤的人群里、面目模糊的陌生人身边;她的力气,都花在紧紧攥着扶手和站稳上面了。太累了。她的手有点发抖。眼前地铁里的人,都是扁的、平的,每个人都沉默着,嘴角耷拉着,眼睛里看不到内容。晚高峰刚刚开始,每个人疲惫得眼神的精光都收敛起来了。都像她一样。

许臻臻猛然醒了:无论如何,我必须去工作了,没有任何挑剔的余地了。至少能让我租得起近一点的房子。许臻臻下定决心,接受这份工作。

6

回到平城,王小轶必须面对妈妈刘美兰了。

这套房子是王小轶三年前买给刘美兰的,全款,写的就是刘美兰的名字。王小轶搬回平城就住进家里。

刘美兰疑惑女儿为什么忽然从首善之地的北京,跑回到她一向都很看不上的平城,不停地诘问王小轶,十万个为什么。

王小轶一句真话都不想跟妈妈说。她编了一套话,就是她身体不好——腹部经常疼痛,这倒是真的——所以把货清了,网店顶手给其他人,她回家休养一段时间还会继续做。她说:"这几年,我痛经痛到死去活来,天天吃止痛药,可是,我还有公司里的一大堆事情要忙。我真的不行了。我的身体已无法支撑了,我得休息。"

刘美兰说:"现在不是不痛了吗?你总不能痛经就不开工吧?"她又追问那个男朋友打算什么时候跟她结婚。对那个在传说中"对我特别好特别好的富豪男朋友",王小轶也硬着头皮说:"我们俩好着呢,他等我身体好一点回北京,就会跟我商量结婚的事。"

王小轶打定心思,就是打太极,问什么都是糊弄,能糊弄多久就糊弄多久。哪怕肯定会被拆穿,能少挨两天的骂,就是白赚了两天的清静。

说也奇怪,回来两天,尽管在家里还是要听到令人心烦的唠叨,但王小轶从来没有睡得那么沉,一觉能睡10个小时以上。她失眠了大半个月,天天发愁,绝望,整个人都熬干了。现在尘埃落定,破产了,一切都没了,房子车子都鸡飞蛋打了,她反而能睡着了,连褪黑素都不用服。

睡了两天,第三天,王小轶还没醒,刘美兰就猛地扭她房间的门把,还使劲地拍她的门,把门都快给拆了。王小轶睡眼惺忪地起来开门,刘美兰抱怨说:"都是一家人,你睡觉还锁什么门?我是你妈呀!"

"不就是防着你进来吗?"

刘美兰问了一串的问题:王小轶把店顶出去了,是不是就意味着以后每个月不能再给自己钱了?是不是就是吃住在这里了?王小轶以后靠什么生活?那有钱男友什么时候带回来平城给她看一下,男友准备给这个岳母多少钱,能不能在北京再给岳母买套房……

王小轶顶了回去:"这段时间我休息,我吃住在你这儿的伙食费我出,以后的事什么都不知道了。我给你买好了房子,以前每月还给你3000元零花钱。想想看,平城的平均月薪才1500元多一点,这么多年你积累了不少钱了吧?我现在肚子疼,很疼,我要吃止痛片,你就别整天跟我讲钱了行不行?行不行?算我求你了。"

刘美兰哪有这么容易听得进去,她又絮絮叨叨地说:"你还是要尽快回去做生意的,不可能总是休息。按我说啊,你赶紧跟你的有钱男友结婚,以后给我两倍的生活费,你自己出一份,你的有钱老公出一份。最好呢,你老公在北京多买一套房给我,我去北京,帮你带孩子。现在可以生二胎了,你就生两个……"

王小轶把刘美兰推出房间门外,还没法让她闭嘴。

中午,两母女吃饭的时候,刘美兰提议说:"下午,你去跟老街坊打个招呼,好些年没见了。陈婆婆和李阿姨还一直关心你呢,好几次问起你了。"

王小轶想到这两位阿姨曾经在她上大学的时候,分别给她塞过300块当路费。当时,连亲妈都不肯给她钱呢。就为这,她已经连着3年,过年给这两位阿姨一人包了1000块的红包了。滴水之恩她不会忘。于是,她答应了刘美兰去跟街坊邻居聊聊天。

冬天的阳光特别暖和,在街心小花园里晒太阳的老伯老阿姨很多。刘美兰带着王小轶去跟老街坊打招呼,这让王小轶惊奇地发现,刘美兰真是中老年人里的一朵交际花,她自信、娇俏、热情、活泼,她这里坐坐,那里聊聊,总有一种想成为众人焦点的自觉。王小轶也判断不出来,那些人是真的相信她,还是演技好。

更令她惊奇的是,刘美兰逢人就说:"我女儿总算肯回来了,这次回来,是准备结婚的。我以前还担心她嫁不出去了,没想到她瞒着我,找了个高富帅的男朋友,家里怎么怎么有钱,还是一直在外国长大的。她男朋友我也见了,说是以后准备在北京送给我一套房子……"

王小轶不停地给刘美兰使眼色,甚至踢她,她撒起谎来依然面不改色心不跳。王小轶只好直说:"没有,我妈开玩笑的,我男朋友就是普通人,没钱,也送不起房子。"

结果,那些阿姨纷纷说:"放心,我们不找你借钱。知道你现在发达了,担心我们这些老家人敲竹杠……"

王小轶连说"不是"。但是,连当初掏钱给王小轶上大学的陈婆婆和李阿姨,也在那里说:"哎呀,你小时候读大学的路费和生活费,都是我们乡亲们出钱凑的呀,你们家多穷啊。一看到你,就想起你小时候流着鼻涕、满手冻疮的样子。你手冷,字写得丑,你爸就用铅笔敲你的手指,铅笔都敲断几根了,回头你妈就打你,怪你把文具都搞坏了……看你实在太可怜了……"

王小轶再厚的脸皮都受不了。她非常勉强地打了个圆场,先走了。

7

等回到家,过了半小时,刘美兰才回来,还带着愉悦的表情。

王小轶曾经很奇怪她在外面塑造的形象很不稳定,一时又是女儿有钱,一时又是女儿没出息,一时是女儿没人要,一时又是女儿搞了个有钱男人,她到底想要什么人设?现在王小轶有点明白了:刘美兰想要的就是关注,只要大家好奇、想听,她就高兴,根本不在乎前后矛盾、啪啪打脸,有人关注就是好事。

于是,王小轶理解了为啥这里的男人女人,一时说老公打她、老公出轨,一时又说"老公对我可好了,当我是宝",无非就是他们的世界里没有其他可以吸引眼球的话题了。

因为"女儿要嫁高富帅"的消息获得众人瞩目的刘美兰,红光满面,要去做饭。王小轶制止了,质问她:"你为啥胡说八道?你什么时候见过我男朋友?我什么时候说过我男朋友会给你在北京买房子?你编这么多事出来啥意思?"

刘美兰可不急,说:"这些不都是迟早的事吗?我只不过提前说罢了。你还发给我看过照片呢,不是说就在准备结婚了吗?"

"我上次那个男朋友是骗子！我早就跟他分手了，哦，不，他就没有喜欢过我，只是骗我，骗我的钱！没有人会跟我结婚！"王小轶已经烦透了，"还有，老实告诉你，我不是把网店顶出去了，我是被骗，破产了。不仅破产，我还欠了170万元，还不起，上了失信人黑名单，我把房退了、车子卖了，厂房和仓库全退租了。我在北京租不起房子、打不起车，也不可能做生意了，我一无所有了，待不下去了，我只能回来！只能回家！你知道这些，够不够？"

刘美兰听得呆住了，竟然没有反应。愣了一会儿，她"嘭"的一下，把锅重重地摔在厨房桌上："滚！还想我给你做饭？"

"我不稀罕你做！"王小轶嘴硬。

"你欠了170万元，好意思逃债到我这儿？难道想要我替你还吗？真是个白眼狼，我白生了你，白养了你啊……"

"不用你还钱！我只是回来休息一下，其他的我会自己想办法！"

可刘美兰不在意她的回答，又开始无穷无尽的演绎了："我为什么要生你养你啊。你爸爸像个死人一样，只知道和他那个早死的妈骂我生不出儿子，我忙死忙活一辈子还要被你爸爸看不起啊！他们说生女儿没用，我偏不信，还以为你读了大学就有出息了，没想到啊，我做了什么孽啊，苦了一辈子，女儿还欠了200万元的债啊……"

"我自己想办法行了吧。这套房子还是我买的，你的钱也是我给的，我没有亏欠过你。你可以不生我的啊，谁求你了？啊，谁求你了？"王小轶也气得不想讲理了。

"我就是后悔啊，怎么就生了你这个反骨女呢？我为了你，苦了一辈子、忍了一辈子，还以为老来能舒服一点。没想到你被男人骗，结不了婚，生不了孩子，还欠了一辈子都还不清的债。你是来跟我讨命的啊……"

王小轶不理她。这种撒泼打滚的事，妈妈一直都在干。刘美兰这样的人，就算生了男孩，又怎么样？像爸爸那样的窝囊废，妈妈还不是养了一辈子，也骂了他一辈子？有意思吗？

王小轶回到房间，把房间门重重地关上，甚至搬动了书桌顶住了门。

越是如此，隔着门的刘美兰数落起来越是激动，从生她养她讲起，一个人打工，一个人做家务，熬到婆婆死了，丈夫工作丢了，讲到王小轶读完大学，也照样没用……就像以前一样，刘美兰从A说到Z，又从Z倒着说回到A，把能想到的事儿，全囫囵说了一个遍。

王小轶戴上耳塞，假装在听歌，但还是听到刘美兰那句让她脊背发凉的话了："早知道这样，你刚出世时我就应该把你摁尿桶里，再生一个。都怪我心软……"

王小轶把音乐的音量调大，强行摁住自己的愤怒。

她已经太久没有跟母亲长时间相处了，一次又一次的不快，总是好了伤疤忘了疼，还是忍不住跟她联系。一次又一次的幻想，这是亲妈、亲妈。但是呢？

王小轶没有别的亲人了。她也没有男朋友，不要这个妈，她的情感往哪里皈依？哪里是家？

4年前，王小轶的父亲去世了。他没有遭多少罪，病发了几天就在医院里去世了。王小轶从北京回来把这些处理好了。她并没有很痛苦。因为在这个家里，从小到大，父亲基本就是透明的，没有什么存在感。

王小轶从小的记忆当中，父亲就非常懒。她在10岁以前，父亲是个法院的司机，活很轻松，但出了车祸被炒掉之后，他就再也不去找工作了。无论刘美兰怎么骂他，他都当没听到。父亲在家，从来不做事，邋邋遢遢，油瓶倒了都不扶。

但他也有优点，就是慢慢地学会降低自己的存在感，不添乱。

平时窝在房间里看电视，声音调到最小，不打扰别人；抽水烟就去门口抽，尽量不在家里留味道。在外呢，只默默地坐在旁边听别人讲，很少加入话题；在家里呢，刘美兰骂人的时候，他装没听见。这个做父亲的，没有打骂过王小轶，但也不管她了，女儿的事像是跟他无关似的。父女之间基本上没有交流。

王小轶都不太记得父亲的样子。

这也许就是父亲想要的：不用对世界负责任，但愿大家都忘掉他，彻底隐身。

相比之下，刘美兰的存在感就特别强了。在这20来年里，她打过零工，招揽了一大堆手工活没日没夜地干，摆过地摊，倒卖过一些小玩意，开过小店，去给人当过保姆……总之，农村女人能干的杂活她都干过，家里的家务是她干的，女儿学习是她骂出来的，心都是她操的。她天天骂人，骂丈夫懒散没用，骂女儿愚蠢丢脸。最开始时，丈夫或女儿会反驳她的话，会顶嘴，刘美兰就开始哭、喊、闹。终于，谁也不敢出声了。

王小轶渐渐地也向爸爸看齐了，埋头学习，干自己的事，打不还手，骂不还口，假装自己在这个家里从来没存在过。她一心一意地读书，一心一意地考大学。这个家里，只剩刘美兰一个人忙得半死，追鸡撵狗，大喊大叫，说什么大家都当空气。

王小轶总算考上一所211大学了，这在村里相当不错了。她也长吁一口气，终于可以逃离家了。那时的奖学金制度没有那么完备，三四千元的学费，加上基本的路费、生活费，刘美兰拿不出钱，就说不让王小轶读大学了，反正王小轶读完高中早就可以去打工了。就在王小轶快绝望的时候，北京的姨妈刘美荷知道这事以后，给王小轶出了学费。剩下的，其他邻居给凑了2000元，够路费和生活费了，她才能上大学。

王小轶因为这件事一直对妈妈很生气。那是2008年，家里哪里就穷得揭不开锅了？

上大学时，王小轶一直勤工俭学，一分钱都没有向刘美兰讨过。大学4年，她只在过年时回过两次家。刘美兰的面子上很挂不住，逢人就说王小轶是不孝女，这个说法后来一直伴随着王小轶。王小轶也很理直气壮："你没有给我钱，我不趁假期打工，是要饿死吗？"

等王小轶赚到钱以后，又碰上父亲去世，她觉得妈妈可怜，母女俩的关系稍微好转了。王小轶给妈妈全款买了一套房子，写在妈妈名下。因为她那时候赚钱很容易，30万元不心疼。一年也能回来一两次看刘美兰了。

刘美兰又有钱，又有房，还不用伺候人，一个人小日子过得美美的。

王小轶这次回到平城，就是幻想，刘美兰只是嘴碎一点，还是为她好的。但如今看来，是王小轶犯贱了。

为了不想见到她，王小轶把自己锁在房间，没有吃晚餐，除了上厕所就没有出来，饿了一晚上，自己睡了。

8

第二天早上，刘美兰敲房间门，让王小轶出来吃早餐。王小轶听到妈妈的声音也很平静，她就开门了。不开门也不行，她快要饿死了。

吃早餐的时候，王小轶先检讨自己，一回家没有说实话，没说自己欠债，是怕妈妈担心。这事她肯定会自己想办法的，休息一段时间再说。

刘美兰出奇地冷静，说："昨天我也说得够多了，多说也于事无补。你这次回来，去看一下你爸吧，他在后面那座细腰子山上。"

王小轶当然不想去。但爸爸去世几年,她一次也没去看过,一次也没扫过墓,妈妈这个要求不过分。如果去拜山能让刘美兰少说几句废话,那就值得。她答应了。

出了门,刘美兰打了个三轮车,这样上山方便。三轮车开了3公里,来到细腰子山的山腰的一座坟边上。

这里是旧村落里的一个墓群,以王姓居多,王小轶父亲的墓碑平平无奇,在里面很不容易找到。当初村里有人建议王小轶修个大一点的石碑,多给点钱,气派多了。王小轶特别不愿意,婉拒了。倒不是舍不得那点钱,关键是,一个连亲戚邻居都记不住他的人,一个活着就是为了没有存在感的人,死了当然也是越少人记住越好啊!要这么显眼,岂不是违背他的天性?

王小轶带了一束花,还有水果等祭品。刘美兰让王小轶好好跟爸爸说话。王小轶说爸爸都看着呢,没什么好说的。

刘美兰又开始发疯了,说:"你就当着你爸爸的面说说,你为什么会这么丢你们王家的脸?你们王家懒归懒,可从来没有人欠钱!哈哈,你一个女人,居然欠这么大一笔钱。这辈子我都没有见过那么多钱!"

"老王家关你啥事?你姓刘!做生意有赚有亏,以前赚钱给你买房的时候你怎么不说,现在亏了你就要喊打喊杀?我有做什么不道德的事吗?丢什么脸?"

刘美兰说:"你欠了那么多钱还不丢脸?我白养你了……"她越说越来气,还要让王小轶下跪,还按着王小轶,要她当着爸爸的面下跪。

王小轶一句话不说,推开她,一路小跑下山。刘美兰在后面叫,她头也不回。她跑下山,打了一辆出租车。趁着早,王小轶没有回家,直接去了不远处的一家房产中介中心。

等到刘美兰也回到家了,看到王小轶已在收拾东西了。王小轶说:"我再穷也要搬走了,死也不要跟你一起住了。"她把大部分行李都"哐哐哐"地收拾起来,搬到刚刚租的一个小房子里。

果然是小地方,600块钱一个月已可以租到很舒服的一室一厅了。王小轶忙到晚上,这个新租的房子,已经基本收拾干净了。

王小轶努力把自己的心放空。她不得不在平城生活,但她首先要做的,是必须跟这个影响自己的无穷无尽的负能量来源,划清界限。

中间,刘美兰还疯狂地打过好多次电话,她把手机调到静音,不接电话。

过了两个小时再看手机,王小轶发现错过了吕筝的电话。她拨回去,吕筝说,3天后,她要带着小雨回平城一趟,因为吕筝的爸爸吕天航要结婚了,就是上次她们见过的那位何红玉。到时婚礼,请王小轶也过来。

第九章

1

话说当年,刘美兰与刘美荷是姐妹。刘美兰出去打工,再回家乡,后来嫁给了王司机;而刘美荷考上大学后,遇上了同乡同学吕天航,吕天航是干部家庭出身。两人在北京结婚、工作、生下女儿吕筝。吕筝也很争气,一路都是学霸,在医学院本硕博连读下来,到大医院当了外科医生。

5年前,刘美荷因为癌症去世了。早就退休的吕天航越来越受不了北京的雾霾了,老是咳嗽,他考虑到自己在平城有大房子,还有不少亲戚故旧,就决定自己回老家住,山明水秀,对身体也好。去年,吕天航在69岁的时候,认识了何红玉,56岁,一个刚刚退休的会计。何红玉的丈夫早些年车祸去世了,拿赔偿金给儿子当彩礼娶了老婆,还在广州郊区买了房子,儿子和儿媳妇推说工作太忙,把5岁的小孩扔给她照顾,小夫妻一个月只来看一次孩子。

何红玉做饭做得好,收拾东西井井有条。小孙子虽然很皮,但跟吕天航第一次见面,就相处得不错,他一口一个"吕爷爷",吕天航的心软了。他的这套房子大,四房两厅,反正多住个小孩没问题。

上次过年，刘美兰这么闹了一下，何红玉有点退缩了，担心这个莫名其妙的小姨子闹事。中间大概还有一些纠葛，吕天航很坚持，两人终于决定领证，年底就把婚礼给办了。

不过，老年人婚礼嘛，也不会大动干戈，就找个酒店，请四桌亲友。

吕筝并不怎么喜欢何红玉，但这首先是因为何红玉对她的敌意太强了。真没必要，又不一起生活，何红玉何必一副势如水火、势不两立的表情？不过，老父亲高兴，有什么办法？

袁以智是不会跟吕筝回平城的，她习惯了，不来更好。

吕筝带着小雨，下了飞机。刚坐上高铁，吕天航就打电话过来，很为难地说："你和小雨是不是去住酒店比较好？"

他婉转地解释，意思就是何阿姨带着她的孙子住进来，他有时还要帮忙带着这个孩子；新婚期间，别人住进来不方便……

房子这么大，怎么碍着你了？可以让没有血缘关系的孩子住，亲孙女反而不能住？吕筝能不生气吗？她叹口气："可我是你的亲女儿呀……"

最终，吕筝还是订了酒店。

吕筝一到，吕天航说马上来酒店跟她们见面，但半个小时后，又说推到傍晚。改了好几次时间，小雨都睡了一觉，吕天航才在晚上8点半到了酒店，跟吕筝和小雨在大堂坐了一会儿。

吕天航还要跟女儿解释，确实安排的事比较多，时间不确定，所以才无法好好招待……小雨立即说："根本不是，肯定是外公的女朋友不让外公出门。她不喜欢妈妈。外公现在很不自由，这个新的婆婆对你管得死死的，对你一点都不好。"

吕天航很尴尬。

第二天就是婚宴，规模很小。吕筝带着小雨，提前两个小时就到了。整理一下花牌，安排一下宾客位置，还有回礼、点心、饮料、红酒等,吕筝又重新检查了一遍。

但是,何红玉经常过来打岔,吕筝做这个,她就请吕筝去做那个;吕筝忙那个,她又要求她过来。菜单调整,何红玉也坚决说要自己来。吕筝知道了,何红玉就是不想她插手。她干脆就不管了。吕筝带着小雨,去跟那些久违的亲戚打招呼了。

这时全场最引人注目的,是何红玉的5岁孙子豆豆。他又喊又叫,一会儿让他妈买这个,一会儿让他爸带他去游乐场。大人没法满足,他就踢人,爸妈管不住,何红玉也管不住。

豆豆要过来抢小雨的手机打游戏,小雨不敢打更小的小孩,就跑掉,豆豆就追过去,把小雨扑倒了,还对她又打又掐。

吕筝就劝豆豆的妈妈:"请把你的小孩抱走,不要打人。"他妈妈却说:"小孩子而已,玩玩,怕什么,就让他玩。"

豆豆一听这话更得意了,就一口咬住小雨的胳膊。小雨疼哭了,一翻身骑在豆豆身上,也在掐他的胳膊。豆豆鬼哭狼嚎。

豆豆妈妈急了,骂骂咧咧地冲过来,吕筝拦住她:"小孩子,玩玩,怕什么,就让她玩。"豆豆妈妈要打人了。吕筝可不怕,她故意叉腿站在她前面。吕筝身高1.7米,而且能拿手术刀的人,手劲怎么会小?那女的怕了。

小雨是有分寸的,打了豆豆几下,就起来了,自己走到一边去玩了。吕筝过来给小雨检查了一下伤口,牙印够深的了。这小崽子。

小雨搂着妈妈,在她耳边说:"谢谢妈妈,我爱你。"

豆豆的奶奶何红玉过来说:"小雨这么大的孩子了,怎么还打弟弟?"

小雨委屈地说:"是他先打我的,我让着他了,他还咬我……"

吕筝把小雨挪到自己的身后,对何红玉说:"不如您去看看,豆豆身上如果有伤,我们绝对付医药费加精神损失费;小雨身上有伤，你们也付给我们医药费和精神损失费如何？小雨刚刚被豆豆咬了那么深的牙印，我还寻思着回去要给小雨打狂犬病疫苗呢！谁知道有没有什么病？"

吕天航也赶紧过来。何红玉显然知道是自己家的小孙子理亏，她却冲着吕天航不依不饶："你们吕家的人都是这样没教养的吗？过年就大闹年夜饭，这种重要日子又教唆打孩子，是不是不想过好日子了？"

吕天航唯唯诺诺，表示自己会说她们的，以后少让她们过来，云云。吕筝都听到了。何红玉这话是故意说给她听的，就是要让她自己识趣，少跟吕天航联系。看父亲的模样，吕筝知道，现在自己说啥，他都听不进去了。

5点钟，王小轶也到了，离婚宴还有半个小时。王小轶对这些事本来就不怎么感兴趣，除了吕筝，其他亲戚她都没兴趣搭话。

忽然酒店外面一阵喧嚣，王小轶一下子就听到了刘美兰的叫声和说话声，就在门口不远处。她心知不好，跑了出去。

刘美兰没有被邀请，她来干吗？

2

没有人想让刘美兰过来，大家都不告诉她，因为知道她会生事。但刘美兰还是知道了。

王小轶看到酒店门口，几个保安拦着刘美兰，而刘美兰则情绪激动，问为什么不让她进去？里面这个新郎是她姐夫！是亲戚！怎么就不能进去？

保安也很犟，说："你可以进去，但是你抱着一个这么大的黑框遗像，遗像怎么能进去？不吉利的哦！我不管你跟新郎什么仇什么怨,但是,你要是带着这种东西进去,影响我们酒店餐厅的风水,我会被炒掉的哦!"

王小轶过来,二话不说,强行拉着刘美兰的手,就往外走,一边要打车。刘美兰甩开她的手,大声说道:"你收到你姨父家多少钱?什么事都护着他家?我才是你亲妈!有你这样胳膊肘往外拐的女儿吗……"然后又冲到餐厅门口。

王小轶拉不动,就使劲抱着她;刘美兰一边挣扎,王小轶反复被甩开,最后变成王小轶坐在地上,抱着刘美兰的腿了。

里面还懵然不知道外面发生什么事呢,只有一两位不熟的宾客探出头来看了看。刘美兰眼看着拗不过女儿,一手提着遗像,另一只手劈头盖脸地往王小轶头上打。

好不容易,保安听王小轶的话叫来了出租车,王小轶把刘美兰往出租车里拖,保安也过来帮忙。王小轶把她塞上了车,自己也赶紧上车,叫司机:"快把车开走,不然她要发疯了。"

车到了刘美兰家门,王小轶把她拖上楼,刘美兰一边哭,一边骂,但气已经泄了。反正,大闹婚礼这事没有成功。王小轶忍住妈妈劈头盖脸的打,抢过姨妈的遗像,把妈妈推进房间,拿把钥匙锁上房间门。

太烦了,为什么要摊上这样的妈啊!

刘美兰还在里面"孽畜""冤家""白眼狼"破口大骂。疯了,真疯了。

王小轶大喝一声:"你再骂,我把你送到精神病院!大家都可以做证。"

刘美兰在里面说:"你再不放我出来,我死给你看。"

王小轶不理她,故意开着客厅的电视,还把声音放大了。

吕筝打电话来,问王小轶怎么忽然跑了。她还不知道这事呢!王小轶放心了一点儿,就说妈妈在家里闹,她赶回家来照顾她了,实在没办法,婚礼就不去了。

挂上电话，王小轶听到了里面的"咚咚咚"好几声。她还是有点害怕，把电视声音调小了，把耳朵也竖了起来。

不一会儿，听到了里面更大的一声"咚"。王小轶感觉大事不好，赶紧开门。没想到，刘美兰真的把头往墙上撞，撞得都半昏了。头上还起了不止一个大包。真敢啊！

王小轶吓了一跳，抱着她就要送医院。刘美兰挣扎着坐起来，说："不用，我恨我自己，怎么就没死成呢，怎么就不敢大力撞呢，要是死了，就不用受所有人的气了……"

看到她口条如此伶俐，跟她以往的风格一样，王小轶知道刘美兰是真的没事。她找来红花油，让刘美兰躺下，给她额头上涂抹，又找到冰袋冰敷，这样至少消肿得快一点。

王小轶问刘美兰："你到底想怎么样？想让吕天航或吕筝给你钱吗？有必要吗？我以前给你的钱你不够吗？我以后再挣给你呀，你何必呢？你这样能敲到多少钱？他跟你有什么关系？"

刘美兰此刻躺着，也比站着的时候气焰短了点，说："这根本不是钱的问题，是这口气咽不下。从小，我姐姐就过得比我好，吃香的、喝辣的，她去念大学，我去喂猪、挑粪、挣钱养家；她嫁了大干部，我嫁了个窝囊废；她一生幸福，女儿有出息，女婿有钱；我一生倒霉，跟窝囊废男人生了个窝囊废女儿，你不婚不育，还破产了，我说出去脸上无光……"

又来了。王小轶真是后悔跟她对话。

刘美兰还在说："我就是不甘心，凭什么不但她过得好，连她老公都能找到年轻老婆？为什么他们家就事事如意？我不服气啊，如果不是我姐跟我调包了当初的抽签结果，我现在早就过上了她的生活了……"

王小轶不知道她在说什么，但已彻底不耐烦了："可是她已经死了，你还活着！"

她不明白，妈妈为什么这么恨姨妈，恨姨妈的一家。就算是嫉妒，也不能恨个五六十年啊！她怎么这么有力气呢？

3

吕筝走了。

王小轶算了下，自己回平城也有一个星期了。一直在休息，也是到了该好好找工作的时候了。可惜还毫无头绪。

现在，就算在平城这样的小城市里也很规范了，公务员要考公，编制单位要考编。王小轶不喜欢稳定，对此不感兴趣。但这样，找工作就很难。

已回到北京的吕筝，忽然打电话给王小轶，说："我托人问了一下，好不容易找到平城的几个工作机会，不算太理想，想看看你是否有感兴趣的。"她列了一下，有旅游公司导游，有一家药品厂家文员，有一个是星级酒店前台领班。尤其最后一个，她有个熟人在一家三星酒店当副总，他们在招一个前台领班，如果做得好，有晋升机会。

王小轶觉得可以试试酒店前台，服务、销售行业都应该是相通的，而且这个工作可以认识更多的人。

事到如今，王小轶不能再挑剔了。很好的工作平城是没有的，本来好工作也很少，只能勉为其难先做起来吧。

王小轶借着这个酒店副总的朋友的名号，被安排到酒店前台。她大致了解了一下，这里的酒店前台主要都是大专旅游系或旅游学校中专毕业的。酒店的主管开始还不太想要王小轶，一是王小轶年龄太大了，新招的都是20岁左右的小姑娘，她都29岁了；二是因为王小轶是211大学本科毕业的，还在北京工作多年，人家怕她伺候不起。不过由于是二老板去安排的，王小轶很快就顺利地上班了。

收入当然低。穷的时候,每一分钱,都会发光。这点,她就不计较了,也计较不了。但王小轶有心把这份工作好好干,她想了解一下酒店业。

她来到这里只做了一天,就发现这里跟大城市星级酒店的管理差距太大,规范性差远了。说是前台,但经常被支使着跑腿。不过这也有个好处,那就是接触面广。

王小轶一上班就特别忙,比另一个跟她一起值班的前台要忙几倍。她察言观色,手脚麻利,客人登记的时候特礼貌,如果客人有名片还会索要一张,只要客人进出酒店,王小轶就能马上叫出对方的姓。她还能记住对方是哪个城市来的,客人在结账的时候,她会告诉他当地的天气情况。这些关注总是能逗得客人很开心。在不忙的时候,王小轶会主动帮客人推行李,安排送热水,差不多到饭点,就打电话问客人是否要在酒店里用餐,要不要帮忙预定……

她并不针对男性,对女性、对老人、小孩,也一样。虽然工资不高,但这行业王小轶没干过,她兴致勃勃。

不过,王小轶的注意力一直放在每一个客人身上。她没意识到,大家轮流值班,一个多星期里她轮换了三个不同的前台搭档,每一个都朝她翻白眼。她们都很讨厌她。啥风头都是你一个人抢了去,要我们干吗?所有活你都一个人干了,我们干吗?虽然工资是固定的,但王小轶这么竭尽全力走到舞台中心的样子,谁看得惯?

组长悄悄跟王小轶说:"你不用这么卖力、不用这么认真,就登记一下,差不多得了。一个晚上的消费就200块钱,房客还想得到啥服务?犯不着。"

但王小轶没听进去。她倒不是为了让这家酒店多很多回头客,她只是想建立点这个小城市的大数据,知道一般来这里的客人是哪里的、做什么的、消费水平怎么样。具体有什么用她不知道,但总觉得以后一定用得着。这是她的职业习惯。

三个星期内,组长又提醒了王小轶两次:"差不多得了。你的毛病是工作太努力了，太卷了，把别人都卷死了。"

有一次，王小轶热情地给客人送热水后，组长说："你明天不用来了，去财务那里结工资。"王小轶很诧异，问为什么。组长说：

"你不善于团结同事，工作没法开展。跟你轮值过的三个前台同事，向我投诉你很多遍了，她们甚至说，死也不跟你搭档，看到你那拍马屁的样子就烦。我们的庙小，装不下你。"

得，王小轶又失业了。

4

许臻臻这时刚刚进入一个新的领域，自己也两眼一抹黑。

鲜法文化传播有限公司里，有两个著名的时尚大号：一个是鲜橙小姐，公众号大概有300万粉丝，多平台同时推进，主打美妆时尚；一个是Super阿尔法，公号大概200万粉丝，在微博也有三四百万粉，主打精英中产时尚。

他们目前主要是以广告收入为主，公众号后台关联了相关商品的微店，有销售和流量分成。鲜橙小姐除了自己的自媒体号以外，还兼任一部分管理职责。而阿尔法，则更擅长品牌维护。

除此之外，还有两个大的部门：一个是主要负责中等规模的自媒体，大概有七八个号，它们关注垂直类目，分为母婴类、时尚类、教育职场类等。每个号都有十几或几十万的粉丝，已经有了稳定的营收。

另一个部门，管理小的视频号和直播号，一直会有一些新人进来，只要通过面试了，就给他们开个直播号或视频号，培训一下，发基本工资，给三个月的时间试错，达不到一定的流量、实现不了

KPI，就淘汰。这些底层号的流动性很大。

每个大部门，都有自己的策划、编辑、商业运营、摄影师、化妆师和制图编辑、视频编辑等，分工清晰。

鲜法公司与别的MCN公司一样很残酷。

许臻臻来之前已经做了功课，认真地研究了好几位博主的号。但她对这件事心里还是七上八下的。如果没能短时间内红起来，她就会是那个被淘汰的小小号。但她甚至还暗暗地希望，被淘汰也好，至少不用在这里浪费一两个月的时间试错。

鲜橙小姐过来面试许臻臻。鲜橙小姐姓刘，但从来没有人叫她的真名。她跟许臻臻在视频里看到的差不多，更高更瘦一点。不算顶漂亮，但一眼看上去就很摩登。

鲜橙小姐一边跟她聊，一边看着她的简历，说："你的条件一般，也没有什么拿得出手的经历，长相秀丽，但太慈眉善目了，不酷。现在我们想要的是主打视频和直播的博主，你不太适合当时尚博主。我建议你，不要去那个直播部。我的自媒体团队里，准备换一个策划编辑。你来给我的'鲜橙小姐'这个号做策划编辑吧。"

许臻臻更失望了。但她来北京两个多月了，没有别的选择了。她接受了。

第一次上班，许臻臻进门不久，就被鲜橙小姐叫进办公室。她只看许臻臻一眼就开始挑剔了："你这个妆容太脏了，我们这里受不了这么丑的化妆。"

许臻臻没有搞清楚情况："您不是要我过来汇报工作的吗？我做编辑，跟我化妆怎么样有什么关系？"

鲜橙小姐说："我们这里是时尚自媒体，编辑也需要出镜。每个员工的外表和精神面貌，都会代表我们的风格气质。你看看这里的员工，谁拉垮了？男员工也要涂防晒霜，喷香水。我们这层楼的扫地阿姨都比别的地方时髦。"

鲜橙小姐把化妆师小马叫过来，让她把许臻臻的妆卸了，重新化过。

办公室的一角有个很大的化妆桌,旁边有个穿衣镜,还有两排架子的衣服。小马一边化妆一边说:"你长得很好看、很甜,但你现在的妆容太厚重了,会把你显老几岁。最近流行的这种拉长眼线的妆,很适合你,能让你显得有个性,但又保留你的个人特点。"

不得不承认,化妆师小马说得很有道理。小马还跟许臻臻讲解了给她化妆的几个要点,这样下次她可以自己化了。

许臻臻左照右照,确实比原来要好看。

她把自己这两天做的功课,对于"鲜橙小姐"这个号的一些建议、调性、风格、与别的竞品相比差在哪里,对未来的规划,洋洋洒洒地写了四五千字,发给了鲜橙小姐。

许臻臻对自己很满意。她这个人做事,向来就是不打无准备的仗,会提前学习、思考,做好各种预案。

不一会儿,鲜橙小姐亲自走到她的工位上,问:"我让你想后面的几个策划选题和方案,你却给我发这个东西?"

许臻臻没反应过来:"请问,有问题吗?"

鲜橙小姐没理她,直接向全组说:"下午两点开会。"

许臻臻不知道怎么回事,但她很不舒服。才上了半天的班,就几次被否定了。

下午开会,参会的除了鲜橙小姐,大概还有七八个员工,有文字编辑、美术编辑、后端设计师、化妆师、摄影师、商务总监等。鲜橙小姐先介绍了许臻臻,大家鼓掌欢迎。

接着,鲜橙小姐话音一转,拿了一小叠文件,说:"这就是许臻臻第一天上班的时候,给我的建议和忠告。我把它们都打印出来了,给你们读一下。"

她挑了几条,比如,许臻臻希望这个号更有社会责任感;许臻臻希望目标客户群要更普及,不仅要给高端人群看,也要给中低阶层消费者看,让他们感觉自己也买得起;许臻臻认为这个自媒体账号的推介品牌里，国际大牌太多了没有普通品牌……

鲜橙小姐说："看来你真的不懂，我先给你解释一下。你知道为什么我们文章里的美妆产品国际大牌多吗？因为那是广告，他们给钱，是我们大家的收入来源，而小品牌没有钱投放。即便是这样，我们也尽可能地在'好物分享'里多用平价品牌了。为什么你会觉得这是给高端人群和中产看的？因为真正数量最大的底层人是不使用化妆品、不阅读时尚号的。社会责任感，你怎么知道我们没有？我们有捐助贫困女童的系统计划，我们也捐赠过灾区；鲜法公司还在大学设立了专项奖学金……你对我们、你对这个行业，没有一点了解、没有一丝敬畏，你告诉我，你来是做什么的？"

许臻臻越听越羞愧，觉得自己怎么这么蠢。

鲜橙小姐把许臻臻的方案扔在她的桌面上，A4 纸散落了一地。许臻臻不顾众人怜悯、讥笑、同情的眼神，推开椅子，蹲在地上，一张一张地捡起来。

鲜橙小姐说："你来这里，是为我服务的，不是指导我怎么做的。我是行业的顶尖者、领头羊，你是谁？你连门都没入，你认清了自己没有？"她还说，"有位企业家说过，凡是实习生或新入职人员，却给他提怎么改造企业的，说自己的宏图大志的，一律开除。你好好想想，这是为什么？"

散会了，下班了，别人都走了。只有许臻臻一个人还坐在办公室发呆。她不能被骂就逃走，她不能当懦夫。以前就算辞职，也是她在平城电视台已做得很好了，再没有上升空间；而在这里，连门都没进，一来就挨一顿骂，就想溜了？

许臻臻可不是这样的人。她还想收集点资料。

这时，有人跟她打招呼："你是新来的吗？"

许臻臻一看，是阿尔法。真人真好看，比视频里还要帅呢。她赶紧说"是"，还想说点什么，阿尔法说："你最后走，记得把饮水机关掉。"就推门走了。

许臻臻心想,不能再发呆了,还要坐两个小时的地铁呢。

她也赶紧下班。

路程太远,回到家已经9点了。她反复琢磨以前的风格,找选题、找图片,再翻阅各种国内外的时尚网页,绞尽脑汁。

连着几天,许臻臻都交了好几条策划,而且做得很细化,还找了部分图例来说明。鲜橙小姐的脸色好了一点,让她可以继续。说明这是她该干的事。

接下来一周,许臻臻总算有一个选题通过了,上了公众号第二条推文;有几个细节和想法,也被放进文章里了。她才慢慢把悬着的心放下来。至少不会被立即扫地出门了。

5

作为一个时尚编辑,许臻臻没少被鲜橙小姐吐槽。好几次的包包搭配、服装搭配,造型师小马让许臻臻试了造型,摄影师来拍。最后许臻臻的片子一张都上不了。

小马摇头叹气:"你也是美女,但就是太过新闻主播了,总让人觉得你下一秒就要读时政新闻了。你没啥时尚表现力啊!"

过了几天,有一个很受欢迎的小众设计师的品牌活动。这是个潮牌,势头很猛,品牌邀请了鲜橙小姐和工作室的时尚编辑。鲜橙小姐问许臻臻有没有得体的衣服,想带她去。这也是有意给她机会。

许臻臻明白,马上说:"我有几套西装,都是大牌的,有一套还要3万多元呢。以前我也是主持市里的大型活动的,大场面是见过的。"

鲜橙小姐说:"那你早点到公司,先让化妆师化妆,我们再一起去。"

化完妆，鲜橙小姐跟许臻臻坐同一趟车从公司出发的时候，才看清她的打扮，一直在皱眉："你穿的都是些啥啊！"

许臻臻看看自己，没毛病啊！

鲜橙小姐说："你就穿这么一套黑色西装加长裤套装？这种款都过时100年了吧！你看上去跟穿西装的售楼小姐、国企的老会计员有啥区别？还有你这个包包？名牌倒是名牌，是outlet里买的吗？怎么这么土？还有这带防水台的高跟鞋……"

把鲜橙小姐都气得在那里一直用手来扇风了，不然头上都冒烟了。

许臻臻委委屈屈地说："可是这套西装真是名牌，好几年前就要3万元了呢……我当初就是看中它，任何场合都拿得出手……"

鲜橙小姐没好气地说："算了，指望大家眼瞎，没工夫细看吧。"

鲜橙小姐自己穿的是一件单肩上衣，一条特别宽松的牛仔裤，牛仔裤是这个小众品牌的，一看就特别酷，许臻臻才明白过来。

到了现场后，鲜橙小姐是人见人爱的重要嘉宾，大家都争着跟她合影、聊天、碰杯。红毯环节的时候，主办方让她走两次，要从不同角度拍视频。

而许臻臻是个小人物，她跟青春潮流的现场格格不入。她倒是留意到有个女孩也穿了黑西装，但是，人家不合身的宽西装里面空荡荡地穿着露脐背心，一条宽松喇叭裤，头上是五彩斑斓的非洲黑人头，跟她完全不是一回事。

人家才是符合品牌调性。而且，别人的包都是最新款的，而她的包却是3年前去美国旅游时在outlet买的名牌，土得她想把自己整个人都藏起来了。

回来后，许臻臻还是在卖力地做策划。只有这种案头工作，才能让她稍微有点自信。

两周之后，又有一家大牌化妆品品牌邀请了鲜橙小姐，她没空去，让许臻臻去。但她不放心，让许臻臻一早就把衣服和搭配带过来，让她把把关。

这次，许臻臻换了一套更贵的西装，精心打扮。鲜橙小姐一看，快晕倒了，说："你这次就别去了。"

还是那个老问题，许臻臻这套白色西装，搭配西装裙，也是几万块的名牌，很贵，但风格非常20世纪90年代，应该是早就被时尚圈所废黜的流亡者。包包换了一个，名牌，依然过时。

但许臻臻坚持说："我可以改，我想争取机会。"

鲜橙小姐说："我真是拿你没办法。化妆化得像空姐，穿衣穿得像售楼小姐。"她让小马在办公室的备用拍摄服装里找一套合适的给许臻臻穿。

这次的品牌活动，许臻臻还是换了一身连衣裙去了。不难看，很普通，好处是不会引人注目。她无法忽视自己的格格不入，在会场上一直在观察别人怎么做、怎么穿，如坐针毡。

第二天，鲜橙小姐把她叫到办公室，说："我不想为难你。但是，显然你是老天赏土吃。端庄而毫无时尚感，转行吧！别折磨自己了。"

许臻臻说："只要你不炒我，我就不会自己离开。我要做好，不想辞职，不想转行。"

"我真是尽力地给你机会，想看看你以后是不是能独当一面。但问题是，你不行啊！我不赶你，你自己不难受吗？"

许臻臻说："再给我点时间吧。先让我专门做内容。这个，我能行。"

鲜橙小姐盯了她半天，最后说"好"。

小马悄悄地对许臻臻说："你别着急。她对你严格，她对自己更严格。以前为了能上镜好看，她又跑步又节食，一个月瘦了20斤。为了谈成运动品牌的广告，她一个多月时间每天坚持健身

3小时,练出了马甲线。她喜欢认真的人。我们都是这样被骂过来的。"

许臻臻苦笑着说:"不就是一份工作嘛。认真是好事,但也不能榨干自己,也榨干别人吧。"

"唉,现在的自媒体博主都还在上升期,我知道的没有哪个自媒体博主不辛苦的。就连阿尔法这样的出身,要冒出头来,也不例外。"

"阿尔法是什么出身呀?"

"他们一家都是名流啊。你不知道吗?"

小马给许臻臻上网查了一下。一张美国名模网红们合影的图,右二是一位中国女性。小马说,这是阿尔法的妈妈米娜小姐。按米娜的线索翻下去,小马还找到了米娜出现在纽约大都会艺术博物馆慈善舞会上的照片,还有她跟好几位好莱坞明星与中国明星的合影。

许臻臻疑惑了:"米娜是谁呀?"

小马说:"她是老一辈的名媛啊。她不高调,也不晒富,我们只知道她曾经跟一位美国的著名时装设计师结婚,后来离了,就回国了。不过,阿尔法不是混血儿,是米娜与另一任中国丈夫生的。阿尔法本人不愿意提他妈妈,一提他妈妈,他就烦。连我们,都是从时尚和娱乐新闻里看到消息的。"

"啊,公司里还这么卧虎藏龙吗?我怎么觉得阿尔法还挺平易近人的?"

"那不然呢?他好像跟他妈妈闹翻过吧,是靠自己走到时尚网红的位置的。"

听完八卦,对许臻臻干活没啥帮助。不过,她没想到这个她看不上的破公司,居然还藏着这么多大神。北京真是深不可测啊!

别人这样的身世还要努力,她要站稳脚跟,岂不是更费劲?她的路还很长。

许臻臻不敢再小觑这个工作了,机会来之不易。即便每天通勤时间来回4个半小时,回家累成狗,但只要有一点点的时间,她就会在小出租屋里,收集各种资料,为更多更好的选题策划做准备。

有那么几天,她连做梦都在想着报题,梦见选题没通过,惊醒了。

6

只做了3周的前台服务员,王小轶就被炒了。

你以为自己一个211本科生,北京来的,曾经月入30万元,纡尊降贵干这种最底层的工作,一定被景仰吧?没想到,人家还觉得你不配。进去要靠关系,出来则是被扫地出门。王小轶一点办法也没有。

她想不计较收入,两三千的工资也行,先度过这段时间。平城的消费低,但也不能坐吃山空吧。

王小轶有在北京工作的经验,但平城对她来说,这是一个没有社会关系的地方。能做销售的人脸皮不能太薄,王小轶就去市里的人力资源和就业保障局里查信息,从中心商业区贴得到处都是的小广告里找信息。但一个星期混下来,面试了超过10家公司,不是人家觉得她不合适,就是对方给的待遇差得让人震惊,而且毫无成长性。

王小轶跟吕筝打电话,抱歉自己不识相,被炒了,又说了自己的窘状。吕筝说:"难道你只能去做保姆吗?平城的保姆也该有三四千元吧?"

王小轶叹气说:"不是保姆收入低的问题,而是这种地方,根本就没有多少保姆的市场。这个城市里老年人比年轻夫妇多,有孩子的一般都会找他们的父母或乡下亲戚来带。何况，我还不到30岁，也算长得不错吧，哪对年轻夫妇会雇我这样的保姆？"

自从王小轶自己搬出来后，刘美兰似乎正常些了。王小轶接了她的电话，刘美兰一个劲地讨好她，问要不要她过来送吃的、要不要她帮助搞卫生。王小轶禁不住妈妈的劝，两人又有说有笑地一起做饭了。

她心里感慨，距离就是美。连妈妈也一样。还是搬出来住，两人偶尔吃个饭算了。

但是，刘美兰掩盖不了嘴碎。她又催王小轶赶紧找人结婚了："你现在没有工作，没有钱，没有房子，没有男朋友，你以后打算怎么办？工作暂时不好找，你总得尽快结婚吧。不然我跟我那些牌友怎么交代？"

王小轶不乐意听："我结不结婚，跟你的牌友有什么关系？""怎么没关系？他们天天问，我总是说不知道，说没有，我多没脸？"

"你听听，这都什么逻辑？"刘美兰说，"好几个人想介绍你给他们的亲戚了。你听我没错的，平城是我地盘，我认识人多，我叫人多给你介绍些优秀青年……"

王小轶没想到妈妈这么好心过来给她做饭，原来是为了憋这么一个大招。

但脑海里有个声音说：又没工作又没感情和家庭，你不能要一头没有一头吧。王小轶心想，不如就试试？

虽然王小轶不信刘美兰的熟人里能拨拉出什么优秀青年，但是刘美兰最擅长的就是社交啊，她在小区的亭子里，这么多大爷阿姨跟她关系好，麻将馆里又有人，谁没有几个八杠子打不到边的亲戚或朋友孩子啊。

两天后，刘美兰打电话告诉王小轶说，邻居有个亲戚的儿子，家里有好几套房收租，不仅在这里有，广州也有。资产大概有500

万元到800万元。父母有退休金,身体健康,他是独生子。王小轶听到的时候,就想翻个白眼:他们全家的资产也就是我以前两三年的收入罢了。

刘美兰说:"在平城,这么好的条件,大把女人抢着要。就是这个孩子想要长得漂亮的,很挑,才没有结婚。他看了你的照片,很喜欢。"

王小轶说要看看男方的照片,刘美兰说没有。问学历,不知道;问身高,不清楚;问性格,她就说:"你去见一见、跟他聊一下不就行啰?"

她不想见。刘美兰催她说:"哪有什么不想见的?我已经答应下来了。先见面再说,就算不合适,回绝了也行啊!"

最终让王小轶勉强答应下来的,是她的好奇心。她这辈子没有相亲过,她想知道这是一种什么体验。她也想看看,平城所谓的"优质男性"到底是啥水平。

7

饭局是邻居出面请的,在一个饭馆里,加上刘美兰,"亲戚的儿子"和王小轶,一共四个人。

王小轶坐下来第一秒钟就想逃了。

这个小邓,起码有200斤重,坐下都看得出来身高肯定没有1.7米。年龄比王小轶小两岁,但看起来老多了。看得出来,他很喜欢王小轶,不停问她想吃什么,要求按贵的点,说:"我出钱!""我有钱!"王小轶几次向刘美兰暗示要走,但刘美兰摁住了她。

再聊下去,王小轶才知道,小邓初中都没毕业,死活学不进去,他家说他有钱,怕啥,人家硕士毕业出来,一辈子还不一定能赚800万元呢,文凭算个啥?那邻居一个劲地说小邓是"老实人",不抽烟、不嫖、不赌,平时只在家里打游戏,从不在外面胡混,很可靠。而小邓则开始畅想了:"两个人结婚以后,女方最好生一男一女,然后跟我妈一起带孩子。有女儿的话就给她一套房结婚,其他的都给儿子,让他再娶个漂亮的……"

吃完了,王小轶礼貌地跟小邓说"再见"。

小邓说:"你还没加我微信呢?"

王小轶说:"我的手机没电了。总能联系上的。"

回家的路上,王小轶发脾气了:"这种人,你和你的邻居也好意思介绍给我?我就这么烂吗?"

刘美兰说:"要是你在北京,还一年赚个300万元的时候,我才不劝你。你现在不是破产了吗?穷得要死,又没工作。他家里有钱,不正好互补吗?"

一家三口加上几套房子一共有资产800万元,就要假装有钱人了吗?不到饿死的时候,哪个女人对着这样的男人亲得下去?

王小轶懒得跟她说了。现在她跟妈妈又不住一起了,她半路就先回自己租的房了。

过了两天,刘美兰心急火燎地让王小轶过来。一问,原来小邓真心诚意地看中王小轶了。他让父母来提亲了,还包了个5000块钱的红包,说这只是见面礼。下次,两家人都聚在一起谈,商量办婚礼的事,还问王小轶想要多少彩礼。

王小轶到了刘美兰家里,刘美兰问她:"你看看,咱们收多少多少彩礼才合适?既不能便宜了他,但也不要把人家吓跑了。"

王小轶气坏了:"我早就说我根本没看中这人,你还想怎么样?把这5000块钱退回去!"

"那怎么行,那可是人家的诚意金!他不就是长得丑一点吗?平城不比北京,能找到这样的对象,下半辈子就可以不用操心了!"

"好,那我就跟你算一下。平城这种地方,彩礼也就十几万元。顶多翻倍,我要30万元彩礼,人家肯不肯给还不一定。但这两年我给你的钱,少说也有五六十万了吧?还另外给你买了一套房。怎么,你现在还想为这点小钱就把我卖了?我是能赚钱的人,以后还能赚;你现在卖了我,你以后就一分钱都别想从我这里拿到!"

听王小轶这么说,刘美兰也就不说了,手里拿着这个大红包说:"这个只是见面礼,既然见过面了,就不用还了吧……"

王小轶一把抢过来,说:"我马上把钱给邻居转交,你给这个小邓的爸妈打电话。他实在要问为什么我要拒绝,你就说我生不了小孩。"

她生怕妈妈不舍得还,那就水洗都说不清了。

刘美兰"啐"一口:"不吉利!"

但想想,好像没有哪个借口更让对方退避三舍了。钱还了,电话也打了。对方父母一听"生不了孩子",立即同意了。

谈到钱的问题,刘美兰退让了。但她还在嘴硬,跟王小轶说:"都29岁了,有人要你就不错了,你就是人家挑剩的箩底橙了。我再找别人给你介绍,还有好几个人说他们有未婚的亲戚。"

"别闹!你常年说我这不好那不好,你们那些狐朋狗友,早就认为我是一个又穷又懒没人要的老姑娘,他们只会把最差的介绍给我,觉得我只配这样的男人。"

刘美兰还在唠叨,王小轶终于答应,不要妈妈介绍的,自己去找,一定行动,争取尽快把自己的终身大事定下来。事业没有了,总得要一头吧?

王小轶不相信自己真的嫁不出去,她听说了平城有个高端的红娘一线牵婚介所,价格不菲,女性要交8888元。以前觉得是小意思,比这贵的会费她都没少交过,不过现在对她来说,就不是一笔小数目了。

王小轶厚着脸皮,向刘美兰要了钱,交了会员费。磨了很久,刘美兰还真答应了。

刘美兰的原话是:"婚介所敢让你交这么贵的会员费,肯定能给你介绍个阔佬。"

第十章

1

对于征婚,王小轶给婚介所提的要求是:35岁以内,身高1.7米以上(她自己就有1.65米啊),大专或本科学历,有正当工作。没了。

"红娘一线牵"答应给王小轶安排15个优质男性见面,但是透露给她的条件,都是很有限的,理由是不能泄露客户隐私。而且,每一个事先都吹对方条件很好。

王小轶有点怀疑,"红娘一线牵"的霞姐说:"别嫌这个价格贵,贵是为了更好的筛选和服务。在平城,交得起这笔钱的人,经济条件都不差;一定都很有诚意,观念不会太老土。你来我这里就对了,比亲戚介绍的靠谱多了。"

王小轶觉得有点道理。

于是乎,在"红娘一线牵"的安排下,王小轶每天下午或中午,都会与一位男性见面。这段经历,可谓王小轶人生中的极致体验了:她这辈子从来没有见过这么多奇奇怪怪的男人,奇奇怪怪的要求和想法。12天的时间,就刷新了她对男人的理解。

第一个男人，30岁，其貌不扬，建筑承包商，据他自己说，收入很不错，每年多的时候200多万元，少的时候他没说。他说对王小轶感兴趣，因为她是211大学毕业的，而他初中毕业就出来打工了。

如果仅是说到这里，王小轶还能忍，毕竟他是自己白手起家的，也没有小邓的长相那么可怕。但是，对方说得兴起，就吹嘘自己前两年如何找人殴打讨欠薪的工人，他认为自己又机灵又威风、有本事……王小轶硬着头皮又聊了很久——因为不敢逆他的意——临走给了他一个假的电话号码。

这样的妖魔鬼怪，吓都吓死了。

有一个，36岁，几乎说得上是相貌堂堂了，小学老师，言语也还算有礼貌。但很快，他就开始追问王小轶，喜不喜欢小孩，会不会照顾孩子，有没有爱心……王小轶开始还以为是他年龄大了，急于要小孩。聊了四五十分钟后，那男人才图穷匕见，说他有两个孩子了，一个5岁，一个3岁。妻子一言不发就跑掉了，知道她不会回来了，现在拖过了两年，那女人总算肯回来办离婚手续了。他想给孩子找个后妈。

王小轶奇怪了："有两个孩子，其中一个孩子才刚刚一岁，妈妈怎么可能这么不负责任呢？你们感情不和吗？"

这男人抱怨说："她娇生惯养，被别人骗，打也打不得、骂也骂不得，打两下她就大吵大闹，吵得天翻地覆，要死要活。最后一次不小心弄伤了她，送她去医院，她就从医院逃走了，找不到。她是外地人，她爸妈我也不知道在哪儿。算了，当她死了……"

这男人还说王小轶一看就很通情达理，是个好妈妈，把王小轶气出内伤，却不敢发作——怕他打人啊！

有一个，机关工作人员，收入不高不低，没有前妻和孩子，不难看不好看，一切都正常。而且，他的谈吐还挺幽默的，对社会有一些见地和了解，还喜欢看电影，一些小众的艺术片他也爱看，韩剧、日剧、美剧，跟王小轶都能聊上。很像北京混圈子的。

唯一让王小轶难以接受的是，他49岁了，不多不少，正好比她大20岁。马上就50岁的人了，从来没有结过婚……她为什么要跟一个老年人结婚？有这必要吗？

接下来，这位选手，不知道是什么工作的，因为他压根不说自己，只负责对王小轶点评："什么，你现在还没工作？女人怎么能不工作呢？""北京回来的？那应该在北京有房吧？啊，你也混得太差了吧。""北京的女人不是两腿一叉，就有男人买房买车了吗？如果没有，只是说明她不漂亮、不性感。哦，你不是，我只是说别人，你怎么这么敏感呢，我只是开玩笑。""唉，你要是年轻5岁，卖相还是蛮好的，你说你咋不在5年前相亲呢……"

王小轶笑笑，从自己包里拿出一面化妆镜："给你。"

对方莫名其妙地接过镜子："这是你送我的吗？什么意思？"

她说："你家里很穷吧，这辈子没照过镜子吧，又矮又胖，你自己不知道吗？不就是有个硕士学位吗？我呸！"

王小轶一眼看到长相就很舒服的，只有一个。那是一个小企业的部门经理，长得高，干干净净的。对方跟她同样是29岁，收入不高，父母家境还可以。王小轶有点感兴趣，聊了几句，对方却说："你29岁了呀？唉，年纪太大了。我想找个比我小5岁的。"过了一会儿，他又问王小轶有没有交过男朋友，王小轶说大学里交过男友。对方又问："那你应该不是处女了吧？"

人家一开口就嫌她太老，不是处女。

15个指标用完了。"红娘一线牵"的霞姐劝她，买个升级版，18888元的有更多相亲机会，而且交得起的人，都是更优质的……

王小轶才不信："你看看上次介绍的，都是些什么玩意儿呀，不是老就是丑，要么就是拖儿带女还家暴，剩下的，也没有一个生活在现代社会。"

霞姐白了她一眼："你的条件，当然只能给你介绍这些男人了。如果你22岁，工作稳定，收入中等，父母俱全，都有退休金，愿意马上结婚、马上生两个孩子，还很贤惠，那么，肯定每个男人都想跟你结婚。但你样样都不符合啊。你这样的条件，在平城，属于很差的。你最大的优点是长得比较漂亮。不然，我连你的会员费都不想收，介绍不出去啊！"

王小轶冷笑一声："啥时你们卖东西敢这样挑剔客户的？付钱的是大爷，现在我就是你大爷！"

"是是是，付钱的是大爷，但是你的货不好，你再大爷也卖不出去。在我们这种小城里，24岁是一个坎，女生过了这个年龄都很难找对象。你29岁了，基本上只能找没有学历的大老粗，或者二婚有孩男了。只要有稳定工作的男人，甭管收入多低，早就被挑得干干净净了。"霞姐还给她分析了很多，"你别嫌我说话难听。知己知彼，才能百战不殆。你胸不大，屁股不大，人又老，本身就属于条件比较次的。而且你的父亲没了，妈妈没有退休金，家境比较差。更不必说你没工作，脾气又坏了。如果你想嫁出去，就一定一定要放低标准。建议你，可以考虑一下比你大10岁到15岁以上的离异男性，也许还有希望捡漏……我是为你好。"

王小轶自然没有买她的18888元套餐。

吕筝知道她去相亲了，笑死了，问她相亲有没有用，有没有看到心动的。王小轶说："你听过圣诞前夜综合征吗？女人就像圣诞平安夜的蛋糕，一旦过了24点，就无人问津了。这里，女性过了24岁就不可能找到对象。不，不是我要求高的问题，而是我完全看不上的男人也根本看不上我。"

2

工作3个月了,许臻臻虽然转正了,但还只是拿基本工资,一分奖金都没有拿到过,6000块,够干什么呢?如果不是后来妈妈给她寄了一万块,她真的山穷水尽了。

在她确定去鲜法公司工作的时候,打电话回家。妈妈说:"别赌气了,以后我每个月给你寄一万元的生活费,你就没有那么大的压力了。慢慢来。"

许臻臻知道自己很丢脸,可是,她太难了,已经住得那么差了,都要花掉她一半的收入;剩下的,连饭都吃不饱!她羞涩地接受了妈妈的援助。

还是家人最好啊!

她猜想,为什么很多小直播博主,迅速地入场,又迅速地被淘汰。太穷了,太穷了,连肚子都饿着,怎么能在镜头前营造出美美的模样,让人买东西?你一个穷鬼,能多会打扮,品位能有多好?人家怎么信任你一个吃饭都不敢买肉的女人的推荐?

以前许臻臻花钱大手大脚,虽然不太爱买名牌,但各种花里胡哨的小玩意儿花起钱还没个谱;而现在的时尚行业,更是烧钱如流水。她再省着,护肤品和化妆品也要买好的。

来到北京,许臻臻一分一毫都记账,学会了省钱。她在不忙的时候,就专门去搜各种生活小技巧,省钱秘籍,各种靠自己动手改善生活的帖子、工具,还分门别类地存好内容和链接。通州那个60平方米的房子,虽然是租的,也被她打理得井井有条;还放满一屋子的绿色植物,每周都更换鲜花。许臻臻时不时地把自己的屋子装饰发在朋友圈里,都能获得好几十个点赞。

就是因为喜欢这些,她做过几个策划,好物分享,平价单品大放送,放在公号推送的次条推文里,她做得兴致勃勃、津津有味,一点一点地抠细节，抠得很认真。可惜的是，她这么认真，做出来的推送反响却很一般，点击率低，留言也比平时少。

开会的时候，小组里的编辑们做总结时分析说："很显然，做这些内容跟这个号的调性不符，我们受众群也不是这种需要省五毛一块的人啊。"

最后的总结是：你做得很认真，但下次不要再做了。

许臻臻非常费力地生活，很努力地工作，但就是拿不到流量的阶梯奖，就是没奖金、没钱。她现在已经喜欢上这份工作，总觉得自己一定能做好。但就是不知道哪里出问题了，人人都肯定她的认真，却不看好她，数据也证明她不行。

心好累啊！许臻臻不知道自己还能坚持多久。

发完工资没几天，又有品牌活动，鲜橙小姐计划派另一个时尚编辑去。可那位编辑要写稿，一点也不想去。许臻臻主动接下来了。鲜橙小姐不放心，许臻臻说："我去之前让小马帮我搭配，我还专门留了买衣服的预算。"

在造型师的建议下，许臻臻咬咬牙，花了一万多块买了这个品牌的新款包包，把妈妈寄给她的生活费又花完了。

许臻臻要竭尽所能，来做好这份工作。她想把这当成一个事业来做，并不一定是为了鲜橙小姐或鲜法公司，而是为了真正入行，了解这个行业的门道。

由于有了充分准备，许臻臻这次的粉绿色丝质连衣裙加新款包包，优雅又简洁。妆容也配合dress code（着装规范）的"蓝色海洋"，强化了冷色调的眼影，十分符合晚会精神。

这次，许臻臻代表鲜橙小姐工作室的时尚编辑出现。她打扮得中规中矩，放在人群里，不会被人吐槽了。但她是新人，独自坐在霓裳丽影中，她眼中看到的，是无穷无尽的美人走来走去，晃来晃去的都是白花花的大腿、背；美男子化着浓妆，穿着生活中不可能出现的衣服，咯咯咯地笑。而像她这样，正确的、乏味的、被冷落了。

许臻臻那么害怕出错。但是，穿对了又能如何？这对于时尚圈来说，人人如此，根本没人看她一眼。

作为一尾咸鱼，漂亮的咸鱼，前两次许臻臻还战战兢兢，在为自己没有掌握时尚法门的精髓而内疚；而第三次，精心准备，投入巨资的许臻臻总算敢抬眼四周，要去探个究竟了。

渐渐地，她搞清楚一点了。

在这个秀场中，吸引大家目光的、众星拱月的，跟穿得对不对没有关系。真正让闪光灯闪个没完没了的，是那几个二三线明星和顶级网红：他们全都由品牌的亚太区总经理陪同，首席设计师搂着他们拍照。届时，不管是时尚杂志、时尚媒体、自媒体，或者是微博、网络新闻，永远是这几个核心人物在露面。他们就算穿得不对，也能成为新闻谈资，有出镜机会，正反都是对。

原来，没有任何一个人，能靠消费获得尊重。对，奢侈品行业也一样。女人买买买，并不能提高价值与社会地位。她之前的这些努力，完全是白费的。

跟这些人比拼谁更时髦，谁穿最新的品牌衣服、背最新的品牌包，那不是傻吗？她不会退缩，但她一定要找到自己的核心竞争力。

当许臻臻穿得漂漂亮亮，顶着一脸的浓妆，坐了两个多小时的地铁回到出租屋的时候，她下定决心：要想好好工作，第一件事就是搬家，一定要搬去离公司近的地方。

花了几天时间，她找到了一个坐出租车15分钟能到公司的地方，附近还有地铁和公交车。房子包括卫生间和小小的开放厨房在内，实用面积只有25平方米，租金3500元。

很好。

许臻臻又用了一个星期的时间，重新搬家、布置房子。很多植物都搬进办公室或送给同事了。不过，她始终记得一点：要留下一个角落，有一棵到屋顶那么高的绿植，还有一个好看的沙发和茶几，以后她需要在这里拍视频、做直播。

3

从今年开始，鲜法公司的大小博主都要开始做直播。像鲜橙小姐、Super阿尔法这样的号，哪怕一时之间还不能马上看到盈利点，也必须打造一个完整的自媒体多平台矩阵。

鲜橙小姐一周做一次直播，每次3个小时，主要是谈时尚、女性、生活方式、情感方面的问题。提前两天收集粉丝们的问题，再加上直播现场让粉丝们多提问，3个小时过得很快。只不过，对体力是很大的考验。鲜橙小姐一般中午会吃得特别饱，晚饭少吃点，尽量不喝水，这样，傍晚开始的直播才能既够体力，又不用经常上厕所。

直播是在周五。但这周从周二开始，鲜橙小姐就生病了，她说她在住院输液，身体虚弱，不能上班。几个编辑在网上给她报选题，编辑写好发给她，她在医院里修改。大家拿到返回的稿一看：鲜橙小姐还是那么挑剔，每个细节都抠得死死的，图片之间间隔都要统一，"的""地""得"一点儿也乱套不得。

同事们说去医院看她，鲜橙小姐坚决制止了，说自己不想化妆，更不想被人看。

直到周四，还没来上班的鲜橙小姐不确定自己能不能做直播，许臻臻建议她提前宣布取消或推迟两天即可。但到了周四晚上，鲜橙小姐坚决地说："行，明晚8点整，正常直播。"

周五傍晚，快到吃饭时，许臻臻接到鲜橙小姐的电话："我在第七医院，需要你过来接我回公司，再带上助理小陈。"

许臻臻到了病房，鲜橙小姐正在收拾东西，她要办理出院了。看上去，鲜橙小姐没化妆，憔悴了很多，精神也不太好。等许臻臻办完出院手续后，鲜橙小姐叫住她说："你把周护士叫过来，我跟她说好了。"

周护士过来了，推来一大瓶吊瓶，让鲜橙小姐坐好，帮她在手背上打吊针，并熟练地把针后面的滴液管子挂在吊瓶上。周护士对鲜橙小姐说："就按你说的，我调到最慢，大概5个小时才能滴完。按你的时间，你直播完之后就拔针吧。今天是最后一次输液了。"

许臻臻奇怪了："你不是出院了吗，怎么还要打吊针？那待会儿你怎么直播？"

鲜橙小姐说："我叫你过来，就是为了晚上能顺利直播。我们跟平台是签有协议的，每次给我们提供流量，每次都能增粉好几千，错过就太可惜了。"她让许臻臻帮她开车，而小陈扶着她，一边举着吊瓶，把架子放进了后备厢。

幸好公司很近。许臻臻提前让小马准备好化妆台，小陈抬着吊瓶把鲜橙小姐搀回了公司。小马赶紧给鲜橙小姐化妆，那边，输液还在滴着。

许臻臻给鲜橙小姐念稿子，让她有空熟悉一下内容；小陈则赶紧下楼给她买了份牛肉粒炒饭，要吃得很饱才行。

看到鲜橙小姐这么紧张，许臻臻忍不住说："要是为了一次直播就累坏了身体，多不值得啊！"鲜橙小姐说："别废话，再把刚才那段给我重复念一遍。我在化眼妆，没法看稿。"

直播准备时，鲜橙小姐反复要求，镜头一定不能把吊瓶和正在输液打针的手拍进去。她提醒许臻臻："万一我中间晕倒了，就立即切换到我们的其他画面。一定要叫醒我，继续播。不要让粉丝们看出来我生病了。"

直播的3个小时，大家都提心吊胆的，生怕鲜橙小姐忽然垮掉。

显然，大家的担心是多余的。鲜橙小姐巧笑倩兮，谈笑风生，妙语连珠，甚至比她健康的时候表现得更好，笑得更刻意。

直播期间，许臻臻多次走到鲜橙小姐的身边，看看点滴是否出问题、看看是否需要拔针头。她心知，鲜橙小姐只是勉力支撑，强弩之末了。

3小时总算过去了，许臻臻频频向鲜橙小姐使手势，表示可以结束了。但鲜橙小姐跟一个女粉正聊得起劲，看见了结束的手势，还是要继续说。许臻臻没办法，毕竟人家是老板，爱咋咋地。

忽然，她看到鲜橙小姐手上的那个导管变成红色了！她大惊，示意鲜橙小姐看看，药已经滴完了，里面是空气，鲜血要顺着针口，顺着导管，回流到吊瓶里。

小陈立即把吊瓶再举高，鲜橙小姐立即恢复笑容，说："时间到了，再见。"然后她以迅雷不及掩耳之势，把直播关掉了。

许臻臻立即拔针头，外面流了好多血呀。许臻臻给鲜橙小姐的手用医用棉签按压了好一会儿，才给她贴了一个创可贴。

鲜橙小姐下播时，已是晚上11点半了，她马上喝热茶，吃饭，她说不吃不行，吃不下也得吃，不然体能跟不上。

大家手忙脚乱地照顾着鲜橙小姐，但心里都有点悲凉：看，把一个女孩都逼成这样了。这行太苦太累了。

4

晚上12点了，同事们都走了，鲜橙小姐让许臻臻也先走，她上完厕所，自己就可以开车回家了，没事了。

但许臻臻还是不放心，没走。

过了好一会儿，鲜橙小姐还没从厕所出来，许臻臻赶紧进去看，生怕她晕倒在里面。没想到，她看到的，是鲜橙小姐蹲在盥洗台前面的地板上哭，哭得止不住。她那昂贵的包包摔在厕所的地面，里面的口红、粉底、钱包、卡、车钥匙、纸巾散落了一地。

许臻臻赶紧帮她把东西都收拾好，都擦了一遍，把包包也用纸巾擦干了，抱着她。鲜橙小姐在她怀里，哭得喘不过气来，说："让我……一个人静静吧。"许臻臻扶着她，坐到办公室的椅子，给了杯热水。鲜橙小姐喝了热水，才自己擦了擦眼泪，说："我太累了。这次我生病的事，你不要跟别人说。我是流产了。"

许臻臻吓了一跳。

上周，鲜橙小姐一直都非常忙。谈下了新的合作品牌，还有后续的营销，连着3天每晚只睡两三个小时。结果，到了周二，鲜橙小姐忽然发现自己下身出血了。她那时刚刚得知自己怀孕不久。男朋友把她送进了医院。

许臻臻心里暗暗疑惑：鲜橙小姐还有男朋友？只隐约听到过，从来没有人见过，她都快嫁给公司了。

鲜橙小姐像是猜到了她在想什么，说："我跟他在一起两年了，已经在商量结婚的事了，所以才决定怀孕的。"她苦笑着说，"这次意外小产，我们在医院里大吵了一场。昨天分手了，我不需要他了。"

许臻臻不知道该说什么，过去抱住了她。

"以前他说他支持我的工作，他自己也是个工作狂。但是，他喜欢的只是我很能赚钱的一面。他想要的是一个不仅收入很高，同时还能顾家、能安心照顾小孩的女人。他想要的是神仙，我不是。"

"所以你是一边顶着流产后的虚弱和分手的难受，一边继续做直播？而且是3个小时？"说着说着，许臻臻的眼泪也掉下来了，"女人，真苦啊，太苦了。"

最后，许臻臻开着鲜橙小姐的车，把她送回了家。一直等到鲜橙小姐洗好澡,上床睡觉了,她才安心。许臻臻叮嘱鲜橙小姐,任何时间都可以给她电话,现在许臻臻住在附近,随时可以过来帮她。

临走时,许臻臻说:"您放心,这些事我过了今晚就全忘掉了。您只是我的老板,我是来工作的,不关心私人的事。"

深夜一点半,许臻臻才回到自己狭小的出租屋里。她感慨万千。没有人能随随便便成功。你以为像鲜橙小姐那样的,是因为她赶上了风口,可是,人家每天工作十五六个小时,手头千丝万缕的工作都能打理得清清爽爽,每天还神采奕奕,一点黑眼圈都没有。这是普通人吗?鲜橙小姐跟许臻臻同龄,来自外地的一个普通家庭,没有背景,如今却在时尚圈里有那么大的影响力,她与不同品牌合作的广告出现在地铁上,出现在大型超商的电子屏上,出现在各种广告物料上——其实,这些是人家拿命换来的。

至少许臻臻知道人家能红起来,是因为她时时刻刻把工作、流量、粉丝放在第一位。许臻臻也想成为这样的人。

许臻臻换了个新房子。虽然很局促,但是,每天节省出来的三四个小时,让她心情好多了。她经常去刷各类自媒体、视频、抖音、直播的网红和爆火的节目,分析它们的特点、优势、独到之处,密密麻麻贴好笔记。每天,她坚持交3个以上的策划方案。

很好。渐渐地,鲜橙小姐选用许臻臻的策划和选题越来越多了,许臻臻编写的次条和广告,也屡屡得到好评。

许臻臻觉得自己的事业开始有了起色,找到感觉了。

一周以后,鲜橙小姐把一个"618购物节前站"的重要选题交给许臻臻,显然对她寄予厚望。她希望许臻臻能逐渐担起大梁,主导策划,创作更多内容,那么她自己就能投入更多时间在扩展商务和寻找新的营销渠道中了。

许臻臻也乐颠颠的,花了几天时间准备。

但万万没想到,她花心思做的这期,阅读量创下了历史新低,点赞少、评论少。后台留言里都是说没有新意的、不好看的、搭配土气的,还有些评论语重心长地说:"关注这个号两年了,但是最近让我很失望。太过时了,是不是它已丧失了新锐和时尚敏感度?不能这么偷懒啊!"

编辑们都不敢把留言放出来。

开总结会时,鲜橙小姐忍不住对许臻臻大发脾气:"烂泥扶不上壁,勤永远不能补拙,你再努力,天生就不是这块料。你还是趁早转行吧,别耽误你自己,也别耽误我们了!"

一整天,许臻臻在办公室里都萎缩着,都不敢抬头见人了,一直低着头。

5

傍晚许臻臻刚回到出租屋,陈晓芬就打电话过来问:"现在过得好不好?这个月的钱用完了吗?"

此时,距离许臻臻来北京半年了。

许臻臻忍不住哭了:"妈,我太累了,我想回家……"

陈晓芬说:"你来北京这么长时间了,也试过了、努力过了,外面的日子不好过,非常不好过,压力太大。我跟你爸爸商量了,你不喜欢朱子平就算了,我们不管他。只要回家,我们先给你买一套120平方米的大房子,是你的婚前财产,再找个喜欢的人结婚。你在平城,去哪里上班,不需要两个多小时,平城小,只要15分钟。而且,你不用吃盒饭,妈妈给你做……"

挂了电话之后,许臻臻还在哭。太难受了,她竭尽全力,要求那么低,只想好好地工作,为什么会落得这个结局?难道她真的天生就干不了这行吗?她还能做什么呢?

这时,她甚至想起了朱子平的话:"你只会读稿子,北京又不缺读稿子的人,你去那里干什么?"

唉!家里多好,为什么要跟爸妈闹翻呢?什么都不用操心,有房有车有家人,有幸福生活……

第二天上班,几位编辑讨论选题,许臻臻连着三个策划主题一个都没通过。鲜橙小姐说:"我是很看重你,因为你特别认真、肯吃苦、肯付出。这点,我很欣赏。但是,职场只有功劳,没有苦劳。你只会苦劳,就说明你不行……"

许臻臻脾气也上来了,站起来,说:"老板,我每天工作12个小时以上,一直只有基本工资6000元,没有奖金。我愿意付出,我愿意努力,但您打一巴掌也要给颗糖啊!我那么认真,收入却那么低,我能忍,但不可能永远地忍。大不了不干了!"

小马等人拉住她:"别冲动。你做得很好了……"

鲜橙小姐正想说什么。会议室玻璃房有人敲门了,是阿尔法。他说:"对不起,我不是有意听你们开会的。鲜橙小姐,你方便出来一下吗?"

鲜橙小姐有点狐疑地走出去。

屋里的几位同事都在劝许臻臻:"你别往心里去,我们谁不是挨骂过来的。鲜橙小姐还是很看重你的,几次文章阅读量低根本不算什么……"

许臻臻也有点尴尬。她喜欢这里的工作氛围,喜欢这里工作的激情,也对时尚与生活方式本身很感兴趣;但天天挨骂,自己总是不行、一直不行,怎么受得了啊?

大概过了五分钟,鲜橙小姐进来,宣布散会。别人都走了,她把许臻臻留下,说:"许臻臻,你愿意去给阿尔法当策划编辑吗?他一直在留意你的工作,想调你做他的生活时尚编辑。"

许臻臻没想到是这种处理方式,纳闷了:"是您觉得我能力不行,然后把我调走吗?"

"不是。你先回答我：你想去吗？"

"我是乐意的，我特别喜欢他的内容，还很关注他报道的生活方式……但如果您是因为我做得不好而把我调走，我想再解释一下，我一直在调整、寻找更好的方法，我还想努力……"

"不，这次算是他从我手上抢人。"鲜橙小姐笑笑说，"我知道我脾气不好。阿尔法也提醒我了。其实，你的努力、你的进步，有目共睹。我再跟你说一句实话：你的工作能力和工作态度无可挑剔，但每个人有自己最适合的领域。你确实不太适合做穿搭博主、美妆博主，这需要天生的气质。但是，你平时做的那些好物分享、生活小诀窍、居家装饰等，都非常好，特别适合阿尔法他们的自媒体内容需求。我之前曾跟他提到过，你在我们这里有点水土不服，他就惦记着让你过去了，这次正式向我提出来。阿尔法是非常优秀的时尚媒体人，你肯定会在那里有更多发展空间的。"

许臻臻喜出望外，本来还以为她又要失业了呢。

鲜橙小姐握了握她的手，说："不用告别，我们还是在同一个公司。还有，谢谢你上次在我身体不好的时候，帮了我。"

6

鲜橙小姐与阿尔法的个人办公室分列在走廊的左右两端，中间是编辑、策划和其他中小博主的办公工位，还有两间大的会议室、茶水间等。

跟鲜橙小姐谈完后，许臻臻先去找阿尔法报到。

阿尔法姓张，但同样也没有人称呼他的姓，下级依然称他的英文名"阿尔法"。对于阿尔法，这位另一个部门的老板，以前许臻臻一向敬而远之。

许臻臻进了阿尔法的办公室,阿尔法让她坐下。

她问:"需要我做什么工作呢?我一直有在看您的号,还关注了您在微博、头条、快手、抖音发的内容……"

阿尔法也没有废话,让她三天之内做出五个选题策划。许臻臻笑了:"您可以提高一点要求,我可以做更多,而且每个都会有详细的思路,以及资料和图片。"

下午,许臻臻换了工位,搬好了东西,把几盆花也搬到自己的新座位上。鲜橙小姐请全组一起吃下午茶,感谢许臻臻一直以来的工作。

刚开始吃,阿尔法也过来了,谢谢鲜橙小姐放人,又顺便蹭了两块蛋糕走。

这人怪有意思的。与她以前想象中的"潮男"不是一回事。阿尔法是一个很生活化的人。长得又高又帅,但看起来就像是"美而不自知"。朱子平长相比不上他,但已自认为是绝世美男子了,恨不得一天三遍问镜子"魔镜魔镜告诉我,谁是天底下最帅的男人"。

她当然知道,一个帅哥绝不可能"帅而不自知",特别是阿尔法本身就是要靠美貌吃饭的。他一定是非常知道自己长得好看的,但是,他不打算在工作以外去炫耀,已很难得了。

许臻臻一边跟大家一起玩笑,一边吃,想了半天,总算想到了怎么描述阿尔法的气质:他没有男性普遍存在的顾影自怜,不好为人师,没有爹味,不会总想教你做人。

趁下班大家都走的时候,小马悄悄地对许臻臻说:"我总怀疑阿尔法喜欢我家的鲜橙小姐。但鲜橙小姐是工作狂,眼里没有男人,哈哈。"

7

回到平城三个月了，王小轶还是像个无头苍蝇一样。唯一的好处就是，房租只要几百块，没有社交，花钱少。但再这样下去，还是要坐吃山空的。

刘美兰也经常发愁："你这样怎么办哟，实在不行我去省城打零工吧！"王小轶知道她是假惺惺，就是为了刺激她的。她说："妈，等我，再给我两个月，我一定能挣钱。"

刘美兰让王小轶搬回来跟她一起住，省点房租，她坚决不答应。要是回去一起住，别说好好找工作了，自杀的心都有了。

可是，王小轶很孤独。她没有了事业，没有了方向。连以前可以倾诉的好友，许臻臻，都失去了。她不相信许臻臻真的看不起自己，一度很想打电话去问许臻臻到底是怎么想的，但好多次都是写好了微信又删掉了。

王小轶决定去平城的古城那里散心。她想看看那里有没有合适的小买卖。实在不行，去那里摆地摊、做小本买卖也好。她就不信，干她的老本行还不如别人。

平城古城，离平城市区不远，八九公里，其中划出了"旅游风情一条街"，街长一公里多，是远近闻名的旅游景点。10年前政府花了大力气来改造，统一修起了仿古的建筑，做了中国古典建筑中的各种屋顶造型，飞檐翼角，斗拱彩画，龙、凤、莲草及祥瑞交错，青、绿、红、香色、紫色相间，沥粉贴金，很华丽。

街道走到一半，有一道清澈的小溪把街的前后隔开了，两岸都是婷婷袅袅的树。溪上有座石桥，石栏杆的每个桥墩上都有一只模样不同的石狮子，憨态可掬，桥身刻着各种戏曲故事、《三国演义》故事的浮雕。

每个店铺的面积都不大，沿街摆卖的都是地方小吃、银饰、纪念品、土特产、油纸伞；还有现场速写的，现场弹奏乐器的；整条街都是琳琅满目的小玩意儿，看得人眼花缭乱。

这天是周六，天气好，游客很多，王小轶只能顺着人流，走走，停停，看看。一路上都有人在拍照，尤其在桥边，姑娘们想要拍到好看的角度，还得排队。她也排队了，用手机对着天空、对着这条街的飞檐翼角，拍出自己的笑脸。那天空，瓦蓝瓦蓝的，配上青翠鲜艳的屋檐，真好看。

这里比以前漂亮太多了。

她一个一个地看每家小店卖的东西。如果它们出现在市区的商店里，或者大商场的柜台上，或者是市区街边小吃，大概率会乏人问津。但是，它们在这种明丽的古典建筑的屋檐下，每一个小玩意儿的颜值都上升了。而且，这里来的绝大部分是游客。他们是一定要在这里花钱的，来一趟没买着东西就算是吃亏了。

走到石桥边上的时候，王小轶留意到有一家传统服装店。

店里卖的衣服是各种旗袍、小凤仙裙，长长的阔脚裤，中规中矩的长连衣裙；有的衣角绣了花，有的胸前弄了一些水钻图案，有些镶了莫名其妙的蕾丝，一看就是针对中老年妇女的服装。在这家店里驻足观看的游客也不多。

但吸引王小轶的是，这种面料她没有见过，有点像棉麻，但是比棉麻面料更柔软，还有不规则的细密纹理；衣服很垂顺，有种哑光的质感，但又很轻薄。看了价格，要四五百元，并不便宜。

王小轶找来店主。

店主是个50多岁的女性，叫阿雅。这家是个夫妻店，但老公很少管事，主要就是当司机运货之类的，做一些杂务。

阿雅告诉王小轶，这种布是丽溪村妇女祖传的独特"水染布"工艺，布料都是手工的，所以没法便宜。丽溪村离这里10公里，旁边的那条小溪就是支流，一路流下去，在丽溪就成了河。阿雅就是丽溪村村民，平时住在店后面，但父母亲戚都在丽溪村，所以常回去。

王小轶一直是做服装的,她感兴趣了,问阿雅:"你看店,一个下午能挣多少钱呢?"阿雅说:"虽然游客不少,但生意不太好做。周末或旺季,一天能赚三四百元吧。"王小轶给她300块,请她带自己到村里了解详细情况。

阿雅很高兴,让丈夫看店。自己带着王小轶从一个小巷里转出了"旅游风情一条街",在汽车站坐上了去丽溪村的汽车。

8

王小轶来到丽溪村,阿雅带着她,去逛了一下这里的纺织仓库,详细了解这个"水染布"的情况。

经过阿雅的介绍,王小轶大致上明白了,丽溪村有几个掌握了这种"水染布"技能的女织工,她们织好布料,送到省城与他们合作的一个小服装厂那里,由对方设计、打版,做成成衣。村里人对衣服要什么款式,说不上来,只能任他们搞。"水染布"有三个销售点,广州一个,平城市中心一个,平城古城的"旅游风情一条街"一个,就是阿雅在做。

但这几年,由于款式老旧,卖得不好,省城的服装厂兴趣也不大,他们去年就说不想接了,只不过丽溪村的温书记和村委梁姨好说歹说,才又续了一年。总的来说,织布的利润薄,销量也很平淡,大家也就这么混口饭吃。

王小轶心里盘算着,这事没人想干,她来干也许能成。

丽溪村里,空巢老人多,年轻人多数都出外打工了,村里留下的女人比男人多。王小轶想要了解当地的女织工的情况,阿雅赶紧给她介绍了梁姨。

梁姨50岁了，很能干，是村委会成员，自己有文化，又懂水染布工艺。以前，就是她帮着联系了省城的服装厂，让村里的妇女织这种水染布的。梁姨也很高兴有人对他们的布感兴趣，就带着王小轶去参观了织布的仓库。

村里把一个仓库空出来了，摆着8台脚踏提综的斜织机，还有一架是坏的。平时一周只上4天班，而且只在下午，今天没有人上班。王小轶做这行这么久，去过那么多服装厂，还没有见过这种老织机呢。

梁姨就给她演示了一下怎么织。

表演完，她不好意思地说："我们这个，是手工艺品，是我们丽溪的'非物质文化遗产'，没法大规模生产。而且，这种东西也没有那么大的销量，所以效率和效益都没办法提高。"

王小轶仔细看了一下布料，了解一下工序。水染布其实就是棉麻混纺布，但有独特的纹路织法，在后期的染色工艺上，又多加一道浸泡的工序，使得这种布既轻薄，又有自然的纹理。

现在面临的问题是，村里只有十来位懂这种水染布工艺的女性，都是50来岁了，其中有四五个已离开丽溪村去外地带孙子了，还有两个身体差不能出来做工。年轻一点的，也没有人想学。

这让王小轶感到很奇怪："怎么你们不搞个村办企业之类的呢？"

梁姨说："现在的年轻人，还是去广州、深圳、东莞这些地方打工赚得多。十多年前我们搞过几个村办企业，哪里竞争得过大城市哟！出去打工的人寄回给爹妈的钱，比在村企业赚的工资还要多两倍。谁不想去大城市呢？人都走光了，企业也就做不下去了。"

作为村委会委员，梁姨也把这件事拿到村委会搞过几次讨论，要不要正式办个企业，办个纺织厂或服装厂，由村委会当法人，但大家一致否认了。吃力不讨好，万一亏了呢？不干。加上大家在织布上获得的收益并不高，开工不足，谁都觉得赚不了钱，更不想负这个责任。所以,一直没有正式成立公司,梁姨现在就是个"互助小组组长",通过村委会的介绍信和她自己在省城的一个亲戚牵线,把布料给推广出去;在协议里,卖出产品她有一点点的中介提成。

后来,村委会又讨论,要不要取缔这个织布仓库的互助小组。但是,几个懂织布的女性都算村里比较能干的,她们不同意——因为织布这活儿不太忙,还每个月能拿七八百块的酬劳。后来也就继续默许了。

这样过了四五年。

梁姨看到王小轶感兴趣,很高兴,就诉苦,说村里多希望有人能给这个厂投资啊!现在的这些员工都不想干了,缺少人才,效率低,销售不好,跟省城合作的服装厂也表示不想订他们的布了……希望王小轶能狠狠地砸一笔钱,在这里投资。

王小轶觉得这事能成。她就是干服装行业的,这种水染布有独特性,又有故事和噱头可以讲,这里就有溢价了。

但她没马上流露出来自己的意思,表示需要再考虑。

第十一章

1

王小轶一回到平城,立即联系在北京工作时的公司设计师娜娜。娜娜接到王小轶的电话,很开心。她现在已经在一家比较大的服装设计公司里工作,工作稳定了,但她说:"还是跟你一起工作最开心。现在的大公司呢,大家各司其职,就像一个螺丝钉,最后的成果其实跟自己没有多大关系了,很难成长。"

王小轶征求娜娜意见,给她看了水染布的布料细节图,以及它们做成成衣的样子,问她是否能设计出几种款式,并剪裁出几件样衣。价格好说。

娜娜把同是女装设计师的男朋友也叫来了,一起做。还有王小轶当时公司的两位打版师,也同意合作。王小轶又联系了田青,田青现在在一家大网店里工作,能独当一面了,她让王小轶放心,说她能找到厂家,可以做仅几件起订的样衣。

原来,在北京的那套班子都还在,还能遥远地支持着她。王小轶说,没想到有一天会需要他们的帮助,很感动。田青说:"大家都说你抠门,但跟你一起做的这几年,你从来没有克扣、拖欠过我们的工资,该发的奖金也说到做到。你靠谱,大家才会继续有合作的兴趣。"

王小轶在仓库里看了水染布还有多少布料,一共3种颜色,厚薄适合做春秋装。她一一过目了,检查了一下有没有瑕疵,请梁姨把囤积的布匹数量和价格报给她。

量很小,总价只有12000元左右。王小轶砍价砍到11000元,算了,不忍心往下砍了,都是农村妇女一点一点织出来的。

她跟阿雅说:"到时我把一些样衣设计出来,挂在你的店里代销,你是店主,每件衣服你提成25%。"

王小轶在丽溪村把现存的水染布料全部清货,发货给北京的娜娜。几个人一直在线上开会、通视频,花了好几天时间磨合,定位是"新国风",赶工了4款,20套。王小轶又去定制了一批高档的包装,每套衣服再赠送一条丝巾。

当王小轶把这些事情都安排好,付了款之后,她个人账上的所有钱加起来,不足1万元了,生活费都不够了。王小轶暗想,如果这次的衣服卖不出去,钱赚不回来,她就立即离开平城,去东莞、去广州打工,做什么都好,再也不奢望做生意了。

过了10天,王小轶收到了衣服的成品。她把它们整整齐齐地折叠好,摆在高档礼盒里,再嵌上一枚丝巾,打上好看的价格牌,这时她直觉这事能成。她跟面料打交道好几年了,这衣服的纹路、质感,独特又高雅,她看了都心动。

说服了阿雅之后,王小轶重新把阿雅的小店布置了一下。这个25平方米的小店,弄了一个漂亮的简易更衣室。没钱,又来不及装修,就让阿雅多弄一些花。

阿雅看到王小轶给衣服标的价是650~888元时,有点吃惊:"这么贵,谁买呀?"王小轶说:"你看这套,我标价还1288元呢!我相信最多人喜欢的就是这个。"衣服的扣子都是玉石的,看起来确实很高档。

一切准备妥当之后，就到了周末。初夏，站在这个小店里，天空蓝湛湛的，一边是潺潺的溪水，浓浓的绿荫，雕满石狮子的石桥；一边是雕栏画栋，充满古典趣味的建筑——王小轶暗暗给自己鼓劲：没有什么不可能的。

快到中午了，游客越来越多，很多人在挑角度拍照，走得很慢。王小轶站在时装店门口，准备了一桶菊花茶，瞅准机会，就请对方喝一杯菊花茶，介绍对方看一下衣服，再发挥她口若悬河的营销本领，节奏掌握得正好。

她就是做这行的，只要有流量，引导消费是她的强项。尤其是连着来了几个旅行团，女性很多，阿雅和她老公都快招呼不过来了。

4个小时，20套昂贵的衣服就被卖完了。

不出王小轶所料，玉石扣那套衣服最贵，但是大家却最喜欢，才三套，秒光。开始还有顾客一边看一边唠叨，觉得在旅游景点买东西是被宰，但看到包装和衣服的质感那么好，自己就买了两套，连声说"值"。王小轶笑说："您真识货。我在北京做服装好几年，如果是在北京的商场里，三五千块的一套连衣裙，也没有这么好的质量呢。"那位顾客还开心地留了王小轶的联系方式，说回头有新款请告诉她。

这几个小时，大约销售额是16000元。阿雅好开心，这在以前，一个星期都未必能卖完。现在她的提成也比较可观了。

王小轶估算了一下成本，除去面料成本，以及给设计师、打样师和服装车工等人的费用，这一批，王小轶个人大概能纯赚4000元。

这就是说，即便以后会增加管理、仓储、人力成本，加上压货风险，这个服装系列，依然有可以做的空间。现在只恨货太少，没法多做，没法多赚。

2

刚开始换岗,许臻臻还在适应中。很快,阿尔法就交给她一个任务:在推送的次条里设置一个专栏:家居、收纳、生活技巧、平价生活。

在小组开会时,阿尔法明确表示:"以前我们这个号,依然是偏向时尚、彩妆、男性时尚的,这样容易吸引广告商。但是,这个赛道现在早就挤满了人,市场的增量有限。而家居,甚至相关联的房产,这一块还是蓝海,而且利润更高。我们现在的商务拓展重心也在朝这方面偏移。这就是我把许臻臻从鲜橙小姐那边挖过来的目的。她在那个号上,做了不少与生活品质相关的策划,质量很好;但由于调性与'鲜橙小姐'的受众群不吻合,数据不好看。这不是她的问题。现在,她来到我们这里,就不一样了。这里合适她。相信许臻臻会做得很优秀的。"

这时候,许臻臻才明白阿尔法的规划。

她放心了。知道自己是有"利用价值"的,而不是因为"不行"被人淘汰掉的,她的心情好多了。

虽然现在租的房子特别小,但是离公司近,她上班更方便了,两站地铁就到,走路20分钟就能到家,再也没有每天通勤四五个小时那种巨大的疲惫感。时间消耗在无穷无尽的路上和人流中,经常让她有一种在慌乱中逃难的感觉。而现在,许臻臻才觉得自己是在生活。虽然生活空间小,但特别容易产生一种敝帚自珍的怜惜感,更爱自己独处的时间了。

有了新栏目,许臻臻总算有了用武之地了。她的爱好是收集各种各样的生活信息,货比三家,而且每样东西好在哪里,她都能做不少笔记;她还经常找到各种省钱的办法,并且学着把昂贵的名牌衣物和十几块钱的配饰搭配在一起,让人感觉全身都很贵;还有家居收纳,天天琢磨着,如何让不到30平方米的小房子井井有条,舒适温暖。

她就是要这种"你以为很花钱,其实很便宜"的反差。

没过多久,许臻臻就开始有了一批忠粉,经常留言问她。她也把意见都收集起来,又成了新的内容了。

才一个月,阿尔法在公司高层会议及老板赵小姐面前,大大地表扬了许臻臻。更令她开心的是:这一个月,她写的文章流量不错,拿到了奖金1000元。虽然不多,但是,她第一次看到了希望。

许臻臻一心想的就是赶紧赚钱。每个月都要交房租,这么小、这么局促的房子已经要了她一半的工资,剩下的吃饭钱不多了。她不想每个月都要妈妈给她寄钱,她都29岁了,不能再当个吃奶的巨婴了,得使劲赚钱、存钱。

王小轶说的真没错,越抠越有钱,越有钱越抠,她要抠出一个新世界。所以,许臻臻经常在公司加班,她想多挣奖金。

在许臻臻过来之前,阿尔法一直在布局自己的自媒体矩阵。他的工作重心转到了营销和带货上,还想开辟出新的视频阵地,一直在琢磨。他也经常加班。看到老板总是待在办公室里不出来,许臻臻也很疑惑:阿尔法不是家世显赫嘛,为啥要这么拼?

编辑灵灵悄悄地对许臻臻说:"鲜法公司的两个老板都是工作狂,这让我们员工很难办啊!下班了,自己手头的活干完了,咱们是下班呢,还是继续996呢?"

许臻臻笑而不语。她在这里没有别的家,事业就是她的家。

最后,公司里每次加班到晚上的,都是阿尔法和许臻臻。

自从有一次许臻臻点快餐时,阿尔法让她给他也点一份之后,后来她只要看到老板还在,就先微信他一下,要不要一起订餐。她拿到快餐之后,送进阿尔法的办公室,她依然回到自己的座位上吃。老板是老板,员工是员工,工作和吃饭是两件事。

阿尔法也是单身吗?许臻臻心里是好奇的,但不敢问。在北京这样的超级城市里，真的就是不关心别人的私事啊。没人知道鲜橙小姐有没有男朋友，也没有人知道阿尔法有没有女朋友。同样，没有人问许臻臻是不是单身。谁管你是不是生了十个八个孩子呢，你必须把活儿给我干好。干得好，有奖金；干不好，赶紧滚蛋。

现在，许臻臻度过了在北京最艰难的时刻，不再有一种被抛弃的悲壮感，跟爸妈的关系也缓和了。她告诉他们，现在她的工作稳定下来了，挺有成就感的，在进步，会好的；同事关系不错，吃得惯；上班方便，压力不太大，没时间交男朋友……

许臻臻每次跟父母通完电话，都要重新怀疑自己。她在想，为什么她的前半生会这么软软糯糯？她也太晚熟了，现在才想起来要过青春期，当一个叛逆的少女。

如果逃到北京，还要听父母的话，她许臻臻，就白瞎了129的智商了。

3

周五傍晚，许臻臻在办公室里加班，一个人匆匆吃了盒饭。过一会儿想走了，却发现外面正是倾盆大雨，而她没有带伞。公司里只有她一个人，只好等着雨停。9点半了，许臻臻去茶水间里泡了杯咖啡，准备喝完就走。

总得回家吧，有没有雨都得走了。

忽然，她听到前门响了。她刚刚走出茶水间两步，就看到阿尔法手挽着一个高挑美艳的女孩。许臻臻被那女孩的美貌震撼到了。阿尔法的官方身高是1.82米，而那女孩穿上高跟鞋之后，比他还高，穿着露肩的黑色紧身长裙，神态自若。那种摄人的艳光，令人一见难忘。

平常来看，许臻臻算是美女了，但她远远地看到这个女孩，就有点自惭形秽，不由自主地后退一步。

两人以为办公室没人，阿尔法把女孩按在墙上，开始亲吻。两人亲得很忘我，女孩抱着阿尔法，身体不停地蠕动，像是整个人都要融化在他身上一样。许臻臻尴尬得要死，又再退一步，碰到了饮水机，"哐"的一声响。

"谁？"阿尔法和那女孩同时被吓了一跳。

许臻臻狼狈地站了出来："是我。"

阿尔法舒了一口气，对女孩解释说："一个加班的员工。"他又故作镇定地问许臻臻，"都快晚上10点了，怎么你还在加班？"

许臻臻说："下雨了，我没带伞。"

阿尔法从自己办公室里拿出一把伞给许臻臻："借给你。我车里还有一把。"

许臻臻低着头，不敢看那女孩，也不敢看阿尔法，拎起自己的包和手里的伞，仓皇逃窜。

不知道为啥，雨还是这么鬼大，砸在地上溅出一个一个的坑，隔着伞都能感觉到雨的颗粒，就像霰弹一样，沉甸甸的，很坠。许臻臻不小心撞见老板的恋情，脸红心热的。站在大楼门口，好半天她都打不着车，于是，她决定走到200米之外的地铁站，坐2个站回家。

唉，鞋子和裙子都被雨淋湿了。

这时，有辆车吱的一声刹车，停在了许臻臻身边。黑色的保时捷轿车，开车的是阿尔法。他摇下一点车窗，说："上车吧！这么大雨。"

许臻臻不愿意："您送女友回去吧，我自己坐地铁好了。"

"她开自己的车回家了。上来吧，你家不远，我兜个圈就到了。"

许臻臻并不想坐老板的车。但雨实在太大了，湿掉的皮鞋走在水里好难受。她还是上车了。

坐在副驾位上,许臻臻不知道该说些什么,更不敢提到刚才那个女孩。她甚至在想,不会是撞见老板的隐私了,要被灭口了吧?还好,阿尔法未婚,交女朋友也没有什么大不了啊。

阿尔法先开口了,问许臻臻,在北京是不是还有什么亲戚朋友,为什么总是加班?

许臻臻说:"因为我热爱工作啊!"

"这我看得出来。不过,我们这里,表忠心没有用,不会多给奖金,一切要看实绩。"

许臻臻神差鬼使地说:"北京我没有亲人,但是有一个交往了8年的前男友,半年前分了。"

"8年?8年都不结婚,他拖着你,真是混蛋啊!"阿尔法说。

许臻臻也不知怎么着,指了指前面,说:"这条路,前面两公里,就是他的公司了。"她从两人准备着结婚开始说起。说到了朱子平的父母刚刚才送她宝格丽项链,周五晚上还跟她通电话,语气中把她当儿媳一样;周六下午,她就意外看到了朱子平在跟别的女人举办婚礼……说到这里,许臻臻自己都气笑了。前面塞车,塞了很久。北京本来就这种德行,晚上10点还是塞车,下大雨就更走不动路了。不一会儿,前面的车子有人下车,指挥大家往后退,因为有个下水井盖开了,污水倒灌进来。但后面的车排了几十辆了,也无法倒车。

许臻臻求助地看着阿尔法。

他说:"你很忙吗?如果不赶时间就好,我们跟随车流的队伍,等呗。反正我没事了。"

她笑了:"我跟你说,我那前男友上班的地方离我们公司那么近,我以前每两个月都来北京探望他,这一片我都熟了。分手后,我走过曾经吃过的饭馆都会心里'咯噔'一下、难受一会儿,现在只悔恨认识他了。我妈还说我太矫情了,说不能结婚也可以当好友。别的我不知道,但这个人,不行。"

阿尔法笑了:"那你就没有我妈妈厉害了。她结了四次婚,每个前夫都还说她的好话,除了我的亲爹。"

许臻臻惊骇地笑了:"阿姨也太厉害了吧!"

"米娜小姐的性格就像小孩子一样,不像是她照顾我,反倒像是我在照顾她。"阿尔法说。许臻臻愣了一下,才明白,"米娜小姐"就是他的妈妈。

阿尔法是米娜与第二任丈夫生的孩子,这段婚姻也是存续时间最长的一段。阿尔法还在念初中的时候,米娜跟他的爸爸离婚,去了美国纽约,把他接过去读书了。但是,米娜很忙,又跟美国一位时装设计师结婚了,主要生活在洛杉矶,阿尔法一个人在纽约的寄宿学校读高中,见不到爸爸,也见不到妈妈。在小报上读到米娜的消息,比见到真人还多。还是少年的阿尔法,很难理解,为什么妈妈宁愿抚养美国人跟前妻生的女儿,也不愿养这个亲儿子?是他哪里做得不好吗?是他还不够乖吗?

阿尔法在美国读完大学的时候,米娜第三次离婚了。她要回中国,正好阿尔法也想回中国发展,于是,母子俩一起回到北京了。他的外公虽然早就去世了,但是在北京总归是有好几套房子,也有不少关系留下来给这个独生女儿。

现在,米娜跟第四任丈夫结婚才一年呢。

许臻臻第一次听到阿尔法的妈妈这些故事,好新鲜。这些生活方式,是她在小城认识的那些人完全不能想象的,女人离一次婚已很惨了,还有四个老公?那猪笼都能浸好几回了。而她在北京,虽然也开始认识一些人了,但是,都是普通的"饭饭之交",没有私下的朋友。她还没有那种能倾谈个人感情与生活的密友呢。

在那个路口大概塞了半个小时,阿尔法终于把许臻臻送回家了。

许臻臻心想:要是在以前,塞10分钟我就开始暴躁了,今个儿怎么一点都不嫌时间长呢?

第二天上午,许臻臻在埋头工作,不知什么时候,阿尔法忽然出现在她跟前,说:"许臻臻——"把她的一件针织小外套放在她的手上,说,"你昨晚忘了拿你的衣服了。"

声音不大,但好几个人都抬起头来看她。阿尔法自顾自地走回自己的办公室,许臻臻脸都红了,恨不得钻进电脑屏幕里,希望没有人能看见自己。

她恨死阿尔法了,就不能等没有人的时候吗?这下她百口莫辩了。

4

现在,许臻臻在"Super阿尔法"的生活号里,她可以穿着自己喜欢的风格,介绍各种各样的好物的时候,那个可爱、亲切又有点啰唆的女孩,完全是许臻臻自己,再也没有以前给鲜橙小姐拍摄穿搭时尚、总是被批的尴尬了。

读者们也喜欢。

这天,许臻臻在后台收到了一个私信询问:"你今天的大衣很漂亮。请问是'天轶'的羊绒大衣吗?"

许臻臻吃了一惊。确实,这件是王小轶送给她的大衣,是第一批的样衣。她很喜欢,觉得比她几千块钱买的羊绒大衣质量更好、更耐看。

她就加了这位读者丁小姐。

说来也复杂。丁小姐50岁了,不仅有一家粉丝几十万的网红服装网店,她还是她居住地当地的服装行业协会会长。当她看到王小轶的"双十一"系列大衣时,就把一个系列都买齐了,尤其喜欢那款最热门的羊绒羊毛混纺大衣。

丁小姐问许臻臻:"可惜王小轶出事了,消失了。我打听过,这件事王小轶是被服装厂给坑了。衣服我都不舍得退呢!你知道她的这些衣服还有吗?清完货了吗?"

许臻臻说:"你找对人了。我知道王小轶的这批产品还都在。"

丁小姐很高兴,说:"你帮我联系一下她,如果价格合适,我很感兴趣,我可以全都要。"

许臻臻犯愁了。这个事,她想帮,但怎么开口呢?王小轶已把她拉黑了。她试着拨王小轶的电话,打不通。

许臻臻当然能通过同学重新联系上王小轶。可以,但是没必要。

来北京这么长时间,许臻臻太忙了,一直忙于工作、忙于焦虑,没有时间去思考。可现在,她感觉很孤独。她有工作上的伙伴,一起吃饭喝咖啡的普通朋友,但是,她没有那个能跟她一起嬉笑怒骂,可以暴露出自己最软弱的软肋、最愚蠢的一面也不必担心被嘲笑、被放弃的好友。

许臻臻想起以前在大学时,跟王小轶一起看过《乱世佳人》,王小轶喜欢斯嘉丽,野性,有生命力;许臻臻喜欢梅兰妮,优雅,知书达理。但她们一点都不喜欢那两个男人,只喜欢女性友谊的那部分。许臻臻说过,"我们是过命的交情,就像斯嘉丽和梅兰妮一样,你敢杀,我敢埋"。

那时好天真,说着说着,连自己都感动了。

许臻臻想起来了,这批货好像是王小轶临走前托给了田青。那么,联系上田青就行了。

5

路是找到了,但怎样扩大再生产?王小轶一筹莫展。

她很想找人倾诉,说说她的想法,听听批评意见,给给鼓励,什么都行,只要是有人能好好地谈谈困难,交交心,就可以了。可是她不知道找谁。王小轶用手机按下了许臻臻的电话号码,因为她能背得出她的号码。不过,她又马上挂断了。

她不能再拿热脸贴人家的冷屁股了。

现在有无数个问题,但最大的问题是,想开工厂、开公司,没有钱。

王小轶下定了决心,要跟刘美兰讲和。她连着两天回到了刘美兰家里,陪着她买菜,斩烧鸭,还主动洗碗、拖地。刘美兰很奇怪,直接问她是不是又找到工作了,又有钱了,还是说没钱了,向她讨钱?

王小轶盘算着,先要低声下气哄老妈三天,不管她怎么骂、怎么挖苦讥刺自己都不能生气。她一心想着把给刘美兰的那套房拿出来给银行抵押,而且要用刘美兰的名义,再诱使刘美兰当企业法人。

没办法,她王小轶已经在黑名单上了,借不了钱,也开不了企业。打工是不可能打工的,一辈子打工,每月挣个3000块,根本堵不上这笔亏空,也无法恢复自由身。至于妈妈,对不起了,以后我还会赚回来的!到时给你买更好的房子!

就在王小轶下定决心,酝酿好怎么跟刘美兰开口,并准备迎接来自刘美兰的狂风暴雨时,王小轶接到了一个电话。

是在北京的田青打给她的。

田青说:"你万万没想到吧,我们当初那批货,有人要了。我算了一下,一共可以收到回款150万元!分三笔付。"

王小轶惊呆了，她自己都快忘了还有这么一批货呢。

田青说："当初我们假一赔三，顾客们基本上都把衣服退回来了。本来我劝你低价卖掉它们，但你那时已无心恋战了，就放弃了……"

"我努力了，找了很多人都卖不出去啊！我不是不想，是办不到！我那时心里太乱了。"说着说着，王小轶忽然疑惑了，"那为什么现在能卖掉？而且这个价格，不算太低啊！我记得当时是有2500件大衣，还有其他款式的羊毛外套、毛衣大概800件。这么折合下来，你卖出的价格，大概是我们售价的接近4折，虽然还收不回成本，但已经高出我的期待了。啊，亲爱的，你怎么办到的？这么一大批，你能卖掉一部分就很不容易啊！还全部！"

田青给她看了丁小姐发过来的合同初稿，两个大网店和一个线下商场，把大衣全包了。他们重新做质检，标上了正确的成分标。其实，这批大衣如果是纯羊毛，本身就质量很好，款式也好，价格也合理。有些杂款没买完的，田青估价不太高，整理之后，分别送给三个卖家了。

本来，王小轶都差点要注销公司了。幸好。一切都水到渠成。

王小轶很高兴，表示要分20%给田青，比一般高，算是给她的销售提成。没想到，田青表示，这笔款她一分钱不能要。

王小轶急了："不行，这坏了规矩。"

田青说："这笔钱等缴了税之后，能到你手中的钱不太多了，还不够还清欠债。剩下的，你再想办法。另外，帮你找到丁小姐的，不是我，另有其人。有人在悄悄地帮你，但她不让我告诉你。"

任王小轶怎么问，田青都不告诉她是谁。她心里有几个猜测，但既然人家不愿意让她知道，她就不必去证实了。无论如何，这都是件大喜事。王小轶说，这笔钱她既要用来还债，也想当新项目的启动资金。不然没法赚钱，就没法清还所有债务了。田青表示，她愿意配合王小轶,帮助王小轶,倒不完全是因为念旧,而是她认为,王小轶的商业敏感度很高,做什么都能成,一定还能东山再起,跟她合作不会亏。

开心的王小轶收到好消息后,不再需要坑蒙拐骗地劝刘美兰抵押房子了。她高兴地抱了抱刘美兰。吃完饭之后,借口有事要忙,王小轶唱着歌儿回到自己的出租屋了。

刘美兰还以为她吃错药了。

接下来,就是还欠款的问题。王小轶欠了4位供货商的钱,一共170多万元。这笔钱不够。她仔细分析了这四位债主。其中两位,特别凶、特别坚决,非告不可,之前甚至还威胁过她,要动用催债公司来搞臭她。这两个人的欠款,大概加起来有70万元。王小轶联系上了,还清了他们的欠款。

另外两位供货商,老关、明姨,两人相对比较好说话。王小轶坐火车亲自去了一趟北京,王小轶跟他们实话实说,自己正在做一个振兴农村的创业项目,有很大的概率成功,再稍微吹一下这个项目的前途。都是做实业的人,老关和明姨知道,这样的项目就算赚不了大钱也不容易亏,是有希望的。经过沟通,两人同意暂缓还款。王小轶分别跟他们签订一个两年还清欠款加利息的协议,利息比银行贷款略高一点。

王小轶向法院提出申请,解除失信人黑名单。

而她手头还有接近七十万元的款项,有启动资金了。

6

现在的问题就是要把服装厂开起来。

丽溪村除了有水染布面料这个独特的工艺以外,啥都没有。王小轶得从头开始。

王小轶回到丽溪村,跟梁姨商量,现在的织工不够;而且,不能只做低附加值的布料,必须将真正高利润的成衣部分掌握在自己的手中。

梁姨说:"都知道这个道理。但我们是只有三四千人的自然村,年轻人多数都出去打工了,村里都没人了,更不必说真正有管理能力的男人和年轻人了。这里以女人和老人为主,还有些娃,能干啥?织织布,我们行;但办厂,搞设计,缺人才。"

王小轶不同意:"我要的就是女人,又勤快又细心。你看,你和我不都是女人吗?不也能把事儿做起来?"

她之前就有心理准备,村里没钱,而且对这个服装厂也不热心,一分钱都不会投。但是,只要想在丽溪村办厂,必须拿到村民委员会的证明,还要拿到租赁经营场地的证明,得到他们的支持,不然,就寸步难行。王小轶和梁姨要正式跟村委会商量这件事了。

梁姨自己早就想搞好这个纺织工坊了。她读过大专,是党员,在苏州打过工,在纺织厂干过,回到村里当干部之后,就琢磨着把这个纺织小作坊建起来。苦于没有人支持,她的精力和资源跟不上,梁姨只能找代工厂加工,留给大家的利润就很低了。即便是这样,还是她力排众议,坚持了几年,留下了一个小小的织机仓库继续工作。现在王小轶来了,梁姨看到了希望,就想敦促着这件事落实。

按王小轶的设想,这是一个双赢的项目,既不要村里出钱,又给房租又解决就业,他们怎么可能反对呢?办企业主要就是需要乡镇一级办理初审、盖章,再到县一级的乡镇企业管理局审查确认盖章,并不会太麻烦。

王小轶拟好了详细的策划书,算出各种数据,吹了一轮项目的价值,请梁姨拿去村委会上讨论。但没想到的是,12个村委会成员,包括村支书温书记,除了梁姨一个人以外,都表示反对。原因很多：一，王小轶是外人，不知根不知底的，谁知道她想干什么？二，大家生活风平浪静的，何必平白给大家找一堆麻烦，让村委们多干活呢？三，这小服装厂，规模不够大，算不上拿得出手的政绩，多一事不如少一事。

在王小轶的央求下，梁姨带着她来到了温支书的办公室。王小轶说，办这个"轶工坊"服装厂，除了旧有的几台织机，其余由王小轶全资投入，丽溪村可以收到租金，部分村民收入可以提高，村里无需任何投入，还能获得股份分红……这不是挺好的一件事吗？

温支书无话可说，就一口咬定这对村里没好处，所以不能占用村里房屋和土地。但王小轶说她明明查验过了，她要租的那一片仓库就是工业用地，她用来建纺织作坊完全符合政策啊！但温支书还是不乐意。

看起来无法对话。

王小轶必须把这件事情啃下来。可她现在每次去温支书办公室，他都一定不在。办公室不在，就去家里。第二天早上8点钟，王小轶就坐在温支书的家门口的台阶上了。温支书一推开自己的院门，她不由自主站起来，他又想缩回屋里关门了。还是王小轶抵住门，温支书才不得不假装刚刚才看到她。

温支书只好让王小轶跟他走到办公室，坦白跟她说："我不是为难你，也不是怕麻烦。我在村里当了20年书记，见过好多在这里捞一票就走的小老板，把我们村的环境都搞坏了。"

他说，20世纪90年代中后期的时候，到处都想搞村办企业，丽溪也常有人在外面找个小老板，就回来搞砖厂、香菇厂、木材厂、养殖工场，大家不太懂，什么热门就有人来投什么，几乎搞一个垮一个，留下的都是烂摊子。有些欠了债，还要全村一起来还，环境也搞坏了。丽溪村的西北边就是因为废水排得太多，污染太严重，就荒掉了，现在都不能住人。

王小轶一再保证，现在不是二三十年前了，政府对企业的管理严格多了，环保、消防不过关就开不了厂，开了也很快会被查。她并不想捞一票就走，因为她就是平城人，有名有姓，从小在这里长大，她可不敢违背法律法规。

温支书看到王小轶志大必得，就决定不兜圈子了，告诉她："开会时大家都有意见：你们办的工厂，主要请的都是女工，这样是不是不公平？你们聘请了20多人，没有一位男性，别人不服气呀。就算你们的出发点是好的，也不能不讲团结啊。这不就影响了村里的男女关系吗？家庭关系还怎么搞好和谐？"

王小轶心想：嘁，他们就是不乐意女人赚钱嘛，梁姨说的时候我还不信呢！她很不服气："支书呀，家庭都是一体的，这老婆赚钱，不都是花在老公和孩子身上吗？老婆有钱，不就等于老公手头也宽裕了吗？"

"哎，你光说服我，没用，你得让大家都同意。还有人说，你们这叫搞'男女对立'。你们的厂建起来了，村里人都有意见抵触你们，你们的厂还怎么开？工作还怎么开展？"

王小轶还想解释，外面好多厂，还只招男性呢！梁姨赶紧戳了她一下，让她别总在那里瞎较劲。她也很快明白过来了。王小轶找村委是来解决问题的，不是来进行辩论比赛的，道理说赢了没用，得把事情做起来。

除了法律与规则之外，还要讲人情；她懂北京的人情，但不懂平城、不懂丽溪村的人情。

王小轶先跟梁姨出去商量一下。虽然她的初心是想带动村里的女性就业，不过温支书的顾虑有道理，不能让丽溪村的人都排斥"轶工坊"。

她同意温支书的建议了，答应"轶工坊"会有三分之一的男性员工。另外，原本想对外聘请的三个销售与市场岗位空出来，这几个收入较高的岗位，温支书可以推荐三位符合条件的男性过来任职。梁姨告诉过她，村里好几个读过书的后生，都眼巴巴等着支书介绍工作呢。王小轶又进一步给温支书回馈,表示村委会将以技术和土地、河流等自然资源入股,占10%。虽然现在这个还是小公司,但是她以前也经营过一年销售额数千万的服装网店,她有能力把这个做起来,也想带动村里共同富裕。

一番聊下来,温支书觉得可行了,他跟村委开了几次会,从仓库、管理、污染、环保、员工的基本保险等细节说开,开始说村委会必须占股20%。最后谈妥了,占12%股份。

温支书又提了一个条件:"你是大学生,你知道教育多重要。村里的留守儿童多,村里小孩都没有一个看书的地方。"

王小轶想了想,说:"现在我暂时还没有这个能力,但我一定会尽力。给我三年时间,我免费建一个图书室,给丽溪村的孩子。"

7

王小轶是总经理,梁姨是副总经理。王小轶要在村里招一位财务,一位纺织工组长,两位品控。再招一批织工、染工、烫衣工等。她还要在外面招聘专业的服装设计、制版师傅、裁床师傅,这三位需要给较高的收入待遇,因为他们是技术核心;并给他们配有若干小工。王小轶自己兼任市场部经理,但手下还得有兵。

与此同时,这种斜织机还需要再购入两台。平缝机、抹边机、打扣机、蒸汽台、多功能机等设备也要跟上,还有简单的办公室装修、办公用品配置……

其中,招聘这关对王小轶来说是最难的。王小轶以前在北京招的员工,要么就是有相关经验的行家,要么就是大学生,这些标准都很清晰。但在这里,她没开过工厂,想搞点"在地化",消化当地的劳动人口尤其是女性,加上这个目标,考虑的问题就多了。开这个轶工坊,不完全是一个市场化的行为,还有扶贫的想法、培训的意愿,还必须在兼顾这些目标的时候,不要赔钱,再有一点盈利。

在梁姨的帮助下,王小轶走访了很多户的中年女性,跟她们聊天。除了之前在做的8位织工以外,她又挑选了村里的十几位女性。这些女人大多在35~50岁之间,大中专毕业、高中毕业的优先,去过外地打工的女性优先,最好就是精明能干的、勤快好学的。

第一次,王小轶把这20多位女性都请到村里的村委办公室里开会。

大家很兴奋,因为她们虽然算是读过书、打过工了,但基本上小半辈子都是在村里,干农活、照顾老人小孩和老公,没有什么公共生活。这么多女人正式聚在一起,谈事业、谈合作,而不是闲扯家事,多稀罕啊!

王小轶给每位女性都发了几份表格和问卷,第二天交。这份卷子是想测试这些女性的表达能力、文化程度,她们是否聪明;还能用来了解这些女性的意愿、工作时长、薪水期望,适合什么工种。

在读到这20多份问卷的时候,王小轶觉得很有意思。答案既五花八门,又千篇一律。相似的,是大家的初心,都是想挣点钱,补贴家用。但每人的关注点不一样:有人是因为以前曾在佛山东莞深圳打过工,最怕加班时间长;有人希望时间灵活,还要带小孩或带孙子;有人则要求想多加班,最好管两顿饭;还有人特意要求,能不能把工资分两笔发,一笔明的一笔暗的……

第二次开会,王小轶就在里面敲定了新招聘的人。

包括原来的织工在内,一共12位女织工。一个以前读过会计中专的来管账和行政事务。还有五六位跟着学服装设计和剪裁、打版。而设计师娜娜,也带了一个年轻的设计助理,从北京来平城丽溪村工作了。王小轶给了娜娜公司股份。另外,王小轶又托同行介绍,花了几天时间,在东莞的制衣厂区里挖过来两位制版师傅、裁床师傅,还有两位熟练车工,一起来到丽溪村。

设备的购买和办公室简单装修,反倒是最简单的事了。

8

一个多星期,村委把用地和其他手续全部通过了,还帮着送到乡镇和县上,很快就审批通过了。接着,各种手续也办下来了。

水染布工坊"秩工坊",就在离丽溪河不远的仓库里建起来了。新的两台有梭织机已到货,9台织机满负荷运转起来。王小轶计划过些时候再把旧的陆续淘汰,换新款织机。纺织原料的采买,因为量大,价格谈下来了。设计师、师傅和员工,都已到岗了。

一群女员工都挺兴奋的。虽然招进来的这些人都算是有见识的,但这种在自家门口工作、大多是亲邻熟人的氛围,是从来没有过的。王小轶在开工的动员会上承诺,每年会把其中学得最好的两位制版员工或打样员工,送到省城的服装纺织学校培训。

以前,织工们开工不足,每月也就几百块收入。而现在正常上下班,工资能拿到2000~3000元了。这收入与平城市区的平均工资持平了,而且方便照顾家庭,不用加班,大家都挺满意的。而在外面招来的打样师、制版师,都是按广州和东莞的平均价,外加在丽溪村生活的房补、饭补和车补,环境简单,加班又少,他们也觉得很舒适。

王小轶对产品的要求很严格,第一批的衣服需要反复调试,费了不少布料;最后,推出的几款,做了几十件样衣,价格全都不便宜。王小轶做的是手工艺服装,在包装上下了大功夫。她要的是一个高级的手工品牌,而不要民间的大路货。这样才有溢价空间。

王小轶简单装修了一下阿雅的小店，摆上了巨大的树根茶几、熏香，在小街里很显眼。以前，古街上的店主，多数都是本地人，他们不着急，很佛系，多卖就多赚一点，少卖就轻松一点；生活更重要，舒服更重要。但王小轶可不是这么想的，她每到周末，都亲自站在前面招揽客人，目标就是旅行团。每一个走过去的游客，都是一个储钱罐，他们的钱注定是要在这条街上消费的，不在这里就在那里；她一定要让他们在这里驻足，多看几眼。

　　果然，第一批，一天就卖完了；30件，销售额23500元。

　　这还只是样衣呢，还没有开始批量生产呢！

　　王小轶和整个"轶工坊"，都很兴奋，他们看到了曙光。

　　她想起丁小姐帮了她天大的忙，很感恩，留了两套最满意的样衣寄给丁小姐。丁小姐很高兴，她很喜欢这种东方风韵的衣服，两套都留下自用了。丁小姐又向王小轶多讨要了一套小码，因为她想给那位时尚博主许臻臻也推荐一下。毕竟她当初也是看了直播，看到许臻臻身上的大衣，才获得王小轶的消息的。

9

　　自从暴雨之夜跟阿尔法聊了自己的前男友之后，许臻臻就很后悔。怎么忽然之间就跟老板说了那么多不该说的话？

　　她懊恼得想敲自己的头：许臻臻啊，你就是死于话多。

　　不是说大城市一般不管别人的私事么。许臻臻也挺倒霉的，先是得知了当时的上司鲜橙小姐流产、分手的私事；又撞见了现在的上司阿尔法跟美女亲吻，听说他还有一个四婚的老妈的故事。这让许臻臻有点惴惴不安。

　　过了好几天，还是老样子。办公室里只有许臻臻跟阿尔法两人在加班，她帮阿尔法把订的盒饭送到他办公室，阿尔法没有抬头，只把头轻轻一点，示意她放桌上。许臻臻为了让气氛轻松一点，故作冷静地跟阿尔法开玩笑："好几天没见你的女友过来找我了。"

没想到阿尔法马上站起来，瞪了她一眼，说："不关你的事，你先出去。"

许臻臻只好赶紧走，顺便关掉房间门。

她又说错话了。她用手捂住自己的脸，懊恼得想撞墙。她怎么能这么幼稚呢？还以为两人聊了那么多，已经是很好的朋友。其实他们根本是两个世界的人，交浅言深，就是最蠢的事。

回到家，电话来了。许臻臻忐忑不安，很怕是阿尔法的。哦，是陌生号码。她接了，居然是王小轶打来的。

王小轶用的是另一个号码，因为两人已互相拉黑了。王小轶一开口就说："臻臻，我是来感谢你的。丁小姐说，我的那些大衣，是你帮我联系上卖出去的，是因为你，我才能回血，是你救了我。"

许臻臻"嘿嘿"地笑了笑，说："主要是丁小姐太有能耐了。我没做什么。还有，你的田青也很好很好，你要珍惜这样的员工。"

"我要向你道歉。当时你在我这里避难，我却逼着你分摊房租，确实很不厚道。是我当时已经心烦意乱到极点了，已经失智了。"

"不不不，是我不对。你拉了我一把，但你在绝望的时候，我还要在伤口上撒盐，想把你推得远远的，我才不是东西。"

两人都在自我检讨。她们重新把微信互加上，然后开了视频。两人有七八个月没有联系了，王小轶说许臻臻变好看了，许臻臻说王小轶怎么比以前更瘦、更黑了。王小轶说自己刚刚开始做手工服装，她从办公室走到织工车间，还把那些忙碌地操作着有梭织机的女织工们拍给许臻臻看；许臻臻则告诉她，自己现在已在一个自媒体工作了,虽然还看不到前途,但已经喜欢上啦。她们同时都跳进了一个全新的行业,从零开始。但是,她们喜欢现在正在做的事,找到了自己做下去的价值,愿意全身心投入。

许臻臻笑说:"你说,我们两个倒霉催的,是不是快要苦尽甘来了?"

"这种话千万别说太早。我连员工的第一次工资都还没发呢,后面的路还长着呢!"

她们一直聊到深夜,那种重新找回亲人的感觉,真好哇!

第十二章

1

"轶工坊"开工5个星期了。财务给大家发了第一次工资,都打在银行卡上。

那几天空气中都弥漫着香甜的味道,员工们每个人的脸上都是笑容。

但上班一段时间之后,问题就出现了。早上八点半上班,下午五点半下班,中午有专门的做饭阿姨给大家提供午餐。女工们下班后,骑自行车几分钟回到家,可以开始做家人的晚饭了。

当初在挑选当地员工的时候,王小轶和梁姨已充分考虑过她们的家庭情况,受过高中或中专以上教育、有在外面打工经历的优先;另外,不考虑那些孩子太小的,或者是家中有生活不能自理的老人的,找的都是家庭负担比较轻的女工。

但慢慢地,懒散的女工就多起来了。有的中午偷偷溜回家给老公做饭,下午迟到半小时或一小时才上班;有的提前早退,理由是晚了买不到好菜了,或者说不想让家人太晚吃饭。王小轶设了一个考勤打卡机。但没过多久,大家还是迟到早退。

梁姨公布纪律：迟到，罚款；早退，罚款。

有几个女员工就说："按你这样罚，我们岂不是没多少钱了？那不就白干了！"

梁姨查了其中一个女员工的打卡记录，说："你一个星期上午、下午加起来迟到6次，早退2次。按你这种上班方式，确实上班不如不上。"

那个女员工说："我来'轶工坊'，就是贪图上班方便，能照顾家里，如果不方便，不能照顾家里，我来上班干吗？还不如进城打工！"

王小轶本来担心从外面招聘来的那些师傅和学徒员工会不习惯、会整事，但现实是，他们只要谈妥了薪酬、有基本食宿保障，就很守规则。男性员工，不管哪个岗位，只要进来工作了，好歹都是做到下班时间点的。而原以为最老实的本土的水染布纺织工，反倒最不好管理。她们动不动就迟到早退，要扣钱她们也不在乎，因为她们没有赚钱的迫切念头。其实，并不是这些妇女好吃懒做，她们一点也不闲着，手脚麻利，回家也忙得脚不沾地，但她们总把老公、孩子放在最重要的位置。说白了，就是家里的事再小也是大事，工作的事再大也是小事。

王小轶召开管理层的小会时，大家很头疼。王小轶以前有过不少经验，女性一般更细心、更守纪律，也更好管理，服装业也普遍更愿意招收女工，怎么到这里就不灵了呢？王小轶考虑过两个方案。一个方案是，他们可以去招邻村丽湾村的女性，重新学，效率是低一些，但至少这样可以引进竞争机制。反正他们迟早是要扩大再生产的。但梁姨不同意。确实，如果招外村人，恐怕村委会都跑过来反对。

另一个方案是，以后织工、染工也可以招男性。但这个方案很快被王小轶否掉了。男性想找工作很容易，但女性尤其是中年妇女，相当不易。她的初心，就是希望给农村女性提供工作岗位；

招了这么多男性,已经是自己的妥协了;对这些女工,她不想辞退她们,不想放弃她们。

不然的话,她来这里干什么?如果不是因为还有理想,王小轶还不如当初在拿到启动资金后就重开网店呢,做实业累得像狗一样,性价比太低了。

2

平时"轶工坊"很少开会,但周五下午,王小轶要求所有人都要来开会,不得缺席。这个会议欢迎家属参加,凡是员工带自己的妻子或丈夫前来,配偶在会议结束后可以领100块钱补贴。而且,会议现场还有各种点心,是从平城的点心店里预订了送过来的。

这可在丽溪村引起了很大反响,村头村尾都在说这新鲜事。虽然钱不多,但老婆上班,老公去开会可以拿钱这事,还真是少有啊!

这次开会,来了六七十人,除了少数几个在外地打工的员工家属,其余能到的都到了,济济一堂。会上,王小轶先简单介绍一下情况:"大家都知道,纺织工里面以女性居多。我们发现,有很多道理,仅仅是女工本身懂得还不够,还需要获得家人的支持。所以,我们要求家属也来听这个会。"

梁姨在会上先表扬了所有在场的人,也列了一系列数据,说明现在的"轶工坊"已走上了正轨,短短时间已实现了盈利,离不开所有人的努力,也包括了背后家属的支持。话音一转,梁姨就开始说毛病了:"今天这个会议,是男女员工都在一起。我们这个工坊里有八九位男性,我们先来说说男员工的一些问题。第一,有人在车间里抽烟,严重违反消防安全;第二,下班后,甚至到了晚上,还在仓库里打牌、喝酒几个小时。这些违纪的事,我们私下都沟通过了,按章办事,该罚就罚。这些你们没意见吧……好,这两条通过。现在我来重点说一下女性员工的问题。

"男性员工会有一些小毛病,但没有一个是迟到早退的。而我们的女员工,则有一半以上有过迟到或早退的情况,甚至有人都有自己独特的上下班时间了,这都形成一种共性了,让我很纳闷。是这几位女性太懒吗?不是的,我们丽溪村的女人,都很勤劳,她们不想去做赚钱的工作,反而回家去做没有收入的家务了。我跟大家同吃同住,知道这些所谓的家务,并不是非做不可,也不是非在这个时间做不可,早半个小时只是为了早点买菜,早退回家也只是为了打扫卫生。当初,王总和我,挑选的都是些家庭负担不太重的女性,但依然会出现这些问题,是因为什么?人各有志。不愿干可以不干,不管是我,还是王总,谁也不会逼着一个不想上班的人工作。但是,在座的各位,都是受过一点教育的,都是见过世面的。20多年前,我就在东莞打工,用不到10年时间,给家里赚到了一套三层楼,还给我哥攒出了一套房子,让他娶媳妇。流水线是怎么工作的?每天工作16个小时,上厕所和吃饭的时间都是读秒的,一个月只有两天休息。我就是靠这个,赚了比村里的男人多三到五倍的收入。现在时代不同了,有了劳动法,我们'轶工坊'的工作,比较轻松、比较自由,工资标准参照东莞、中山等地的。我们不加班,只要加班就会有加班费,妥妥地高于平城的平均工资。现在,好不容易'轶工坊'上了正轨,有了更多订单,但大家居然想要撂担子了。王总跟我说,不要为难大家,我们立即去隔壁村招人。对啊,这个收入水平还愁没有人愿意吗?还担心其他劳动力不愿来吗?可是我不同意。这是我们丽溪村的机会,是我们大家的机会。可大家都不努力、不认真,基本的纪律都不遵守,基本的要求都做不到,就这样,让肥水流了外人田?但如果你们不争气,不愿意好好上班,那到时你们可别说,为什么是我们村里的工艺,我们村里先建厂的,致富的都是外人!"

何嫂站起来说:"我不是怕累,但我要给男人做饭啊!我早就提出来了,咱们工坊能不能提前半小时下班,这样大家都方便。"

梁姨说:"6点下班很晚吗?我们是8小时工作制,超过8小时就会算加班费。我们都按法律规定,除非你能修改劳动法。何嫂,你家男人来了吗?"

台上有人小心翼翼地举了举手,躲着,不愿露脸。可村里谁不认识谁呀,大家都在窃笑。梁姨也笑了:"老何来了就好。我就知道你是一个通情达理的人。你老婆现在是小组长了,每小时时薪都好几十呢,只要上班就有,一个月下来,每天多干半小时到一小时,就能多千把块,你还在意早半小时吃饭吗?"

老何不好意思了:"咱没算过这笔账。听她自己的吧。"

梁姨说:"可能大家没这习惯。但不管是男人还是女人,工作了就可以好好算账,一算就知道怎样是最划算了。你们这些大老爷们儿,应该让你们的老婆工作起来没有后顾之忧啊!"

王小轶看到梁姨这么激动,她站起来做总结:"梁姨说这么多,是恨铁不成钢,深信大家都是有能力、有潜力的。说实话,我不是很在意个别人的离开,我可以找别的人来打工。假如你们放弃'轶工坊',是为了出去打工、出去读书,赚更多的钱,有更好的前途,我同样认为是好事。而且,我说过,等工作满一年后,我会出钱把最好的两名员工送去广州学习打版或服装设计,提升你们。但我有在意的东西,是你们只为了家务琐事就放弃工作机会。你们工作,能赚钱,却要考虑辞去工作,伺候男人。男人却从来不会为了照顾家庭而舍弃工作。当初,温书记跟我们'轶工坊'交代过,一定要招聘男性,就是因为男性太在意各种工作机会了,如果没有,他们会千方百计索要。但女性为什么就这么不珍惜呢?她们大概还真的没搞明白经济能力的意义。这点,我们太应该向男性多学习了。如果大家想致富,就要一家人齐心协力,让你们的家人知道，只有你过得好，才能更好地挣钱，才能提高一家人的生活水平。"

阿香站起来说："不用讲大道理，道理谁不懂？你来这里开厂，不就是想赚钱吗？你的工资也没有高到能让我们愿意放弃家庭啊！你要我们不能迟到，不能早退，迟到早退还要罚款，没有人情味，一点余地都没有。"

王小轶笑了："你说得对。当然我也希望能赚钱。如果我完全赚不到钱，那怎么生产、怎么经营下去？至于我们的工资标准，你们可以上网查，查一下现在的劳动法，再查一下其他工厂的条件，看看我给大家的基本劳动保障、给你们提供的工资收入水平怎么样。不仅符合要求，而且还是中等偏上。如果你眼红有老乡在深圳东莞的工厂里挣得比你们多，那是他们加班加到吐血加出来的。他们一天工作十五六个小时，劳动强度也大。去问一下他们每个小时的薪水就知道了，单位时薪我们不比他们差。而且，你们不用背井离乡，最大限度地跟家人在一起，性价比是很高的。再强调一次，这份工作没人勉强你们，但要么不干，要干就干好。既然在这个岗位上了，就要忠于职守。在这里，我也要感谢一下女员工的家属。开明的男人，是懂得支持老婆的工作和事业的，老婆开心，一家人才能开心。"

王小轶还说起，她以前经营过一个盈利比这里高很多的网店，在她经营失误、破产的时候，设计师娜娜，还有她以前的主要团队成员，现在愿意完全不计较钱，从北京过来帮她建立起"轶工坊"。这些人完全可以拍拍屁股，当不认识王小轶，但为什么他们还要主动往她这个穷鬼身边凑？就是因为，王小轶虽然出名的抠门，但从来不克扣员工一分钱，承诺的奖金一分钱不少。破产清算的时候，她把准备买房的钱全拿出来，员工们全部拿到足额工资。

现在，王小轶决心在自己的家乡开设一个手工服装作坊，这既不是她的强项，利润也没有当初做网店来得多、来得快。但是，王小轶想建立起一个品牌，一个能把大家的手工艺推出去，让更多人看到的品牌。她也想让每一个参与的人，都能因此有一种劳动的自豪感。她说："在座的这么多人当中，我差不多是年龄最小的，你们是我的姐姐或者阿姨，很多人都经历了改革开放从无到有的过程，也见识了珠三角乡镇企业的蓬勃发展。如果从历史的角度来说，30年前女性从农田进入工厂，以前只能在生产力较低的家族的农田里工作，或是只能忙于家务事；但进了工厂之后，年轻女性成了流水线上的主力军，加工业走向了持续的经济繁荣。可以说，经济的成功，一大主因是农村女性劳动人口的贡献。你们不要看轻自己，不要觉得自己只是在补贴一些家用，只是赚点小钱；实际上，你们，还有那些女性工人，就是经济发展最重要的主力之一，你们要有一种主人翁的责任感和自豪感。你们好好做，不仅是为了挣点钱，还是为了让自己有技能，以后的生活越来越好。这个社会，不仅是匹夫有责，匹妇也有责。

"我觉得'轶工坊'的意义在于，你们每个人，都不是流水线上的一颗螺丝钉，你们纺的布、裁的衣服，是会呼吸的。那是你们的作品，虽然不知道穿在哪个人身上，但你们可以为自己的手艺骄傲。"

除了村领导们，没有人开过这种动员会，大家激动起来了，想鼓掌，却有点迟疑；掌声最初是稀稀拉拉的，慢慢地，掌声越来越热烈了。

梁姨也被王小轶的演讲能力惊呆了，王小轶悄悄地对她说："我当年也是中文系的才女好吗？"

说完，王小轶忽然发现，在仓库最后面坐着的，似乎有个跟周围环境格格不入的男人，穿着打扮也不一样。仓库太大了，她勉强认出来，那好像是陶崧。

她心里惊了一下，很想过去问他，问他怎么会出现在这里。但这时，阿香走过来拦住了王小轶。阿香之前总是迟到被扣工资，并说要辞职,今天听了王小轶的这番话,她改变主意了,还是想干下去,不辞职了。她的儿子在珠三角打工,有慢性病,她想多赚点钱。

一会儿,何嫂也过来了,又拉着王小轶说了一会儿话,想让她少扣点迟到的工资,下不为例算了。王小轶一边跟她讨价还价,一边心里却在嘀咕:陶崧来做什么呢?

等大家都说完了,人慢慢散开了,陶崧才走过来。

果然是他。

3

王小轶是有点尴尬的。她怎么在外人面前,慷慨激昂地说了那么多废话?他是不是看她觉得特别傻?

陶崧笑着,悄悄地向她竖起了大拇指。王小轶上下打量了一下他,穿一件蓝色衬衫,一条卡其色裤子,白帆布鞋。

她的第一反应是:"你怎么穿成这样?"

陶崧莫名其妙:"我错了吗?"

王小轶笑笑说:"我这边散会了。走,我带你去我们这里的一个咖啡馆。你这身衣服太干净、太笔挺,咱们这是农村,你就不该出现在这儿。"

陶崧看了看她,穿着一件长T恤,一条背带牛仔裤。王小轶感觉有点儿狼狈了:"我没化妆。在这里没空理会这些。"

两人在村里唯一的一家咖啡馆里坐下来。

王小轶说:"不管怎么样,我还是要感谢你的好意。我现在不需要向你借钱了。"

陶崧笑了,说:"我不是来送钱的,而是想来看看你的创业计划，看我是否也能做点什么。最近我们IPO失败，我们暂时放弃上市的打算了，这样我反而轻松些。"

王小轶也笑了："你不用故意这样说。再怎么样你的也是科技大公司，我这个小破公司，注册也就一个多月，还没上正轨，见一步走一步。既没有融资的必要，我也没有这个打算。对了，你为什么忽然想到找我，而且你怎么知道我在这里的？"

陶崧说，上周，他在一个商务活动中碰到丁小姐，他被她的衣服吸引了，夸了一句很特别。丁小姐告诉他，这是粤北平城的一个新品牌"轶工坊"，产品都是手工纺织的精品。

"又是平城，又有一个'轶'字，我就猜到那是你。"陶崧说。

王小轶有点意外："你怎么也认识丁小姐了？又不是一个行业的。"

陶崧说，两人在一个企业家论坛上认识的，有一些共同朋友。他们当时聊得不错。

于是，陶崧知道了，王小轶在这么短的时间内就重燃斗志，东山再起，很感慨。他通过丁小姐知道了王小轶就在平城的丽溪村里，带着一个工坊在设计这批水染布。所以，他就找到这里了。王小轶还是没明白陶崧的来意。他看上去很诚恳，不像是来找她麻烦的。但她心里对他还有抵触，怨他没有在她需要的时候帮一把。鱼儿在快要晒死的时候，你一勺水都不肯给；现在鱼儿已经自己挣扎游进水池里了，就算带着一条江的水过来，又有什么意义呢？

不过，时过境迁，王小轶已经没有当初的愤怒了。她问陶崧这次来做什么。陶崧沉默了一下，没话找话："你现在过得很不错嘛。你为什么上次发脾气拉黑我？6年前为什么要忽然分手？"

王小轶很纳闷："你为什么这个坎还过不去？你一个大老板，特意过来就是为了质疑这件事吗？分手的时候什么狠话都说得出来。就算我错了，又怎么样呢？你如今赚了那么多钱，已经打了我的脸了,真没必要特意过来羞辱我。"

"你也许不记得了,可我还清楚地记得,你当时说的是:'你们那里生生世世都是靠吸女人血,你一辈子都不可能发达'……"

王小轶开始不高兴了:"你想怎么样?我没坑你又没害你,你想找我算账吗?我自问没有做对不起别人的事,做生意亏了900万元,众叛亲离,从北京跑到农村。我都不明白我是哪件事遭报应了,还不够吗?如果你千里迢迢从北京跑到这个粤北的小山村来,就是想亲眼看我的潦倒,就是为了亲自嘲笑我,告诉我当年我看走眼了,错过了你这个潜力股,我只能说,你们这些有钱人太闲了,闲出屁来了。"

她越说越气。陶崧反而笑了:"你一点都没变啊!挺好的,你没变就好。我是个慢性子,说得慢。你先听我讲完好吗?9个月前,我把妹妹陶岩接到北京来玩了半个月。她跟我说了很多很多我之前一点都不知道的事。当我知道你一直在背后帮她,甚至可以说是拯救她的时候,我终于明白,我全错了,我对你的态度全错了……原来,你骂我的话里,'吸女人血'才是重点,'一辈子不可能发达'并不重要……我要替她感谢你。"

王小轶想起了陶岩:"哦,我是给你妹妹汇过一段时间的钱,但数额并不多。"陶崧说:"不,可能你都不知道你自己做的事对我妹妹有多重要,对我有多重要。"

"等等,你大老远过来就是告诉我这件事吗?你打个电话说就行啊,用得着找我找到山旮旯吗,就这么闲吗?好吧,如果你实在心里过意不去,就把我给你妹妹的钱还给我。几万块也是钱,我现在确实缺钱。"

陶崧笑说:"行,我立即给。给我银行账号。"

"你敢给,我就敢要。"

看到王小轶的手机提示收到款了,陶崧才笑着说:"我这不是要求两清,我只是觉得,不还欠你的情,我连跟你说话的资格都没有。"

说来话长。10年前，两人刚上大学不久就认识了，虽然不同系，但两人出身相似，惺惺相惜，就成了男女朋友。在大四快毕业的时候，赚了点小钱的王小轶，跟陶崧一起去了他在西南的山区老家。

王小轶知道陶崧的家境很差，他都是靠奖学金和勤工俭学赚点生活费的，已两年过年没钱回老家了。但王小轶没想到，来到山区一看，他的家里完全家徒四壁，连床像样的被褥都没有。陶崧的父亲瘫痪了，母亲也得了严重的慢性病，全靠陶崧的妹妹陶岩在照料。当时王小轶跟着陶崧回去的时候，陶岩才15岁，初一读完就辍学了，每天要给父母端屎端尿，擦身子，不然他们就会生褥疮。陶家父母有低保，但还要挤出一点钱给哥哥读书。钱不够，妹妹还要去村里干点杂活，在后院种点青菜去卖，才能有生活费。

而陶崧考上了大学，他说，自己已经很体恤家里，生活费完全靠助学金和勤工俭学，他省吃俭用，特别懂事。

那一次，王小轶跟妹妹陶岩睡在一团烂絮一样的被子里，聊了很久。陶岩又瘦又小，一个星期都吃不上一次肉。王小轶带过去的牛奶和苹果、曲奇、薯片和坚果，她都如获至宝；她喝到牛奶的样子，眼睛都发亮了。就这样，陶岩还不舍得吃，还想着留给父母。而且，陶岩最渴望的还不是吃的喝的，而是每当看到村里有学生上学、放学，她就很难过。小学和初一初二的课本她都翻烂了，背了一遍又一遍。她很想读书，但是没有这个条件，而且年龄也大了。

王小轶很心疼陶岩。她想到自己当初考上大学连路费都出不起，妈妈不肯给，她是靠姨妈和邻居给的钱，才凑出生活费的。她妈妈从小到大都怨她不是男孩……虽然她家没有这么穷，可是重男轻女这种苦，她受够了，太恨了。

这种环境王小轶待不下去。她提前走了，一个人闷闷不乐地先坐绿皮火车回到了大学。陶崧百般挽留不成，也赶紧回到学校。一见面，王小轶就冲着陶崧大发脾气。不仅因为陶崧家境这么差，还有陶家怎么能这么重男轻女，让妹妹辍学去供养家庭？家庭要是真的那么困难，难道不是应该让已经成年的陶崧去打工、去养家吗？让一个女孩十三岁就辍学、养家、照顾两个病人，这家还是人吗？

陶崧很奇怪王小轶为什么生气。

"我对你不够好吗？就算再穷，我也是吃的喝的都优先给你，绿皮火车你坐着我站着，我拿所有行李毫无怨言，你还有什么不满的？至于我们村里的情况，要是家里有条件谁会让妹妹辍学呢？不都是因为爸妈已丧失劳动能力了没办法才让妹妹照顾家庭的吗？而且我爹妈的决定你怎么能赖在我身上？像咱们这样的穷人家，不都是这么过来的吗？"

王小轶能怎么办？那时她自己父亲去世不久，妈妈又非常暴躁，她自己的家庭都已经这么糟糕了，怎么能再找一个这样的家庭？她怎么负担得起？王小轶自己都是泥菩萨了，怎么还能超度未来的婆家？

当时陶崧质问王小轶："我以为你愿意两个人同甘共苦一起奋斗，没想到你最终还是嫌我穷。"

吵在气头上，王小轶说："你们那里的人生生世世都是靠吸女人血活下来的。我看不起你！你这样的人，一辈子都不可能发达！你这么自私的人要是能活出个人样，我王字倒过来写！"

过了好几年，王小轶还记得，陶崧听完这句话，两眼冒的火都能把她烧着了。他愤怒地转身就走，删除了所有联系方式，拉黑了她。

分手后，大学也毕业了，专心做网店生意的王小轶，收入颇高，她一直悄悄地给陶岩寄生活费，这笔钱能让陶岩轻松很多，她可以专心照料父母了，还能吃上肉和蛋了。王小轶还给陶岩寄了初中的课本、课外书，把自己淘汰的手机送给了陶岩。村里也能通网络了，陶岩存钱买了手提电脑，还可以自己上网查资料。

在王小轶的鼓励之下，本来就喜欢读书的陶岩自学了初高中课程。

这些事，王小轶根本就没有告诉陶崧。当时两人已分手了。她对他失望透顶，认为他丝毫不关心妹妹，跟他说了只会添堵。

陶崧工作后，每个月也有寄给妹妹300块钱。他觉得自己已尽力了。他自己在北京的工资只有四五千元，还要租房，连肉都不敢多吃，他还要从牙缝里省下钱寄回家，已经够孝顺了。活着太不容易了。但是，陶崧有去想过一个小女孩该怎么负担这样的家庭吗？有想过义务教育都没完成的妹妹的前途怎么办吗？那时，他自己都在生存线上挣扎，顾不上，不敢想，也从来不问。

而爸妈只一个劲儿地叮嘱陶岩，不要告诉哥哥，不要影响哥哥的学习。因此，陶岩也很少跟陶崧说起家里的真实情况，报喜不报忧。

在这点上，陶崧对陶岩的关心，还远不如王小轶。

3年前，陶岩的父母陆续去世，当时王小轶还给了陶岩5000块钱。

其实，父母去世对陶岩来说是个解脱。果然，陶岩通过自考，考上了成人大专，可以去城市里读书了。只要等3年后，她拿到大专文凭，就能去县里找份工作了。

再过了一段时间，陶岩告诉王小轶："不用再给我钱了，哥哥有钱了，他回来一趟，翻修了房子，给了我10万块，还说以后会给我生活费。"王小轶也就不再给陶岩汇钱了。

9个月前陶崧把妹妹接到北京玩。人生当中，两兄妹才第一次有了很长的对话。

也就是跟妹妹的这次谈话，陶崧才意识到自己的自私。他对自己的善良、孝顺的认知，发生了动摇。

王小轶当时骂得真对啊！陶崧很是后悔。

陶岩对哥哥说："幸好小轶姐没有成为我的嫂子。哥，你真配不上人家，哪里都配不上。"她还说，"如果不是小轶姐好多年前就开始资助我，让我读书、自考，我也没有今天。我现在已经22岁了，你再给钱我，还有什么用呢？我一辈子读不了书，人生不是早就废了吗？"

陶崧检讨自己，为什么这么显而易见的现实都看不到呢？他后来明白了，以前他经济窘迫，不敢问，因为害怕知道家人的苦，自己却无法补偿，也怕毁了自己的前途。现在他有足够的经济实力了，可以放心大胆地偿还，可以用钱来弥补良心的不安，修补自己的愧疚感。

去年，陶崧谈了一个女朋友，新人乍富，他就顺从女孩的要求买了不少奢侈品。可是他发现他不爱这个女孩，这个女孩也不爱他，就分了。他明白了，爱不是这种感觉。尤其在与妹妹长谈之后，陶崧对女性的看法更发生了巨大变化。

王小轶笑了，是苦笑："是不是上次我居然向你借钱，而且是巨款，又破坏了我在你心目中的形象？或许你没有看错，我就是一个很市侩的人，钱对我很重要。你不肯借钱，我理解。"

"不不，那次不是这样的。"陶崧无奈。王小轶主动找陶崧借钱，他确实想借，但他手头没现金，都是真的。只是两人多年没见，就是很难沟通。回去后，陶崧立即就找人借钱，准备货真价实地把钱给王小轶，谁知道王小轶没好气，还拉黑了他。

陶崧也不知道发生了什么，总不能拉下脸皮来哀求她拿钱吧。

王小轶不好意思："那时，是我生命中的至暗时刻，最喜欢拉黑了，拉黑了好多人。确实，你再联系我的时候已晚了，我上了失信名单了，把在北京的房退了，车卖了，踏上了回南方的火车。当时，我万念俱灰，只想早点在残山剩水里死掉算了。"

两人在咖啡馆里续了好几杯咖啡。陶崧进行了深刻的自我检讨，检讨以前他那种强烈而不自知的大男子主义，自我中心。王小轶哪里知道他有这么多心理活动，她对陶岩伸出的援手，不过是出于本能和仗义，她与这个小姑娘同病相怜。当时王小轶的事业正在蒸蒸日上，每月1000元对她而言还不是负担。

没想到这么多年后，陶崧还旧事重提，她自己都快忘记了。

从咖啡馆出来后，王小轶带着陶崧去看了梭织机车间、染烫车间、布料车间、打样和裁剪车间、品控中心、办公室等。王小轶说，这个厂太小了，规模也就二三十人，但她又得意地说："我觉得这个比以前开网店更让我高兴。以前的公司，我是在做生意，是为了赚钱，但现在我做的是有创造性的工作。虽然目前看来，不像以前赚钱那么容易，但我更喜欢我现在正在做的事。"

陶崧不说话，就看着她笑。王小轶疑惑地摸摸自己的脸："我的脸上怎么了吗？没化妆，比较黑，是吧？"

陶崧笑说："这重要吗？我是在想，这几年，你变化真大，变得更好了。"

"以前，我是穷过的，不幸福，所以拼命挣钱，以为赚了钱能被人尊重。可是我仍然被人看不起，再有钱，我妈也看不起我，没用。而这次回来平城，特别是来到丽溪村，虽然我还没怎么赚钱呢，但我看到村里的女人，看到她们身上已发生的变化，我就觉得没白来。现在我有了更重要的事，就是做出一个品牌，做出一个企业，还有，帮助她们，摆脱贫困。我想让这些农村女人做的手工艺能铺满全国，我希望哪天这些女人，能指着电视或者照片给小孩说，看，这是我织的工艺品。"

陶崧看她的神情，很复杂。

王小轶的眼光躲闪了。

她感觉陶崧也许是喜欢她的，可是她高攀不起了，不敢再犯上一次那样的错误了。

4

现在的订单增加了,织工们轮流加班,每天工作到晚上8点半。

但王小轶本人可不止。她跟梁姨经常讨论怎么样扩大生产的问题,很发愁。现在"轶工坊"的产品定位是手工艺服装,是非标品,虽然可以增加产品的溢价,但规模做不大。怎么样变成标品,还能保持水染布的特色?王小轶还想切入网络销售、网店销售上。现在虽然有个网店,但更像是一个发货平台,而不是销售和市场的拓展。她意识到,以前她做的是网络销售,但没有自己的服装厂,没有自己的供应链,也没有自己的品牌;而现在,她需要把生产变成流水线,把品牌壮大、完备,变成标准产品,但又不能失去特色;再把前端的市场营销,全力做起来。

这些,都不是在丽溪村能完成的事,这只是一个起点。王小轶需要走出去,连接更多资源。她整天在琢磨这些问题。

等王小轶傍晚忙完,回到平城出租屋的时候,她接到吕筝的电话。

吕筝说:"有空的话,你能否去找我爸爸,帮我给他一点钱?钱我转给你。"

王小轶奇怪了:"姨父拿北京的退休金在平城花,近两万元的退休金非常高了好吗?怎么还缺钱?"

吕筝无奈地说:"还不是他的那个新老婆嘛!"

这事说来复杂。吕天航最近好几次打电话给吕筝,但也没说啥事,只是东扯西扯的,还唉声叹气,欲言又止。但最后还是在吕筝的催问下,说出实情。

结婚大半年,他的退休金全在何红玉手里,每次他要拿一两百块都得找出充分理由。何红玉还要他每天接送她的小孙子。更为难的是，豆豆太淘气了，6岁多了，经常打吕天航，也经常打别的小孩，幼儿园的老师家长们都讨厌豆豆，还指责当爷爷的没家教。

吕天航跟何红玉反映，何红玉反过来指责他对豆豆不好。

这只是个开始呢。何红玉可没耐心照顾吕天航，平时自己出去打牌，跳广场舞，经常在外面吃饭，吕天航在家一个人下面条。用电用水多了，她反过来骂吕天航，因为他的工资卡在她手上啊，水电费扣多了，就等于用了何红玉的钱。

就在今天中午，吕天航跟何红玉吵架了，吕天航一怒之下说："离婚，你带着你的孙子滚！"结果，何红玉又是滚地大哭，又是冲进厨房拿刀说要自杀。他吓坏了，安抚了半天，说肯定不离，不敢离。

他现在手里连一两百块都拿不出来，连出门想打个车都不行。

吕筝心知这个结局得怪他自己，可也没有更好的办法，想把钱打到银行账户上也行不通。于是，她想让王小轶送点现金给吕天航，还吩咐千万不要让何红玉知道。连王小轶也不禁感慨，姨父好好的一个退休干部，怎么搞得这么狼狈呢？

王小轶又问她："那你跟姐夫怎么样，还好吗？"

吕筝说："他回家越来越少了，我的心情反而好了，不用看他的脸色，小雨也不用老是精神紧张。唉，如果没有孩子，这么冷漠的家，我跟他早就一拍两散了。"

"往好处想吧——姐夫的存在感这么低，也不影响你的生活，就当是一个人过呗！总比老跳出来烦你、指责你好呀！"王小轶说的时候，脑海里想到的是刘美兰。大概每个人的人生，终须有一劫吧。

趁着周末，王小轶取出吕筝转给她的5000块，联系上吕天航，让他藏在何红玉找不到的地方。她还想问，姨父就打算这样瑟瑟缩缩、靠接济活下去吗？但没说出口。

5

周一上班,阿香没来。电话打不通。到了下午,梁姨找人去阿香家里,发现她家的门紧锁,却听到有女人的哭声。梁姨心想不好,打电话叫王小轶赶紧过来。可一边通话,一边听到里面的哭声越来越大了,显然是阿香的声音,叫喊着:"你打死我算了,打死我算了!"

王小轶赶过来了,还叫了一位男仓管小陈一起过来,梁姨稍微放心了。三人一起拍门,里面突然没声了,但他们知道里面有人在,王小轶越拍越大声。

阿香的老公终于开门了,外面的三个人硬是扒开房门的缝,挤了进去。王小轶看到阿香还在地上躺着,立刻上前扶起阿香,只见她的脸还是肿的,想说话,但声音都是哑的。

梁姨在骂阿香老公:"你怎么能打人?"

王小轶直接打电话报警,大声说:"……我这边是丽溪村的轶工坊,有人寻衅滋事,把我的一个女员工打伤了……对,伤得不轻,我们的其他员工都拦不住,得有几天都不能上班了……这里是丽溪村13号,请您赶紧派警车过来,救人要紧……"

阿香老公一边喊"关你屁事!这是我的家事!",一边要过来抢王小轶的电话,不让她报警。小陈赶紧按住他,不让他得逞。

这男人发现对付外人他没有优势,又去把阿香扯过来,再次把她推倒在地,大力踹她的脸。小陈赶紧把这男人推开,阿香哭得像杀猪一样。

王小轶把阿香老公推在沙发上,让小陈按住他,不许他动。王小轶指着他的鼻子骂:"阿香是我的员工,你要是把她打伤了,信不信我让警察把你抓走?你敢动手,我也绝不客气!什么没用的饭桶,一分钱不挣,就靠你老婆养,还要给你做饭,你还敢打她,你丢不丢人哪？你活着有什么意思啊？"

阿香被扶起来，坐在对面，一边哭着一边说："我要离婚！房子是我的，钱是我挣的，家务是我做的。只是因为加班没给他做饭，他就打我，不让我再上班了！"

阿香老公又挣扎着起来，想揍她，被小陈按住了。王小轶叉腰站在他面前说："要是没有阿香养你，你是不是就露宿街头了？我要是你，我就天天给阿香斟茶倒水好好伺候着，她这么能干的女人，你下得了手？我呸！"

大门打开着，大家远远就看到警车开过来了。阿香老公一看到那蓝白车，就先胆怯起来："我们不过夫妻吵架，你们干吗叫警察？警察也管不着！"

王小轶说："家暴是违法的！你以为现在还是旧社会啊，还能让你打老婆啊？"

她让小陈按住他不让动，叫梁姨扶着阿香进里面的房间。

王小轶说："阿香，你想怎么办？想离，还是想原谅？"

"啊？我想离，可总不能让他坐牢啊，他是我老公啊！"

梁姨也说："王总啊，这事报警是不是有点过了？他虽然不对，骂一顿劝一下，不就行了？"

王小轶有点失望，看了看阿香脸上一大块淤青，右眼肿得好高，还有左腰，因为被她老公在地上踩着拖，皮肉都被磨烂了。

王小轶问："不是第一次打了吧？你准备一辈子被他打下去吗？"

"打过几次，但也不是天天打……"

"我不替你做决定。但一会儿警察来了，你要大声喊痛，要说打得很严重。以我的经验，这个不构成轻微伤，你老公不会坐牢，但必须让他去公安局做个口供，他才会怕你，才能少打你几次，记好了吗？"

阿香点点头。

王小轶叹气："唉,你这样的性格,真的要被欺负死。你辛辛苦苦赚的钱,都要给这样的人吗?你好好想想。"

派出所的警车到了,阿香老公暂时先被铐上了,王小轶让梁姨陪着阿香去派出所做笔录,她先回"轶工坊",忙别的去了。

晚上,阿香打电话来,说她和老公都回到家了,很感谢王总,派出所把她老公批评教育了一番,现在她老公说很后悔,求她原谅,还主动说要给她做饭。以后,也不会再反对她上班和加班了。她这两天休息一下,大后天回去上班。

阿香又央求说,这事村里其他人还不知道,请求王小轶和梁姨不要告诉别人,她跟这个二婚老公结婚两年,他是最近失业了,心情不好才会打她的。

不过,梁姨听了后连连摇头:"没那么简单,打老婆是会成瘾的,和好只是暂时的。"

第二天,在开工之前,王小轶给所有人开了一个简短的会。她提醒大家:"如果你很想上班、想工作,但阻碍是来自家里人的,找我们,我们去说服你的老公、你的公婆、你的爹妈。还不行的话,我们找村委会一起去说服。我们'轶工坊',不仅是你们工作的地方,也要成为你们的后援和靠山,就当我们这里是你们的娘家吧!"

王小轶总算明白温书记最初时的忧虑了。

男人搞事业天经地义,家人要为了他的工作清扫一切障碍;女人搞事业名不正言不顺,家人就是她的最大障碍。男人永远没有后顾之忧,女人身后都是拉扯着她的家人。如果不是头脑清醒、定力足够强,那么,她就会有倒退回去的风险。女人要上班,是要在能把丈夫或其他家人照顾舒适后,才被开恩允许的。这就像是两人跑步,同一条跑道,一人踩上轮滑,一人是障碍赛,女人要付出多少努力、破除多少障碍才能赶上男人?

越是如此,王小轶越觉得,自己多招收女性员工是对的。她要成为帮助破除女性障碍的人。她回到自己的家乡,就是想让更多的女性有机会,可以改变思维,有更多机会。这才是她开这个"轶工坊"的意义。

6

许臻臻的妈妈好几次打电话来说,他们想来北京看她,看看她过得好不好。许臻臻不乐意,一个劲地说自己过得很好,很好。而且,她很忙,没有空陪他俩逛北京。她过年的时候回家好了。

但这天下午,许臻臻还在上班,就接到妈妈的电话。陈晓芬说,她和爸爸已到了北京了,而且,已经打车到了许臻臻的公司附近了,他们坐在星巴克休息,让她不要着急,好好工作,下了班再过来。

唉,这可把许臻臻愁死了。

虽然许臻臻也跟父母说过自己的工作,但是她每次都是说,是在一个视频公司工作,跟以前的工作性质很像,收入不高,但很安稳。他们觉得虽然这不是国企,跟在平城电视台没法比,但能在北京找到类似的工作,就算过得去了。

等下班了,许臻臻带爸妈去旁边的一家餐厅吃饭。许振羽很不开心,说:"我问了你们公司周围的一些店,他们都不知道你这个公司,没有一个人知道。我又去问了你们大厦的保安,才看到公司名。臻臻,你是不是进了一个骗子公司,怎么这么小?"

许臻臻说:"我这也是正规工作啊,怎么是骗子公司?你们要不信的话可以去查一下我的社保。我工作5个月了,哪有这么好的骗子坚持给我发工资、买社保?"

"但是你为啥不到规模大一点、正规一点的国有企业或事业单位去呢？"

"你这不废话吗？就像你问我为什么不去中央电视台，为什么不去人民日报社，为什么不去读清华北大、哈佛剑桥？我能去得了吗？"

陈晓芬看着女儿顶嘴顶得那么理直气壮，赶紧说："你放心，我们知道你要工作，这两天你去上班，我们俩在北京随便走走，逛逛景点，不妨碍你。一会儿吃完饭，我们就到你的房子那里，早点休息吧。"

许臻臻愕然："你们没订酒店？"

许振羽也愕然："我们来看女儿，还要住酒店？你还能不让我们住吗？"

在父母的坚持下，许臻臻无奈，带着他们俩去了自己的出租屋。

陈晓芬推开门，脸上的笑容就像被胶水粘住一样，挤不出来了。屋子收拾得整齐干净，关键是特别紧凑，还有沙发和一棵巨大的绿色植物，墙是灰绿色的，厕所是明黄色的，开放式厨房是浅蓝色的，如果是年轻人进来，可能会喜欢。许爸许妈原地打望了一圈之后，到处找可以推开的门，他们以为那只是厅，还有别的房间。

没有。除了厕所以外，整个房子连厅带房间带厨房，全部一眼看到。建筑面积34平方米，实用面积25平方米。

那个宽大的可折叠沙发也是床。陈晓芬坐在沙发边上，许振羽坐在旁边的小凳子上，两人唉声叹气。

许臻臻把水果洗干净送过来，陈晓芬搂着她，就哭起来："臻臻，早知道你这么苦，我们就不该答应你来北京了。你看，你住得那么小，还没有你在家里的房间那么大……唉，好命苦啊！"

许臻臻说："我很好，我不可怜。自由自在挺开心的……"

"别骗妈妈了，也别骗自己了。"

"我现在做我喜欢的事，我比以前开心。妈，你们就不要再管我好吗?"

许振羽火了:"你这是什么态度?你要是过得好,在好公司、拿高工资、住好房子,我们也就不吱声了。如今看看你过的什么日子?这不就是我说中的,你一无所长、一无是处,不靠我们,你根本过不下去吗?好,你离家出走,想独立、想自主,来到北京工作,我们就信你了。结果,你找不到工作,欠房租了,要你妈妈给你打了几万块钱。好不容易找到工作了,以为能省点心,结果挣钱不会,花钱挺会的,还得靠你妈每个月给你寄一万块。你的独立自主,就是靠我们养?"

许臻臻急了:"你们大老远飞过来,就是为了骂我吗?"

许振羽说:"你混成这样子,我都不好意思说你是我的女儿了!你看你这屋子,花花绿绿的什么鬼?要么,你就赶紧回家,像以前一样,老老实实,乖乖做事,我们也就拉下老脸,给你好好安排一份工作。"他很郁闷。女儿是电视台主播,当初谁不说自己这个女儿又乖又有本事啊,都是别人羡慕的对象呢。没想到许臻臻大闹男友婚宴,还辞职远走高飞了,一夜之间好评全部清零。二老可没少听到人背后嘀咕的,还说他们家教不好。

"我怎么就家教不好了?我做错了什么?"许臻臻的怒火又燃了起来。

陈晓芬赶紧用手肘碰了碰许振羽,插话说:"背后说的坏话只当没听到,你就别管了。但是臻臻啊,你幸不幸福自己不知道吗?你马上就30岁了,说工作,工作不行;说生活,生活一团糟;说感情,好好的结婚对象给你作没了。你不急,我们急啊!北京这种鬼地方,光是租房就贵得要死,你什么时候才能……"

"那以后我节省一点,不用你寄钱了。"

许振羽说:"你妈不让我说我偏要说。你一走了之,没事了,我的那些老战友、老同事,纷纷问我的女儿怎么了,背后说的要多难听有多难听。朱家说这些事他们都不知道,不关他们事,我难道把这些难听的话再跟他们对质一遍吗?不要以为你离家出走,就能当独立女性,留下我们给你收拾烂摊子呢!你在北京,在北京又干出了什么事业?没有我们,你连生活都成问题,连奶都不能断!"

许臻臻默默地听着,低着头,忍着。终于等到许振羽快说完了,她压低声音说:"我错了,都错了。你俩都看到了,我这里住不了人,你们必须去住酒店。我帮你们订附近的酒店吧。你们带了钱吗?我混得太差了,没钱给你们住体面的酒店……"

许振羽又要发脾气了,陈晓芬一个劲地拉住他。

父女三人,闹得不欢而散。爸妈去住了酒店,在这边逛了几天后,跟许臻臻吃了几顿饭,怏怏不乐地回平城了。

临走时,陈晓芬悄悄对女儿说:"我们来北京看你,不是来批评你的,而是感觉你在这里生活得确实不好,跟我们回去吧!"

许臻臻很难过。爸妈真的为她好,但是,她回不去了。

过了些天,又到了陈晓芬转生活费给许臻臻的时候,许臻臻主动说:"妈妈不用再给我转钱了。我现在涨工资了。"她现在的工资其实也只有一万元,在北京还是低薪,但省一点能过下去。而且,许臻臻现在对自己有了信心,她确定自己很快就能挣更多钱。

谁不喜欢别人给钱呢?但是免费的东西就是最贵的。向爹妈要钱,就得听他们的话,忍受他们的唠叨。

第十三章

1

许臻臻加入阿尔法的团队才4个月,就成了阿尔法团队里最核心的策划者。

但许臻臻觉得这还不够。她在向阿尔法汇报工作的时候,建议他把重点放在视频内容上。她搜集了市场上的资料,做成PPT和表格图表,分析给他看:至少从2017年下半年开始,广告客户的广告投入构成发生了变化,短视频、视频占比越来越高。现在必须抢占短视频和直播作为重要的商业渠道,必须重建视频思维。

阿尔法让她把报告放下,稍晚再回复。

但两天后,阿尔法却表示,不采纳她的意见。理由是时机不成熟,没有找到合适的方式,试错成本高。可许臻臻不服气,决定自己先做起来。去年与王小轶同住时,她已做过一段时间的短视频。只不过,那时是一个时尚吐槽号,定位不清晰。而现在,她的定位和想法已很清楚了。许臻臻准备做一系列平价产品分享、生活方式品鉴,以中等收入水平的北漂女孩、普通白领为目标受众,以性价比为导向,是"花小钱享受精致生活"的指南。

摄像机、三脚架、三盏圆形灯、收音耳麦都已就位，驾轻就熟。该加班还是加班，区别在于，许臻臻下班回家后，还争取一点时间来做视频的策划和拍摄、剪辑。她的选题也很俏皮，包括如何用削黄瓜笔削了黄瓜做面膜，巧用廉价的指甲闪粉当作眼影粉和高光粉，将保守的旧衣服简单剪裁和加别针、扣子变成辣妹服装……从化妆品到服装到摆设，都不贵，但是经过许臻臻的解构，就完全换了一个模样。

拍好后，许臻臻自己做后期，把这些短视频放在几个平台上。

当视频做了六七期的时候，其中有一条是关于出租屋的家居收纳，把她自己的30多平方米的小屋拍进去了，讲述自己几次换出租屋的故事，还说了父母来参观，看到小屋子伤心得哭了起来。这个故事充满了北漂女孩的自嘲与心酸，但这个小公寓里奇特大胆的构图与色调、便宜的造价，看起来实用又紧凑，又让人忍不住多看几眼。

这条视频大受欢迎，上万条评论求里面的单品链接。许多女孩看了这个视频，在后台私信她，表示这个小屋让她们下决心要拥有自己的小屋，要营造一个属于自己的窝。

不仅如此，微博、豆瓣等平台也搬运这个视频或截图，讨论起"女人是不是该有自己的房间？"的话题。

许臻臻忍不住经常点进去查看数据。在一个流行的视频平台上，这个视频的点赞飞速上涨，几个小时就翻一番，两天后点赞已达到六十万。

许臻臻火起来了。

2

下午茶时间,鲜橙小姐端着咖啡,走到许臻臻的位置上,对她说:"看了你在网上的家居视频,非常好。前面几期我也看了,很符合你的人设,是个新路子。"

她可是特意从办公室的那头走过来说这番话,许臻臻心里暗暗高兴,这可是她第一次得到刁钻的鲜橙小姐的好评。

但是,阿尔法却没有说什么。

许臻臻不知道他怎么想的。他肯定也看到了,是不以为然吗?或者是故意当作看不见,就是不想做短视频?不想给她机会重提计划?

自从那次她差点有暧昧之心后,很快就清醒过来了,公事公办,不多停留一分钟。不过,她还是很希望阿尔法能肯定她的能力,肯定她的努力。她想开辟出一个新的小赛道,不仅是为自己,也是为公司。

这天,阿尔法团队开完例会后,许臻臻没有走,径直走到阿尔法跟前说:"我想向老板汇报工作。"

阿尔法笑说:"好,正要找你。"

到了办公室,阿尔法说:"让我先说。"

他给许臻臻看了一份文件。是阿尔法向鲜法公司的几个高层的汇报和讨论。他要求把许臻臻独立出来,专门做短视频与直播节目。她不再是隶属于阿尔法团队的策划编辑,而是一个独立的小团队;而且,要求公司给她的资源配置,跟有100万粉丝的博主的配置差不多了,而她还是个新手呢。

许臻臻有点不敢相信。

阿尔法说:"其实你之前做的视频,我已经留意到了。你这个爆款一出来,我就看了。我在想,与其让你在我这里做一个附属于我的短视频内容，不如让你独立出来，让你打造起自己的IP。我给赵小姐写了报告，高层和重要股东还开了会议，鲜橙小姐也赞同。别看鲜橙小姐凶，她一直很看好你的。现在，你可以独当一面，不必再做辅助工作了。"

许臻臻掩饰不住地高兴，连说："我立即去整理出完整清晰的思路，还有近期、中期、长期的方案和策划。"

阿尔法点点头："赵小姐原则上同意了，不过我们还要开好几次会才能最后确定。你赶紧好好规划一下，制定出营利方案和进度表。"

许臻臻领命，正要走出办公室，忽然又转过身，问："我很感激您，这对我是一个很好的机会。可是，如果您认可我的工作，现在却把我抽调走，对您有什么好处呢？"

"因为，我关注的可不仅是'阿尔法'这个小团队，我同时也是鲜法公司的股东。如果你的独立运营对公司的好处更大，就是对我有好处。更重要的是，能让一个有才华的人有机会脱颖而出，我也会高兴。"

许臻臻坐回自己的工位上，嘴角一直上扬着。这是突如其来的幸福啊。

以前，总有人提醒她，北京这种超大城市里，大家都冷漠无情，边界分明，摔倒了也不会有人帮你。但也有例外，那就是，你对别人有价值，你对公司、社会有价值，那么，别人就会凑上来。

她这么努力，就是为了有一天能成为一个有价值的人，大家相信，善待她能获得收益。

而在平城，她那么努力，大家却不看中她的工作价值，而只在乎员工背后有什么关系网……算了，回不去就是回不去了。

赵小姐与鲜法公司高层、部门领导，叫上许臻臻本人，一次又一次地开会。他们在讨论如何让许臻臻独立做好一个视频号。大家都承认，视频是当下的风口，进入这个赛道已经势在必行。公司将给许臻臻配备助理编辑、摄影师,还有宣传推广的预算……而且,在初期,阿尔法与鲜橙小姐都同意把自己的商务资源分流出一些给许臻臻。

不过,前6个月,许臻臻的短视频号还是与阿尔法同属一个部门,由阿尔法进行管理,阿尔法仍然是她的上司。许臻臻对这个安排非常满意。她想把精力都放在内容开创上,还没有能力去管理团队。

现在许臻臻还很喜欢开会。开会时就要分析市场,就要讨论同期海外的时尚博主风尚,了解国际动向与娱乐新闻,讨论如何与品牌保持关联,有哪些选题、哪些资源可以交换。每一次参加这样的脑力激荡,许臻臻都既紧张,又兴奋。

她不再是只顾着闷头写了,还可以与行业前沿交换信息。站在更高的位置上,看到的世界就是不一样。

许臻臻精心策划了好多天的第一期"省钱指南"短视频正式发出之后,24小时内就有了差不多10万点击量。实用、好笑、贫嘴、真实、接地气,是她的人设。初步完成目标。

许臻臻回到家,站在那个简陋的阳台上,32楼,看着远处的城市,星星点点的灯,天边微微发红。那是无数的霓虹灯的色彩,被晕染开了,化成的光。

她开心地大叫:"你好,北京!"

她很喜欢这个工作,虽然现在还看不出收入如何,但她有成就感。

3

下班了,许臻臻下楼,在人来人往的人流当中,居然看到一个熟悉的身影。

朱子平。

他直戳戳地立在大厦门口等人，站在正前方，许臻臻无法绕开，只好借着看手机，装看不到。朱子平平移到她面前，挡住她，叫她的名字。她没法假装下去了。只好开口问："你找我有事吗？"

朱子平说："臻臻，我们和好吧。你为了我来北京，也够辛苦的……"

许臻臻眼睛瞪得大大的："谁说我来北京是为了你？"

"你别骗自己了。从平城辞职来北京，又偷偷去我的小区看我……"

"你有病啊，我们分手都快一年了。要我说啥你才相信我们不可能了？"

"我当时确实有不对的地方。兜兜转转，还是觉得你最好。"朱子平诉说自己在失去她之后，是如何难过，如何无心工作，经常回忆起过去的事，他还一直在看她的视频，看到她越来越好，不敢打扰她……但是，马上就到她的生日了，朱子平终于鼓足勇气，希望能重新追求她，在他眼中，许臻臻从不是那种势利的女孩。

许臻臻赶紧说"我就是势利"，可这还没截住他的话，朱子平继续往下说："听说你现在已经是网红，你奋斗了这么久，终于实现了你的梦想了，我们终于可以并肩一起奋斗了。我早就说过，你又聪明又有头脑，肯定会……"

许臻臻烦得要死，就要走。但朱子平抓住了她的手，说："来，你跟我来。"硬是拉着她往前走，走到前面的商城地面停车场。许臻臻挣脱不开，也不想闹大，只能跟着他走了10米。

眼前一辆宝马的后备厢车盖缓缓打开，后备厢里一大捧红玫瑰猛然绽放在许臻臻面前，密密匝匝的花挤着花，还有刚刚喷过的水珠，车厢上面还挂着一排小彩灯。

朱子平叫了一声："Surprise！"趁着许臻臻呆住了的那瞬间，把她搂进怀里。

反应过来的许臻臻推开他："你什么意思？"

他还在笑："我爱你。我们尽快结婚吧！"

许臻臻慌神了，这么虚伪的表白，让她头皮发麻。她转身要走。朱子平拉着她的手不放，一个劲地说："以前你抱怨我8年都没有给你买过一朵玫瑰花，这次，我一下子给你999朵玫瑰花，代表我的心意，我心里只有你……"

"我们已经分手一年了！你放开我，你这个骗子……"一向口齿伶俐的许臻臻想要挣脱，已被气得口不择言了，她甚至一下子想不出用什么恶毒的话才能戳穿他。她恨的并非他是骗子，并非他的劈腿，而是她在他的眼中是一只骑着用来找马的驴，随叫随到，随要随传。

朱子平拽住她的胳膊："你不要这么任性好不好？你喜欢玫瑰花，我就给你买了一车的玫瑰花，你还有什么不满足的？九百九十九支还嫌不够？……"

旁边看热闹的人也多起来。这里是市中心，又是下班时间，看到这一对情侣在这里推来搡去，挺有故事的，大家驻足旁观。

许臻臻急了："你要不要脸？放开我！我要报警了！"

"臻臻，你怎么啦？"居然是鲜橙小姐过来了。旁边还有阿尔法、小马等五六个同事。朱子平还拽着许臻臻的手松开了，许臻臻使劲地推开他，跳到鲜橙小姐旁边。

朱子平识趣，看到这些人全都认识她，立即说："我是许臻臻的男朋友，我们闹着玩呢！您是许臻臻的同事吧……"他伸手过去就要跟鲜橙小姐握手。

鲜橙小姐根本没理他伸出来的手，而是说："臻臻，是不是要报警？"

阿尔法站出来说："她跟我说，她跟你早就分手了。你没听见她说要报警吗？你别再纠缠她了。"

朱子平看到高大英俊得像个男模特似的阿尔法，相比之下，他自己显得那么形容猥琐，语气先就怯了："你也是她的同事吗？"

鲜橙小姐冷冷地说："他是许臻臻的男朋友。"几乎所有人都吃了一惊，包括阿尔法和许臻臻。

朱子平再上上下下地打量了阿尔法，笑了起来："也不过如此。我与许臻臻8年的感情，青梅竹马，也不是这么容易拆散的。很快她就会回到我身边的。"

看到这阵势，阿尔法直接走上去把手搭在许臻臻的肩膀，直视朱子平的目光："许臻臻不愿跟你一起，你不要再纠缠她了。"

许臻臻轻轻地推开阿尔法，对朱子平说："我现在没有男朋友！他们只是我的同事和朋友，来帮我的。但是我明确告诉你，哪怕我一辈子嫁不出去、一辈子单身，我也绝不会跟你在一起。山为棱，江水为竭，冬雷阵阵，夏雨雪，我也不会跟你在一起。下次你再纠缠我，我就直接报警了。"

狠话已放出来了，而且这边人多，朱子平只好悻悻地走了。

许臻臻对鲜橙小姐和阿尔法道歉，再三感谢他们的相助，她说："我会处理好，不会再让私事干扰我的工作。"

阿尔法叫住她，说："你等一下。"他说担心朱子平跟踪她，以后就麻烦了，让许臻臻跟他一起去地下停车场，他开车送许臻臻回家。

坐在车上，许臻臻有点尴尬，说："鲜橙小姐是好意为我解围，才随口编的。你不要放在心上。"

"知道。你也别放心上。"

在许臻臻下车的时候，阿尔法叫住她："如果他跟踪你，你记住报警，或者告诉我，让我帮你。"

4

过了两天,中午的时候,许臻臻接到一个电话,一看,是朱子平的妈妈打来的,她不接。但是当朱妈妈第四、第五次打过来的时候,许臻臻心软了。这几年,毕竟她经常去朱家吃饭,朱妈妈当她是半个女儿一样。也许朱妈妈真的有什么事呢!

朱子平妈妈拖着哭腔,说:"朱子平生了重病了,急性肠胃炎、高烧不退,从昨天开始一直住院,医生说很严重。可是他爸爸现在返聘了,还要上班,我们暂时去不了北京,求你去探望一下他……"

许臻臻不同意,说两人分手很长时间了,她没有必要、也没有什么合适的身份再去照顾他了。朱妈妈很委屈地说:"他说生病是因为你不理他,他特别伤心。不用你照顾,就是看一下。他现在有气无力的,很多话说不清楚,你去探望一下,让我们放心就好。"

朱妈妈说朱子平的病跟许臻臻有关,背这个锅,她当然很不乐意。但她转念一想,前两天朱子平还生龙活虎的,忽然病倒住院了,不如就去看看他到底是啥重病吧,最好是报应。

想到这里她差点笑出声了。她答应了朱妈妈的要求。

下班后,许臻臻看到还有点时间,就去了第七人民医院的住院部,果然找到了朱子平。他正在打点滴,手上、鼻子都插着管子,穿着病号服,神情委顿,蔫不啦叽。

看样子,他虽然生病,但病得并不重。许臻臻一句话都没跟他说,就围着他"咔咔咔"地拍照,拍脸、病床卡、滴液、导管……

朱子平压低声音说:"臻臻,我好难受,这几天我一直在想你,越想越伤心……"

"瞧你这语气。你可别误会,我是受你妈妈的委托,向她汇报你的病情的。对了,这是什么?"许臻臻在床上看到一个蓝绿色的塑料壶，有点像浇花壶，压在被子上，就放在他的手边。朱子平不好意思地说："那是尿壶，我行动不便……"

许臻臻又笑了。她立即把照片发给吕筝，然后打电话过去问："吕医生，我想请教一下，什么病要用到这个？"她还故意开了音量外放。

吕筝说："瘫痪啊，做完手术啊，都有可能。等等，不对，谁会把尿壶放在自己盖着的被子上，放在自己的手边？有人来的时候不都是藏起来的吗？这个病人很奇怪啊！"

许臻臻说："医生说他是急性肠胃炎哦。"

"我看啊，这人的病，主要是精神病！"

许臻臻挂上电话，挑衅地看着朱子平："说吧，你是不是装病？"

朱子平急了："我真的生病了，发烧了，不信你摸摸我额头！那天你那样对我，我太伤心了，喝了好多好多酒，一边喝酒一边哭，醉得不省人事……"

"你喝酒喝出肠胃炎，还要说是跟我有关？你把病历给我，我拍给阿姨看，尿壶我也要拍进去。"她一边拍照一边说。

朱子平请求她坐下来，许臻臻勉为其难地坐在床边。他想拉她的手，她不让，但至少肯听他说话了。

朱子平诚恳地说："臻臻，我对你是真心的。我承认当时是在很大的经济压力下对不起你，但我还是爱着你啊。人生有几个8年，我们积累了那么久的情感，就因为我一时的过错而永远地失去吗？"他说起自己常给臻臻做她爱喝的汤，曾冒雨打车送她去上班，两人还一起去游乐场像孩子一样玩滑梯，那么开心。"我忘不了，我不相信你会忘记！"说着说着，他的眼里甚至有泪光闪闪。

有那么一瞬间，许臻臻心软了。这个男人有过温柔的一面，那些体贴与啰唆，也不是能装得出来的，如果时光能倒流，那该多好……连朱子平握住她的手，她都没有推开。

朱子平一只手抓住她的手，一只手往后面的枕头下面摸，忽然掏出一个小巧的首饰盒，拿出一枚戒指，说："许臻臻，嫁给我吧！"

许臻臻醒过来了。做梦！但生病住院的朱子平，动作却很敏捷，抓牢她的手不放："我们和好吧。你搬到我的屋子里住吧，听说你租的房子特别小，我们住一起，可以把你的房租省下来了，就可以赶紧办婚礼……"

她急了："不，不，我不会跟你结婚的！"她只想逃走，而朱子平拿着戒指就要往她手指上套。许臻臻斜瞄了一眼，这戒指也就是一圈很细的素金戒指，市场价大概就两千块。连诱饵都不舍得花钱，不愧是你朱子平啊！

她实在被朱子平的手拽得紧紧的，只能喊："护士！护士！"

朱子平只能放手。许臻臻看着他，一字一顿地说："你死了这条心吧。我们永远没有可能了。我曾真心诚意地爱着你，这是我这辈子最大的耻辱。"

她不想再去看朱子平的表情，转身就走。

在路上，许臻臻把包含了病历的照片发给朱子平的妈妈。任务完成，她不再欠朱家父母的。朱子平这些天的操作，已经耗尽了她的最后一点情感。她把朱家父母的电话和微信也全部拉黑了。

许臻臻随便吃了点东西，就匆匆赶回公司加班。但一进电梯，就碰到了正从地下停车场上来的阿尔法。

这本来是很普通的一个场景。许臻臻一边进电梯，一边笑着跟他打招呼。

但许臻臻瞬间想起，他昨天搭着她的肩膀，义正词严地在朱子平面前维护她的样子，笑容立即缩成了尴尬，她有点局促不安。

阿尔法低声问："你没事吧？"

正在这时，电梯门打开了。到办公室楼层了，鲜橙小姐走进电梯，她看了许臻臻一眼："你的脸怎么这么红？"又瞄了阿尔法一眼。

许臻臻更窘了,匆匆走出电梯走进办公室。

她坐在位置上,摸摸自己的脸。好烫。她暗暗骂自己:有毛病,你呀,就是一个小城市里来的柴火妞,跟异性打交道太少了。看到人家给你个好脸色,帮了你,你就胡思乱想了。

她给了想象中的自己翻了一个白眼,认真工作去了。

第二天中午,许臻臻一个人在公司旁边的快餐店里吃饭,碰到鲜橙小姐,她也来这里吃快餐。鲜橙小姐跟她聊了几句,忽然说:"告诉你一句话:北京不相信爱情。"

许臻臻很尴尬,说:"您误会了,并没有什么爱情……"

鲜橙小姐说:"我从不管员工的私事。不过你算是帮过我,所以提醒你一下:他跟你不是一个阶层的人。"说完,她就先走了。

许臻臻晃了晃脑袋,要把脑袋里的水晃出来。

回到家,她很烦躁。为啥连鲜橙小姐都看得出来!太丢脸了。许臻臻无聊,上网就忍不住去查阿尔法和米娜的资料。

阿尔法的外公确实声名赫赫,职位很高,貌似只有米娜一个独生女儿。而米娜,两度嫁给有钱人,原本是安静地做一名贵妇的,后来去了洛杉矶,在美国时尚圈出了名。她经常在一些贵妇派对、名流圈中出现,美国的、欧洲的……甚至,与米娜合影的还有那些人尽皆知的外国政要。

有几张合影,阿尔法也在,显然,米娜把儿子也带进圈子了。

许臻臻心绪复杂。既有一种"我有个朋友"的虚荣,仿佛自己离显贵也近了,但内心又失望。如果阿尔法只是网红,只是帅哥,也许她还有机会。可是鲜橙小姐说得对,他们在不同的阶层、不同的世界。

她想起,父母经常谈起平城的各个局、各个科的人事调动,他们颇为自得,这个局有朋友,那个局认识人,仿佛可以睥睨天下,一切都在自己的预料之中,他们的世界就只有这么大。看看阿尔法的母亲,任由外国高官亲切地搂着她的腰,还能与欧洲公主脸贴脸拍照……

这又是怎样的一个世界?许臻臻知道自己不能再做梦了,是她谵妄了。她更下定决心要好好生活,好好工作,扔掉任何幻想!

她把"不要相信爱情"写在出租屋里的小白板上。

写完,许臻臻还拍了下来,满意地笑了,要时刻提醒自己:好好干活,别发疯。

5

许臻臻忽然收到一个快递,拆开来一看,是朝阳区的法院传票。她莫名其妙,心抽紧了一下。仔细一看,事由是:"朱子平起诉欠款未还一案。请于某月某日,去本法院第几法庭,开庭宣判。如请代理人,请做好代理准备。"后面还有多条注意事项。

她完全蒙了,使劲地回忆,也完全想不起来自己曾向朱子平和朱子平一家借过钱。即便前几个月在最艰难的时刻,吃饭都犹豫要不要点肉,连坐地铁都不舍得了,她也没有向朱子平借过一分钱。这个无中生有的"欠款"是怎么回事?

实在没办法了,许臻臻拨通了朱子平的电话。虽然早删了,可是他的电话号码已刻在她脑子里了。

"朱先生,请问,我什么时候借了你的钱?借了多少?你有借条吗?"

"钱,你没有直接借,但是我们恋爱多年,我为你花了很多钱啊!我的钱也不是大风刮来的呀!"

"什么?"许臻臻更加蒙了。她印象中,朱子平几乎没有给她买过礼物,如果不把那些迷你的毛毛公仔或者巧克力算进去的话。

她没有计较。反而,她给朱子平买过名牌皮带,买过限量版球鞋。

"你给我买过什么?"她的语气不是质问,而是真心想知道答案。

朱子平语气里都是不耐烦,说:"我准备了一份资料,你加我微信,先发给你。上法院前,你把欠款准备好吧!"

许臻臻看到朱子平发过来的文件,气炸了。总共,她要偿还朱子平68264.72元。

最上面的两条是最新的,那999朵玫瑰花,以及租宝马一天的租车费用。许臻臻乐了,这世上竟然有这样的人。

往下看,更好笑。

这么详尽的款项,是怎么列出来的呢?内容分为几列:一起吃饭总价多少,对半分;打车去机场接她多少钱;一起出门打车多少钱,对半分;两人买菜多少钱,对半分;送的毛毛熊多少钱;给她买过一条100多元的项链,一块大学期间送的斯沃奇手表,一对200多元的珍珠耳钉;从哪去哪一张地铁票多少钱;某日观看某部电影,票和爆米花零食多少钱;他的北京房租多少,她某月来住了3天,分摊到每天的房费多少钱;她在朱家吃饭,买菜花了多少钱,三分之一多少钱;她生日朱家爸妈请客,许臻臻和爸妈都来了,五分之三多少钱;还有一条宝格丽项链,他爸妈送的多少钱……

每一条的后面,都清清楚楚地标明了,是有发票还是收据、小票,想必去法院的时候,他就贴好了一本厚厚的发票本。

这个记账水平,绝了。

许臻臻第一次崇拜朱子平。这是一个能够隐忍多年、修炼成精的妖怪。他一声不吭,在一起8年了,他时时刻刻准备着,为8年后的所有一切做好准备。这种毅力和耐心,以及高深的演技,实在是太大材小用了。

许臻臻眼泪都快笑出来了。她想到在朱家的时候,她还曾经不止一次看到,日历上标注着她去吃饭的日期和主要食材,朱妈妈说是提醒自己，许臻臻就像自家的孩子一样，经常来看自己。好笑的是，朱妈妈怎么就不标记一下，自己经常带名酒过去？许振羽也经常送给朱家一些海鲜、元翅、干鲍鱼？这些账上怎么没有算？

许臻臻跟朱子平吃饭，许臻臻付款更多。但只要是朱子平付款，他一定会开发票。她以前还笑说"你们公司的福利没这么好啊，非公务招待在外吃饭报销不了吧"，他说是为了培养商家的开票纳税习惯，减少偷税漏税是公民的责任，原来最后是为了让她报销。

君子报销，八年不晚。

朱子平怎么没有算过，每次飞去北京，来回机票都是许臻臻自己出钱；他在许臻臻家里吃过很多次饭；许臻臻没有少给他买吃的、买喝的、买玩的……

表格非常长，非常细。许臻臻也很有耐心，看完了。

她打电话给朱子平："有几笔账不对。一、我没有收你的宝格丽项链，扔回给你了。二、我给你送了一个名牌钱包，送给你椰子鞋，给你买过PSP游戏机，还给你买过iPhone，你怎么不说？我请你这么多次，甚至还请过人均1000元的西餐，这些你是不是也要还给我？"

朱子平说："宝格丽项链是我爸妈给你的，发票在我这里。至于你说你送过这些东西，你只要提供足够的证据、发票，并且有人证或物证，证明是送给我的，是由我消费的，你完全可以让你的律师提出诉讼。如果法院判我还，我可以还啊！"

许臻臻有点结巴了："怎……怎么有人可以这么无耻啊！我送你的礼物，把发票都放在你那里，这是让你可以保修啊！我去吃饭，怎么会想着几年后让你还我饭钱啊！我打车怎么会想到要找你报销？我怎么能想到人还能这么不要脸啊！"

"这是你的问题，不是我的问题。"

朱子平挂掉了电话。

许臻臻还在震惊。6万多元,不算什么,还就还。虽然她只能倒霉地请求父母帮忙。

晚上,躺在床上,许臻臻依旧睡不着。认识了他那么多年,这一年多来,他不断地带给她惊奇、惊叹,让她有幸见识到人性的低谷到底有多深。她花了很长时间想:人为什么可以这样?到底是不是我对"人"这个生物有什么误解?

她不明白,到底是朱子平极端聪明,伪装得太深,无人能识破,还是自己太愚蠢,居然相信这样的一个人渣?

朱子平这么非凡的智慧和耐心,只为了拿回6万多元,太可惜了,太大材小用了。有这份心智,不该去赚6000万元吗?

许臻臻决定原谅自己。这钱,坚决打官司,不能还。过去的愚蠢,足够了,没必要再为打翻的碗后悔。不然,以后还会后悔现在花时间来后悔。

6

第二天中午,休息的时候,许臻臻请求阿尔法介绍一个好的民事律师给她,因为她需要跟朱子平打官司,她在北京不认识什么人。

阿尔法说:"可以,刘叔叔就是律所的高级合伙人。不过你需要告诉我更多情况,你是跟朱子平打什么方面的官司?双方的证据掌握情况如何?"

许臻臻不好意思地问:"刘叔叔是谁?"

阿尔法说:"刘叔叔是我妈妈的现任丈夫。"

她有点尴尬,不过还是告诉他那张传票的事。

阿尔法很吃惊,又不太相信。许臻臻索性把朱子平的那份好多页的"欠款"表格发给他看。阿尔法越看越好笑:"天,你从哪里捡来的奇葩?"

　　许臻臻羞愧难当。但是她需要帮助。阿尔法很快给她介绍了张律师。他打的官司标的很多都是以亿元来计算的商业官司,是刘叔叔的面子大,趁着张律师不忙的时候,让他随便接个案子来玩儿。

　　张律师看完列表之后,皱着眉说:"这个人心细如发,但是太不聪明。只有一条价值两万余元的项链,值得我看一下。其他的属于消费,而且都是属于共同消费,无一属于赠与,更不属于彩礼、借款类的法律规定偿还的内容。"

　　"他说是他父母送给我的生日礼物,可是我跟他分手的时候,把项链扔回给他了,我没拿。"

　　"这个属于普通赠与,还不还都可以,不过最好你能找到返还项链的证据。"

　　许臻臻仔细回想了一下。他们是在一家西餐厅里吵架的,好处就是,这种高档的西餐厅一般都有监控录像。许臻臻不顾这么多了,马上联系到王小轶。她没说很具体,只告诉她说朱子平向她索赔一条项链,请求王小轶去那家西餐厅查一下监控,看是否有拍到她把项链甩过去的镜头。

　　傍晚,王小轶去了平城的这家西餐厅,向他们询问9个月之前的某一天,是否有拍到正对着吧台的这桌的动向。餐厅服务员是个小女孩,她说:"我们的监控都是每个月就自动洗掉前面的,循环录像。9个月前的影像,肯定已被覆盖过很多次了,不可能找回来。"

　　王小轶很失望。那女服务员好奇了,问是什么事,为什么要查。王小轶说:"9个月前,一位男士向一位女士求婚,女士不接受,把他送的项链扔还给男士了;但现在,这位男士向女士索赔这条项链。她请我来查一下。"

　　那女孩说:"呀,你说的那位女士是许臻臻吧!平城电视台主持人呀，我可喜欢她了！那天我当班呀，我都看见了！我还心想，她干得好！讨厌的男人可千万不要凑合！"她还说，在许臻臻走了以后，那男人还在地上找了好一会儿项链。

王小轶无奈地说："你是看见她把项链扔给男人了？她确实没有拿？可是，现在没有视频了，我怕你作为目击者说的话，还不足以做证呀！"

女孩说："物证我有啊！项链在我们这呢！我收起来了。我还想着她啥时回来拿。"

女孩到里间，拿了一个很丑的小盒子，里面用一团卫生纸包着一条项链。王小轶一眼就认出来是宝格丽的，喜出望外。女孩忽然想起来了，又把项链拿回去，说："你怎么证明你是许臻臻派来找的呢？"

王小轶立即打通了许臻臻的视频电话。得知项链居然找到了，许臻臻好高兴。而这服务员女孩在视频里看到许臻臻，也开心，还说："许姐姐，你比以前在电视台的时候还要漂亮，还要洋气！"

张律师得知之后，也笑了："这个朱子平，虽然坏，但坏得很诚实，样样有根有据，不是故意讹你。你放心吧，你不仅一分钱不用出，我还会让他把我的律师费出了的！"

朱子平中间还打电话来问许臻臻："准备好还钱了吗？"

许臻臻故意说："能不能宽限一下，不要上诉？我跟我爸妈闹翻了，没钱还你，也没钱请律师。我现在凑不出钱，得每月发了工资才能慢慢还你……"

"没得商量，必须马上还。"朱子平不等她说完就挂了。

他就是来羞辱她的呗。

许臻臻晚上加完班回家，正在吃盒饭的时候，妈妈打电话来了。当她得知许臻臻吃盒饭，很心疼地说："唉，都让你别倔了。你看看你过的都是什么生活，沦落到天天吃这些没营养的盒饭……"

许臻臻打断她:"妈,今天我收到法院传票了,我一看,居然是朱子平在告我!"

她把传票、文件列表拍给爸妈看。许振羽退休前是法官,他也看蒙了。他说:"真要上庭的话,朱子平不会赢,没想到这个人这么抠门,这么坏。"但是,他话音一转,"不过,我建议还是庭外和解吧,才6万多元而已。我可不想打官司,平城太小了,要是传出去说我们被朱家告了,说你贪他的钱,我们的脸还要不要?就算官司赢了,脸也丢了呀!"

陈晓芬也说:"对,就算官司赢了,我们与他家就是彻底翻脸了。你在北京无所谓,可我们在平城跟他们还是经常碰得到的,别搞得太难堪。能用钱解决的,就用钱解决吧。"

许臻臻不乐意了:"爸、妈,你们现在还顾着他的面子?朱子平和他的一家,顾了我们的面子吗?这件事到底是他丢人还是我丢人?他要告,我就应诉,坚决不还。"

许振羽说:"没必要打官司啊,体面人不打官司。"

"对,体面人是不打官司。可朱家,从上到下都不是体面人。他们体面,我们可以比他更体面;他们不体面,咱们就帮他体面。"许臻臻还劝爸爸,何必怕事呢,他们两老哪点比朱家差,怕他们干吗?朱子平父母要是说许家的坏话,那许振羽就在群里发朱子平索要饭菜费用的账单。如果他们还要纠缠不清,就打印下来,全平城都贴他们的账单!

陈晓芬奇怪了:"臻臻,你怎么变了,你以前不这样的啊?你是不是受什么刺激了?"

第十四章

1

过了十余天,开庭了。这也是许臻臻第一次上法庭。

她看了一眼朱子平,西装笔挺,居然还有点帅。她不禁想,自己脑子里到底是进了多少水,是不是有一个太平洋,才会这么多年都看不清他的真面目?

结果不出张律师所料。朱子平没有请律师,自己上。他想省钱,而且准备了足够多的发票和证据,认为必胜无疑。他还挑衅说,如果要证明许臻臻为他花了钱,请拿出发票来。

结果法庭判决,以上都是日常生活消费,共同使用,不应返还。朱子平急了,说:"那项链呢?发票还在我这里,21600元。这是我父母以结婚为前提,送给她的。相当于彩礼,如果她不跟我结婚,就必须返还给我。"

许臻臻一听,气死了。她跟张律师耳语了几句后,张律师说:"原告一边让父母以生日礼物的形式把项链送给我的当事人;在同一时间,原告又与另一位女子在准备婚礼;甚至在婚礼上,用麦克风公开说,他可以一边与新娘结婚,一边暗示我的当事人当他的情人。且不说道德问题,原告与另一女子结婚,就足以证明了这个项链不是给我当事人的彩礼,是普通赠与,无须返还。"

法庭最后宣判:原告所有要求全部不予支持。被告律师费由原告承担。

听到宣判之后,许臻臻把原来扣着的衣领翻开,故意向朱子平亮出了藏在里面的项链,拿出来向他展示。朱子平想要冲过去,被法警拦住了。

因为他还不能走,必须把诉讼费和律师费都付了。

2

许臻臻向阿尔法表示感谢,阿尔法笑着问:"唯一值点钱的项链,你还给他了吗?"

"我还真的托人在平城找回来了。我不还,这是法律许可的。我买给他的iPhone、名牌钱包、名牌鞋子和游戏机,他一直在用,也没有还给我的打算啊!"

"恭喜你,一个官司,解脱了。"

许臻臻笑了笑,不说话。

下午,大家在会议室里正在开选题会,阿尔法正在台上说话呢。忽然前台来敲门,紧接着,一个美艳的中年女人就走了过来,委委屈屈地站在门口,娇声说:"阿尔法……"

这个女人穿着一身宝蓝色的连衣裙,不年轻了,但五官漂亮,身材修长,栗色卷发,高跟鞋,戴着硕大的宝石耳环,手指上的宝石戒指也夺人心魄。

许臻臻心里惊一下:这女人是谁?怎么这么面熟?

大家都掩嘴而笑。阿尔法很尴尬,说:"散会吧。晚点大家线上开会。"

那女人跟着阿尔法进了办公室,阿尔法关了玻璃门。许臻臻的座位离阿尔法的办公室近,玻璃办公室也藏不了多少隐私,只听到那女人在哭,而阿尔法,则在压低声音打电话。

她一拍自己的脑袋:

真蠢。这是他的妈妈米娜小姐啊!比新闻照片上精修过的图稍显年龄,许臻臻一下子没认出来,但米娜小姐仍然是大美人。

许臻臻想起两个月前阿尔法送她回家的时候,正在下着大雨,他说过,他的母亲就像个撒娇的小女孩一样,有时反过来还要他照顾。这般娇滴滴的美妇人,连嫁四次有什么奇怪呢,当然有人喜欢呀。

正在胡思乱想,忽然,收到了阿尔法给她发的微信,请她进一下办公室。

阿尔法向许臻臻介绍:"这是米娜小姐。"

许臻臻差点笑出来,老外的这套习惯怎么回国了还是不改。米娜一定是不想被当众叫作"妈",把她叫老了,她礼貌地叫了声"米娜小姐"。

阿尔法又向米娜介绍:"这是我同事,也是我的好朋友许臻臻小姐。"

许臻臻有点愕然,她的身份什么时候上升到这个定位了?

这时,阿尔法才说:"许臻臻,因为我们这个团队要跟一个商业客户开个线上会议,赶时间。我腾不出手来,想麻烦你一下,带米娜去化妆台补个妆,稍微安顿一下。可以吗?一会儿刘叔叔就会过来接她。"

许臻臻内心是高兴的,答应了,她带着米娜往那边办公室走。刚走两步,香喷喷的米娜就挽住了许臻臻的臂弯,像多年的闺蜜一样,又熟练又亲热。

许臻臻都有点受宠若惊了。唉,她自己是一个钢铁直女,没有风情,没有性感,没有软绵绵、娇滴滴的时候,什么时候能像米娜那样呢?儿子都这么大了,还浑身都散发着性魅力,连她都心动。

作为一个时尚MCN公司,化妆用品应有尽有。米娜坐在化妆镜前,自己动手补妆,许臻臻则去给她泡咖啡。当米娜接过咖啡的时候,她上下打量了一下许臻臻,笑了:"谢谢。你很福相呀。"

"米娜小姐还会看相?"许臻臻哭笑不得。

"这就是看感觉嘛。我不喜欢那些太瘦的女孩,不健康。而且,你很有礼貌,脾气好……"许臻臻心想,那是因为你儿子是我老板啊,我能不礼貌吗?但她还是得努力笑着。看到米娜的假睫毛掉了,她小心翼翼地帮她用新的重新贴上。

米娜又狠狠地夸了她。

许臻臻心想,这应该不是因为她自己有多特别,米娜有多喜欢她,而是米娜特别擅长夸奖,特别擅长哄人,让每个人,不分男性还是女性,都如沐春风。

唉,阿尔法是有女友的。许臻臻只见过那女孩一次。如果说,那女孩是只天鹅,她顶多只能算是毛发漂亮的鸭子罢了。她不能有妄念,他与她本来就分属不同的世界,别试图越界。

不一会儿,前台过来,说有人找米娜小姐了。

米娜出去的时候,也挽着许臻臻的手。许臻臻暗想:我啥时才能学会人家这么会撒娇的本领呢?发愁。你看,温柔娇羞就是好。门口站着一个抱着一大捧鲜花的中年男人,有点发福,但腰挺得笔直,看得出来是个有身份、有品位的人。他有点紧张和局促,等着米娜出现。

米娜接过花,才装出很不情愿的样子,还不想理这个男人呢。

阿尔法看到有人来了,走出了自己的玻璃门,跟他握了握手,叫:"刘叔叔,麻烦你照顾米娜小姐了。"

许臻臻回到自己的座位上。过一会儿抬起头,看见米娜和这个男人手牵着手的背影,消失在前面的走廊了。她想起来了,刘叔叔就是帮过她找人打官司的那位律所高级合伙人呀!

阿尔法给许臻臻发来微信:"谢谢你,我妈妈给你添麻烦了。改天我请你吃饭表示感谢。"

"不用谢。你也帮我找到好律师打官司,不必请吃饭了。"

许臻臻默默告诉自己:看看米娜小姐,就知道自己和阿尔法不是一类人了。

3

许臻臻成为独立视频博主的时间不长,但由于她短视频的定位很明确,主打平价生活,不需要绕圈子想象生活方式什么的,又有幽默感,信息量大,很快就得到了广告主们的青睐。刊例价已经往上调了两次了,还是忙不过来。

这么短的时间,许臻臻就成为公司的第三个大号了。

同时,许臻臻开始定期做直播,加入了直播潮流。原本她只有一个内容编辑,现在忙不过来,又多招了策划编辑。每天都要录新节目,全平台分发。连赵小姐这样很少直接干预内容和管理的,也不止一次点头称赞:"许臻臻正好赶到风口上了。"

确实,当初许臻臻被鲜橙小姐各种嘲笑,又土又村,就是因为她进入不了鲜橙小姐的那个以潮牌、高奢风格为主的自媒体,削足适履,削得脚指头都快没了,还是穿不进去。但到了阿尔法那里,她主导的公众号变成了以生活方式为主要内容,鞋子就舒服多了。而后来独立出来的视频号,就是专门给许臻臻打造的鞋,她的脚长什么样,鞋子就是怎么样,她穿着舒服,别人看着也舒服。

许臻臻现在的广告费高了,收入高了,终于可以搬家了。她换了一个出租屋,离公司也不远,但有75平方米,租金8000元。不用在25平方米的螺蛳壳里做道场了。

这才像一个家。

阿尔法与许臻臻经常一起工作、吃饭。两人早已形成一种默契，不坐在一起吃，但是，微信上一弹出对话框，就知道对方要什么。

许臻臻一直迷惑不解，阿尔法也算是有点名气了，怎么从来没有听说过有关他女朋友的事？其他同事也没有听说过。那个美女模特，再也没有出现过。虽然许臻臻与阿尔法经常聊天，但她碰过钉子，永远不提，不说，不问。

她知道自己对阿尔法动心了。他好看，不矫情，认真做事，心地善良，怎么看都很可爱。但阿尔法算是豪门了吧？要靠近这些豪门，女人都得做低伏小、能侍候人、能忍，许臻臻做不到，她弯不下腰。

有一天，许臻臻正在刷微博，一个热搜上的娱乐新闻反复地被不同的人转发，总是在她的首页上。那是关于娱乐圈一位四五线男演员田盛盛的事，说他怒而揭发他的女朋友、超模丽莎劈腿，还配了好多张图。

许臻臻点开大图，一看就指尖发凉了。因为，这个丽莎就是上次她见过的阿尔法的女友。

那位田盛盛，在若干网剧中演男二号、男三号，有点小名气，他既发了他自己跟丽莎亲吻的照片，又有多张微信截图，两人互表爱意。同时，还有丽莎跟别的男子贴脸的照片，跟别的男人互诉衷肠的聊天记录。这样的男人，除了田盛盛本人，还有3个。而阿尔法，只是那个丽莎劈腿的其中一个男人，里面也有他的照片。

许臻臻心情特别低落。一时之间，她不知道自己是为阿尔法感到难过，还是崇拜这个厉害女人。

这都什么事啊，以前她只听过男人劈腿劈成八爪鱼的，而今天，这个女人也做到了，还让男人歇斯底里。

丽莎本人名气不大，除了田盛盛以外，最有名的就是网红阿尔法了。评论里，一部分人咒骂丽莎，另一部分人挖苦阿尔法。阿尔法的微博、视频区下面的评论，也被攻陷了，评论者全都叫着丽莎的名字，说他是男小三、男小四，有人说他给人戴绿帽，有人说他自己戴绿帽，更有人意淫出奇奇怪怪的故事。

阿尔法肯定比她更早看到这些新闻。他做何感想？

赵小姐把阿尔法叫进她的办公室。大家看着阿尔法穿过走廊，脸色很差。很多人都安静地竖起耳朵来听。

平时赵小姐既不管事，脾气也好，尤其对最赚钱的鲜橙小姐和阿尔法，从来都和颜悦色。这次骂阿尔法，骂到飙脏话，隔着玻璃门还偶尔听到几个词，这还是头一次呢。

这一天，办公室里比平时都要沉默，连其他部门的同事也努力避免大声说话，以免一不小心就笑出声来。谁会想到身世那么高贵，平时那么体面的男人，会那么狼狈？

许臻臻也不能说，不能问。

大约一个小时后，许臻臻再上微博，发现这个热搜撤下来了。想必是公司花钱替阿尔法撤掉了热搜。

可没过两个小时，丽莎所在的模特公司在微博上发出律师函，称已报警。律师函中称，丽莎与田盛盛交往过，后分手，与阿尔法交往，但田盛盛还时不时地来骚扰她。至于另外几位男性，是更早之前交往的男友。而田盛盛侵犯隐私、造谣，故意混淆时间线，丽莎方面已固定证据、报警。

没想到，律师函登上热搜还没多久，田盛盛一方又晒出新的证据，说他半年时间给丽莎买的各种奢侈品就不下20万元，没事就发几千元、一万元的红包……还说，丽莎那里有一些其他男人送的项链、奢侈品，他都知道，包括阿尔法的。

阿尔法又被连坐，再次被送上了热搜。

这天下午，大家都无心工作，但是也不好意思聊天。许臻臻更不敢跟阿尔法说话。她心里百爪挠心，但又不知道自己为什么会这样。

她就是不开心，浑身不自在。

4

今天下班，大家都不加班了，纷纷作鸟兽散。

虽说大家平时在办公室里不聊私事，不过，她印象中，那些编辑、策划、美编、化妆师、摄影师，都是有家的，人家都有地方去。只有公司里的三个工作狂，正好就是三个博主，鲜橙小姐、阿尔法、许臻臻，单身。

现在看来，她可能真是因为没有男朋友，才那么热爱工作吧。

许臻臻看到阿尔法还在办公室里。以往经常加班，她会在内部QQ上问他要不要点餐。但今天，她都已站在门口一侧了，还有点犹豫着要不要进去。

阿尔法在里面说："许臻臻吗？进来吧。"

她只好走进去，坐下了。阿尔法从桌子后面走出来，也坐在沙发上，给许臻臻倒茶，一边说："今天的事大家都看见了。也谢谢你，从来没有提到你曾经看到过，看到过我和她一起。"

许臻臻不好意思地说："呃，或者不该问……你们分手了吗？"

"不是。我是今天看到新闻之后，下午才跟她分手的。"

许臻臻吃了一惊："那谁说的是真的？你是被骗了吗？"

"我只听说她有个前男友，纠缠过她。她从没有认真跟我说过。今天看那些截图，其实，每一句她与她那个男友说的话，同一时间也发给我……我怎么会那么傻？"说完，阿尔法竟然冷笑了一声。

"那,那她为什么还说对方造谣、报警什么的?她不怕你揭穿吗?她怎么可以这样对你?!"许臻臻很诧异。

"今天事情出来之后,她打电话求我。她希望我什么都不说,她就一口咬定是有先有后,她没有劈腿。她说她真正爱的是我,让我给她点时间,把这个事情平息下来。只要我不说,那个田盛盛爆不出更多的料,大家就忘了这件事了。我答应了。"

"可是,可是……"

"没有什么可是。我说,我可以不开口,任由别人辱骂,但你永远给我滚,我不想见到你了。"

阿尔法惨然一笑,说:"现在,就算公司里,从上到下,也在嘲笑我吧。看着一个男人如何愚蠢,如何被女人玩弄于指掌间,还要被天下皆知,还说我如何色迷心窍吧……"他捂住自己的脸,久久不说话。

许臻臻听着也难过,拍了拍他的肩膀。正要说什么,阿尔法的电话响了。

阿尔法接过电话,声音里透着不高兴了:"你又怎么啦?"电话那头好像还有哭声。

许臻臻很尴尬,猜里面那个应该就是丽莎。

她刚要站起来,阿尔法拍了拍她的背,示意她坐下,盖住手机的话筒,对她说:"你一会儿有空吗?能不能帮我一个忙?"许臻臻忙点头,连声说"没问题"。阿尔法继续接电话,他在电话里说:"这样,我让我的朋友许臻臻过来看看你,行吗?对,就是上次你见过的那个女孩。米娜小姐,我今天真的很不舒服,而且还有很多事要处理……我今天实在不行……"

阿尔法挂上电话,一脸疲惫,靠在沙发上。缓了一会儿,他才对许臻臻说:"不好意思。我妈妈生病了,需要在医院看病、输液。但刘叔叔赶不回来,她的几位闺蜜也没空。她从来没有试过一个人去医院,但我一会儿还要找律师商量一下,随时留意丽莎那事的后续,我没有心情陪我妈妈……"

"能照顾米娜小姐是我的荣幸。你先处理好自己的事吧。我不会跟米娜说的。"

"说不说也无所谓,她不会同情我,更不会为我难过。"

"为什么?"许臻臻又天真了。

"因为她年轻的时候也没少干过这样的事,从来不缺男人为她打架。"阿尔法无奈地说。

许臻臻掩嘴笑。难道是妈妈年轻时的报应,落到了儿子身上?

医院不远。但是等许臻臻匆匆赶到时,米娜已在候诊室的长凳上孤零零地等了半小时了。哦,不是孤零零,旁边还有一个中年妇人,陪着她,看样子是保姆。

米娜看到许臻臻,眼泪都要出来了。许臻臻试了试米娜的额头,有点烫,发烧了。米娜告诉她,她是支气管炎引起的发烧,昨天就来医院看过了,要连续几天输液。今天是第二天,加重了。可是,她丈夫一直在开会,后半夜才能赶回来陪她,儿子又不理她,好可怜……

许臻臻忙搀扶着她坐好,又拿着阿尔法事先约好的专家号去挂号。医生给米娜看了,说没有大碍,还是继续输液。许臻臻帮米娜办好手续,找了个可以躺着的小房间,拉上帘子就安静了。

保姆跟米娜寸步不离。

米娜手上输着液,半躺着。许臻臻想着她是娇小姐,就请护士多给两个枕头,给她垫得舒服一些。又问她要不要吃东西,让保姆去楼下的一个粥店给她带点吃的。折腾完了,米娜握着许臻臻的手,一边叹气,说:"这辈子都没有试过这么孤单,天底下没有比一个人看病更可怕的事了。"

许臻臻笑说:"您不是有保姆照顾吗?"

米娜撇撇嘴:"那不算的,只有亲人好友,才算是陪伴呢。"

许臻臻忽然想起，她也曾经照顾过别人输液，那是鲜橙小姐，带病做直播，一边打着吊针，一边亢奋地直播了三个小时。谁能想象，那个在镜头前看起来这么快乐而强大的人，刚刚失去了孩子、失去了未婚夫呢？

而眼前的这位女人，她一辈子尝过最孤单的滋味，恐怕，就是陪她看病的人，居然只有一个保姆，而没有前呼后拥。

米娜问许臻臻，她现在跟阿尔法怎么样啦。许臻臻连说"您别误会"，她可不想攀附。但她本想说"我只是他的同事"的时候，改口了，说"我只是他的好朋友"。

这不算错吧？如果是普通同事，阿尔法能开口请她照顾妈妈吗？他为什么不找别人？

米娜不信，又问："是睡过的那种好朋友吗？"

许臻臻狠狠地否认："没有没有。"

米娜自言自语地说："矜持一点好，这样的关系比较稳固。"

许臻臻哭笑不得。

还好，不一会儿，刘叔叔来医院了。米娜还故意背过身去不理他。刘叔叔只好哄她，说自己会都没开完，担心她，才提前逃出来找她的。

许臻臻向刘叔叔和保姆介绍了一下怎么查看输液情况，什么时候就要及时叫护士，然后才离开。

她不由得暗暗地羡慕起米娜小姐。人家年龄是她的两倍，可就是比她迷人，热烈，浓艳，又娇又嗲，难怪一直有男人爱着，永远有男人宠着。而她自己呢，虽然不难看，做电视台主播时，也有很多身家丰厚的人想追她，可她的性格就是这么直直愣愣的，不解风情！

越想越委屈。

5

　　从医院出来,许臻臻看了看时间,晚上9点。她发微信给阿尔法,告诉他米娜没事了,刘叔叔已过来照顾了,还问他是不是还在办公室里。

　　阿尔法说:"我还在办公室。你也没吃东西吧?你能不能回来,帮我带个肯德基套餐?"

　　许臻臻确实没吃晚饭,只顾着陪米娜了。她带着汉堡和鸡翅套餐回办公室了。两人都是真饿了,坐在办公室里吃炸鸡、喝可乐,吃得满手都是油。

　　阿尔法似乎没有那么难过了。他说,他不止一次觉得丽莎有什么事在瞒着他,她说的去走秀的行程也总是安排得很奇怪,在一起半年,他感觉不到她的爱。这下好了,水落石出,原来他的第六感没有错。唉,为什么会这样?许臻臻正想说什么,阿尔法忽然说:"你说是我帅,还是那个男明星帅?"

　　她没有想到,居然真有人问出这样的弱智问题,只好说:"你更帅。不,不是因为你是我的老板,我是真心这么认为。"

　　阿尔法居然笑了一下:"没事,你说真话也不会有人扣你工资。"

　　"可我说的就是真话啊!"

　　两人吃完,洗完手后,许臻臻帮忙收拾桌子,阿尔法忽然问:"你买的是可乐,没买酒吗?"

　　许臻臻莫名其妙:"谁吃肯德基还喝酒?"

　　阿尔法问:"你能不能陪我喝点酒?我一会儿送你回去。"不等她回答,他从后面的柜子里拿出一瓶威士忌和两个水晶酒杯,给她倒了小半杯,也给自己倒了一杯。

　　两人喝了不少,阿尔法的悲观情绪又来了:"唉,我到底哪里做错了？为什么我就看不出来她是这样的女人呢……"

从阿尔法的话里，许臻臻拼凑了丽莎的形象。没想到的是，丽莎在当模特之前，是美国藤校的数学系高才生。她特别聪明，多才多艺，还会弹钢琴。阿尔法已经很忙了，但是丽莎总是更忙，总是阿尔法在迁就她。

许臻臻不客气了："你不觉得丽莎很像你妈妈吗？也许，你潜意识里，就是喜欢这种类型的女人。"

"那不可能。米娜从小就没有好好照顾我，把我扔在一边，自己跟别的男人组建家庭，我恨了她好多年了。我怎么会喜欢她这种性格的女人呢？"

虽然大家都知道阿尔法的家世非同凡俗，只知道他的外祖父职位很高，米娜又是社交场上的名媛，但在阿尔法眼里看来，却完全不是那么回事。

阿尔法又把妈妈四次结婚的传奇故事讲了一遍，告诉许臻臻，其实米娜现在看起来华丽，也就是一个空壳，现在在几家朋友的公司里做顾问、独董、开派对，扶植艺术家，做点公关活动，一年也就赚几百万元，没多少钱。唯一的好处就是北京有三四套房子，现在貌似升值不少。米娜的主要财产，都在跟那个美国人结婚的时候供养他挥霍掉了。时装设计师结识的都是上层社会，面子货，实际上，就是米娜花钱撑起他的架子。米娜没钱了，他就把她一脚踢开了。

当然，阿尔法在说的时候，没有那么直接，但许臻臻还是听出了那种跌宕起伏的传奇与刻意。

"但这样的人，人生多么丰富精彩啊，敢爱敢恨，热烈，真诚，可以无穷无尽地爱下去……所以我说，丽莎有点像米娜……"

"哼，不许你又把这两个人放在一起，米娜确实有点恋爱脑，可她很真诚的。但丽莎，我现在才知道，她根本不配。"

看了看酒瓶，两人居然不知不觉喝了半瓶威士忌了。阿尔法说:"今天一直麻烦你,麻烦你做这做那的。我本不应该提这么多非分要求。我虽然有自己的交际圈子,但是,但是,真能当朋友的,也不多了。"

"我应该先感谢你。在我人生的两次转折期,是你拯救了我。你把我从鲜橙小姐那里挖过来,放在合适的地方。在我想当短视频博主的时候,又想方设法找机会让我独当一面,甚至把一些商业资源让渡给我。大恩不言谢。帮你打包一个肯德基,难道就能报答了吗?"许臻臻自己都笑了,又给两人都添了酒,跟阿尔法碰了碰杯。

"可惜,丽莎不能像你那么容易被满足……她总说既要很多很多的钱,也要很多很多的爱……"

"求你了,说点别的吧。你都快成祥林嫂了。"

"可是……"

许臻臻又喝完了,还在添酒:"没有什么'可是'……我们深更半夜、孤男寡女,在这里喝酒、谈情,你不说点好听的,却尽跟我谈别的女人。我也是女人,听多了我也会不高兴的!"

阿尔法笑了:"你看看,你喝了点酒,脸红扑扑的样子多可爱。"他拉着许臻臻到自己的穿衣镜前,让她照照镜子,还摸了一下她的脸。

许臻臻嘟着嘴说:"你再说,我可要堵住你的嘴啦……"

阿尔法笑了:"那你说话可要算数哦!"

许臻臻的酒上头了,她直接搂住阿尔法,亲上来了。

对方愣了一下,手里还拿着酒杯,但立即就搂紧了她,反过来吻她,不肯放过她,开始是嘴唇,然后是舌头,缠绕在一起。

许臻臻有点晕眩了。不知道是酒,还是吻,是心动,还是迷惑,她紧闭着眼睛,任由他的舌头探进她的唇间。

好半天,阿尔法才轻轻放开她,柔声在她耳边说:"我送你回家?"

许臻臻似乎醒了过来:"不、不太好吧?"

"嗯?我没有那个意思……我真的是送你到楼下就走,我要回自己家的。"

"嗯?我也没有那个意思……你喝了酒,不能开车。"许臻臻嘴上是不认输的。

"我指的是叫代驾。让你喝多了一个人打车,我不放心。"

下楼的时候,许臻臻很自然地挽着阿尔法的胳膊,阿尔法也把身体靠向她。——那种亲昵和信任,是感觉得到的。

阿尔法叫了代驾,开自己的车送许臻臻回家。不过,她真的是一个人上楼的,她不敢挽留他。

即使洗完澡,一个人躺在床上的时候,许臻臻也是晕乎乎的。那个吻让她心悸,还在不断闪回。那么柔软又甜腻,还带着点酒的香气……不能想下去了!可是,它还一遍遍地复活、重演,在自己的脑子里,抑制不住。

许臻臻说不清是甜蜜还是苦恼。这下可真喜欢上人家了,怎么是好呢?但昨晚大概只是一场幻梦,阿尔法未必喜欢她呀!她不能自欺欺人。

但人啊,总是会有所期待的,总想着奇迹发生。可惜,天亮了,上班了,许臻臻发现一切正常。阿尔法就跟以前一样,既不热情,也不冷淡,没有什么变化,就跟对待其他同事一样,和每天一样。

昨天那个热搜已经淡下去了。因为今天有个夸张的刑事新闻成了网络讨论的最高热点,对于昨天一个四五线的小明星的绯闻,大家就没啥兴致。被殃及池鱼的阿尔法,谈论的人很少了。网友们迅速遗忘了。

6

又到了春节。

许臻臻回家过年了。她离开平城已将近一年，也该回去了。

回到家，妈妈已把她的房间准备好了，恢复了她离开时的样子，温馨、幼稚、可爱。许臻臻心里一热。说一千道一万，家还是最后的堡垒，就算跟他们吵了架，他们还是爱自己的。

许臻臻也尽力顺着爸妈的心意，努力做一个甜美的小点心，陪着爸妈这里走走、那里逛逛，跟他们一起下厨房，一起搞卫生。太久没有安稳地待在家里了，许臻臻很珍惜聚在一起的时光。

吃完饭洗好碗后，许振羽让许臻臻坐下来，他和妈妈有话要对她说。

许振羽一开口就说："你辞职吧。回平城，好好考编。然后去你妈妈的学校当个老师。"

"爸，我喜欢现在的工作。忽然叫我换个工作，我也不习惯啊！"许臻臻觉得这种不由分说的语气，听起来特别刺耳。她回想起来，以前爸爸一直就是这种语气，一切都已决定了，你只需要执行，没有任何商量的余地。但她隔了一年再来听这种话，就完全不可接受了。

许振羽说："我们上次去北京，看到你那个公司，就是个皮包公司。你就是去做网红的。我们很开明，没希望你光宗耀祖，可是你的工作，怎么拿得出手？我怎么跟人介绍我的女儿去北京干什么了？跟亲朋好友说啥好？"

"你们为什么总是觉得生活就是演给别人看的呢？总是要在意别人怎么想？我现在已经可以自力更生了，还做得很开心，这不是很好吗？"

陈晓芬说："我和你爸，还有舅舅他们都研究过了，现在平城也就考公、考编比较好，稳定，收入又高。这些年报社、广播台都不景气。你读书不错，花点时间，好好考上编制，我这边就可以在我们的高中里专门给你留个岗位。我虽然退休了，这还是没问题的。当教师最好，以后找对象也方便……"

许臻臻耐着性子听了半天，说："我的事，为什么你们总是要替我做决定呢？现在我已经不需要你们支援了呀！"

陈晓芬劝她，尽快回平城，尽快考编吧，趁他们还能有点人脉帮她安排工作的时候："你看你现在，工作又差，又没有男朋友，别人像你这个年龄都生二胎了。没想到，我的女儿会有一天过得这么可怜、这么落泊，唉……"

许振羽则越说越气："你住着只有一个厕所那么大的旧房子，在皮包公司上班。别人都是走上坡路，你怎么能从一个电视台的新闻主播沦落到这种地步了！你把我和你妈的脸往哪里搁！"

如果是别人，许臻臻可以冷面以对，根本不搭理。可是，爸妈这么说，她压不住地冒火，硬生生地把忍到嘴边的话吞了回去。她进房间，把门大力地关上。

她以前哪敢这样？"许臻臻！"许振羽大怒，"你给我出来！"陈晓芬轻轻拍着许臻臻的房间门，叫她出来，好好说话。

许振羽坐在沙发上，头歪到一边，喃喃说："你气死我了，气死我了……"

许臻臻隔着门说："您别生气，过了这个年我就回北京，不气您了。"

但许振羽的呻吟声越来越大，连房间里的许臻臻都听到了。她很迟疑，不知道爸爸是真的还是演的，突然听到妈妈惊慌地叫："臻臻，快出来。"

她走出房间看到，爸爸在沙发上抱着脑袋，一个劲儿地喊疼疼疼，还流了鼻血。他用手去擦，擦得满脸是血。

"爸，你怎么了？怎么了？"许臻臻吓坏了，赶紧找来热毛巾。陈晓芬也回到客厅里，立即拿纸巾给他擦。但许振羽还是非常痛苦的样子，疼得缩成一团，鼻血也擦不干净。

许臻臻说："家里的车好久没用，没油了，我来不及开车了，马上打出租车送医院！"

还好，叫的车很快就到了，两人搀扶着紧紧缩成一团的许振羽上了出租车，许臻臻不断地擦拭着血渍，司机有点抱怨："别弄脏我的车啊！"

车开了一段路，许振羽似乎缓和了一点，叫道："我不疼了。回去吧！"

"怎么行？"看他那么痛苦，还流了那么多鼻血，许臻臻力劝他一定要去医院好好检查。

许振羽不肯去医院。明明他还是痛的，都不能说完整的话，但他就是怕医院。他说自己身体一直很好，刚才是被许臻臻气得头痛的，都怪她。医院就是没病都要看出病来，把小病说成大病，想多做手术多卖药……

许臻臻没好气地说："不会，大医院的病人多得排不过队来，医生还不想那么累呢。"

但许振羽更生气了："我已被你气成这样了，你还要顶嘴吗？我说不去就是不去！"

许臻臻说不过他，而且确实也是因为跟她吵架爸爸才头痛的，难道还要再吵起来，加重他的痛苦吗？陈晓芬也只好又让出租车开回去了。

鼻血倒是没有再流了，头疼也减轻了些。她们让许振羽吃了止痛药，要他平躺着，谁也不敢多说话了。在暖暖的空调房里，许振羽慢慢地睡着了。

许臻臻问妈妈："这种事情以前有过吗？"

陈晓芬说："疼过好多次了，有几次比这次时间还要长。不过倒是第一次流鼻血。他不肯去医院，每次都说是因为哪个事心烦才头疼的。你知道你爸这个人,特别固执,十年都不去一次医院。他不肯的事,我怎么都劝不动。"

许臻臻说:"不行,等过了年,无论如何都要劝爸爸去医院,全面检查一下了。"

接下来两天,许振羽有点虚弱和憔悴,好在头不痛了,也不流鼻血了。

但是,人虽然没力气了,嘴里还是没歇着,他继续数落许臻臻:"我为什么不舒服,还不是给你气的?你贸贸然辞掉铁饭碗,离家出走,丢人……听你妈的,赶紧考编,就回平城,当中学老师,赶紧的!"

许臻臻不敢多说话,不敢刺激他。

但她心里很难过。爸妈不是不爱自己,只是有条件的爱。做他们安排的工作,嫁他们想要的人,服从他们的命令,只有听话才配做他们的女儿……当这种"爱"撕开了一道缝隙之后,她就没办法维持这种虚假的幻想了。

第十五章

1

做完一整天的手术，吕筝很疲惫地回到家，发现袁以智已经回来了。更难得的是，他已经连续两天在家了，而且心情很好，不再像豪猪一样，走到哪里都非得给别人扎两根刺。紧接着，小雨也由保姆接回来了。

袁以智很开心，说："看，爸爸给你买了什么礼物？"他递给小雨一个大大的芭比娃娃，盒子里还有好几套可更换的衣服。

小雨本来很高兴的，看到爸爸后脸色暗了一下。

吕筝赶紧说："好难得，赶紧谢谢爸爸！"

小雨才接过礼物，勉强挤出笑容，说："谢谢！"

袁以智可没那么敏感，还在向小雨问这问那的，老师好不好、学习忙不忙、同学怎么样。吕筝见他在那里言不及义，就心烦。

袁以智又让小雨把芭比的盒子拆开，现场给芭比换一套衣服，想逗她玩。

小雨终于受不了："爸爸，我9岁了，不是3岁，怎么还会玩这么幼稚的玩具？你到底知不知道我喜欢什么？你是多久没跟我说话了？"

吕筝让小雨赶紧去写作业。

晚上临睡前，袁以智说："我们公司已经拿过一次天使轮投资，这次的A轮投资胜利在望了，这次可是两千万级的，足够我们烧钱烧九个月。只要这几个月内再想办法继续融资，挺到B轮，就一切好办了。"

吕筝随口敷衍说"好啊""不错啊"。

她才不信。能实现第一步的概率是10%，实现第二步又是剩下来的10%，第三步还是幸存的10%，能到B轮的，是创业团队的千分之一了。他哪来的自信？

但难得袁以智心情好，她的心情也跟着好不少，便随口说：

"对了，我这两天医院也有事，我也在犹豫呢。我接诊了一位得了卵巢囊肿的14岁女孩，要给她主刀。如果做传统腹腔镜手术呢，伤口比较大，腹部疤痕太大，手术会影响女孩以后的婚育和中考。我想给她做单孔腔镜手术，这对患者是最好的，但刘主任反对，因为这项技术医院里暂时还没有医生做过。我倒是接受过培训，不过也是第一次上手，有点风险，有压力……"

"这有什么可犹豫的？当然常规手术最容易了，人人都做了你再做啊，没事自己搞什么创新。"

"但新的技术，是对患者最有利的……"

"你应该考虑哪种对你最有利、最保险。医生不能盲目自信，要综合考虑后果。上次你就是太相信自己导致出了意外。多一事不如少一事，你整天搞这些有的没的，不怕再搞出责任事故吗？"

"那次根本不是责任事故，第三方专家评议我也是完全无责的。"

"你还不服气？我说什么你从来听不进去，自高自大，就知道逞能。你这么辛苦工作，医院能给你加多少钱？加班费有200块？你这样冒险下去，再来一次医疗纠纷，我怕连你的行医执照也会被吊销！"

"你混蛋！"吕筝气得话都说不出来，把枕头砸他，"我明白了，在你眼里，只要我好了，你就不开心；只要我有前途，你就反对。以前我嫌你回家少，不顾家；现在我只希望你少回家，最好不回来！"

"你根本听不得不同意见，总以为自己是对的……"袁以智本来还想躺回被窝，但她那么生气，不断地用枕头砸他的头，不让他靠近。袁以智一边嘟囔着"你整天情绪都不稳定，疯子一样"，一边只好把自己的被子和枕头抱到沙发上。

吕筝被他气哭了。

但是熄了灯后，吕筝不想哭了。原本她还没有想得很清楚，现在明白了，自己作为主刀医生，应该更敢于负责任，为患者负责，制订出对患者最有利的方案。而且，好医生要有创新意识和研究转化临床能力，她就该追求更高更好，而不是一个凑合着说得过去的方案。

工作的事好梳理，可是人呢？吕筝心情复杂。这个人是如此的陌生，是不是到了必须离婚的时候了？小雨怎么办呢？

现在，她没有空，也没有心情处理这么复杂的问题。

2

这次的单孔腔镜手术很顺利，这得益于吕筝力排众议的坚持。而且，她事先与手术团队多次沟通，分析手术的难点和解决方案，带着年轻医生成功地完成了手术。创口很小，女孩恢复得很快。等伤口愈合后，连疤痕都不是很明显。

接着，袁以智又是连着一周都不回家，偶尔打个电话回来，也压根没问吕筝最后用什么方案了。估计他并没有听进去老婆说的是什么事,也可能转头就忘了。

这天,吕筝在办公室里,刘主任叫她过去。原来,是有人送锦旗来了,是那个14岁女孩的妈妈杨女士,锦旗上写着:"妙手仁心,医德高尚"。

吕筝很不好意思,说那是自己的分内工作,不值得表彰。但杨女士说:"你本来可以用最常规的方式来做手术的,却能主动考虑到我女儿的具体情况,处处为她着想,这是医者仁心。"

很快,杨女士又发了一条长微博,已被转了几千次,上了热门微博。原来,这位杨女士本身就是一位大报社的记者,有几十万粉丝。她在文中说,自己曾在小时候受伤,当时医疗条件不好,身上留一道大疤,曾让她自卑很多年,女儿生病时她就担心过这个问题。吕医生非常心细,医术高明,敢于负责任、有共情能力,又为女性病患的未来着想……"我们需要更多这样有耐心、能换位思考的好医生。"

吕筝看到这篇文章也感动了。没想到,这么点小事能让这么多人产生共鸣,体会到她的用心。

吕筝读高中的时候,她母亲就已查出来子宫肌瘤,后来又恶化成癌症。多年来母亲一直跟癌症做斗争。从那时起,吕筝就发誓要考医科大学,希望能医治千千万万像母亲一样的病患。她努力读书,实现了当医生的愿望之后,喜欢这个工作,也喜欢手术成功之后的成就感。如果不是这几年来家事和照顾孩子太忙碌了,都快要摧毁她的自信了,她本来很希望在这条路上走得更快的。

正好,这段时间,北京的卫生系统里有一个关于科技创新的系列活动,科室鼓励吕筝赶紧申请。

三周后,吕筝所在的肿瘤外科,成功地获得了先进工作单位奖励,医院趁此机会申请了一笔资金,给肿瘤科购入新仪器。其中,吕筝被重点表扬,还有一个先进个人的奖杯。这是一个透明水晶雕刻的柱子，刻着吕筝的名字，她觉得好看，就带回家，摆在书架上。

想想不妥，她又走进书房，把这个水晶奖杯用绸布包起来，塞到书橱的抽屉里。

吕筝可不想给袁以智看到，尤其是当她知道他那个A轮的风投已经泡汤之后。确实，袁以智回来后，只知道骂投资人傻，不识货。

眼看着袁以智白白烧了几百万元的项目都无声无息，毫无进展，两人又吵了一轮，吕筝也怒了："你不给钱，不做家务，不带孩子，明天一早就赶紧滚！滚到燕郊去，别烦我！等你上市了再回家！"

3

以前，鲜法公司的商业广告和资源绝大部分都是鲜橙小姐和阿尔法两家的。现在，带货能力强的时尚博主里，多了一个许臻臻。公司源源不断地收到寄给许臻臻的各种样品、试用品。来鲜法公司一年了，许臻臻经常能上一些时尚自媒体的排行榜的前二三十名，在这行，她已渐渐有了自己的名字，有了一点话语权，不再是当初那个寒酸的小姑娘了。

想起一年前，许臻臻还因为穿得不对，在时尚晚宴上战战兢兢，被鲜法小姐骂成狗。现在，公司的造型师会在每次她出门参加活动之前给她搭配衣服、为她化妆。在活动上，品牌方会主动邀请她合影，粉丝也会拥簇在身边。

许臻臻想笑：原来，时尚界和女性心灵鸡汤界，说的也不全是错的——女人就是要自信才美。但是，自信靠自我催眠没有用，靠每天对着镜子鼓励自己没用,就是要用成功,一个接一个的成功,才能自信,才能无所畏惧。

不过,许臻臻没想到,来自圈外人的第一个承认,居然是平城电视台的庞主任。

她接到了庞主任的电话。

庞主任说话很客气,先是恭喜,恭喜许臻臻现在红了,他们都看过她的视频、她的公众号,她的内容做得又有趣又好看。然后他开始道歉,为以前自己说过的话道歉:"其实,你的表现非常优秀,你的节目收视率比前任和后任都要好。你主持的各种政府活动和商业活动,评价也最好,都是B+和A以上,还有A+……那都是你自己的能力,你非常优秀。"

许臻臻说:"我也意识到自己的缺点了,看问题不够全面,没有大局观。后来想想,您说的是对的。"她笑说,"您隔了一年打电话给我,不会就是为了向我道歉吧?说吧,有什么事?"

庞主任这才说明来意,平城电视台现在要拍个城市的新风貌纪录片,市里的宣传部很重视,他想请许臻臻把她以前文化、商业领域的采访资源,介绍给现在的记者。

许臻臻说:"没问题,晚上发。"

下班后许臻臻想起这个事,翻出通信录,整理一下线索,给了庞主任几个以前采访过的企业家和当地文化名流的联系方式。她忽然想起来,如今的王小轶"轶"品牌,已经是"旅游风情一条街"里的拳头产品了,"轶工坊"本身就是一种很好的商业与公益结合的新模式;再考虑到"新国风"是当下重要的文化趋势,她把王小轶的联系方式列在了第一条,并在一旁备注了这个选题的重要意义。

平城电视台一眼就看中了这个"轶工坊"和"水染布"的民间手织布时装选题。

在许臻臻的牵线下,记者联系上王小轶,准备做一期专题节目。他们先去了古城的"旅游风情一条街",王小轶本人穿上"轶"的衣服亲自跟游客打交道。她对销售这件事是发自内心的热爱,卖什么就热爱什么,完全能感受到她的喜悦,让人产生一种穿上了这套衣服就能像她一样快乐和自信的错觉。

接着,王小轶又带记者去丽溪村参观,介绍了织机、仓库、染房、设计和制版、裁片车间,还有丽溪河。她把梁姨、阿香等织工一个一个地介绍给摄制组,让她们面对着镜头,讲自己的故事。

村委会的温支书也很高兴,他有这个露脸的机会,一口气说了好多,说"轶工坊"给村里妇女带来就业机会,女性收入提高了,他们家庭的精神面貌都有了好转。而且,水染布工艺这个非物质文化遗产,本来知道的人很少,现在有了这个服装厂,把这种工艺推广到全国各地,就有望传承下去了。

丽溪村的风景很好,当摄像镜头移向那些认真织布的农村女性时,与周围的红砖、绿树形成鲜明反差,视觉语言很有美感,可比拍摄那些千篇一律的办公室好看多了。

平城电视台做了几集旅游节目,采访"新国风"和"轶工坊"就足足占了一集,比很多大工厂的分量还要重。这几集介绍"平城新风貌"的纪录片不仅在平城播出,还送到了省台,受到很多好评。

巧的是,恰逢广东粤北地区要大力发展旅游业,这部纪录片和粤北、粤西其他城市的优秀纪录片得到了专项扶持,在多个城市的火车站、高铁站、大商场等公共场所反复播放。而"丽溪"这一集,由于画面很有美感,重播率比别的纪录片更高。所以,那段时间,在粤北多个城市的大型公共场所,到处都可以看到丽溪的水、丽溪的桥、丽溪的女人在织布、在浣纱;还有,王小轶穿着自己品牌的衣服,傻乐傻乐地在古城蓝天白云、青砖碧瓦的雕梁画栋下,扬起她的水染布……

很快,王小轶的"水染布"时装,引起了关注,销售带动起来了。不仅是途经的游客,还有些人慕名前来购买;周末去丽溪村参观、吃饭、度假的人也多起来了。王小轶还在丽溪村的汽车站卖票点设了一个柜台,除了可乐薯片以外,也卖"轶工坊"的服装。虽然基本做的都是游客生意,但维持运营是没问题的。

她的订单源源不断地过来。

王小轶打电话感谢许臻臻。许臻臻笑说:"不只你感谢我,平城电视台也在感谢我。他们拍摄你的这个节目,也大大出了风头,据说在申报拿奖了。说明你做的这件事,很有社会价值,只差一个被挖掘的机会了。"

王小轶说:"当初我们商量过,我们终有一天,一定能合作起来,一起做点事。你已经帮了我了。等着我吧,我一定能做得更好,一定能有更好的合作机会。"

4

无论是好事还是坏事,都很容易有连锁反应。平城电视台搞了个"青年企业家"评选,这是他们每年经济新闻部的例行活动。王小轶也被列进了20名候选人之一。那个宣传节目起了作用了。

评选最后,将从候选人中选出5名,虽然没有奖金,但有奖杯、奖状,还会在一个多城市联合、政工商联动的大型活动上进行颁奖,能登报做宣传。王小轶蛮在乎这个奖的。在乡村里开厂的这4个多月经历下来,她明显意识到,如果只是一个草民,谈点什么合作,都费力得很;但如果有官方媒体的褒奖,就相当于有了一个通行证,她在地方办事将事半功倍。

巧的是,她刚想打瞌睡,就有人来送枕头了。平城电视台的男记者孟文带着摄影师来了,对王小轶做一个采访。

孟文用列好的采访提纲向王小轶提问，她一一回答。采访的内容，主要是关于王小轶是怎么想的、怎么做的、怎么成功的、以后将怎样发展、为什么她这么厉害等。

问题又空泛又傻，王小轶感觉有点怪。不过也配合着说一些套话了。

录了半个小时之后，收工。

关了摄像机之后，孟文要摄影师出去，他单独跟王小轶说话，压低声音说：" 现在的这个 '青年企业家' 评选，20个只能进5个，而且你在里面排名是比较靠后的。主办方是我们平城电视台，我们挑了一些最有潜力的企业家来采访。今天的这个访谈，只要能上电视，有了助势，你就肯定能得奖。"

王小轶疑惑了，她觉得不对劲，故意叹了一口气，在衣袋里悄悄地按下了手机的录音键。

果然，孟文说："我们只要15万元的采访费。不高吧？但是你以后得到的好处，可远远比这高多了。"

王小轶说："我想想，跟我们的团队商量一下。"

孟文急了："这个不是评优秀企业，而是评优秀企业家，是个人奖，个人奖！没必要让公司知道。我们这个不走对公账户。"

"为什么？"

"这不重要，重要的是对你有好处，性价比高。我这是为你着想。你当选上之后，到哪里都可以打着这个招牌了，以后做生意容易多了……"

王小轶勉强挤出一点笑容："我懂了。"

回去以后，王小轶越想越奇怪。就算她不了解地方的规则吧，但到底是为了拍好节目，还是随便敷衍，这个区别她是知道的。上次她接受平城电视台的采访，人家派出几个记者跟着她好多天，就是为了拍好看的画面，拍出电视台想要的内容。她一遍又一遍地重录，废片比很高，所以那个纪录片好看。

而这次录节目,如此草率和随意。15万元,王小轶给得起。如果是广告费,正常;但这个流程,不正常。

王小轶打电话给许臻臻,问她平城电视台以前是不是有这样一个评选"青年企业家"的活动?许臻臻说有,好几年了,不过是经济新闻部在负责。王小轶再问,参选者都会花15万元录一个节目上电视吗?许臻臻说这怎么可能,这个活动不是电视台自己的活动,是跟市经济发展局和市商会一起办的,还有冠名赞助,电视台不能另外收钱。王小轶懂了。她简单说了说自己碰到的情况。

许臻臻立即问:"等等,那位男记者,是不是叫孟文?"

"对。"

"怪不得。我还在想谁这么胆大妄为。这件事,是索贿的犯罪行为,不是电视台的行为,你必须检举他。"接着许臻臻告诉王小轶,以前孟文就曾多次向商家索取消费卡、现金卡,只不过单次的金额不高,处理轻微;而孟文最妒恨她,说她是睡上去的,没有少给她造黄谣,最后,许臻臻被迫辞职与孟文的造谣有关。

王小轶听到犯恶心了:"你们这儿真是,庙小妖风大,池浅王八多。收入没多高,名气没多大,倒是为了点蝇头小利,啥龌龊手段都使得出来。"

正在聊着,又有人打电话给王小轶。手机显示是未知号码,她接了,是孟文的。看来,他故意不用自己的手机,这样不容易查出来。王小轶拖延时间,录了音。

孟文说:"想清楚了吧?"

王小轶说:"对,我想了想,孟记者让我交15万元的采访费,其实也不算贵。想做个有影响力的广告还不止15万元呢!只要钱交给你,你帮我运作一下,就能当上平城的青年企业家,划算。"她故意说得清清楚楚。

孟文让王小轶把钱打到名字不是他本人的一个账号下,而且要标明是"王小轶个人还款",这样不容易惹麻烦。王小轶不同意,要写明是"采访费"。争论了几轮后,王小轶只好答应了。

挂了电话后,王小轶告诉许臻臻,她已经取证了。

王小轶把详细的情况说明写了份材料,快递到平城电视台的总编室,询问这到底是平城电视台的官方要求,还是孟记者的个人做法?这到底是什么性质?希望听到一个清楚的答案,不然,她还会向其他媒体询问这件事,也问问联合主办的市经济发展局和市商会,看看为什么会有这样的惯例。

电视台的一个副书记回电话给王小轶,说:"这里是不是有什么误会?我们的节目没有这样的要求。"

王小轶笑了:"我说得这么清楚,要我拿15万元采访费,还是误会?能有什么误会?我有录音。"

王小轶把录音隔着电话放给对方听。

这个副书记有点紧张,说:"明白了,我一定好好向上级反映。"

三个小时后,副书记邀请王小轶到电视台面对面谈话。这位副书记也是女性,向王小轶这位"企业家"表明了电视台的态度:一、这件事不是官方行为,如果此事为真,孟文严重违纪;二、进一步调查,决不姑息。三、重新筛查一遍,严肃内部纪律。最后,副书记说,电视台会妥善处理,并且给她满意的答复,台里恳请王小轶不要再向社会扩散此事。

王小轶同意了。

三天后,电视台出了一份正式声明:孟记者违反新闻职业道德,立即解除合同,并处分了相关领导人员,将在电视台里进行纪律整顿。

这件事,王小轶给电视台留了面子,电视台肯定也心知肚明。平城电视台也算是帮过王小轶,她没有传播这件事,连电视台里面,知道孟文因为什么而离职的也不多。

不过,她明白,折腾完之后,这个什么"青年企业家"肯定也轮不到她了。

5

　　许臻臻很苦恼。阿尔法越来越热络地在微信上跟她聊天,聊工作、聊新闻、聊大家共同的朋友,一聊就是一两个小时。但仔细一想,似乎这种热烈的交谈,又不带私人感情,许臻臻想说几句更亲昵的话时,阿尔法又会把话题轻盈地转切开去。

　　对她还是若有若无,若隐若现。

　　许臻臻的努力,她知道阿尔法都会看在眼里。她想证明:你把我挖过来,栽培我,是正确的;你把我推到台前,我也证明了我是值得的。

　　但是,许臻臻的内心里,还是对阿尔法有期待的。人们只知道雄孔雀要开屏,其实,如果雌孔雀有漂亮的尾羽,她也要开屏,要显摆的。许臻臻希望和他不止于工作关系。

　　许臻臻的恋爱经验太少了,她的荷尔蒙、她的青春时光都被一个丝毫不值得的人耗费了。许臻臻还在留恋着那个吃完肯德基之后深沉的、绵长的、甜蜜的、带着酒气的热吻,怀念着阿尔法抱着她的肩膀、握着她的手的温柔。可惜呀,那不过是狩猎高手不经意的撩拨,谁当真,谁心痛。

　　睡不着的时候,许臻臻越想越气愤。本来她以为,他是二老板,她是小员工;她是一个底层的"公号狗",他是日进斗金的网红博主;她跟阿尔法差了至少两三个层级,无法企及。

　　好了,等她奋斗了,成为网红以后,能赚钱了,繁华也见识了,才看清楚阿尔法的家世,阿尔法的世界。她与人家,差的是20个层级。这不是奋斗、赚钱可以弥补的,这是含着金钥匙出生和含着木樨子出生的区别。

许臻臻好恨阿尔法。是他先撩拨她的,凭什么欺负人呢?为什么要给她虚假的希望?

这天,快到下班了,有一个明艳的大美女来公司了。

时尚公司谁没见过美女啊?但是,她一走进办公室,还是吸引了所有人的目光。一件长T恤,一条超短裤,雪白的大长腿,再蹬着双高跟鞋,足足两米高。这不就是丽莎吗?!很多人认出了她,看着她走进了阿尔法的办公室。

虽然大家都在自己的位置上忙着,若无其事,可不论是许臻臻,还是别的同事,都恨不得把耳朵剪下来,贴在玻璃门上,听里面的故事。

好一会儿,阿尔法送丽莎走出来。俊男美女,两位美人并列走在一起,比一个人的时候显得更美了。许臻臻假装不看他们,但眼角的余光扫到时,心是苦涩的。

也许是知道大家都在留意着他俩,丽莎忽然亲了一口阿尔法,拉着他的手走了出去。

许臻臻气得手都抖了。

她装作没看到,假装在打字、写文案,可实际上,她是乱打字,完全不知道自己写什么。"混蛋混蛋混蛋!骗子骗子骗子!明明说要那个女人滚的,明明知道那个女人不是什么好人,一脚踩几条船,让你自己至今还背着一个男小三的名号,怎么还这么痴心、这么蠢!那我被你拿过来安慰,我又算什么!"

她气得头疼,晚上还睡不着。可是,她又说不出什么话来。人家没有承诺,亲你一下,你就当真了?一切都是你许臻臻自找的呀!

6

第二天中午,阿尔法发来微信,要请许臻臻一起去吃饭。那家餐厅有点远,是要开车去的。许臻臻冷淡地回复:"有事吗?有事就在办公室里说。"

阿尔法说:"有事。私事,不能在办公室里说。"

上了阿尔法的车,许臻臻问他到底是什么事。他说,说不清,要在吃饭的时候才有耐心说。

阿尔法去的是一家不错的牛排店。点完餐,阿尔法才说,昨天丽莎来了。

"大家都知道了。我也看见了。"

"看见了什么?"

"你跟我说得着这个吗?她还亲了你,所有人都看见了。你找我来吃饭,就问这个吗?如果为这个,你是不是在浪费牛排的钱啊?"许臻臻特别不开心。而且,她疑心阿尔法要来告诉她,他和丽莎复合了。想到这儿,她的声音都是飘的。

"你知道她说什么了吗?"

"你太奇怪了,我怎么会知道?她又不认识我,也没告诉我。"许臻臻不得不用强硬的态度,给自己留一点点自尊。

"是丽莎想跟我复合。"

"你们本来就没分过手吧?没有吧?又何来复合一说呢?你复不复合,有必要告诉我吗?"

"许臻臻呀,你是故意不让我好好说话的吧?至于那么大的醋意吗?"阿尔法说得好直白,许臻臻不敢再反驳回去了。

阿尔法说,丽莎自称跟那个田盛盛彻底了断,连钱和礼物都还给对方了。她想复合,甚至提出,可以跟他结婚……

听到这里,许臻臻的心跳加速了,问他答应了没有。

阿尔法偏不说:"你猜。"

许臻臻赌气说:"你当然同意啊!"这样才能有回旋余地,不显得自己丢脸。

阿尔法说:"错,我拒绝了。"他说,拒绝是因为他以前对她真心的时候,她一点儿也不珍惜。现在,他依然感觉不到她的爱。丽莎已失去了他的信任。

许臻臻依然有点酸酸的:"那就是说,如果她爱你,她对你好,那你肯定义无反顾地回到她的身边吧?"

"不会。不可能。"

"你为什么特意跟我说这个?这是你自己的事啊,不必对一个普通同事交代。"她以退为进。她想着,她都把他逼到这份儿上了,应该有表白了吧。

没想到,阿尔法说:"今天这家店不错吧,他家的惠灵顿牛肉,是方圆10公里内最好的。"

太没劲了。除了知道阿尔法跟丽莎分手,许臻臻啥都没得到。这个混蛋,谁知道他是不是在养鱼?自己是不是只是他鱼塘里的一条鱼?她再也不要这么猜来猜去,想来想去了。

吃完饭回到办公室,继续上班。从下午一直到傍晚,许臻臻一直忙着录视频,连着录两个,一直忙到晚上11点。她得使劲工作。哎,男人信不过,还是工作可靠啊!

第二天,傍晚阿尔法又约许臻臻一起吃晚饭。两人聊得开心,但就是瞎聊。许臻臻都搞不懂他到底什么意思。吃到一半,阿尔法的手机响了,他接了:"鲜橙小姐?"

"阿尔法,你咋回事?"许臻臻发现鲜橙小姐在电话那头开了外放,声音太大,阿尔法不得不把手机离耳朵很远,所以,许臻臻也能听到鲜橙小姐在说:"管管你的女朋友丽莎吧。她居然以为我是你的新女友。一路跟踪到我家的停车场!"

"对不起,对不起,她有没有伤害你?"

"这倒没有。"她说了好一会儿，阿尔法放在耳边，后面的音量就小多了，许臻臻听不清。

等他挂掉电话，许臻臻说："不好意思，我听到了一点儿——鲜橙小姐没事吧？到底怎么回事？"

"她说解决了。"

原来，鲜橙小姐打电话来，纯粹是为了骂阿尔法，而且她在那头开着免提骂，就是骂给丽莎听的。因为，下班之后鲜橙小姐去地下停车场，总是感觉有人跟踪她。等她开车到了自家楼下的时候，发现确实有个人的车跟着她，那人还下车走过来了，居然是丽莎。

丽莎对鲜橙小姐说："我虽然跟阿尔法在一起的时候不算长，但是我们的感情很好，我们互相见过父母，已经在商量一起买房子结婚了。你不要当小三，介入我们的感情。"

鲜橙小姐莫名其妙，当面打电话给阿尔法质问。说了一通之后，她挂上电话。丽莎才意识到，自己找错了人。

鲜橙小姐对她说："你是很漂亮，可是你的智商和情商都不行啊！也就阿尔法这样的傻瓜才会被你迷住。你连找人算账都找错了，这说明，阿尔法已经不爱你了。"

丽莎想问阿尔法的新女友到底是谁，可是鲜橙小姐不理她，走了。丽莎自讨没趣，只好走掉。

鲜橙小姐回到家以后又打了一个电话，告诉阿尔法后续进展。她还问阿尔法："老实说，你是不是在跟许臻臻谈恋爱？"

阿尔法才不回答呢。不过，后面这个细节，阿尔法没有告诉许臻臻。

许臻臻听到阿尔法说了那么多，担忧地说："你是不是要跟丽莎联系一下，她不会有什么事吧，不会想不开吧……"

"不用。我了解她。我要是去找她，就上当了。"

不管怎么说，今天晚上这顿饭，许臻臻心里还是喜滋滋的。

7

阿尔法送许臻臻到了楼下。停下车，她推开车门，就要自己上楼去。阿尔法忽然叫住她，说："你别走，我们先在车里聊聊天。好吗？"

许臻臻又坐回了副驾位上。

但是坐下来后，好像他也没有什么想说的。许臻臻说想听听音乐，阿尔法把车的音响打开了，声音调大了一点，居然是非常狂躁的重金属摇滚。

许臻臻乐了，再往下翻他的歌曲列表，全都是美国流行乐里的嘻哈、重金属摇滚，她说："完全不能想象你会喜欢听这些音乐，跟你平时的情绪稳定、理性淡定的性格不像啊？"

"以前我在美国时就一直是个愤怒的少年，这些正对我的胃口。现在虽然回国几年了，也还没有来得及培养出新的音乐品位。"

许臻臻自言自语道："想起来也有趣，我的那个前男友，他的音乐喜好也非同凡响，他很迷京剧唱段。去年还没分手的时候，有几段他天天听、天天唱，我实在分析不出来这是啥意思。"

"哪一段？我外公爱京剧，说不定我听说过。"

"《双投唐》，李密斩公主。"

"哈哈，我正好知道。这段说的是大唐降将李密志存高远，为了举大事，把牵绊着他的妻子——大唐公主给杀了。"

许臻臻听完一直在那里笑。阿尔法莫名其妙，问笑什么。许臻臻说："这个故事，可能就寄托了朱子平的理想。他一直想找更富贵的女人当梯子。我是笑，如果从音乐可以猜出一个人的内心，那么，你喜欢这些音乐又意味着什么呢？"

"RAP？大概就是意味着，我内心也有很狂躁的一面吧。"

两人似乎还有很多话，但总觉得不合适。只要话一停下来，就觉得暧昧、尴尬。两人最后还是退却了，互相道了晚安。许臻臻打开车门要走。

许臻臻一下车，发现后面隔了几个停车位的车，也开门了，丽莎站起来了。

阿尔法也感觉气氛不对，打开车门出来。三人站成一个等边三角形，面面相觑。

丽莎走过来说："我听鲜橙小姐给你打电话，发现你那边的背景音乐，就是我们以前常去的那家餐厅。我一路跟过来，居然就发现你的车了！原来，你跟这个女人在一起了。"

丽莎上下打量了一下许臻臻。超模穿上高跟鞋之后，果然居高临下，气宇轩昂。在她怨毒的眼光下，许臻臻自感气势远远不如丽莎，不由得退了一步。

丽莎轻蔑地笑："我以为你喜欢的女人多漂亮呢，就这？你为了这样的女人就离开我？"

阿尔法站在许臻臻前面，护着她说："你为什么跟踪我们？"

"你们俩停在车里十几分钟没动，我倒是看你们什么时候出来，呵呵。说，你为什么喜欢她，因为她够骚吗？"

阿尔法拦住丽莎，让许臻臻先上楼。可丽莎看到他往前靠近了，就要过来捧住他的脸。阿尔法想推开她，她把他的脑袋掰过来，她的脸就要凑上去吻了。

许臻臻很生气："你们俩都给我滚，别在我家楼下纠缠。滚！"

她上楼了，回到房间，气得咬牙。混蛋，太混蛋了！我许臻臻再没出息，也不要跟别的女人抢男人。

许臻臻一边洗澡一边哭。她真的以为阿尔法也是喜欢她的，她一直喜欢着，眼看就要等到了，原来都是假的。那他一直在撩自己，是为什么呀！太可恶了。雄孔雀发情就是这样，到处让别的女人误解吗？就是为了证明自己多帅吗？

她越哭越大声，反正没人听到，反正没人关心："呜呜……呜呜……"

洗完澡一看，阿尔法打了好多次电话过来，她没听到。

许臻臻一边告诉自己不要理会、不要理会、不要理会，一边又忍不住回拨过去。

阿尔法向她不停地道歉，说是他的错，丽莎再也不会来了。许臻臻说："我不管你的事，我怕安全受威胁，我再也不会相信你了。"

阿尔法说："放心，她真的不敢来了。"

"我为什么要信你？你都说了跟她分手了，你们不还在一起吗？不对，这不关我的事，但是，她凭什么跟踪我？"

"我刚才跟丽莎说的，不是分手，而是告诉她，下次我就要报警了，她不能伤害我的同事。"

许臻臻一听就怒了。搞了半天，她跟鲜橙小姐的待遇一样，只是同事啊！多么冠冕堂皇！她说："我烦了，我要搬家，你以后也别送我回家了。"

"啊，那怎么行？"

"没事我挂电话了。"

"不不不，就算你真要搬家，也让我明天陪你去中介一起看看，找找更合适的？你肯定需要有人帮你参考的呀！"

许臻臻还想拒绝他，可阿尔法不由分说，继续说："我们还在附近找好不好？这里地段好。明天中午我们就简单吃点，我陪你去。"

许臻臻心一软，就答应了。没办法不心软啊，就是喜欢。

8

第二天中午吃饭的时候,阿尔法告诉许臻臻,他正式向鲜橙小姐道歉,结果鲜橙小姐骂了他一顿。许臻臻问她骂啥,阿尔法却支支吾吾不肯说。

许臻臻冷笑着说:"我猜也能猜到,不就是说你居然被一个女人拿捏得死死的吗……我就知道,你这人的性格,就只能吸引这种女人了,哼……"

阿尔法忽然诡异地一笑:"你怎么把自己也骂进去了?"

许臻臻赶紧叫服务员过来点餐。

两人真的一起看租房信息了。阿尔法哪里懂怎么分析房子好不好、值不值,他就没租过房。他妈妈给他一个人住一套房子,自家还有两套空置的房子,也从来不租,就空在那里,定期有钟点工去打扫。还是许臻臻自己一个一个地拍下一些房源的信息,说是回去仔细挑选,分析一番再做决定。

阿尔法算了一下,说:"北京租房不贵啊!"

许臻臻瞪大眼睛:"这还不贵?75平方米,9000元啊!你看,那个,还更贵!房龄还更长!"

"但是,这个地段这套房,如果买的话,大概就要900万元到1000万元了。这个价格算起来,可以租八九十年了,租房当然很划算呀!"

"可是,绝对值还是很高啊!你们有钱人不懂,不用操这个心。"

许臻臻说没看中,明天还要来看,而且,还非要阿尔法陪着,说是他害得她要搬家的,他要负责到底。阿尔法说自己太亏了,要是她一直说看不中,难不成他还要天天陪着她逛房产中介?

说是这么说,但是,阿尔法真的连着几天中午都陪许臻臻逛中介，逛小店，还吃路边摊，他也挺开心的。但这个倒霉蛋也很自大，说了句："偶尔吃吃麻辣烫，也挺好的，与民同乐。"

这话许臻臻就不爱听了："什么叫'与民同乐'？这话的意思是，你平时都高高在上，好不容易降下身段，跟我们这些平民一起吃饭，是不？"

"你看你，这么敏感干吗呢？实事求是，我就是很少在这种路边摊吃东西嘛。"

许臻臻看着阿尔法那一身清爽干净的白衬衫，确实，坐在这种低矮的简易塑料凳上吃人均三四十的小吃，不像话。她心情复杂，阿尔法愿意陪她坐在这些地方，至少说明他很在乎她，愿意尝试这种自己没有试过的生活方式，但他的话还是让她不爽。

阿尔法没有看到许臻臻的反应，笑着继续说："小时候，我那个生父对我要求严，不许我随便吃，不许我随便跟别的小朋友玩。那时，小汽车还不多，我爸爸的司机每天开奔驰接我上下学，夏天我只吃进口的牛奶冰淇淋。我妈妈呢，从小喝美国奶粉长大的，她小时候就有好几件泳衣，当时泳衣不光是一般人买不起，也没机会穿……"

"知道了，你们这些权贵阶层，难得下凡一次，仔细脏了你的衣服。"许臻臻语带讽刺。

"我又没骗你。"

"算了，你先走吧，我自己慢慢逛。我要看的地方、要租的房子，肯定都入不了你这个公子的法眼……"

阿尔法还没有意识到问题，只是说："没事，我也了解一下不同阶层的住房……"

这又把许臻臻刺伤了："不用了，我自己打车回去，告辞！"

许臻臻也不知道自己为啥生气。阿尔法没有做错啥呀，甚至，他愿意这样陪着自己，都是一种牺牲了，但她就是不想听他说这些。这些话，让她觉得，两个人在一起毫无希望。他的出身和家庭,是她所不能比拟的,他的优越感那么自然流露,甚至只是陈述自己的日常,没有炫耀的意思,但已是她所不能企及的世界了。

许臻臻很难过。不管阿尔法对她好不好,但不是同一个世界的人,最终怎么能走到一起呢?

第十六章

1

吕筝和科室得到了表彰,主任私下劝她,赶紧写论文,要评正高职称,她就差一篇发表在学术期刊上的论文了,尽快评职称吧,别浪费青春了。

唉,吕筝自己又何尝不知道?

医院的事、手术的事,不认真不行,一丝一毫都不能懈怠。小雨的作业,在屡屡被老师批评后,吕筝每天花一点时间来给她检查、默写、签名,果然提高了不少。小雨从班里的排名倒数变成中上水平了,人也开朗了。证明家长辅导功课这一步,必不可少。

这样一来,吕筝看论文、查资料一般就要在晚上10点以后才能开始了,一直看到凌晨1点。如果碰到特殊情况,做手术一直做到晚上,她的压力就更大了。外文论文读起来很慢,她手头下载要看的论文量那么多,一天只有两个小时的学习时间,还要做出高质量的论文,真是脑壳痛。

连小雨都看出来妈妈累得不行了,她说想帮妈妈。吕筝笑说:"你能帮我什么?是帮我做手术呢,还是帮我写论文?你能写作业时认真一点,就是帮我的大忙了。"

在一次给病人连续做了5个小时的手术之后,一直注意力高度集中的吕筝,一下手术台,精神气一垮,就晕倒了。

没有什么大问题,就是低烧。她是积劳成疾,连着两周,每天睡眠都不足5个小时,感冒了还一刻都不敢停,终于累倒了。可主任说科室人手太紧张,准假3天,实在不行再说。

吕筝打了电话给袁以智,说自己生病了,照顾不过来。袁以智倒是回家了,但是,他一回家,进房间看到躺在床上的吕筝,问了一下前因后果,就说:"早跟你说了,你别费那力气。这么累,一台手术,你能拿多少钱?现在可好,都累病了。唉,好好保重吧!"

吕筝不想跟他废话,只说:"你这几天回来陪小雨做功课、检查功课吧。还有,明天就是周末,我们的保姆是不来的,你要给小雨做饭。"

"哎呀,我今晚回家呢,是回来收拾行李的,因为明天一大早我要出差上海,要去一个星期。一会儿就买机票,我没办法给你们娘儿俩做饭了。"

"怎么,我不生病,你就不需要出差了是吧?你从来就不喜欢出差,一向都是你的合伙人出差。你是一听说家里需要你照顾了,就赶紧走吗?"

"你想多了……你做不了饭,那你们就点外卖吧。再不行,就找你表妹过来帮忙呗!"

"你是第一天认识你女儿吗?你女儿肠胃不好吃不了外卖你不知道吗?我表妹离开北京都一年了,她怎么帮我?我从来没有生过病,难得一次,你照顾我两三天,会死吗?"

"你到底是不是真生病啊?生病了你还有力气吵架?算了,本来今晚想在家里过的,我现在就拿了行李回公司睡。"

吕筝只顾着生气。话太多,用力太猛,体力再度被消耗光。

袁以智很快就拿东西滚蛋了，她绷紧的力气这才一下子全部散了，头很晕，晕得像整个人在撞钟里被震得麻木过去一样。

她平静下来了。

人只有在不确定、还抱有希望却无法达成的时候，才会生气。一旦结果非常清晰和确定，不再怀有希望，怨气就会消散。吕筝现在心平气和，一切都看得清清楚楚、明明白白。刚才的这个男人，不是她的家人，也不配。等她病好了，手头的事情都忙完了，就要开始着手离婚了。

她竟然有一丝丝喜悦，做出了一个重要决定，不再迷惘，心情自然平静，很快就睡着了。

不知什么时候，吕筝感觉有人在看她，是小雨。小雨悄悄走进来，想看看妈妈睡了没有。她睁开眼睛，小雨在她身边小声说："妈妈，爸爸先走了。作业我做完了，全部检查了两遍，应该不会错。你如果不能签字，我就跟老师说，她不会怪我的。你好好睡觉，我也去睡了。"

吕筝让她把作业拿来，没有看，就签了字，笑着说："没事，写错也没关系，人不可能永远不做错，改正就好。睡吧。妈妈只是需要多休息，没事的。"

小雨离开房间的时候，还帮妈妈把台灯关了。

吕筝听着女儿自己收拾书包、洗漱、刷牙的声音，心情很平静。因为药效的作用，她又睡过去了。

第二天是周末，吕筝还是浑身无力，上个厕所都费劲，只能躺在床上。她安排了小雨看一会儿动画片，写一会儿作业，画一会儿画。她跟小雨说："今天保姆阿姨是不过来的，妈妈没有力气，只能做粥，也只能吃粥，我中午给你做粥吃好不好？"

小雨说："一直是妈妈照顾我，我都9岁多了，我也能照顾妈妈的，你教我一下，我可以学煮粥。你休息好，不然会加重病情的，那就完蛋啦！"过了一会儿，小雨又过来说，"我想起来了，不用你指导,我可以上网查呀!我们家的这个电子焖锅还有说明书,我按着指导来,那就百分百没问题了!妈妈,你继续睡!顶多我就是做得不好吃,肯定没问题的。"

吕筝笑了:"我真有福气。那我可继续睡了,有什么问题你就摇醒我,我肯定能解决的。"

她知道小雨聪明细心,并不担心。不一会儿,吕筝就睡着了。

一个小时后,白粥熬好了。吕筝喝的是白粥,小雨再把昨天的几个菜用微波炉加热一下,她自己就有肉有菜了。吕筝很诧异,她从来没有教过小雨啊,保姆更不会教了。小雨说:"妈妈,现在都什么年代了,上网搜一下电饭煲如何熬粥,微波炉如何热菜,都有各种各样的视频介绍呢,我跟着学就行了呀!"

吕筝开心地跟小雨用碗互碰了一下:"谢谢宝贝,这是我喝过最美味的粥。"

吃完后,吕筝让小雨把碗放在洗碗池里,等明天自己精神好一点再洗。小雨二话不说,自己就开始乒乒乓乓地洗起来,一边还说:"洗碗这么简单的事,不用学我就会!"

话音未落,一个碗就掉地上摔碎了。

吕筝吃完就躺在沙发上,虽然很虚弱,还是"扑哧"一下就笑了。小雨一边收拾碎碗,一边还有点害怕妈妈生气呢。她看到妈妈笑了,也乐了,问妈妈要不要继续洗,如果再摔一个碗怎么办。

吕筝笑说:"洗吧,我们家碗多,不怕摔,别弄伤自己就行。"

小雨把厨房擦了一番,擦过的桌子还有饭粒,抹布还在滴水,滴到地上,吕筝也不说破,只是笑。真好啊,小雨也会做家务了。

小雨过来摸摸妈妈还在发烫的脸,眼泪就掉下来:"妈妈,我笨手笨脚的,你为什么不骂我呀?"

吕筝温柔地说:"小雨,妈妈爱你,永远爱你。"

2

订单增加,王小轶只能让大家加班了。

外面请来的制版师傅、裁片师傅是不怕加班的,加班他们更高兴。但丽溪本地的女织工们总是担心无法兼顾家庭。好说歹说,王小轶把加班的单位小时工资提高了,还把包的晚餐的餐标提高了,大家最后才都同意了,个别不能加班的也不勉强了。

只加班了两天,第三天下午才5点钟,阿香老公趁大家还没下班,就把阿香从织机上拖着往家里扯。阿香拼命挣扎。

其他女工虽然想阻拦,但阿香老公一口一句:"我管我的老婆,关你们屁事!快滚!"那凶狠的样子,把大家吓倒了。他扯住阿香的头发往外走。阿香大喊,旁边的人拉不住,也不敢太阻拦。

王小轶和梁姨两人正在平城市区谈合作,她们接到电话,匆匆打车回丽溪村。十一二公里,再快也得半小时。两人跑到阿香家里,大门却是紧锁。

王小轶气得打电话骂管理织工的小组长何嫂:"你怎么不拦住?"

何嫂很委屈:"我拦了呀,但没拦住啊!我不是立即去叫人了,还打电话给你们了吗?"梁姨劝她别生气了。

王小轶反过来生梁姨的气:"家暴是违法的,你们不知道吗?我要是在,肯定不能让他得逞!"

梁姨也不乐意了:"咱们村也是多少年没有男人敢打老婆了,村里不认这样的男人!我心急火燎不谈生意了,赶回来干吗?不就是因为担心吗?"

这时,王小轶又收到了另一个女工的电话:"王总,阿香在镇医院,被她老公打伤了,你们快去吧!"

梁姨苦笑:"走吧,我们再带上厂里的那个最高大的仓管小陈。"

去医院的路上,梁姨告诉王小轶,这个阿香呢,很能干,但她原来的老公7年前去世了,儿子已在外面上大学,身体不太好。这个新老公,是从外地过来平城打工的,比阿香年轻好几岁,追求阿香,两人在两年前结婚了,住到阿香家里。这个男人好吃懒做,从来没有认真干过啥事。

到了医院,王小轶看到了阿香,但她老公不见了。阿香躺在病床上,包着半边脸。她说,她被老公用板凳打中头部,满脸是血。开始让同事送来的时候,周围的人都快吓死了。现在她的眉骨处缝了十几针,身上有一些瘀伤和擦伤。

王小轶不知该说啥,阿香不听自己的话,这不活该吗?可人家都住院了,这时候总不能再训她一顿吧。她只好说:"你好好休息吧。"

阿香说:"我这次下定决心了。我要报警,然后跟他离婚,我要他光着屁股滚出我家!给他好几次机会了,还这么不知好歹,我阿香,不是这么厌的人。"

王小轶抓着阿香的手:"好!我是你的娘家人,还有梁姨,村委,也会站在你这边!"

3

王小轶的"轶工坊"国风系列,由于有了之前的官方宣传,不仅在平城小有名气,在粤北地区甚至广东地区都小有名气了,有些游客来"旅游风情一条街",就是直奔"轶工坊"的。

王小轶租下了阿雅的店和旁边的两家小店,重新装修,大大提升了档次。阿雅的收入也比之前翻了一番。

王小轶跟许臻臻商量，觉得两人合作的时机成熟了。现在，"轶工坊"的产出稳定，产品质量可控，员工们积极性高，可以践行这个承诺了。

　　许臻臻先是做了一个视频给"轶工坊"预热，从民间工艺、非遗文化开始谈起，介绍了"轶工坊"是一个弘扬民间传统的品牌。最关键的是，它聘用的是当地的农村女性，给她们高于当地收入水平的工资，让女性也可以提高自己的经济能力，过上好的生活。王小轶让梁姨、阿香、何嫂等人出镜，讲述自己的故事。

　　其中，最有趣的是阿香，她兴高采烈地说："在'轶工坊'和村委的帮助下，我成功地离婚了！"不仅离婚了，而且有了村委的撑腰，那个家暴的男人一分钱都拿不走，拿她没办法，只能跑到外地去打工了，再也不会纠缠她了。现在她可有积极性了。她还积极地转型当裁片师傅，学习技术。王小轶跟她说："你根本不用在乎是不是老了，只要你手脚利索，任何时候都可以学新技能。"

　　本来，这个视频的点击率在许臻臻的视频当中算一般的，但因为阿香的故事很典型，一些女性权益的关注者截图发上了微博，讨论和争议很多很多。这倒是两人都始料未及的。

　　接下来，在许臻臻的带货直播中，做了一场"轶工坊"品牌的"新国风"时装专场，挂上多款商品的链接。

　　第1天，3个小时的直播反响不错，卖出400多套，销售额接近20万。王小轶很开心。对这种没有知名度的服装来说，已很理想了。

　　第二天，许臻臻将有一个多产品联合直播，"轶工坊"的国风服装只是其中之一，她的产品编辑提前发了销售产品预告作为预热。

　　但到了晚上8点整，许臻臻正式直播的时候，很快就感觉到不对劲了。她还在播一些大牌护肤品的时候，弹幕里出现了大量的骚扰留言，都在说：

"'轶工坊'服装,假货!"

"'轶工坊',衣服是假冒伪劣的,退货!"

"你们卖的衣服不行,退货!"

助理慌忙把"轶工坊"的服装下架,删掉这些评论,又回头修改了之前含有这款服装信息的预告,匆匆忙忙地继续直播其他品牌。

助理联系王小轶,王小轶保证,首先这个牌子是自己创立的,所有产品都是自己工作室设计的,何来"假货"一说?况且,昨天卖的产品还没发货呢,怎么可能有人收到"假货"?之前也从未收到过投诉。她们的服装是手工品,不是流水线上下来的,也许买了不喜欢,可绝对没有"假货"。

许臻臻虽然相信她,但是这种网友众多的直播,无法承受风险,只能先行下架了。而且,第三天预定的多品牌直播里,原本还有"轶工坊"服装的部分,也直接删掉了。

但这还没完,第一天已下单的顾客纷纷退货。卖出的300多套有差不多200套申请退货。公司财务很纳闷,他们从不刷单,那是不是王小轶的客户在刷单?

这当然不是王小轶干的,她也不刷单。

但这样一来,一件货物都还没来得及发出来的王小轶,决定暂时停止发货,声称缺货,全部退款。

她太害怕了。这种套路太熟悉了。

王小轶逃过了,但许臻臻没逃过。她的其他视频,评论区多了很多整整齐齐的评论,清一色地在说她卖假货,但又不说是卖了什么。在她直播其他品牌的时候,弹幕里没完没了地说:

"许臻臻卖假货!"

"假冒伪劣产品你都卖,失心疯了吧?"

"欠债还钱,天经地义!"

就连一些她的粉丝试图让这些评论给出证据、讲道理,都会被冲。小助理狂删评论都来不及。

还好直播结束了，下一次是下周了。但许臻臻不得不把近期的视频全都关了评论。

甚至还有人去骚扰阿尔法和鲜橙小姐，让他们解释许臻臻为什么销售假冒伪劣产品。

许臻臻仔细地看，意识到这就是专门针对王小轶的"轶工坊"服装的。但王小轶也说不出所以然。王小轶去织厂检查、仓库检查，没有发现什么异常的。她去问了梁姨和村委的情况，他们不知道。况且，他们的利益和自己是一致的，不会是他们。

4

这时，又有一件奇怪的事发生了。王小轶的手机号码，被几百个密集的验证消息攻击。手机接收短信都接收麻了。她开始还想等一会儿就消停了，结果不行，还在攻击。于是，她关了常用手机，用了另一个备用手机。

直到深夜，她忙完了才开机。

一看，短信里有上千条消息了，全都是验证码。王小轶把它们都删了。烦死了，都是水军骚扰。

而在许臻臻那边，公司勒令她停止一周的视频上新和直播，把这件事先解决了。但这还没完，许臻臻发现，她的视频账号直接被平台系统封了。吓得许臻臻血都凉了，头皮发麻。

公司派人去平台询问原因，主要是因为对许臻臻这两天的直播投诉太多。同一时间，网上还出现了很多"许臻臻卖的衣服都是假货""王小轶欠债不还"等帖子，平台认为有重大经济风险，必须封号。

不仅如此，许臻臻还频频接到打到办公室的电话，都是骂她为什么要帮骗子、老赖卖假货，是不是她卖的所有东西都是假的。还有人自称是王小轶的债权人，王小轶欠了他500万元没还，要许臻臻替她还……许臻臻录了音。

这些骚扰，不仅许臻臻从来没有碰到过，公司以前也没碰到过。大家做了这么久的商业服务，碰到过纠纷、打过若干官司，从来没有遇到过这种恶劣情况，更没有被这样疯狂网暴过。公司内部紧急开会，赵小姐非常生气，限定许臻臻在三天内调查清楚，然后辞职；绝不能因为她，而让公司被抹黑。

许臻臻脑子不够用了，整天都是胀痛的。她求助于阿尔法和鲜橙小姐，两人都没办法，只有建议她查清楚到底是怎么回事，是王小轶的服装真有问题，还是哪个竞争对手在黑许臻臻，知道真相，才能有的放矢。

许臻臻回到家，阿尔法打电话过来，说："虽然我知道你相信你的好朋友。但是，你有必要亲自去一趟平城，去现场看一下王小轶的仓库和工厂，详细查清楚她的产品。无论是谁的错，你手头都要有证据。"

她不得不承认，这是唯一的一条路了。

他顿了一下，又说："我不能陪你去，但你在北京的工作需要怎么交接，你可以跟我说。我尽可能帮你处理。"

5

许臻臻告诉王小轶，她第二天将坐最早的一班飞机回平城，两人一起面对这件事。

王小轶惴惴不安的心稍微放下来一点了。她最怕的是，这件事会真的毁掉许臻臻的事业，两人会彻底决裂。她惹的事不能祸及他人啊！

但第二天一早，习惯了8点多去楼下买早点的王小轶就发现，自己住的小区附近，不知什么人在墙上贴了很多白底大黑字的大字报，"王小轶欠债不还""王小轶不得好死"，都是大字号的A4打印纸，一个字一页的那种。

王小轶吓得魂飞魄散，冲上去撕了一张，然后才想到应该拍照取证。拍完后她把看到的这几页扯下来。没走几步，前面还有，一面延绵的墙都贴满了。

王小轶心惊胆战拍完了一圈证据，站在那里，不知道是该立即撕下来，还是先报警。

就在这一会儿，村里的梁姨打电话过来了，说在丽溪村的仓库和路边的墙壁，贴了不少骂她"欠债不还"的大字报，问她怎么回事，怎么处理。她很紧张，让他们把这些内容都拍下来，发给她。

王小轶站在墙壁面前，踌躇了半天，才鼓足勇气，打电话报警。

不一会儿，派出所来了两个警察。他们让王小轶简单说明一下情况，王小轶把自己拍摄的"罪证"，还有丽溪村发过来的这些照片，都发给警方了。再说明了一下之前自己的经营情况。

可小警察对这个不是很感兴趣，问："你知道是谁干的吗？"

"我大概能猜到。之前就碰到过类似的……"

"哎呀，现在我们的工作都很忙。你这个又不是什么大事，不是邻里争吵，就是一些商业纠纷嘛。你肯定知道你自己得罪过什么人吧？建议你先好好调查，找出足够证据，再交给警察吧。这种事情，就不要浪费警力了。"

王小轶还想解释说这些攻击对她影响很大，两位警察已上车要走了。临关车门前，对方还回头跟她说："你快点撕掉，越多人看见对你越不利。我是为你好。"

王小轶哭笑不得。梁姨打电话来说，已经派几个小伙子把丽溪村的那些大字报都拍下来了，也全都撕掉了。幸好看见的人不多，她也帮王小轶编了一套竞争对手寻仇之类的话来哄大家了。

　　她戴上口罩，戴上帽子，一个人在街边撕大字报，心想：千万别让我妈看见了。

　　两个小时后，许臻臻来到王小轶的出租屋里。王小轶很累，把自己如何撕大字报、如何报警的事说了一遍。她也做好了自己把这件事的幕后指使挖出来的准备——她怀疑是林晖。许臻臻很心痛，说："你必须把整件事给我解释清楚。我都不知道到底发生了什么。"

　　王小轶描述前因后果，许臻臻耐着性子听了差不多20分钟，长叹一声："唉，只有千年做贼的，没有千年防贼的。你被盯上了。现在的问题是你的风险已蔓延了，不仅以后你开的公司会被人盯上，凡是跟你合作的，都要遭受无妄之灾。"

　　王小轶不理解："这么严重？我们的服装在你的节目里全部撤架，一笔款都没收，这也会影响你们吗？"

　　"你还不知道，这件事对我伤害有多大。我为你做过好几次专门介绍，这个时段我报价给别的品牌至少是15万元到20万元了。而我这个账号市场估值超过2000万元，还有资本想投资我，而现在，我已经被封号了！"许臻臻说到这里，缓了一口气，怕自己真的发火。她心里有气，但理智告诉她，王小轶也是受害者，现在不是发脾气的时候。"最麻烦的是，你这件事不仅牵连了我，连我的整个公司都受到影响，现在开始有网友连带着把阿尔法和鲜橙小姐都一起投诉了。我都不知道怎么跟他们交代！"

　　"如果我的店关了，能让你这边的事平息下来吗？能解决带给你的麻烦吗？我怎么赔偿你？"

　　许臻臻气笑了："你赔不了。我们都很贵，你怎么赔？"

　　王小轶很内疚。比起自己的损失，让王小轶更难受的是，她怎么就像是行走的病毒一样，凡是信任她的人，都会沾上她的倒霉？现在还要再来一遭吗？

看到王小轶的焦头烂额，许臻臻按捺下情绪，和王小轶一起分析下一步该怎么办。

认真说起来，这件事情里的罪魁祸首是两个人。一个，是那个面料商何怀山。王小轶是被面料商骗了，但由于合同签署有漏洞，对方又逃到东南亚，她一时没有办法去追究，只能先把不属于她的责任承担起来。王小轶还是输在脸皮不够厚，她可以先起诉何怀山，拖着，不会损失那么惨重。至于失信人这个事，也不能怪她，解除了黑名单就好。做生意哪有不借贷的？

另一个，就是这位一直在出钱出力、雇人去黑王小轶的幕后黑手。这人，才是盯死了王小轶，想让她死无葬身之地的真正指使者。必须找到他，而且要给他足够的震慑和惩罚，不然就没完没了了。

许臻臻跟王小轶去了丽溪村，她看了那些货，要王小轶立即把营业执照和所有批次产品的检验合格证都找出来。她又详细地问，那些织工或其他员工里，有没有可能报复的？王小轶仔细地想了想，没有，而且他们是当地人，没人有这样的耐心做这些事。

就在这时，许臻臻接到阿尔法的电话。他听到说"大字报"的事，感觉情况更复杂了。他说，公司跟视频平台一直在沟通，最后视频平台才网开一面，如果许臻臻能证明自己不是知假售假的话，是可以解封的。公司要她明天一早过来开个会。阿尔法劝她今晚就回来。

许臻臻还是不太满意，明天一大早回公司没问题，但这事明明是平台不分青红皂白、冤枉好人啊！

阿尔法说："平台说，昨天到今天，光是投诉你售假货的各种信息他们就收到上千条！人家也是顶住了巨大压力，才给你机会的。"

许臻臻看了下飞机时刻表。无奈，她得立即坐高铁回广州，赶晚上的飞机了。

许臻臻只在平城待了三小时，午餐晚餐都是飞机餐，连声招呼都没跟父母打就走了。王小轶很过意不去，许臻臻说："帮我讨回公道，更是帮你自己。你要好好把'轶工坊'开下去，干死这个造谣者。"

王小轶坐在屋里了发了好一会儿呆。以前有一种说法：猫有九条命。以前，王小轶就曾自诩是猫，她不怕挫折，不怕困难，会一次一次地重新爬起来。她要做这个跌倒多少次，都能爬起来的猫。

王小轶洗了把脸，让自己清醒一下，然后翻箱倒柜。

6

第2天，许臻臻来到办公室。开的会并没有说实质性问题，没有推进，因为她现在还没有收集到有效的证据，只能等王小轶这边了。

她处理了之前的一些事情，想整理思路，却不知道该从何说起。许臻臻没有赖以生存的自媒体了，被封掉了，她该干吗？这一行，个人IP、信誉，太重要了，她现在算不算是"身败名裂"？就算不封号，是不是以后这些恶评就一直伴随着她了？

许臻臻不知道该怎么办，是不是要做好被扫地出门的准备了。她收到微信，是阿尔法发过来的："我看到你流泪了。"

她心里一惊。第二条微信又发过来了："中午下班，我去马路对面那家咖啡馆。那边熟人少。我等你过来。"

许臻臻在咖啡馆看到了阿尔法。他已经帮她点好咖啡，是她喜欢的口味。

许臻臻黯然说:"其实,'轶工坊'的时装是没问题的,那些投诉和反馈,全都是被人雇来的水军。王小轶已报了警,她现在要查出是谁在幕后操纵,正准备材料起诉。但我现在很害怕,怕我的号回不来了,心血就白费了;更怕就算还了清白了,这件事也会成为一个污点……"

许臻臻把上次导致王小轶破产的情况和这次被刷"大字报"的情况大致说了一下,说完,却欲言又止。阿尔法笑说:"情感上,你还对她心有怨言,觉得都是她害了你;理智上,你又知道不该指责她,所以很不爽?我太了解你了。这事王小轶是受害者,这对你俩都是无妄之灾。你不能一个人在这里瞎想,你必须跟她一起找出到底是谁在故意造谣,你必须跟她协作,才能解封账号,她也才能洗清冤屈。"

"唉!"许臻臻不知道该说什么,眼泪掉了下来,阿尔法坐得离她近一点,抱着她的肩膀,任她自己流泪,没有劝。

过了好一会儿,阿尔法忽然问:"如果你混不下去了,你会逃离北京,重新回去让你爸妈安排你的生活吗?"

"不可能了。我早就不是一年半以前的许臻臻了,我一定会坚持下去的。我不可能再让别人庇护。"

阿尔法握住她的手:"你现在应该有答案了。你要解决问题,而不是放弃、逃避。成熟的人处理问题,从来不想'凭什么''为什么',而是想'怎么做'。我想帮你,但这事,你得自己做,天助自救者。"

许臻臻很想说些感激的话,但现在的情绪太复杂了,一时之间不知道是悲痛于事业的滑铁卢,还是窃喜于心爱的人对自己这么真诚和上心。她只是把阿尔法握她的手,握得更紧一点。

许臻臻的手机响了。电话号码看不出来是谁的,她接过电话,却是一个叫陶崧的人打来的。她想起来了,那是王小轶的前男友、大学校友,她之前听说他已成了互联网新贵,赚了不少钱。

陶崧在电话里说，他看到网络上的争议了，知道许臻臻因为王小轶的商品惹上了麻烦。他有些情况要告诉许臻臻，希望能帮大家解决问题，最好立即见个面。

许臻臻跟陶崧多年不见了，不熟，但想到这事跟王小轶有关，就答应了："你来吧，我现在某某咖啡馆等你。"

阿尔法问："那这个人现在是王小轶的男友吗？"许臻臻说应该不是，王小轶前不久还在感慨单身。阿尔法分析说："他应该是出于善意的，他既然是IT界的技术高手，且听听他怎么说。"

许臻臻有点不好意思地说："你先回去吧，谢谢你陪我这么久。"

阿尔法说："我已经把其他工作安排好了，现在我就是陪你解决这件事的。"

许臻臻发微信问王小轶，陶崧来了她知不知道。但对方没有回复，也不知道在忙啥。

不一会儿，陶崧来了。许臻臻注意到，他比以前看着顺眼多了。大学时，王小轶穿着土，陶崧更土；而现在，他板寸头，金丝眼镜，有点金融新贵的齐整模样了。他一坐下来，就拿出一大沓资料。两人疑惑地看着他。

陶崧一份份拿出来解释：这些是"轶工坊"的工商营业执照、环保合格材料、每个批次的产品合格证、商标证明原件、与村委的合同协议，还有王小轶报警的回执，以及她拍下的几百张照片。陶崧已把资料全部整理好发到网盘里了，给了许臻臻一个网盘链接。

许臻臻愣了，但马上明白了。

"我昨天才从平城回来，怎么没听她说起你呢？一点没听她说委托你来办这件事？"

陶崧不好意思地说："不要误会王小轶，我并不是她男朋友。我看到相关的消息，知道你和王小轶的合作出了问题。昨晚我下班之后就从北京到平城找她了，深夜才到的。她说今天还要留在丽溪村里稳定工坊工人的情绪，争取得到村民的支持，但是又很担心你的号被多封一天就多损失一天，寄快递又至少要两三天。她正发愁呢，正好我去了，就托我今天一早回北京，第一时间把这些原件交给你，务必追回你的号。她不能欠你的。"

许臻臻听得都要掉眼泪了。王小轶对自己这么好还可以理解，但陶崧只是一个路人朋友，也这么辛苦奔波地来帮忙，她忍不住问："这么辛劳对你有什么好处……"话没说完，阿尔法就在桌子底下踢了她一下，让她别问这么傻的问题。

许臻臻忽然明白了，陶崧为什么要帮王小轶，就是阿尔法为什么要帮自己——都是因为爱啊！

她忍不住柔情蜜意地回望了阿尔法一眼。

陶崧说："我希望你们第一时间办好你们的事，把账号解封之后，我还要帮王小轶找北京的律师，准备把这件事按损害商业信誉、商品声誉罪的性质，走刑事诉讼流程。"

许臻臻千恩万谢，想先走，但陶崧好像还有话没说完。于是，阿尔法识趣地说，他立即带着材料回公司，和公司的法务部一起去找平台处理封号的事，他的职位高，更好办事。

等到这里只剩两个人了，陶崧才说："我中间跟王小轶分开这么多年，可是，最近发现，我确实还爱着她。但人家好像并不是这么想。"接着，又苦笑了一下。

陶崧说，他去过丽溪村，知道王小轶在丽溪村正在做的事，不仅是赚钱，更想为当地妇女扶贫救困，因为王小轶本身就是农村出来的，太能理解她们了。还说，当初王小轶瞒着他给了他妹妹巨大的帮助，跟他分手后，多年来一直默默地给他妹妹寄钱、寄书本，鼓励他妹妹读书，终于让妹妹从初二辍学之后，考上了大专。不然，他这个哥哥就差点把妹妹的一生给毁了。王小轶不仅救了妹妹，也是救了他。王小轶把自己做过的好事都藏在心里，从不对人说。在困难的时候，她也是努力一个人扛起来。她没有重开网店，而是走了一条最难的路，就是因为她心中有理想。许臻臻叹口气："这些我怎么都不知道啊！她从来没有跟我说过！"

陶崧很不好意思地说："我很感激她。不，我不是那意思，我对她的感情不是因为感激，确实是真心喜欢她，想跟她共度一生。但这种情况下，如果我一定要追求她，又怕她以为我'恩将仇报'……"

许臻臻被"恩将仇报"逗笑了，说："除了王小轶，我也很感谢你，不然我还不够了解王小轶。现在，我们还缺一个最关键的人。"

许臻臻打电话给王小轶，问她能不能尽快到北京来，王小轶却问："陶崧是否跟你在一起？能把电话给他听吗？"

陶崧接过电话，原来王小轶忘了提醒他有几份内容要先公证，再提交给警方才比较有效。陶崧说："我给我们公司的法律顾问看过了，他已帮我拿这些材料去公证了，结果要几个工作日才能出来。你放心，这些事我都帮你考虑到了。"

7

等许臻臻回到家的时候，法务部通知她，平台收到她提供的资料，解封了账号。征得公司的同意以后，当晚法务部以许臻臻的名义发了一份律师函，准备追究那些造谣者和水军的责任。

她明天就要开始新的视频内容了，手头还有两集可以上，但今晚必须为后面的内容做准备了。

即便如此，许臻臻还要做一件更重要的事：协助王小轶找出诽谤她的人。

陶崧的意思是，他可以用技术手段一个一个找出水军的ID，找到他们的真实地址。但阿尔法说，许臻臻是公众人物，虽然陶崧速度也许更快，主观上是好意，但用这种"人肉"的方式去追查，会影响一个博主的声誉，引发质疑，还是应该通过法律手段去实现这个目标。

第二天，许臻臻让鲜法公司的律师向平台发出律师函，让平台交出这些造谣信息水军ID的真实注册身份，不然连平台一起告。

律师不停地给平台施压，平台总算给出了这些网友的真实身份，他们逐个地查，发现水军都受雇于一家刷数据的所谓"文化传媒公司"。律师联系上这家刷数据的公司，告诉他们，这是诽谤和损害商业信誉、商品声誉罪，是刑事罪名，要求他们交出购买数据服务的客户。

查出来了，这个客户就是林晖。

王小轶再一看，这个藏在后面购买"评论""转发"及论坛帖子的客户，留的地址和上次的"古城美女"是一样的，"古城美女"也是服务于林晖的。

王小轶果然没猜错，两次的手法都极其相似。

陶崧不知道林晖是谁，王小轶只好简单地解释了一下，是一年多前只交往了一个星期的前男友，骗子，王小轶被他报复了。上次事情演变得不可收拾，也是因为他雇用水军。陶崧倒吸一口气："我们交往3年多，分手我都不恨你，他怎么能因为交往一个星期就恨你呢……"

王小轶一时没有办法表达得那么清楚，说："因为他是坏人，而你是好人。一个正常人不必去理解心地邪恶的人的思维方式，没必要。"

王小轶还要去查一下"欠债不还"这个事。9个月以前，她解除失信人名单后，还剩下老关、明姨两个以前的供货商，还存在着债务关系，但当时已签过协议，还没到还款时间啊，利息也照付了。王小轶分别联系上两人，分别见面。

没想到，不管是老关，还是明姨，接到王小轶的电话，再看到王小轶出现在北京，都有点吃惊，第一反应是："你不是逃跑到国外去了吗？"

王小轶莫名其妙。从这两人的话里，她拼凑出了真相：

林晖打电话给他们，说："王小轶欠你们的钱，也欠我的钱。我从一些渠道知道，王小轶变卖了北京的这些资产，就是为了逃到国外去，不想还钱了。"他还说了一大通，说王小轶是个"捞女"，假装跟他谈恋爱，拿了他的300万元做生意，结果现在跑掉。为此，老关和明姨都分别给她打过电话，恰好王小轶的手机关机了。大白天关什么手机呢？肯定是逃跑了。

于是，两人深信不疑。

王小轶一听："你们打电话给我，是不是在3天前？"

"对啊！"

她明白了，手机的密集短信攻击，逼得她不得不关机，让别人联系不上，不能验证谎言，别人当然就信了。

老关不好意思了，他说当时本来要报警的，但林晖力劝他不要报警，没用，王小轶都跑路了。林晖建议他在平城和丽溪村里多贴些大字报，她的家人在农村，就怕大字报，她跑了，就让她的家人还钱。林晖还以老关的名义请了当地的二流子写了大字报，并到处刷墙。当时，老关真的担心50万元就要泡汤了，想逼她的家人现身，就同意了。

王小轶诚恳地说："这件事是我没处理好，他骗财骗色，我把这人给踹了，他要报复我。"她简单地说了一下上次的羊绒面料事件导致她破产，现在她重新创业有了起色之后，这人第二次想搞垮她。这是捏造事实的造谣和破坏商业信誉，是犯罪，她希望他们能提供林晖与两人联系的通话和其他证据，必要时有可能请他们做证。至于欠款合同，现在"轶工坊"的现金流很健康，按时按息偿还没问题。

老关和明姨对王小轶有歉意，于是，答应尽量提供证据，还可做证。

　　王小轶和黄律师把各种证据都固定好，做了公证。他们与平台沟通，把能查到的辱骂许臻臻的水军账号都销号了。平台专门出了公示，说明这些账号造谣，涉嫌违法，许臻臻的粉丝们扬眉吐气了，在许臻臻的新视频下，粉丝们都在撒花庆贺，恭喜她回来。

　　王小轶在北京准备起诉林晖。陶崧说把自己的律师介绍给她，可是她说已经有合作的律师了，不需要。陶崧问还能帮她什么，王小轶说他已经帮了很多，这件事不能再把他扯进来了。

　　这两天，王小轶在许臻臻家里暂住，许臻臻问她陶崧怎么回事，王小轶叹口气，简单说了一下情况，说他现在是因为她帮过他妹妹，来报恩的。

　　许臻臻白了她一眼："王小轶啊，你是真傻还是假傻？人家不是因为欠你的恩情才频繁地来找你的。人家是真心喜欢你，担心你。"

　　"算了算了。我早过了自作多情的年龄了。现在他是北京的商界精英，青年才俊，他要找对象，一大把年轻漂亮的任他挑。我上次在林晖那里发花痴，吃的亏还不够吗？现在还没完呢！算了，智者不入爱河。"

　　"陶崧可是跟你相恋了3年多的，林晖你只认识了几天，能比吗？我觉得人家对你是真心的。我看到他望着你的眼神，眼里全是星星……"

　　"别说了。你现在跟阿尔法怎么样？"王小轶坏坏地笑。

　　提到这，许臻臻就无奈："没。人家不肯表白。"

8

这次来北京打官司，王小轶特意去拜访了丁小姐。丁小姐50岁出头，穿得很普通，看不出来她是足以主宰一个地区服装总销售的人物。

丁小姐说，王小轶的那批羊毛大衣，质量和款式都是上佳。因为都是全新的，她经过重新检测，重新贴标，绝大部分都已经在线下的批发市场和网店销售出去了，定价不低，反馈还很不错。如今，王小轶的"轶工坊"经历了这么多事，丁小姐认定她是一个有韧性、能做事的人。

她帮王小轶介绍两位经销商，他们掌握了不少古风服装、民族服装方面的大客户。

最后，丁小姐建议她把手工服装的非标品，转化成可以批量生产的标品，不然生产规模一直上不去，怪可惜的。她还建议王小轶跳出平城，回到北京，甚至还要在上海、成都、香港开店。

丁小姐说："以你的心气，你不是只想赚快钱，而是要做出好品牌，这才是一个负责任的企业家。以后只要有机会，我愿意跟你合作。"

这次，王小轶没有住酒店，而是住在许臻臻的出租屋里。她不停地夸，真漂亮，这个摆件好看，那个椅子也特别。总之，整个房间的搭配都特别棒。

许臻臻笑说："这是我的工作嘛。这一年多，包括住在你的房子里，这是我在北京住的第四个房子。我不停地搬。"

王小轶说："在平城，我有三个住处：我给妈妈买的房子，我租的房子，在丽溪村的临时住所。漂泊过的人都知道这种辛酸。我们都没有自己的家。"

许臻臻笑说："我倒是觉得，我在哪里，哪里就是我的家。"

许臻臻说，在王小轶刚离开的时候，她很苦闷，当时吕筝给她介绍了这份工作，刚开始她一点也不喜欢。

直到这时，王小轶才交代，这是她托表姐联系的，许臻臻的简历和视频，都是王小轶按MCN公司的风格和需求整理好了发给赵小姐的。许臻臻也告诉王小轶，王小轶那份酒店的工作，是自己托人找的关系。虽然不是什么很好的工作，但在平城，确实只有这些选择了。这就是三四线城市里没有年轻人的原因。王小轶苦笑："我懂，我找了好几圈，你介绍的，已是普通人能找到的好工作的极限了。"

许臻臻长叹一口气："原来，在小城市，我离开了电视台，真的是无处可去。连我爸妈这种自以为有本事的人，现在也说，我回平城也必须考公或考编，否则他们没办法安排。"

最后，两人都殊途同归，各自创业。

许臻臻说："我也曾非常悲观，无数次想放弃、想回家。但现在我意识到了，我离开平城，来到北京，是我这辈子做的最正确的决定。谢谢你带给我这个机会。我曾怨恨过你，但那是一个虚弱的、无能的、又害怕发生新变化的我说出的蠢话。"

王小轶也很惭愧："我都想不通那时我为什么这么执着地惹怒你。我缺钱，但无论如何也不缺那两万多元啊！当时我真的是焦虑到嘴唇起泡了，脑子里就没啥逻辑。还有，我问你，为什么你找人帮我把那些羊毛大衣全部清货了，帮了我这么大的忙都不告诉我？唉，老天让我认识你，我的运气怎么那么好？"

说着说着，王小轶忽然想起了，自己太爱钱了，还伤害了另一个人！人家千里迢迢从北京跑来小乡村找她，她居然开口让人家还钱，几万块。哎，她真的是穷疯了，人家是真心待她的，她却只知道钱钱钱！

王小轶的脸红了，她这辈子在"钱"上面栽太多跟头了。

许臻臻笑了，打开手机，上网购平台找到爱马仕的丝巾，让王小轶挑花色。

王小轶蒙了："现在凌晨3点多，为啥要买这个？"

"我剪断了你送我的丝巾啊。我必须补偿你，送一条给你，我也要一条一模一样的，跟你见面的时候就一起戴，这是我们的闺蜜装。"

"天，你怎么这么幼稚，都快30岁了的人……"

"废话少说，赶紧挑！"

第3天，陶崧打电话来说要请王小轶吃饭，她心里很犹豫，说工作安排太满了，忙。

陶崧说："那我送你去机场。"

她又说："许臻臻送我，不麻烦你了。"

电话那头的陶崧很失落："是不是我就见不到你了？"

王小轶没有回答，她不知道该怎么回答。

陶崧的心意她现在还不明白吗？可是，两人的差距这么大，又是异地，她实在拿不准。她也不再是20岁出头，没有精力再去纠结暧昧的关系了。王小轶想要的，是一种她可以掌握的、能沿着她的事业和人生规划的关系。

她这辈子还能找到这样的人吗？

第十七章

1

王小轶回到平城,又回到丽溪村。

服装工坊一直在正常运作。开始,员工们看到大字报,都有疑惑,很惊慌,担心已经看到希望的工作又没了。幸好有梁姨在,她不断地把王小轶在北京的官司进展跟大家说明,稳定了军心。

王小轶回去之后,开了个会,把当初欠债的事和这次打官司起诉的事,都跟服装厂的员工们说得清清楚楚了。其实这些事,对主打游客生意的民间工艺服装来说,基本没有影响。消费者都不是网购人群,员工们也看到日常的流水跟往常没有什么变化,就放心了。

不过,经过这次风波,让"轶工坊"的人更团结了。女工们意识到,这家服装厂在,就能让她们的生活水平高一点;没了,就得重新回到想买包盐都得向男人讨钱的时候。她们有了归属感。

女工们都对梁姨和王小轶说,只要"轶工坊"有需要,她们愿意共渡难关,不要轻易散掉,一定不要散掉。

为了打官司,王小轶去了趟北京。她主动请陶崧一起吃饭。陶崧很高兴地答应了，说必须由他来请。王小轶认为，他帮了她很多忙，应该是她请客。

陶崧笑了："你知道吗，女生要是坚持请客，就是说明她不想欠男方的人情，希望以后不必再见。所以我可不能让你占这个便宜，不能让你请。"

王小轶也笑了："那我就不抢了。"

两人坐在餐厅里，互相认真看着对方，都觉得有点尴尬。王小轶也一时拿不准这算是老朋友的普通见面，还是约会。还是她先说话了："我觉得你变化很大。总之，形象变好了。"

"因为我有钱买衣服和好的眼镜吧？读大学的时候我们都那么穷，不能算。"

"不是，我是觉得你的性格也变了，不急不躁，不怨天尤人，不会认为这个世界都在跟你对立了。我对你这么冷漠，要是以前，你肯定就开始炸毛了，会说'你有什么了不起的'，觉得自己被冒犯了……"

陶崧笑了："人是会改变的，会成熟的。我以前那么蠢，总不能一直蠢下去吧。我该说啥呢，是不是该说：'因为我有钱了，一想到没什么问题是钱不能解决的，我就会面带微笑？'"

"你别不信，可能真的就是这个原因。"

一直都是陶崧听王小轶说，听她讲她人生的这几个关口是怎么过的，现在她做的又是什么。陶崧乐意听，就算她说怎么调解女工的家庭矛盾、婆媳关系、亲子感情，这些婆婆妈妈的事，他都听得津津有味。

轮到陶崧讲述他这些年的生活，但他并不想多说。工作的前几年他很拮据，合租还分上下铺的日子他不想回忆；而游戏被收购是个意外，也没有什么好说的。不过，这几年陶崧被挖掘出以前从没发现的商业才能，不再只是一个程序员的专家身份，而是转向了管理，成为首席技术官。陶崧还说去年买了房买了车，两年前短暂地交往过一位女友。就这些了。

开始王小轶还听得很感兴趣的,后来就笑了。陶崧莫名其妙,她说:"你不觉得你交代房子、车子和恋爱史,很像是朝阳公园相亲角里的那些张贴吗?"

"啊,你不是说你不够了解我吗?我诚实地交代自己的情况啊……"

陶崧问王小轶能不能在北京多留几天。她心里是愿意的,可是不能,丽溪村的工作还在等着王小轶,她第二天一大早必须回去。

尽管王小轶说自己订的是早班飞机,8点起飞,她五点半就要出门,陶崧还是坚持说送她到机场。

果然,第二天早上5点15分,陶崧就发短信来,他已在许臻臻家楼下,等着王小轶出门了。

王小轶笑容满脸地坐上他的车,说:"我现在合理怀疑你是骗我的,你肯定不会是什么公司的合伙人。不然,你咋能这么闲?"

2

王小轶想以"诽谤罪""损害商业信誉、商品声誉罪"的罪名起诉林晖,黄律师问她:"你是否考虑与对方和解?这个案子,最大的可能是庭外和解。"

王小轶说:"不可能,我不跟他和解。"

可惜,在调查一段时间后,公安机关以证据不足为由,无法认定王小轶的公司直接由此遭受到多少损失,做出了"不立案"的决定。黄律师给王小轶两个建议,要么是向公安机关申请复议,或向检察院申请监督;要么改为民事诉讼,要求其赔偿、赔礼道歉。

王小轶多恨林晖啊!黄律师以为王小轶会坚决要求上诉,告倒林晖为止，但出乎意料的是，王小轶想也没想就表示："就民事诉讼吧，"她说，"我现在不会再被情绪所左右。坏人必须受到惩罚，但报复、出气，并不是我的人生目标。我要往前走，哪种更容易达到目标，我就用哪种方式。"

黄律师笑了："这样，就好办多了。"

王小轶回平城，北京的黄律师处理诉讼事宜。这次对林晖的民事诉讼很顺利，林晖最终败诉了，须赔偿王小轶10万元；并且，林晖必须在他的行业报纸登报致歉，并在行业平台上致歉一个月。

林晖从头到尾没有出现过，只请了一个律师来面对，很糊弄，因为没把王小轶放在眼里，不觉得她能把他怎么样。

王小轶委托黄律师一定要盯着林晖的致歉信，必须强制执行。因为林晖这个人不怕出钱，就怕公开道歉。他与他爸爸都是有身份的人，他们一家都是穿鞋的，王小轶是光脚的，她要林晖百分之百执行致歉。有法院判决在，缠也要缠死他。

一个星期后，有一个女孩在微信上联系了王小轶。王小轶想起来了，这女孩也是林晖同时交的六个女友之一，她们一起上门揍过他。

那女孩说："前两天，我在网上看到了林晖的致歉信了。你打了这个官司，再加上上次的视频事件，据我了解，林晖在行业内的名声很差了。他从事的是公共政策分析行业，个人品行很重要。现在，他在这一行的前途基本到此为止了，只要在国内，他很难跳槽了。另外，自从去年视频事件之后，林晖的父亲知道他滥交，威胁要剥夺他的继承权。现在，林晖多了个后妈，更多了一对同父异母的双胞胎弟弟。"

王小轶笑死了："他父亲自己想娶年轻老婆，想生孩子，这可不能怪到林晖头上。有其父必有其子，肯定都不是什么好人。"

这女孩笑说："姐姐，我听说你被林晖害惨了，受了很多委屈。但是，现在的你太棒了！你一定会过得很好的！"

3

许臻臻这几个星期在忙什么呢?除非有活动、有工作,许臻臻和阿尔法一起吃晚饭就是固定节目。多次都是阿尔法请,偶尔许臻臻也会回请。就像这天一样,许臻臻上了阿尔法的车,两人开始聊工作上的事,聊选题,聊娱乐新闻,聊时事与局势……反正话很多,聊得很开心,但都是一些公众话题、社会话题,聊一百年也不需要触碰自己的真实内心。

每一次,阿尔法都是自己先去停车场,然后再让许臻臻悄悄地下去,两人错开。

许臻臻说:"我不想让同事看见,本来就没什么,但是懒得解释。"

阿尔法笑:"什么叫本来就没什么?"

许臻臻曾跟阿尔法清晰地讨论过一个观点,她认为,女人应该是社会化的,她的世界里,有工作,有事业,有公众视野,有与这个世界的各种关联,而不仅仅是感情、婚姻、家庭。她说过,女性应该多与不同的男性交往,多建立男女朋友关系以外的关系。她还曾就这个话题做过短视频节目,阿尔法非常赞赏这个观点。

但是,两人这样,一个星期有三个晚上一起吃饭,还是谈这些话题,聊着聊着,许臻臻禁不住自我怀疑了,怀疑自己是不是给自己挖坑了。她是主张女性不要恋爱脑,可是,她现在是真的想恋爱啊!她就是对阿尔法充满了渴望,想要抱着他,想跟他恋爱,而不是在这里谈社会谈理想谈人生啊!啊!

这一天,吃晚饭时,许臻臻本来想借着聊美剧的故事,来试探一下阿尔法的情感态度,可阿尔法来劲了,一个劲地分析那部剧里的女性悲剧人格,有多远扯多远。

许臻臻心里有火了,直接打断他:"阿尔法,你到底喜不喜欢我？"

"啊？这还用问吗？"

"要问。因为我不知道。"

"跟你想的一样呀！你问问你自己的心，就知道我的心了嘛！"

许臻臻好生气："你就不能说句实话吗？"

"你不是说过吗，人可以有很多异性朋友，不一定是男女关系的朋友，也照样可以是很好的朋友……"

这不就是拒绝了吗？许臻臻不再说话了，假装忘了这个话题，继续吃饭。

吃完饭，许臻臻和阿尔法走进电梯，她就要按地下三层停车场，阿尔法制止了她，按了一楼，说："我们去大街上走走，呼吸一下新鲜空气。"

许臻臻没好气地想：你都拒绝我了，还走啥走？但还是听从了。

两人刚走出温暖的商场，就感觉到一阵风飕飕地吹过来，许臻臻一个哆嗦。忽然后面一双手把她环抱起来，把她包进自己的大衣里，他还问："你还冷不冷？"是阿尔法。

她怔住了，没有动，好一会儿，她才在阿尔法的怀里翻了个身，还是被他的大衣环裹着，只是，她也能伸手去抱住他了。她紧紧地抱住了阿尔法，贴着他的胸脯，含糊地说："不行，要这样才不冷。"

阿尔法也抱着她不放开。

许臻臻嘟囔着："你为什么不喜欢我嘛……"

阿尔法也压低声音："谁说我不喜欢你了，很喜欢很喜欢……"

"这么说不算，你总是含糊其词。"

"那怎么办呀？我又没办法把心掏出来呢……"

"哼,我可信不过你,你到时又跟我说,我对你就像对好朋友一样……"许臻臻"哼哼哼"地不放手,"我算看透你了,你这套话术可太烦人了。"

阿尔法低头在她耳边说:"那不可能,我可不会这么渴望抱一个普通朋友的,我可不要放手。我就是喜欢你。"

终于有人奇怪地看了他们一眼,阿尔法赶紧用手挡脸,两人笑成一团。

许臻臻说:"放心,我和你还没有那么红,不会有人偷拍。"

"偷拍更好,正想上个热搜呢!"

许臻臻拉着阿尔法的手,不肯松开,可是她看了看表,晚上9点多钟了,无奈地说:"你送我回家吧,我今晚要做两个视频的策划方案,我还要准备明天下午开会的内容……"

告别前,许臻臻忽然亲了一下阿尔法:"记住哦,你今天可没喝酒,你说你喜欢我的,要算数的哦!"

阿尔法还没来得及回应呢,旁边就听到一阵吵吵嚷嚷,一个女人的声音尖锐得把他们都吓一跳。离他们10米的地方,一个喝醉了酒的男人,正把一个年轻女孩堵到了墙角,就要抱过去,脑袋像猪一样拱上去就要亲。女孩拼命挣扎,显然是不认识的。

旁边开始有路人试图拉开那醉汉,但这人身材高大,动作粗莽,醉酒后力气很大,很轻松地就把劝阻的人推了一个趔趄。许臻臻看到那醉汉箍着那女孩在强吻,女孩左躲右闪,她想过去救这女孩,用哀求的眼神望了望阿尔法。

阿尔法显然也很不忿,他一把冲上去拽住醉汉,扭住醉汉的手,反扭到身后。别看阿尔法瘦,但他长期健身保持身材,要打一个比他体型稍大一点的男人也不在话下。

许臻臻趁机把那女生从酒鬼旁边救出来。女生脸色发白,哆哆嗦嗦,许臻臻正想问那女孩要不要报警,没想到她自己的头发忽然被人从后面揪住了,原来是那醉汉从阿尔法手里挣脱了,抓住了她，就要搂她。

这把许臻臻吓着了，竟然杵在那里，呆住了。阿尔法一拳把醉汉打翻在地。

醉汉瘫在地上，没想到还不罢休，他抱住阿尔法的腿，把阿尔法绊倒了，又从旁边的花坛捡起一块中等大小的石头，要去砸阿尔法的头。阿尔法仰面朝天，伸手把醉汉手里的石头格开，但胳膊受伤了，疼得大叫。

还好，这时有个男性路人冲过来，撞倒了醉汉。喝醉酒的人下盘不稳，一下子就摔倒了，爬不起来。阿尔法冲过去给了他两拳，按住他，这家伙被摁在地上不能动弹。

旁边的人已经帮忙报警了，很快警察就过来了。

警察向路人问清楚大致情况，铐上醉汉，请阿尔法、许臻臻还有那位女孩一起协助调查。许臻臻考虑到派出所离这里只有两公里，同意了。

警车里，阿尔法把外套脱掉，半个胳膊都肿了，疼得不能动，把许臻臻心疼死了。

到了派出所之后，醉汉的酒总算醒了。派出所出具了委托书，让阿尔法去指定的司法鉴定中心进行伤情鉴定。许臻臻赶紧打车陪阿尔法去。

幸好，没有伤筋动骨，阿尔法只是轻微的软组织挫伤，可以用点药减轻症状，不治疗也能慢慢好。两人这才舒了一口气。

阿尔法悄悄地对许臻臻说：“刚才我都想好了，要是我刚跟你好，胳膊就断了，那我可要你负责我一辈子。"

"呀，那太可惜了，要是真断了就好了……"

回到派出所，警方说，他们调出了商场监控看，这货违反多条治安管理条例，先拘15天。那姑娘明天也要去进行伤情鉴定，如果有伤，那醉汉还可能犯了强制猥亵罪。希望他们可以帮忙做证，他们还可以申请赔医药费和误工费。

许臻臻赶紧同意了,先照顾阿尔法要紧。出了门,阿尔法又"哎哟"叫起痛来。许臻臻怪他:"你干吗这么直接冲上去啊?万一人家手里有刀呢?"

阿尔法白了她一眼:"你太过分了,现在想赖账吗?还不是因为你吗?你当时这样看着我,这种哀求的眼神,我敢不冲上去吗?我就算拼了命,也不能让你失望呀。"

许臻臻听得心花怒放,却假装冷静,拿着阿尔法的车钥匙去开车了。阿尔法坐在副驾位上,愁眉苦脸地说:"怎么办?我生活不能自理了。"

"你不会是希望我照顾你吧……"

"那就这么说定了。走。"

许臻臻不走:"我又不是医护人员,我得问问,我用什么身份照顾你呀?"

"女朋友啊!我是为你受伤的,你可不能耍赖呢。"

他说,他要赖在许臻臻家里不走了。许臻臻低声说:"那我今晚照顾完你,等你睡着后,我再起来通宵写策划案吧。"

"能不能不要又谈工作了?"

4

第二天早上,许臻臻替受伤的阿尔法开车,从自己家里开进了大厦的地下停车场。他俩说好,到了一楼以后,两人分开前后走,不想被公司的人看到。

没想到,两人刚刚进了地下车库的电梯,刚关上电梯,就有人又按开了。

迎面的是鲜橙小姐。她瞪大了眼睛,跟他们打了招呼,又左右打量了两个人，抿嘴笑说："阿尔法，你穿的还是昨天的衬衫和外套。"说完，她也不好意思看他们了。

许臻臻很尴尬。阿尔法却直接握住许臻臻的手。鲜橙小姐的余光肯定也扫到了这一幕，她竭力藏住笑。

虽然鲜橙小姐不说，但很快全公司就知道了阿尔法的手受伤了，而且是见义勇为被醉汉打伤的，还把坏人送进了派出所。传着传着，就变成了阿尔法是为了保护许臻臻被打伤的。阿尔法干脆就说了，当然要保护女朋友啦。对于这种不太关心别人私事的公司来说，这样公开办公室恋情，而且这么有戏剧性，把大家都震惊了。以前私下悄悄地讨论的，现在都在那里事后诸葛亮了："一年多以前阿尔法主动把许臻臻挖过去我就觉得不对劲了……""难怪阿尔法那位名媛妈妈这么喜欢许臻臻……"

连许臻臻都没有想到，阿尔法愿意公开。

她一整天的脑子都是昏的，内心很激动，但外表又要竭力装作若无其事，把脑海里烧沸的水平息下来。许臻臻曾经设想过，阿尔法就算悄悄和她在一起了，也未必肯公开承认她。可是许臻臻那么喜欢他，哪怕不长久，能好一天算一天，她也认了，地下情她也能接受。

但没想到，阿尔法是认真的。她有点喜出望外。

5

"轶工坊"又招了三个织工和染工，经过一个多月的培训，已经能上手了。在接下来的旅游旺季里，订单不少，大家都在赶工。

王小轶有一个多月的时间没空在"轶工坊"蹲点了，一直在北京、平城和丽溪村之间来回穿梭。但这一天，王小轶还在从平城赶到丽溪村的车里,就连着收到梁姨和设计师娜娜的电话:"赶紧回来,这批产品有问题。"

王小轶心想,能有什么问题,需要两个人连着催吗?

到了纺织车间,她刚走进新布料堆放的房间,就闻到空气中有种酸酸涩涩的味道。先是梁姨把一匹布向她展开,其他工人也陆续把更多的布料铺开了,味道瞬间弥漫在空气中,更刺鼻了。

算了,不用看了,一定是酸碱度超标了。王小轶问:"怎么回事?"

情况是这样的:水染布要经过一道染色处理,要进缸和浸轧处理,这种棉麻质地的pH值偏碱性,需要加入酸来中和,pH值尽量控制在4.0～7.5之间。他们用的是柠檬酸调节,比冰醋酸更贵些。但柠檬酸不好的就是,对用量的要求比较严格,过量会影响手感,还容易引起黄变。

以前,织工和染工都是丽溪村有多年经验的大姐,但这两个月因为订单增加临时招人,新手刚培训过就要上岗了,两个有经验的搭配一个新手。而质检也因为同样加入了新人,工作量变大了,都马虎起来,让产品整批整批地通过。

王小轶顾不上生气了,问资深的染工有没有可能再中和一下,改变这个酸碱度。答案是不行,不仅是味道的问题,现在布料已变脆,颜色也不对了。

梁姨说:"这批布料看看是否能继续使用?我们把这批价格调低一点……或者打折卖出?"

王小轶说:"不行,质检就通不过。"

娜娜摸了半天布料,说:"如果晾晒一段时间,醋味淡一点,其实问题也不大。布还是那些布,我们也不含甲醛,还是能使用的……"

王小轶让大家回去,她要想想,明天再说。她让师傅们把参数、用量等数据及图片发给她。

晚上，王小轶打电话给几个做服装面料的朋友。意见不一，有的说没问题，这是常规添加剂；有的说不行，纺织品pH值超标，会破坏人体皮肤表面弱酸性环境，引起瘙痒和皮炎。

王小轶越想越别扭，她关上宿舍门，来到仓库。她对着半个房子报废的布料，发呆。

这一批大概有4000米之多，足足十多万元的布料。这是多少织工的心血啊，都是她们一脚一脚地踩出来的。如果报废，那一个月甚至两个月的利润都没有了。这一行的利润这么薄，太要命了。后面要补上这些订单和这个季度的销售，就得不断加班了。

可是，不报废，王小轶敢让这样的布料、这样的衣服上市流通吗？一朝被蛇咬，十年怕井绳，王小轶不能再冒这个险，再来一次，她更是万劫不复了。

王小轶摸了摸这些布料，一层一层地翻着，就像不舍得告别自己的孩子。

第二天，王小轶召集所有人开会。她批评了梁姨，批评了质检团队，批评了三个染工，当然，更是自我批评。对产品质量的松懈，导致整个团队一泻千里。这一次，梁姨、当事的染工、当班质检员，都扣发一个月奖金，小组也扣除30%奖金。而这一批布，估价在18万元左右，根据《国家纺织产品基本安全技术规范》，王小轶还要花钱请一个专业的销毁公司，销毁掉这批布料。

何嫂跟这件事没关系，她站起来，认为王小轶的处罚太严厉了。

而那个新来的染工，是一个30岁的女人，眼里都是泪，觉得自己闯祸了，开始在后排哭了起来。王小轶问她："你是不是有什么困难？"

那女人哭着说："我错了。我怕你要我赔偿这些布料的钱。呜呜……18万元，我赔不起啊，我不知道出来打工还要赔这么多钱。我要是卖房赔钱，我老公会打死我的……呜呜……"

王小轶走过去，拿纸巾替她擦眼泪，说："没那回事。我是老板，损失是由我自己来承担的。不用你赔。惩罚，只是为了强制大家遵守生产流程和纪律。而且，你是新人，这次出错，是整个流程都有疏漏，不能把责任推到你身上。但你犯了严重错误，按规章制度，要扣你这个月的奖金，你能接受吧？"

那女人点点头。她把握不准，一直都把酸多放了两倍，也没有人提醒，一直按这个量工作了好多天，才知道出大事了。加上她是外村人，害怕得要死。没想到就罚那么点，她长吁一口气。

王小轶对所有人说："再重申一遍，产品质量是我们的生命线。我曾因此吃过大亏，这次算是对我的又一个教训。我想说的，是一个责任感的问题。在座的，女性占绝大多数，也许大家生活在农村，没有进工厂之前，主要想的就是照顾家人，只需要对家庭负责就行了，谈不上社会责任感。但我们现在是在工作，是参与社会分工，你们的产品，会经由大家的合作，飞到不同的城市，穿在不同的人身上。它还可能是送给贵宾的礼物。我们每个人都应该珍惜这份荣誉感，把工作认真尽职地完成，就是我们每个人应有的责任。它不仅是我这样的老板才有的，每一个劳动者都应该有。既然做了，就要做好，不要糊弄，不要苟且。我的这番话，不仅针对今天的这个布料pH值超标的问题，也不仅是针对在'轶工坊'的工作，它应该贯穿我们以后所有的工作和生活当中。"

6

袁以智的项目毫无进展。一年多了，两个始创股东投的钱，加上pre A轮的融资，已烧完了。尤其是最近他经常回家吃饭，总是满脸的阴郁。吕筝和小雨都不敢跟他说话，吃晚饭的时候，一家三口吃饭像上坟似的。

等袁以智晚上出门了，吕筝才对小雨说："告诉你一个好消息，妈妈的论文收到了国外期刊的录用通知啦！这可难了！"她把论文给女儿晃一眼，英文，还有好多数据、图表，小雨看得眼都花了，她赶紧亲一口妈妈："你真棒！"从来都是妈妈鼓励小雨学习，现在是小雨鼓励妈妈学习啰！

母女俩在不同的房间学习，吕筝从来没有过像现在这么安心。

她明白，小雨怎么会看不出来妈妈与爸爸不好了呢？前一两年小雨还时不时问爸爸什么时候回来，是不是能带她去博物馆，周末能不能一家人出去吃饭，但现在，早就不问了。

袁以智就算回家了，也永远都是郁郁寡欢，不想好好说话。上次袁以智吹牛说马上就能融到A轮的2000万元了，结果准备了好久却以失败告终，现在又快没钱了。他愁得发鬓都灰白了。而回到家又总是需要与妻子、女儿沟通，光是这件事就让他很烦恼，不能产生潜在收益的行为，对他来说都是浪费时间。

小雨不懂这些，但是她也清醒了，哪怕爸爸回家，她也尽量不靠近，少说话。她不想触怒爸爸，不想给爸爸留下坏印象，沉默最好。小雨都这么明白了，吕筝维持这个家的空壳，对小雨又是什么好事？她要做的，是给小雨更多的爱，更多的安全感。

袁以智忙完，半夜还是回家了。他跟吕筝说，他已和合伙人大辉商量过了，虽然这次融资很不顺利，但是社区智能化是大势所趋，他们这种重新定义社区生活与物联网的小程序一定会大火，只是时间问题，不可半途而废。他们准备重新投资，维持到下一波融资前；所以，他需要把房子卖掉，并且加杠杆融资，再拼一下。

吕筝不同意："开什么玩笑？卖房子，我和小雨住哪里？"

"租房不行吗？马化腾都说年轻人不该急着买房，当初把买房的钱省下来创业才有腾讯。还有，吴京，那个演员吴京，他老婆还支持他卖房子拍电影，现在多火啊，他老婆不也一样沾光了吗？

你还在工作嘛,你不也能挣钱养家吗?我是为了女儿以后更好的生活。"

"说得轻松。你还敢加杠杆,到时债务一翻,欠一两千万,难道我替你还?我还得起吗?"

"你眼光太短浅了,卖个房子而已,以后赚了大钱,就能买几套了。懂不懂延时满足,懂不懂长期主义……我这么辛苦是为了什么?我天天加班,到处出差,四处求人,见各种各样的投资人,每天睡眠都只有五六小时。我这么忙,不嫖不赌,不抽烟不喝酒,一心工作,不就是为了小雨、为了这个家吗?你等着,我以后的公司一定会去美国创业板上市,等我在纳斯达克敲钟了,资产将会以亿来计,你还会考虑房子的事吗?人家扎克伯格会整天思考在哪里买房吗?"

吕筝惊呆了,说:"你有病吧?"

两人开始冷战。

吕筝接到王小轶的电话,王小轶说想请她推荐一些针对孩子的科普书目,最好也让袁以智帮忙推荐一些适合孩子的编程书。

吕筝说:"我这边帮你列,是没问题的,但是袁以智那边就算了,你问别人吧。我现在考虑的是,跟他的离婚手续怎么走了。"

"啊?我知道姐夫创业太忙,经常不回来。真的闹到不可挽回吗?他也想离吗?"

"没闹。现在还不知道他的态度。但这个决定是我很冷静地考虑过的。"

"那我不烦你了。"王小轶告诉吕筝,她是想给丽溪村的孩子建一个免费图书馆。她最近会再来一趟北京。吕筝说:"好像你最近来过好几趟北京了,怎么都没来找我?"

王小轶随口敷衍说忙,吕筝也整天要做手术,不想打扰她了,其实她心里想的是:"我来北京得赶紧见陶崧啊,我的时间那么少,表姐你还得排后面。"

7

当初,王小轶跟温书记许诺过,她会给孩子们建一个免费图书室,而且还争取每年有新书。村里的留守儿童多。他们的村小放了学之后,孩子们都没地方去,是该给他们丰富一点的文化生活了。

现在,"轶工坊"的工作上了正轨,王小轶开始着手做这件事了。她租了一个房子,请人装修了一下。另外,她还联系了大学时的中文系老师,请他们帮忙开书目;联系出版社,争取以较为优惠的价格买书。她也顺便去一趟北京落实这件事。

这离王小轶上次去北京才10天,她必须给自己一个借口,说明自己是有"正事"去的,不能是为了男人。但是,王小轶心里知道,她去北京更想的是见见陶崧,向他倾诉这些年她的故事,曲折,艰辛,没有浪漫可言。

王小轶在收拾行李时,鼓足勇气打电话给陶崧:"我今天下午到北京,今晚你有空跟我一起吃饭吗?"

陶崧说:"你把行程信息发给我,我去机场接你。"

"啊,你都不用工作吗?不想麻烦你。"

"我是合伙人啊,也算老板了。虽然忙,但这点自由还是有的。只要你来,我就什么时候都有空。"

被人重视的感觉真好啊!王小轶做独立女性太久了,既不会撒娇也不会发嗲,只知道利益合作、互利互惠,这种无缘无故、没有理由地被珍视的感觉,真的让她很陌生。

一见到陶崧,王小轶眼前就亮了:"感觉你又有点变化了。"

他穿着一件白衬衫,外面套一件浅灰色的马甲,太不程序员了。

"是吗?"陶崧把背后的一捧香槟玫瑰捧到她胸前,望着她,"送给你的。"说着帮她推起了行李。

王小轶眼泪都快掉下来了："你知道吗，这是我这辈子第一次收到的花。天，原来玫瑰是这么漂亮的呀……"

"过了，这戏，演得有点过了呀。"陶崧笑了。

王小轶伸手摸了摸陶崧胸前的衣服："这件衬衫绣着你名字的首字母，订制的；马甲胸口的口袋还有粉红色的真丝口袋巾……嗳，不好意思，我做服装这行的职业病。"她笑笑，"你不穿名牌，不过这种打扮，可比穿满大街的名牌要考究多了。"

陶崧开的是一辆宝马7，告诉她已经订了一家法式西餐厅，一切听他的安排好了。

西餐厅里人很少，每个角落都是鲜花，王小轶抱着鲜花出没在这里，仿佛是最自然的事。王小轶忍不住抿着嘴在笑，一直在笑。

陶崧问王小轶笑什么，她不说。

两人点完菜，她才开口："我不是告诉过你林晖的事吗？他与我约会的第一顿饭，就是在这家餐厅。它以贵和品位出名。我走到这里，都有创伤应激后遗症了。"

王小轶简单说了一下，当初林晖怎么表示出对她的好感，自己有钱，但是一切都让她买单，吹她几句"独立女性"她就飘飘然了。两年前在这里吃了4000元，名义上是林晖请，但林晖逃到厕所20多分钟，让她出钱。这件事，让她感觉自己脑子有病。

陶崧哑然失笑："你放心，今天这顿饭绝对是我请。"

王小轶不好意思地说："我确实是贪慕虚荣。其实我早感觉到林晖有问题，但一坐上他的黄色敞篷法拉利，又立即相信他了。"

"如果你喜欢，我也可以买一辆给你……"陶崧一说，把王小轶吓坏了："你可别！我是穿上龙袍也不像太子，我只接受我应得的。上一次，就是因为我动了妄念，才犯下这样的大错，搞到破产，狼狈不堪。如果我还不长记性的话，今后还不知道会有什么事等着我呢！"

"也对。我也对这些炫耀性消费没兴趣。把钱花在这上面没有价值,还不如扩大生产规模呢。"陶崧说,"你没必要怪自己虚荣,在自己身上找原因了。林晖是一个心理不正常的富家子,他表现出来的人格也非常有迷惑性,是个女人都很难不被打动。"

"那你也很有迷惑性啊!现在是有钱、有地位、有技术,人人羡慕,谁知道你是不是也是我的一种幻觉呢!"

陶崧轻轻拉住王小轶的手,贴着自己的脸,含笑地看着她说:"你看,我现在还是幻觉吗?"王小轶心里一动,头脑一片空白,完全不知道该怎么回应。幸好,菜上来了。

王小轶在点菜时,刻意避开了当时点过的菜。但在同一个地点,她和林晖,是听他炫耀他的资源和人脉,处处都显示出他的优越感,就差没说出"你能遇到我是你命好"这样的话了;而她和陶崧是在对话,在交流。

她说了她以前的愚蠢,他也谈了他过去的自大;她开网店时的辉煌,他刚毕业做个小程序员时的刻板;她倒了大霉破产了还以为要被抓起来的时候,他正与公司第一把手打官司,差点拆分了股份;她在平城去婚介中心花8888元办会员卡的时候,他正跟一个漂亮的海归女相亲,不过人家家境太好,看不上只有钱却没爹没娘的他……

王小轶笑死了:"原来你是因为条件更好的女孩看不上你,才回头找我的吗?"

陶崧不好意思地说:"你我都快30岁了,我总不能骗你说,因为没有见到你,6年时间我都在守身如玉吧?这不符合客观规律。"

"嗯?你说说看,客观规律是啥?"

她或他,都对对方的每一个字感兴趣,听到什么,都觉得好笑、可爱。

最后,王小轶说:"你知道我上次坐在这里,听林晖说话的时候感受是什么吗?如坐针毡。我就像是他的脱口秀节目里请来录捧场的'笑声盒子',要及时捧哏,要及时夸夸。我压根就不想听他说话。唉，累死我了，我要演戏还得倒贴出场费。"

"所以，人要跟你真心喜欢的人在一起。你看我，就只想跟你在一起，就只想着这么一件事。"

"可是……我不在北京。我们没有办法在一起。"

"这些都是可以解决的。现在，我和你都有能力了，应该把重心放在我们'想做什么'。只要有方向，遇到问题就去解决问题，就能实现。不然，你我为什么要努力变强大？"

王小轶坐在椅子上，身体往后一仰，说："陶崧，我懂了。以前你觉得是这个世界欠你的，现在你可以掌控你自己的世界了——这是我总感觉你变了的地方。"

"是啊。穷的时候，有人看我一眼，我都觉得他看不起我，遇上红灯我都觉得是我命不好；有钱了，塞车两个小时我都不紧不慢。你也比以前有趣多了，不再是那个又缺钱又缺爱的人，整天觉得自己能吃天下的苦。钱总是流向不缺钱的人，爱总是流向不缺爱的人，苦也总是流向能吃苦的人。现在你不缺爱了，所以变可爱了。"

8

这顿饭一直吃到晚上10点多，陶崧送王小轶回酒店。在酒店门口的时候，王小轶握住陶崧的手，在他耳边说："今晚你不要走好不好？"

王小轶不得不承认，与心爱的人做爱，在心理上是完全不同的，她那么渴望与他的亲密、拥抱、亲吻。性只是一个开始，而不是一个抵达的终点。

王小轶被陶崧抱在怀里，她抬起头，说："我一直有疑问。你现在可以选择的女孩太多了,我不明白你喜欢我什么。原谅我,我总觉得不对等的感情,不太可信。"

他没有想到她问得这么直接,稍停片刻,看着她的眼睛说:"不是喜欢,是爱。我爱的,不是我的前女友王小轶,而是现在这个坐在我面前,不屈不挠,经历过无数生活煎熬的王小轶。因为我的成长和思考,一直与她有关。而且,重新见面后,我更确信了这点。我想跟她一起面对各种各样的问题。"

陶崧拿出手机,翻出两个月前他第一次去丽溪村找王小轶时,王小轶在台上对女工们慷慨激昂发表的演讲,他全录下来了。他说:"我原本只是有个心结,想替我妹妹说声感谢,想替我自己说声道歉。但是,我去了村里,看到了你站在台上,对着粗陋的仓库,说着你的梦想,说着你想让大家一起完成的梦想。我看到有人悄悄地擦眼泪,我也流泪了,那一刻,你太迷人了,你非常非常好……"

王小轶看到自己的讲话被录的视频,不禁摸了摸自己的脸:"怎么脸这么胖呢,哎,眼神也不对,不够稳……"

"好啦。你这么美,还要怎么样?"

"你真的觉得我美吗?还是安慰我的片儿汤话?我从小就被我妈妈嫌弃,觉得我没有人要。哦,对了,我读大学的时候,连你都不觉得我漂亮,这事,我现在还记恨呢。"王小轶告诉陶崧,自己曾在平城相亲过很多人,全部见光死,婚介机构对她的评价是,"你的条件非常差,除了长得漂亮以外"。

陶崧哈哈大笑:"他们太蠢了。应该说:你太多优点了,闪闪发光,无与伦比,漂亮只是你最不重要的一个优点。"

王小轶很开心:"你怎么这么懂恋爱呀?你可得教教我……"

陶崧告诉她,最近他正在开发一个项目,万事俱备了,已经在后期市场调研的阶段了。王小轶问是什么,他却说"反正跟你有点关系"。她很好奇,但陶崧怎么都不肯说,问就是商业秘密。

她就想不明白，一个程序员为啥做个项目跟她有关，难道是帮她卖衣服？没这必要啊。

　　这些天里，陶崧每天跟她要聊两个小时以上，他说他不厌烦，就是有说不完的话。她也是，一个话题滑到另一个话题，一聊就聊到半夜两点、三点、四点，无穷无尽。

　　原来恋爱竟然是这样子的。

　　就算回到平城，王小轶每天也很亢奋，看到一朵花想分享，看到一只小狗就要拍下来，员工跟家里吵架了，她也要告诉远在北京的陶崧。王小轶很安心，她不担心陶崧会不耐烦，她知道再琐碎的事他也爱听，就算两个小时没有收到陶崧回复，她也不急，她知道自己在他心中是第一位的。

　　这么短的时间里，她就那么坦然地相信陶崧，相信在他这里她可以放松，可以信任他。

　　一切都那么好，那么好。

　　就在全世界都告诉她"你嫁不出去"的时候，她就快要绝望的时候，没想到还有人深深爱着她。一种比"嫁出去"高级太多的生命体验，还在等着她。

9

　　趁着周末，陶崧跑到平城跟王小轶约会。王小轶去平城的高铁站接他，他说他过来，是为了亲自给她送一个礼物。

　　陶崧递给王小轶一个精致的锦缎盒子。她疑惑了，看着他，不敢打开。

　　他笑了："你放心，不是求婚，别害怕。这是我开发的一个项目。"他又拿出另一个同款不同色的盒子说，"我也有一个。"

王小轶带着满腹狐疑地打开。是一条项链，吊坠是一颗心，是用彩色水晶镶嵌成的，但中间有一颗红色的宝石。看起来很精致，但她知道不是昂贵的宝石，稍微放下心来。陶崧让她翻到吊坠的背后，上面刻着精巧的三个字母"WXY"，他笑着说："这是你的名字缩写，我给你订制的，我帮你戴上。"

陶崧也把自己盒子里的项链拿出来，也是心形的，但简洁很多，旁边是黄铜掐丝镶边，中间是一颗黑曜石，一看就是男款。背后刻着"I♡WXY"，中间那颗心，嵌了一颗很小的宝石，是"我爱王小轶"的意思。

王小轶迷惘地看着他："你开发的项目，就是买一对情侣项链，在背后刻字吗？不像啊！"这条看起来1000来块钱的装饰性的项链，作为郑重其事的礼物，好像又太轻了一点？

陶崧笑笑说："不是。"

他轻轻地按了下自己胸前项链的黑曜石。咦，王小轶的项链在发光了，还闪了好几下，红光、蓝光、绿光、紫光、红光。

王小轶按了按自己项链上的红宝石，陶崧的项链也在发光。

陶崧笑着说："你把手机拿来，咱们还要在手机上安装一个程序，那么，哪怕我在北京，你在平城，你想我了就按一下你自己的项链，那就算我在北京，我的项链也会发光，也能感受得到你的思念了。"

"嗳，只有你想我，我哪里有空想你呀？"

陶崧还解释说，按一下、按两下、按三下，闪光的节奏不同，表达了不同的含义；还可以选择震动。然后呢，充电也不是用USB接口，而是接触式充电，有一个非常好看的心形水晶基座，项链放在上面，充电时可以闪光，代表心花怒放。"你想我呢，你可以不停地按，我放在桌上的这颗心，就不停地发出各种光了……"

他还解释了各种开发思路。几个月前，陶崧向团队提出可以搞个小程序，经过调研之后，他们认为这个项目很符合年轻人的恋爱需求，价位中等，有市场。设计出来之后，把产品外观外包给首饰加工厂就可以了，首饰还可以升级换代。这个小程序也可以升级，以后还加入更多恋人间的互动交流方案。

现在这个产品已经在最后测试阶段了。

王小轶明知故问："那这个跟我有什么关系呀？"

"哼，几个月前见到你，你不是一直没答应我吗？我就想，怎么才能让你知道，我一直在想你，一直在想你。可直说又会被你一口回绝，会被你挂电话、被你拉黑……我就想，要让你胸前的心，一直在发光，都是我的呼唤……"

王小轶酸得牙齿都掉了："哎，你知不知道，我们中文系的，最怕就是理工科男生给我们写诗，隆重地抒情了，太酸了……"

"讨厌，我辛辛苦苦为你搞了一个项目，你难道不该叫亲亲老公吗？"

"不行，礼物太轻了。"

陶崧说："这个项目的产品线，我们已经成立了一家分公司了。我想好了，回去跟公司开会时说一下，在我的股份里，分出一部分股份给你，因为这是以你为灵感来源的。"

轮到王小轶吃一惊了："这不合适吧？"

"我有分寸的。目前这个才刚刚开始做，还不知道盈利情况。但恐怕短时间之内，你那部分收益，不会有一辆法拉利那么多。所以，我用这个代替名车作为定情信物啦。你不生气吧？"

第十八章

1

转眼就到了8月了。

一个下午,陈晓芬忽然惊慌地打电话过来:"臻臻!你爸爸……他确诊了!"

"什么确诊?确诊了什么?慢慢说。"许臻臻吓了一跳。

陈晓芬开始哭,哭得说不出话来,好一会才说:"你爸爸得了鼻咽癌,而且已经是晚期。医生怪我们为什么不早点带他来。"

臻臻大吃一惊。慢慢梳理,她方才回过神来。

半年前,许臻臻在回家时,看到爸爸头疼得厉害,还流鼻血,曾劝爸爸去看病。她回北京后,她总是催妈妈带爸爸去检查,但陈晓芬说:"他的性格我劝得动吗?他死都不肯,说医院为了创收,没病说成有病,小病说成大病,他才不上当呢!"

后来,陈晓芬好几次打电话来说,许振羽头疼过好几次,还常年鼻塞,鼻涕带血,而且他的耳朵也经常耳鸣,听力下降得厉害。他才60出头,不该衰退得这么厉害啊?她总劝他去看病,可劝不动。许臻臻答应,国庆节的时候她回家,无论如何都要让爸爸去好好做个全面检查了，不去也要架着他去。

但最近情形更恶化了。许振羽不仅鼻子经常流着带血的鼻涕，颈部淋巴结也越来越明显，有一个耳朵的听力快要丧失了，头疼得受不了，止痛药也不管用，只好去医院了。结果，多项数据一查，就是鼻咽癌，而且已扩散。

许臻臻呆住了，半天才说："会不会误诊？去广州或北京再复查？"

"唉，医生说，这都晚期了，扩散成一片了，哪里还能误诊了……"

没办法，许臻臻立即请了假，买了晚上回去的机票。还有一些已经录好的短视频，可以交给同事剪辑，能腾出几天的空来。

大半年没见，许臻臻没想到许振羽已经憔悴了那么多。陈晓芬悄悄地哭，许振羽还训她："有什么好哭的？哭能解决问题吗？生死有命，我们最讲唯物主义，不能连这点觉悟都没有。"

许臻臻看了看病历，又跟妈妈了解当时的情况，忍不住埋怨，说："爸，我和妈妈都劝你去医院看病不下十次了吧？不止了吧？你就是那么倔，就是不肯去！不然何至于拖到今天……唉。"

"你说这话有意思吗？是我想生病吗？"许振羽坐在沙发上，本来就没啥力气的，居然把剩下的力气用来发脾气了，"你要是不想陪我，你立即走，我也不求着你回来了。"

许臻臻知道自己说错话了，坐到爸爸身边，抱着他的胳膊，靠在他身边，慢慢地说："不是这个意思，我是心疼你，妈妈也心疼你。"说着说着，眼泪就不禁流下来了，"我们都是想你好的……"

陈晓芬悄悄地拉过许臻臻，到房间里说："你爸爸是很犟，是不听劝，但谁都能说他不好，只有你不行。他怕生病、怕住院，更怕动手术，是因为我一个人没有办法照顾他。但凡多一个人在身边，他哪至于这么讳疾忌医啊！他只能强撑着，希望能熬过去……"

许臻臻抱着妈妈，压低声音，哭了。

是她的错。她没有为爸妈着想，只想着自己了，如今，他们老了，自己却远在天边。"谁都能说他，只有你不行。"——妈妈说得对，她应该陪着爸爸，让他能放心看病，不用操心。回想起自己的逃走，许臻臻越想越难受。

平城的医院可以化疗，但更建议许振羽最好去北京或广州的医院，手术有可能延长生存期。但许振羽还是表示，保守治疗，就在平城化疗算了。

2

许振羽住进平城第一人民医院，接受了化疗，许臻臻请了个护工和陈晓芬一起照顾爸爸。验血、CT、活检、免疫组化、PET-CT，隔一个星期大概就检查一项。她自己也开始整天在网上搜寻关于鼻咽癌的种种资料。

许臻臻每天奔波在家和医院之间，随时要跟医生沟通。当陈晓芬在医院陪床的时候，她要回家给爸妈两人准备好不同的伙食带去；当她在医院陪着的时候，精神也高度紧张。坐在病床前，许臻臻看到许振羽压抑着痛苦，低吼的呻吟，特别心焦。加上睡眠不好，她自己也头痛欲裂了。

癌症晚期病人是世上最痛苦的人，病人亲属次之。如果她一个年轻女孩，照顾病人都这么疲惫、那么心累，她的妈妈年龄这么大了，又怎么能独自承担呢？

可是，三天过去了，马上要录新的视频了。怎么办？她是她这个号的老板，拖一天，她能说了算，但还能拖几天？不做了吗？可是，她在平城啊！

每每想到这里，她都只想哭。

许臻臻鼓起勇气，打电话跟阿尔法说："我决定辞职回平城，照顾我父亲。"

阿尔法很吃惊，说："不行。"

他问许臻臻，是因为给爸爸看病经济困难呢，还是什么原因？有什么他能帮忙的？

许臻臻说："钱不是问题，我爸爸是退休干部，可以全额报销医药费，就算不能报销我们家也出得起。但是，他生病需要人照顾，在医院需要陪伴，护工不能代替亲人。我爸爸可能时间不多了，在他那么痛苦的时候，如果我不能照顾他，而是留在北京，我一定会终生后悔的。"

阿尔法劝她："照顾是照顾，但不一定要用辞职这样的方式。你好不容易才打造出一个这么强大的视频号，市场价值很高，这也是因为你入场的时间正好。现在做视频号的已成了一片厮杀的血海，如果你退出，过一段时间再回来，想重新再做一个号，想冒出头，太难了。这个阵地，你绝不能放弃……"

许臻臻打断他的话："这些道理我难道不明白吗？我难道想放弃吗？每次想到我不得不辞职，我都很难受，都要哭。但是，我的家人呢？他们也很重要啊。阿尔法，我知道你为我好，你提出的一定是最符合我利益的。但请你试想一下，你妈妈当初在你还是孩子的时候抛下你，去别的城市，你是不是很难过很伤心？无法原谅她？同样，如果爸爸在最需要我的时候，我抛下他，去别的城市，而且可能永远无法弥补了，我怎么能心安？"

阿尔法沉默许久，过了一会儿才说："你说得对。陪伴家人是非常重要。但是，我建议你不要轻言放弃。我们这边先开会。一定会给你找到解决办法的。"

许臻臻有点伤感地说："阿尔法，可能我回不去北京了，我不知道该怎么办……"

　　在接下来的日子里，许振羽还在化疗，但毒副作用显现出来了。他开始呕吐，精神严重萎靡。医生悄悄对许臻臻说，预后不好，能熬过两个月的可能性不大。如果有条件，就尽量去北京或广州吧，那里医疗资源好多了。

　　这两天，许臻臻又是不能入眠。她想了很多说辞，想拐弯抹角劝爸妈去北京，可是，一开口，许振羽就知道她想什么，不让她说下去，总之，就是不走。工作上，阿尔法说，让她试着在平城调试好环境，争取在平城录新视频。许臻臻觉得可行。

　　但是，这终究不是长远的办法啊。她很发愁。

　　没想到，好消息来了。两天后，他们拿到的CT结果显示，原本怀疑肿瘤转移到胸部的，这次看起来又不明显了，并没有转移。许振羽的精神也好了些，疼痛感减轻，疼痛时间明显缩短。医生表示，可以在医院观察两天，如果没有进一步扩散，可以出院，回家休息，等着下一步化疗。

　　这已算是很好的消息。

　　许臻臻跟阿尔法商量了，趁着爸爸能回家休息的时候，马上回北京把工作补上。她请假了四天，之前囤积的工作已很多了；还有商务合同没完成。她要工作！

　　临走前，许臻臻不得不打电话给王小轶，两人长谈一次。

　　许臻臻的意思是，她走的那几天，如果她的父母有什么事，就托王小轶尽量帮助照顾一下。但她更痛苦的是，如果父亲是这样子的状态，也许她真的需要辞职回平城了。毕竟，妈妈年龄也大了。

　　王小轶力劝她不要辞职。

　　许臻臻被卡得两难。虽然跟爸妈有过不满，但是，他们一心一意是为她着想的，给她安排好工作，给她安排好房子，给她安排好婚前财产，给她安排好了一桩看似很完美的婚姻，小心翼翼地把麻烦挡在门外，留给她的，是一个纯洁无比的世界。父亲病重，也是因为她不在身边,没有催促他早点看病延误了时机啊!

王小轶说:"你不要总认为是自己的错。你回去上班吧,千万不要辞职。在平城,我可以帮你的不止这几天,一两个月都没问题!"

许臻臻很惊喜,但又觉得这个责任太大了,她怕王小轶太为难。王小轶说没问题,身体擦洗或护理,有护工在做;家属或朋友更重要的是情感安慰和跟医护沟通,还有许臻臻的妈妈在。现在"轶工坊"的事已经上正轨了,不仅梁姨得力,连阿香、何嫂等人也能独当一面,可以很好地管理了。

她对许臻臻说:"我愿意这么做,因为我们之间共同经历了太多。如果你中断你的工作,这不就是让你自断手足吗?我要帮你渡过难关。而且我知道,我有困难时,你也会毫不犹豫地帮我。"

除了拥抱,许臻臻还能说什么呢?

许臻臻告诉了爸妈这件事,两人都反对。陈晓芬的意思是,你明知我和你爸对王家的人有意见,有过节,这个王小轶还有她的妈妈,这么恨我们,我不敢想象她要是有什么想法,要给我们做点手脚,那可怎么办。

许臻臻说:"她不是这样的人。如果没有她的帮忙,我就无法工作,我就得辞职。我现在早已不是一个人在工作,我手下有一个团队,他们是为我服务的。我责任重大,不能随便放弃。"

她把王小轶带到爸爸妈妈面前,说:"爸、妈,我离开的这四天里,你们有什么事,尽可以麻烦王小轶。她一定会尽心的。"

许振羽和陈晓芬都很尴尬,陈晓芬难为情地说:"实在是……我知道你现在在开一家服装厂,很忙,我只能,只能尽量不打扰你。"

王小轶笑说:"我与许臻臻可以说是亲同姐妹,过命的交情,所以照顾她的父母,也是应分的。"

陈晓芬说:"对于你父亲的事,我和臻臻爸爸,都觉得很抱歉。法院也判他没有错,我们当初不该让他走投无路……"

"现在说这个干什么?叔叔当时也是受了重伤了,你们的反应都很正常。而且,你们看不上我爸、看不上我妈,觉得他们层次太低了,这些都是事实,你们并没有说错。上一辈的这些矛盾跟我一点关系也没有,我是我自己,独立做决定。"

许振羽靠在病床上,不太敢看王小轶,王小轶笑了:"别有心理负担。你想象一下我是护工,就好了。我现在每天上午在丽溪村,下午都会回平城,你们随时给我电话都可以。"

不过,刘美兰也不知在哪里听来的消息,她打电话问王小轶:"听说你的那个闺蜜许臻臻的爸爸,得了癌症,快死掉了?"

王小轶听了就不高兴:"人家就是在化疗,有必要诅咒人家吗?"

"什么诅咒,癌症晚期不就是差不多快要死了吗?"

"胡说八道,我今天下午才去医院看他。"

刘美兰不忿了,骂女儿是白眼狼:"你连我都不照顾,还照顾我们家的仇人?我白浪费了那么多大米饭,养大你啊……"

王小轶把电话挂了。

3

许臻臻含着眼泪抱了抱爸爸妈妈,还有王小轶,就去赶晚上的航班了。

她几天没睡好,已经很累了。可是,她想明天一天要录四到五个短视频,今天必须把多个底稿的文本全都整理出来。助理已经挑好了选题,找到素材,提前拍一些产品和辅助花絮,但主体还是要由许臻臻出镜,别人无法越俎代庖。

第十八章

回到北京上班，许臻臻在领导层开会的时候表示，她会在平城与北京之间奔跑，尽量不减少工作量，只是重新安排工作时间，辛苦一点，力求把两件事都做好。在北京这几天，她每晚只睡四五个小时，把平时要花两周时间做的内容，集中在四天内做完。她密集地录八期短视频，加两个直播，通宵达旦地工作，到了后来，脸色都很难看了。

阿尔法想找许臻臻吃饭，但是她没空，最后，每天都是两人一起去楼下吃快餐。

许臻臻告诉阿尔法父亲的病情，说到最后，眼泪就一直打转，就是没有掉下来。

他握着她的手，说："你要是难过，就哭出来吧。别管别人笑不笑话你，没关系。"

许臻臻努力把眼泪吞回去，勉强笑着说："从来，都是我的爸妈庇护着我，我觉得太窒息了，没有自我，所以逃走了，逃到了这里。如今，我意识到，是时候，该由我庇护我父母了。这一年多，我陪他们太少了，我爸最痛苦的时候，我都没有在他身边，我知道得太晚了……"

"不晚。不过，还是听医生的话，看病别在平城了，尽早转到北京来吧。你要是在北京，也许我还能稍微帮忙分担一下。"

许臻臻也想啊！但是，在许振羽眼中，她从来都是被父亲安排生活的孩子，他怎么会愿意听她的安排呢？她试过开口很多次，许振羽连听都没听完，就打断她了。

在平城，许臻臻离开的时候，许振羽已能正常行走了，也能进食了。看着他的指标有了好转，医生就给他办理了出院手续，由王小轶跟陈晓芬一起送他回家。

许臻臻听到了这个消息，心里也暂时放下了，至少可以安稳一两周了。她想，自己尽量在北京多停留几天，力争多完成一点工作。

连着几天,王小轶下午都到许家,帮他们收拾房子,整理得干干净净。然后,她和陈晓芬轮流搀扶着许振羽,陪他慢慢散步。这至少能让他心情平静,有助于康复。

这个下午,王小轶刚刚陪了许振羽去旁边街区的小公园散步,回到自己家里,天就唰地黑下来了,下起了倾盆大雨。她自己做饭、吃饭,核查服装厂的流水,把营业收支再盘点一遍。忙完,王小轶又看了会儿视频,睡觉了。

下大雨的夜里,总是特别容易睡着。

半夜里,王小轶放在枕头旁边的手机忽然抖个不停。原来是陈晓芬打过来的,她一边哭一边说:"臻臻的爸爸忽然头疼得不行,疼得要撞墙,他都快疼晕过去了。小轶,帮帮我,帮我送他去医院,我一个人不行……不好意思了……"

王小轶看了看时间,半夜一点了。外面的雨还在不停地下,还时不时一个闪电打雷。她真是太累了,睡得太熟,居然都没听见。她让陈晓芬赶紧把住院的洗漱包和衣服装好,她立即赶到。

可是,平城又不是北京,半夜一点,还下着泼天大雨,怎么可能有出租车?怎么办?王小轶有辆自行车,她连自己的洗漱包都带上了,穿上雨衣,就要骑车去许臻臻家里。

没想到,那雨衣长久不用,一穿就烂,王小轶火冒三丈,直接把雨衣扔掉,骑着自行车就冲进大雨里。花了十多分钟骑到了许家,王小轶浑身湿透了,像一条沥着水的鱼。

陈晓芬一看到王小轶浑身滴水,让她换上许臻臻的衣服。王小轶拿到了许臻臻的汽车钥匙,两人合力把许振羽扛上了汽车,总算把病人送到了医院。

许振羽被推进了急救室,陈晓芬又哭了。王小轶抱着她,安抚她。

她能从陈晓芬倚靠在她肩膀的重量当中,感受到这个中年女人的绝望。看到陈晓芬的眼泪,她也不由自主地哭了。她为许振羽难过，为陈晓芬难过，也为许臻臻难过。很想感同身受，可她还是有点隔膜，不太能理解失去至亲是一种什么感受。

是啊，王小轶父亲去世的时候，她从北京赶回来见了最后一面。但是，她的家庭关系与许臻臻家的不一样。她的家里，父亲是外人，一年四季不说话，她对父亲没有什么感情。而母亲……算了，她愿意向上帝祈祷让自己减寿10年，换来没有这个母亲。

也许对她来说，最亲的人，就是许臻臻和吕筝了。她只有朋友，没有亲人。她说不清楚，是从来没有亲人惨，还是忽然失去亲人更惨。

王小轶发微信给许臻臻，让她最好尽快回来，可能许振羽的癌细胞又扩散了。

当时，已经是半夜两点半了。王小轶发完之后，就准备回去睡觉。没想到，她马上收到了许臻臻的回复：

"谢谢你。我刚刚做完直播到家，才洗完澡。明早我坐7点多的航班回来。"

王小轶吓一跳。在首都机场，一般至少要提前一个半小时安检，那就意味着她要凌晨4点多出门，那还睡啥觉啊。

大家都是可怜人。

4

早上11点多，许臻臻就已回到平城，把行李放回家里，她匆匆赶来医院。她让母亲回去睡觉，她来守着爸爸。

许振羽醒过来，做了检查，在输液，许臻臻就坐在他床边，陪他说话。

他问："你的脸色很差，是没睡好吗？"

"还好。一大早从北京飞过来。其实,如果你在北京的医院,我照顾你就方便多了。"

许振羽叹气:"故土难离。我没有那么害怕死亡,反而更害怕浑身插着管子,饱受折磨。我自己这辈子都是求安稳,求安心,不想拖着残破的身躯,一次又一次地动手术,太难受了。如果能治好,那么忍受痛苦还值得。可是,治不好呢?辛辛苦苦,如果只是为了延长几个月寿命,有意义吗?这样,对你、对你妈妈,都是一种折磨。"

许臻臻还想劝,可许振羽却说:"在我这儿,不是一个权衡利弊的问题,而是我有自己关于生死的价值观。对我来说,坦然面对死亡并不难。这么多年,你还是不了解爸爸呀?"

她很为难。

许振羽说:"我现在有点明白了。我当初是想为你好,但你却很生气,觉得不尊重你的想法;如今,我也觉得,你和妈妈也想为我好,却非要我去北京治疗,也是不尊重我的想法。"

听得许臻臻止不住地哭。

下午陈晓芬过来换班了。许臻臻已经在病床边的行军床上睡着了,摇都摇不醒。

许振羽说:"让她再多睡会儿吧。"

但是,拿到新的检验报告,医生又来劝许振羽了。这次,是劝他们尽快出院,因为癌细胞又再一次转移了,小城市的医院无能为力。

许臻臻把许振羽的情况打电话告诉了吕筝,又把检测的各种指标发过去,吕筝叹气说:"怎么拖得这么迟!来我们医院吧!我们医院的樊教授是主治鼻咽癌的权威,在这方面,是中国最好的医生之一。"

许臻臻下定了决心,无论如何,一定要说服爸爸。别人是没钱也要拼命地救,何况他们家不用操心钱的问题。

王小轶说："你让我来说吧。我是外人,我来说,他更容易听进去。"

王小轶来看望许振羽,她让陈晓芬回避一下,对许振羽说得很直接:

"许叔叔,医生说了情况,我想直截了当地告诉您,您的癌细胞已经再度扩散了。阿姨和臻臻也知道了,她们太难过了,没法跟你当面说。"

许振羽惨然地笑了一下:"明白的,我有心理准备。"

"但是,还有希望。因为平城的治疗水平有限,在北京,却有全中国最好的医生,甚至世界上最好的医生。我表姐就是三甲医院的,她可以给你安排到最好的肿瘤医生,只要你去北京了,一切都会好起来的。"

"谢谢小轶了。我不愿意为了增加一点渺茫的存活可能性而受罪。我的价值观,就是视死如生,没有这么多磨磨叽叽的。"

"叔叔,许臻臻没法跟你开这个口,阿姨也不方便说。由我来说,也许更客观一些。我们每个人活着,都不仅仅是为了自己,都和社会有着千丝万缕的联系。对您的病情,许臻臻已经内疚很长时间了,因为她未能第一时间强迫您去医院检查、看病。她觉得这全都是她的错。阿姨也一直在自责。可是,每次她们要求您去医院检查的时候,您都特别特别生气。您在用自己的身体,在惩罚最爱您的人。您是觉得自己很潇洒,能参透生死,可她们却会因为您的决定而抱憾终生。再说了,并不是让您去受苦,治疗或手术是痛苦,但也是一种希望;有条件却故意不治疗,不是豁达,而是等死、是消极。我知道您不怕痛、不怕死,但一个不敢拥抱希望,而只能彻底放弃、破罐破摔的人,难道可以算勇敢吗?叔叔,您可以恨我,恨我说的话难听,但想想您的女儿、您的妻子,她们的心是怎么样的,您还不明白吗?"

其实,说到一半的时候,王小轶的眼泪已经下来了,许振羽的眼中也有泪光，他在强忍着。王小轶说完后，不敢再看他，走去房间擦眼泪。

医生进来做了简单的日常检测，不一会儿，许臻臻和陈晓芬准备好吃的，回来了。许振羽勉强笑着，对许臻臻说："医生是不是又在建议我尽快转院？我现在还能正常行动，精神也不错，叫你妈妈尽快收拾一下吧，我们先出院。这两天去北京。这样，也能不耽误你工作。"

许臻臻很惊喜："你为什么改变主意了？"

"一个是，小轶劝我，说北京的治疗是多么多么好，我相信科学。另一个原因是，我想多看看你，想看着你结婚，生孩子……我想多活几天，哪怕是几天也好。是爸爸以前对你太苛刻了。"

最后，他说："而且，我是党员嘛，相信唯物主义、相信科学、相信现代医学，说不定大医院已经有攻克癌症的灵丹妙药了呢！"

许振羽的语气越是乐观，许臻臻就越是难过。

5

三天后，许臻臻带着爸妈来到北京，阿尔法去机场接许臻臻一家。爸爸妈妈看到阿尔法，笑得合不拢嘴，很热情。陈晓芬悄悄地怪女儿："你真是的，这么好的男朋友你居然瞒着我们不说？"

许臻臻无奈地说："本来还没打算见家长的。"

陈晓芬眉开眼笑："你们一起多久了？那不如这次就商量定下结婚的事？"

"八字没一撇。妈，你别管我。"

"我就搞不懂你了，他这么帅，开这么好的车，穿得有品位，家里肯定有钱，还对你好，你还有什么不满意的？"

"我们就只是谈恋爱，没到结婚那一步。"

"那你可得抓紧……"

许臻臻心想：你们想得可真美。

许臻臻新租的房子比较大，80多平方米，正好能让爸妈住进来。许爸许妈想起一年多以前，许臻臻租的那个25平方米的小房子，他们又开始感慨万千了。女儿还是有出息，这么短的时间，就能有这么大的发展了。

但是，许振羽的病情很不乐观，恶化得很快。他不仅头疼，还浑身疼痛，癌细胞扩散了。

他住进了医院，樊教授亲自过来会诊，表示必须手术，要做肿瘤切除、淋巴结清扫、食管重建；手术完之后，还要进行化疗。可是，就算一切顺利，预后也不理想，病人的生活质量低，能提高多长生存时间还不好说。

听到这个消息，一家人都手脚冰冷。但最后，爸爸和妈妈都表示，听从许臻臻的计划和安排，相信女儿是最能考虑周全的。

现在，这个担子就压在了许臻臻身上了：她必须做出重大决定。

进亦难，退亦难——她不能放弃希望，不能说"不做手术了"；但手术治疗，会让爸爸遭受更多的痛苦，切除一大段食管，他再也没有办法回到正常人的生活了。她压力太大，整晚都想着这件事，思考不出结果，只能默默地流泪。早上起来，枕头都是湿的。

她在医院的时候，特意去找吕筝，问："这种情况下，到底要不要手术？"

吕筝说："按理来说，病人和家属在这种时候怎么做决定都是对的。不过，我在医院里做过很多手术，看了很多这样的事；再考虑到你的性格，我只能说，尽人事，听天命。不然你一定会后悔为什么没有穷尽所有的办法，能做的手术不尝试，你不会原谅自己的。樊教授是国内这方面最好的主刀医生，你应该给你爸爸这个机会。"

难以想象，这个过程有多么煎熬。

手术的那天，阿尔法也来了。他陪着许臻臻，还有陈晓芬，目送许振羽被推进手术室，又看着他，浑身插着管子和监测仪，被推出来。生病的人苦，陪同的人心里也苦。

阿尔法握着许臻臻的手，许臻臻没有哭，很疲惫，但是却很坚定。

手术很成功。但没歇多久，许振羽又要进行化疗了。这又是新一轮煎熬。

而且，这个过程当中，许臻臻还不能放弃工作。在医院的时候，她坐在病床边上，只要爸爸睡着、不需要人了，她就抱着手提电脑，整理资料，修改文案，检查内容；等妈妈来换班了，她立即先回公司，用最短时间化妆、做头发、做一集视频。

有那么好几天，许臻臻每天只能睡三四个小时，脸上的妆再厚都遮不住憔悴。

有一次，阿尔法去医院接许臻臻回办公室，但是，她却不在病房里，手机也不接。阿尔法在医院里找了好几圈，最后在拐了个弯的候诊室座椅上，看到了许臻臻。她在一个狭小逼仄的铁皮椅子上，奇形怪状地昏睡过去了。他一叫，她就惊醒了，看了时间，自己都吓了一跳：大白天的，许臻臻在这个椅子上睡了四个小时，不省人事。

6

　　回公司的路上,许臻臻忍不住哭了:"我太累了,累得动不了了,我每天睡不到四小时,脑子都要短路了。我真不知道我能坚持到什么时候,是不是必须辞职?可是,我不想……"

　　阿尔法说:"别,千万别辞职。明后两天下午到整个晚上,我都可以安排出时间,我可以过来帮忙照顾你爸爸。你先在家里睡个好觉吧。以后再说。"

　　"那不行,耽误了你的工作怎么办?"

　　"没事,不耽误。我还不能安排好吗?"

　　"这么大的人情,我欠不起。"

　　阿尔法把车停在路边了,认真地看着她,说:"我说许臻臻,你是不是有毛病?我是你男朋友,帮你照顾你爸妈,不是天经地义的吗?你一直这么为难,每天睡三四个小时,都不好意思要求我帮你。我开始也不知道什么原因,担心你是不是不想向你爸妈承认我,我不敢太主动。可你看看你现在累成什么样子了?还是宁死不求我吗?你好意思让王小轶照顾你爸妈,却不好意思让我来?你还当我是外人吗?你是不是从来就没当我是你男朋友?"

　　"我怕影响你工作啊。你能帮我处理一些工作上的事我已经很感谢你了……"

　　"你又来了。你怎么就不怕影响王小轶的工作,敢把爸妈扔给她照顾呢?你怎么就这么信任她呢?"

　　"她是我最好的姐妹啊……"

　　"说白了,你还是不信任我。看来是我想多了。"

　　"我是怕麻烦别人而已。"

　　阿尔法沉默半晌,许臻臻有点害怕。许久后,他说:"算了,我先把你送回公司吧。"

她不懂："我不懂，你为什么生气？我说错什么了吗？"

"你没错。只不过，搞了半天，我是自作多情了。你说'爱我'，但从来都当我是外人，是'别人'。"

"你是觉得我没有让你照顾我爸妈，就是不爱你吗？可是，你不知道，在病人身边要熬夜，不能正常睡觉，要承接他的痛苦和情绪，是多么难受的一件事。我就是因为心疼你，才不让你来的。我说不出口啊。"

"你怎么还没明白？我觉得我们的感情是可以一起去面对这些问题的。你现在还要推开我，让我完全置身事外？你对我的信任，根本比不上你对闺蜜的信任……"

许臻臻有点懂了。她从副驾位上俯身过去抱着阿尔法："对不起。是我自卑，一直有一种不配获得感……"

这么多年来，她的父母时刻提醒着她，没有人会对你好，只有我们。我们对你的恩情，你要永远记住。朱子平也提醒她，你这不好那不好，是为了我们两家的关系联姻才选择你。而且，朱子平从来没有给她送过礼物，没有为她做过任何事情，只会嫌她这不好那不好。她不敢撒娇，不敢提要求，因为会迎来无情的奚落、嘲笑。连生病时的求抱抱，也会被嫌弃；两人就算同在一处，生病时她都不会告诉朱子平，宁愿自己一个人去医院。最可笑的是，如果不是大结局出错，许臻臻会误以为那八年的恋爱过程很温馨、很美好，以为那就是"平平淡淡才是真"的"过日子"。

许臻臻说："你知道吗？当我家人来北京你主动提出要接机的时候，我已经非常感动了。这辈子没有人对我这么好，连'接机'这种要求，我都不敢开口提。"

阿尔法听得都笑了："我的天！那看来我以后要好好补偿你了，你实在是太缺爱了。"

许臻臻情不自禁地吻着阿尔法，好半天才说："你确定明后天真能去医院陪我爸吗？不影响你的工作吗？"

"瞧瞧，你这自卑的样子，我可看不上。我的前女友们，向我伸手提要求的时候，总是理直气壮，当是恩赐给我的机会。"

第二天，阿尔法果然去医院，接替陈晓芬，陪着许振羽。许臻臻终于如愿地补了几个小时的觉。

许振羽也跟阿尔法说了很多话。他说，他这次意识到，以前对许臻臻的指责和判断是错的。以前束缚了她，不让她出门，一言一行都放在监控之下，还误以为是对她好。许臻臻一直很好强，但做父亲的，却担心她走远了不再回来。他没有想到，许臻臻已经成长了。她一个人可以井井有条地处理自己的事业、朋友、家庭，她可以过得很好，她有自己的朋友和人生。如果可以，他想坚持得久一点，多些时间跟她相处，看着她，有自己的家庭……

许臻臻问阿尔法，爸爸跟他说什么了，阿尔法笑着说："他给我看了你的家庭相册，没想到你小时候的样子那么呆。"

手术后的化疗，是比手术更可怕的过程。许振羽的整条胳膊肿成猪蹄一样，浑身疼痛，不想吃不想喝，但他依然竭力保持平静，说："我相信医生，这肯定已经是最好的治疗方案了。"

许臻臻看到爸爸遭的罪，很难受，又开始怀疑自己是不是做错了决定。但许振羽安慰她："疑者不信，信者不疑。既然我决定手术、决定化疗，就知道会有一定的风险。这些都在我预料之中，没有什么不能承受的。"许臻臻想到自己还要一个刚化疗完的病人来安慰，哭得更厉害了。

看着爸爸虚弱、浮肿，她怎么都没有办法控制住眼泪。

许振羽精神好的时候，也会看许臻臻的短视频和直播。有一次，他还进了直播间打赏了。许臻臻在直播当中，看到了熟悉的名字，她的眼泪又涌出来了。她一边流泪，一边跟父亲隔着屏幕打招呼，还跟观众说了父亲的故事。她脸上的泪没有停过，一直到做完直播。许多观众也听哭了。

现在，一家人终于有时间慢慢说话了，不再像以前那样，要么是服从，要么是充满火药味地抬杠。许振羽说："臻臻，我现在才慢慢感觉到自己完全不了解你。你离开我们，还不到两年，在一无所有的北京，不仅工作能独当一面、租上了好房子，而且还交到了好朋友，他们对你那么信任，那么尽心。现在我知道了，不是必须靠我们给你铺路，而是我们不想你离开，才要拼命把你捆在身边，我们不敢承认是我们更需要你。现在，你可以自己飞了。"

陈晓芬说："当初，我真不该逼婚。一直以为你离开了我们给你安排的生活，你就什么也不行；我还以为朱子平会是你最好的良配。没想到，他父母都是退休干部，却教出这样没教养的孩子。是我们眼瞎了。至于那个阿尔法，爸妈都很喜欢，可是，要看你自己的意思。你结不结婚，我都不再催，只要你开心。"

而许臻臻说："我太任性了，遇到问题只想着逃跑，一直都没有学会好好沟通。我本应花更多时间陪在父母身边的，如果不是我离开你们，也许爸爸早早就去看病了，就不会拖延病情了。现在，我只想一家人多点时间在一起。"

以前这些话，对每一个人来说都很难说出口，哪怕心里觉得自己错了，也不想在嘴巴上服软。只有现在这种情况下，大家才终于互相谅解，说出心里话。

在又一次被推去接受化疗之前，许振羽说："我现在终于明白了，为女儿好，就是应该让她更独立。我很骄傲能有这么优秀的女儿。其实，我这一生很圆满，没有什么遗憾了。"

许臻臻听不得这样的话，回过身去，抱着陈晓芬，一直在哭。

一个月后，许振羽在北京去世了。

处理完后事，许臻臻希望妈妈跟她在北京一起住下去，但陈晓芬还是决定带着许振羽的骨灰回平城。她说："现在我的身体还很健康，你的外公外婆，还有你舅舅都在平城，我在那里生活习惯了，熟人也多。我在北京过不惯，有空的话，就多回家来看看我吧。"

7

陈晓芬回去一个星期，打电话来跟许臻臻说了自己的近况。家里重新请了一个钟点工，她跟两位舅舅也来往得更多了，一切都好。

许臻臻听着妈妈说话的声音，放心了。陈晓芬是轻松的，虽然爸爸的事令人很伤心，但这个过程当中，大家都有了心理准备，她也开始了新的生活。

陈晓芬说："你知道吗？朱子平回平城找工作了。"

这事说来复杂。之前朱子平总说他在设计研究院能拿一大笔项目奖金，拿到就回平城结婚，实际上是子虚乌有。知道自己工作不行，他在北京时整天就在忙着相亲，希望能"嫁"入豪门。他这样又英俊、又老实、又有背景的优质男，难道不是白富美梦寐以求的对象吗？朱子平没想到的是，有钱人个个都虚伪自私、斤斤计较、鼠目寸光，不懂得找一个潜力股女婿多重要，反而处处挑剔他。最终，他还是徒劳无功。

另外，在设计研究院这种经常需要加班、全情投入工作的地方，朱子平年年的绩效都是吊车尾，终于被末位淘汰了。

朱子平在北京待不下去了，回到平城找工作了。他爸妈托了很多人，都没法给他找到理想的工作。他之前就曾考公、考编，都考不上。这是硬指标，想找体制内的工作，更没戏了。

但是，朱子平爸妈在圈子里说，许臻臻喜新厌旧、贪图富贵，朱子平被迫分手后很痛苦，才影响了工作的；还说许臻臻一直花平平的钱，害惨了平平。几天前，有人把朱子平妈妈在其他群里说的话，截图发给陈晓芬，她气坏了。

许臻臻跟妈妈说："不行，千万不能放过他家。"

小城市，而且还是一群退休公务员和中层官员的圈子，范围就是这么大,尤其是现在有了各种微信群,坏消息满天飞,当面不说,背后大家什么都知道。

许臻臻说:"要是这次都不能让他妈妈丢脸地滚出这个圈子,我就白混了。妈妈,你在那个'平城好伙伴'的群里,把当初朱子平打官司要我还的钱,他家列出来的整个表格都发出去吧。给大家看看,朱妈妈请我在家里吃顿饭,买的鱼、买的肉,都要我还钱,记账记了几年,一杯三块钱的可乐,都记账让我还钱,牛呀!应该让大家看看财政局前任科长朱妈妈,是多么有商业头脑啊!"

陈晓芬害怕得罪人,担心丢人。许臻臻说:"那朱子平一家头天晚上假装跟你们商量结婚的事,第二天就跟别的女人办婚礼,他怎么就不怕得罪我们家?一杯可乐都保留收据、记几年账,要我还那三块钱,他怎么就不怕得罪我了?还不是你和爸爸太好欺负了?妈,你们以前经常教育我说,做人要体面,要大方;但是,体面是必须对等的,跟不体面的人讲体面,咱们就成了笑柄。你别跟他们客气,我们家也不是吃素的。"

陈晓芬总算明白了。晚上,陈晓芬看到积极发言的朱子平妈妈又在群里面叨叨了,她二话不说,就把整个文件发出来,还另外截了几个图,特意把朱家买鱼买肉的钱都要许臻臻AA分担的那部分,画上重点。然后说:"子平妈妈真厉害,算账水平很高。"

群里有个人说:"朱子平婚礼我就在现场,朱子平用麦克风说,他跟新娘结婚只是因为新娘拆迁有钱,他心里只有许臻臻一个。"

另一个人也说:"我和我老公都在。当时,新娘把朱子平的脸都抓花了⋯⋯"

"是啊。我看到的,跟子平妈妈说的可不一样哦,很多人都在现场呢!"

不知啥时,朱子平妈妈已退群了。

还有人悄悄地联系陈晓芬:"臻妈,一个男人连5年前花3块钱给女朋友买的可乐都要把钱索回来,真是渣男。""臻妈,跟这一家人打交道太可怕了,知人知面不知心。我把他们夫妻俩都删掉了。"

好事不出门,坏事传千里。大家开始是互相留点面子,因为别人家的儿子渣男不渣男的,跟自己无关。但一看,他们家本来就理亏了,祸害人家好闺女8年了,还教儿子如此抠门,坏事做得这么绝,这家人还要脸吗?这家人人品不好,谁想成为他家的人脉呢?

许臻臻说:"妈妈,我原来和你们一样,是相信'忍一时风平浪静,退一步海阔天空',现在才知道这是胡说,实际上是'忍一时蹬鼻子上脸,退一步万丈深渊'。看看我们家本来就一点都不差,这都被他们欺负成什么样子了?所以以后遇到事,别忍,别退。"

第十九章

1

一天中午,美丽的米娜来办公室了,她先进了阿尔法办公室,等他中午下班,和他一起去吃午饭。

许臻臻远远地看到米娜,她赶紧低头,希望米娜没看见自己。

许臻臻提醒过阿尔法,先别把他们的关系告诉他妈妈,现在还没到合适的时候。再说了,如果米娜发现儿子竟然跟一个曾经招待过她的普通小员工拍拖,恐怕会激烈反对吧。

但米娜从办公室出来时,却径直向许臻臻的办公桌走过来,向她招手。首先是夸她今天的衣服很漂亮,许臻臻甜丝丝地谦虚了几句。

米娜说:"不如你跟我们一起去吃饭?"

阿尔法也跟着过来了。这下好了,全办公室都盯着许臻臻,看她的反应。

这算不算是豪门面试儿媳的一场大戏?

许臻臻紧张地看了看阿尔法,阿尔法示意她同意,但她说的却是:"谢谢米娜小姐。我中午要整理稿子,没时间,抱歉抱歉。希望下次有机会。"

阿尔法也赶紧推走妈妈："人家没空呀！你也不早点说，让人家准备准备……"

虽然人走了，但空气中暖暖的香气还在。许臻臻的心还在扑通扑通地跳。

她看了看自己今天穿的衣服，就是一件特别宽大的真丝衬衫，加一条短裤，一个新兴的小众设计师品牌。哎，米娜真识货。

许臻臻发微信质问阿尔法："你告诉米娜小姐了吗？不是让你先别说吗？万一她先入为主不喜欢我咋办？"

米娜小姐什么人呀，她见识的人非富即贵；如果是在电视剧里，她对许臻臻这样身家普通的女孩，那白眼要翻到天上去的。

隔了半天，阿尔法才回信息："我没说。她不知道。"

咦，那就奇怪了。连许臻臻都不知道自己哪点好。

下班的时候，阿尔法过来，笑着递给她一个首饰盒，说："这是米娜送给你的。我说你不合适，她说一定合适，指定要给你。"

许臻臻一边说"谢谢"，一边好奇地打开。是一枚胸针，很漂亮，很别致，不过不是大牌奢侈品，也不是珠宝，那就还好，不至于太贵重。但是，底层上分明刻着一个好莱坞明星的名字。

许臻臻狐疑地抬头："这是？"

"嗯，就是一个明星送给米娜的小礼物，她是米娜的好朋友。米娜说这不贵，让我转送给你。"

她心里像炸开了烟花一样开心，嘴上说的却是："啊？你还是跟她说了？这种名媛送的礼物，米娜转送给我，不太合适吧……"

"没事，她们之间有什么好东西都是随手送的。这个不值钱，就是给你戴着玩儿的。"

许臻臻心情很好，趁门关着，她扑上去吻阿尔法："米娜怎么说呀？有没有嫌弃我呀？"

阿尔法告诉她，米娜问了丽莎现在怎么样了，然后他说分了，现在有新的女朋友了。"你猜米娜说什么？她问我，是不是就是那个上次送我去医院的小姑娘？然后她在她的包包里摸了半天，在包里摸到一个小小的见面礼，让我送给你。"许臻臻兴奋地说，她要请客，要谢谢米娜。

阿尔法和许臻臻收拾好，一起下楼去吃饭，吃完饭回来还要加班呢。两人一边吃饭一边聊，聊工作、聊新闻、聊选题，也聊到这些年的经济大发展。许臻臻说阿尔法显然是最大的得利者，家世已经够好了，还去了美国的藤校深造，有个著名的继父；回来又赶上了自媒体和时尚业发展的最大红利，什么都赶上了。阿尔法说："你也不差啊！你只用了两年时间，就成为时尚行业的大网红。再做两年，你赚的钱就比你爸一辈子赚的都要多了。"

"而且呀，"阿尔法没说完，就开始笑了，"而且呀，你原本是个小镇做题家，现在可以跟公侯的孙子、郡主的儿子滚床单，算不算一个阶层跃升？"

许臻臻打了他一下："你太坏了。"

但是，吃着吃着，许臻臻有点不开心了。阿尔法问她怎么了。她说没什么。但过一会儿，她吃不下了："我不介意别人开玩笑。但是，我真的觉得你在我面前的优越感太重了，让我很不舒服。"

"我说错了话吗？那我道歉。"

"你没错，道什么歉？不，你不要误会，我不是要跟你胡搅蛮缠，不是要你道歉。而是，我意识到这些是你真实的想法。你确实比我优越，优越很多；就算你对我不错，你也不能忘记这件事，时不时都要提一下，是吧？"

"你是不是太敏感了？我们都在一起三个多月了，我在工作以内的时间、工作以外的时间，都是跟你在一起的，如果我嫌弃你，我何必为难我自己？"

"谈谈恋爱也许你乐意，可真要到结婚的时候，你还是会嫌弃我的，我猜对了吧？"许臻臻话赶话，越说越狠。

阿尔法没有生气,只是有点冷酷地看着她:"臻臻,我以为我们曾经聊过,说得够明白了。我是不婚主义者,我这辈子都不想结婚,你也认可的。"

刚才的话说出口,许臻臻也是立即就后悔了,她知道自己过分了。没错,阿尔法是认真跟她沟通过的,他看到妈妈一次又一次的婚姻失败,还有对孩子的这种态度,他就永远不想结婚了。他的父亲等于不存在,他以后也不想当父亲。他懂得照顾自己,有爱的人在一起就很好了,他依然想去爱,但不想困在这个角色里……当时,许臻臻是认可的。新时代的女性嘛,总得接受新观念;而且,像朱子平那种这么热衷于许诺结婚的人,天天号称为婚姻家庭谋利的人,干的都是些啥事?阿尔法说的是对的,真爱不需要一张证书来证明,不爱了有证也牵绊不了。

但有时,许臻臻又很失落。阿尔法是爱她的,但又不够爱,总是冷静地守着最后一关,不愿给她承诺。

此刻,许臻臻说不出什么心情,只是把自己的委屈倾吐出来:"我明白了。我是小镇做题家,我爸妈以认识一些副处长为荣,经常把他们挂在嘴边。我爸妈是普通人,我小时候也吃不上进口巧克力,更没有吃过你说的那种俄罗斯雪糕,上幼儿园时连小汽车都没坐过,更不用说奔驰……我承认,我们就是来自不同的阶层。所以,你最终还是嫌弃我的,我没冤枉你吧?"

她还有些话说不出口。在阿尔法的那个阶层里,对她们这样的女孩,不管你多能干,学历多好,一律视为"拜金女",Gold Digger。当年,米娜小姐到美国的时候,也被视为Gold Digger,可是当米娜小姐建立起自己的人脉之后,向她家靠拢的女孩,就成了新一代的Gold Digger了。

阿尔法默默地听着,不再辩解了,说:"算了,我把今天的账先结了吧。你慢慢吃,我先回办公室加班了。"

许臻臻很委屈。两人之间的鸿沟,阿尔法就算不说,心里也一定有计较。恐怕，这段感情最终还是没有结果。她爱得越深，就会越疼。

2

王小轶推出了许臻臻与"轶工坊"的联名款系列。许臻臻亲自参与了选款和设计，款式更简洁、大众化，价格也相对更便宜。

这个系列的定位是："复活民间工艺""让非遗文化传承有序""现代与民间传统的有机结合"。加上设计的审美也现代、年轻，还有几个小明星上节目时穿过，很快许臻臻就带火了这个系列，淘宝开始能搜到同款了。

趁着这波风潮，王小轶的"轶工坊"陆续与多个带货网红合作，又入驻了多家买手店，和好几家大的服装网店建立了渠道关系。几条线一起展开，凭着王小轶以前建立的资源，在网上的销售量很快就超过线下实体店了。

这事对许臻臻也有点影响。在这个系列之后，许臻臻陆续接到了各个地方的刺绣、手工艺品、蜡染布、茶叶、农副产品找她的推广合作请求。因为大家都是民间传统嘛，他们发现许臻臻的受众群蛮符合他们的调性。

许臻臻跟公司开会讨论时说："我建议，以后我定期推广各地的手工艺品和农产品，这些需求量本身就大，可以薄利多销，也可以助农扶贫。我们也可以跟地方上建立良好的合作关系。而有些很贫困的、有故事的地方，我们还可以以公益推广的方式进行合作，不赚他们的钱，而是专心做出好口碑。这是长久发展之计。"

许臻臻的想法得到了赵小姐的支持。许臻臻连着做了几场协助地方经济的公益推广，尤其有一场是给某个县城的农副产品做推广，单是柑橘就卖了两千多斤。这次的公益场，把这个地方的品质优良却滞销的水果，差不多全买空了。

许臻臻是零推广费、零提成。

这成了一个小新闻，吸引了更多人的注意。陆续有媒体对新晋带货达人许臻臻进行了报道，她开始上新闻了。时尚杂志也来采访她，标题就是"一个把时尚生活与公益相结合的新时代网红"。找许臻臻带货的产品越来越多。

不过，当她有一次收到一批羊绒外套的合作样品的时候，她留了个心眼。

这样的合作，许臻臻经常有。照例是先发几款产品过来，附上各种工商执照和产品质检报告，她都要自己检查一下，试用一下。这件羊绒大衣，许臻臻一上手，就觉得很熟悉。她把前年王小轶送给她的那件羊绒大衣一做对比，立即明白了。这件的款式跟那件不一样，但面料一定是一模一样的。

她马上去查出这个商务合作的原厂家、法人代表、股东等身份。工厂名字换了，但是法人代表是何怀山的老婆，合伙人是何怀山——这个何怀山，就是当初关闭了工厂逃到柬埔寨、害王小轶背下巨债的服装厂老板。现在他看着债都由王小轶背完了，王小轶也不追查了，没人管他了，他就回国重新把厂开起来，连地址都是原来那间厂的，重新注册就算完事了。

许臻臻马上联系了王小轶，让她悄悄把之前的合同和单据都准备好。王小轶和田青还准备了一些补充材料。

王小轶让黄律师重新验看了一遍资料。黄律师说："当初合同签得不清晰，你吃了亏。空口说的承诺没用，现在你很难诉讼何怀山欺诈，但可以让何怀山跟你共同承担所有损失，让他把'假一赔三'的赔偿款承担一半。这是最大限度地维护你的利益。"

这边，王小轶在固定证据，那边还不知情的何怀山，一直在催问许臻臻，什么时候可以给广告排期。许臻臻稳住了他。

等材料准备好之后,王小轶正式起诉何怀山。

她来到北京参加庭审,而何怀山缺席现场,只派了一个律师。最后法院判定,两方须共同承担的费用为500多万元,何怀山赔偿王小轶265.2万元。王小轶方虽然不满意,觉得并不能涵盖损失,但经过协调,她也意识到,拖下去并不能增加多少赔偿,反而会让对方再次转移资产逃走。

何怀山果然拒不执行,王小轶申请法院强制执行。可他也很狡猾,厂房本来就是租的,不是他自己的,国内没有什么资产,在执行前已提前把款差不多全部转走了。官司赢了,但对方的账上是空的。

大家一筹莫展。

3

在北京这两天,陶崧一直陪着王小轶,还带着她跟自己的几个大学同学吃了饭。他的同学一见面就喊王小轶"嫂子",还说他们俩感情怎么这么好,都8年了,二胎都生了吧。陶崧只好说:"不,我们分手多年,上个月才重新在一起的。"

陶崧又把王小轶介绍给自己IT界的朋友。不过,陶崧介绍的时候,很有技巧,他说:"王小轶是一个高端小众的全手工服装设计品牌的主理人,她还是公益项目的扶持者。"

回去路上,王小轶越想越觉得这个"身份"好笑,对陶崧说:"一般我介绍自己,以前说我是网店店主,卖衣服的;现在说我在开一个服装厂,还是卖衣服的。陌生人一听就觉得我挺没档次的。不过我无所谓,不需要给自己贴金,我的目标客户也不玩虚的。"

"你做生意,太自谦低调了,在北京这种地方,就比谁吹牛厉害。你先按自己的步调来走，如果哪天你想融资了，我可以帮你。你的故事最适合讲给投资人听了，我要是拿去融资，拿去路演，我能把你夸出一朵花来。"陶崧是参与过好几轮融资的人了，他讲了一些资本运营的方式，王小轶都觉得好新鲜。

但说着说着，王小轶的脸色就难看起来了。她正在例假，痛经厉害，最严重时甚至痛到打滚。陶崧看她这么难受，就近停车到一家商场，去里面的餐厅借了杯热水，王小轶从包里拿出止痛药，好一会儿才缓过来。

这次例假拖了两个星期，可还是止不住，王小轶很发愁。她这种情况已经持续几年了，月经过多，痛经严重。她曾去医院看病，描述了症状，医生都是给她开止痛片或中药调理，缓解一下症状。疼的时候吃药，不疼了就忘记了。拖着拖着，她觉得也没有什么大事。

王小轶很不好意思地跟陶崧说起这个情况："这两年，我都是这样，有时例假来半个月，包里长期放着止痛药；都是工作压力太大了。"

陶崧安慰她，但也没啥好办法，只能说："这样还是不行，你必须得去医院看看，做个全面检查。"陶崧看她竭力忍痛的样子，用手轻轻地抚摸着她的肚子，不经意地按了一下，疑惑地说，"怎么这里有一块这么硬呢？"

"没什么事吧，不按就不疼……"她害羞地说，"我都习惯了，有止痛药呢。最遗憾的倒是不能跟你亲热，我们大半个月才能见一次呢。"

"你想啥呢？"陶崧笑抚着她的脸。

早上起来，陶崧开车带王小轶在离家不远的一家五星级酒店吃早餐，这家酒店的早餐口碑非常好。王小轶感觉自己有点虚弱，胃口很差，但是看到这么多精致宜人的小点心，还是吃了不少。

但是，陶崧发现她的脸色越来越差了，问道："你怎么啦？"

王小轶说不出话来，摆摆手，忽然就"哗"的一下狂呕吐。桌上、衣服上、地上，一片狼藉，散发出难闻的味道。

陶崧赶紧过来扶着她，两位女服务员也匆匆围过来，给她递热毛巾，帮她拭擦衣服。王小轶无法控制自己，又吐了一次。

在这个富丽堂皇的地方，头顶上是巨大的水晶灯，餐具是银制的，碟子是古董花纹，到处都是银光闪闪，可自己却弄得如此之丑陋、狼狈。许多人的目光都朝这里看，王小轶好难过。尤其，她跟陶崧才刚刚交往不久，自己什么好事都没有，尽是碰上破产、打官司、例假、呕吐、出丑这些事。

她也渴望给陶崧留下好印象，可是，为什么自己总是这么破败、狼狈呢？

服务员让她坐到旁边，开始收拾桌子和擦地。陶崧给她递上一杯热水，问她现在什么感觉。王小轶看着自己被吐了一身的裙子，虽然擦过了，但还是有味道。她现在这个样子，连电梯都不好意思进。

陶崧拿一条餐巾盖住王小轶的膝盖，再问清王小轶的身高和衣服码数，让她稍等一会儿。不到10分钟，陶崧就去了楼下又上来了。他在酒店楼下的商场买了条裙子，还买了一双平跟鞋。王小轶很惭愧，在洗手间里换好新衣服。

陶崧要求："你必须去看病，不能再拖了。我可以陪你去医院，万一我实在没空了，就让我的女助理陪你去。你别把小病拖成大病。"

王小轶无奈："可我明天一大早的飞机就要走了呢。今天下午还约了丁小姐，想谈一下更新设备的事。'轶工坊'的事太多了，我不能离开太久。我知道是我昨天着凉了，没事。"

陶崧心疼地抱着她："你这么折腾自己，何苦呢？"

4

王小轶回到平城，身体倒是恢复正常了。过了一个多星期，黄律师忽然通知王小轶，何怀山最近刚刚做完一笔大买卖，有一大笔回款汇到了，让法院赶紧强制执行，别让他又转走了！

这一次，很走运。法院强制执行了何怀山的赔偿，王小轶拿到了欠款200多万元。

王小轶拿到了钱，第一时间就把之前供货商老关和明姨的欠款，按约定的利息一并结了，还有100多万元的盈余。

说实话，这笔欠款，加上之前卖出去的库存，她依然是亏损了数百万元。但这件事，终于在她的人生里画上终止符了，每一笔都还清了。

王小轶觉得自己又堂堂正正了。她给"轶工坊"的每位员工都加了工资，感谢她们的不离不弃。

但是，离上次从北京回来、例假结束，只有半个月，王小轶又感觉到下身在流血了。她意识到，那不是例假。她越想越害怕。

王小轶终于下定决心去医院彻底检查一番了。她去医院，医生要她去做一个B超检查。拿着B超检验结果，医生直皱眉头，告诉她情形不容乐观，又给她加了好几项检查。

很快，王小轶拿到所有检验结果，各项医学指征显示，这是较为严重的子宫肌瘤。医生询问王小轶的性生活史，她不好意思地说："这6年来我一直单身，只在最近有过几次性生活。"而她的子宫肌瘤的种种症状，至少已经3年了。

医生说，那比较可能就是家族遗传了。

王小轶才醒悟过来："我的姨妈是宫颈癌去世的，我妈妈也有子宫肌瘤，她在流产过一次之后，一直想怀怀不上。"

医生反复检查了一下各种数据、图像之后，迟疑着说："你没有及时检查,来得太迟了。现在你已是黏膜下肌瘤,伴有坏死感染,并有不规则阴道流血或血样脓性排液。而且肌瘤较大,数目较多,已压迫到周围了。你现在还有继发贫血、乏力、心悸等症状,我都不知道你是怎么忍下来这么长时间的。考虑到你有家族病史,我建议你切除子宫。"

医生还说:"你还没有生育。我知道这是一个很痛苦的决定。不放心的话,你去广州再复查一下吧。"

王小轶走出医院,腿都软了。她站在门口,看着人来人往,一片茫然。陶崧发短信说想她了。她不敢回复,就在那里晾着他。她都得了这样的病,还谈什么恋爱?

她要马上去广州,去医院再检查一遍。她就不信这个邪了。

平城离广州就一个小时高铁车程,王小轶当机立断,在网上挂了一个广州的专家号,拿着病历和各种化验单,去广州看专家门诊。女医生看了看她,说:"你还没有生育啊?很遗憾,你现在的情况,可能需要切除子宫。决定好了吗?准备做手术吗?"

王小轶木讷地说:"我回家商量一下。"逃也似的走了。她一刻都不想耽搁,就坐上了回平城的高铁。

可是,她不知道"回家"商量,是跟谁商量?刘美兰?那只会引发无穷的争吵,甚至最后变成动手。陶崧?她知道他爱她,可是,切除子宫这样的事,怎么开口跟他说?难道让他来决定吗?或者是,等他开口甩了自己?

她不敢。

她翻到几个小时前陶崧说的"我想你",再一页一页往前翻着,看到了那些深陷恋爱当中的证据与痕迹。

他的心里有她,能为她着想,支持她的事业。她也爱他。她差点以为自己终于可以守到幸福了。可是,苦了这么久,为什么还是这种结果?她的人生是一个黄连接着一个黄连,为什么?

就在王小轶对着车窗默默哭泣的时候,手机响了,是陶崧发起的视频邀请。

是的,她相信他什么都能接纳她,但是切除子宫这件事情太严重了,她觉得任何人都接不住。命中注定如此,她不要再拖累无辜的人。

王小轶按掉了这个视频通话。她发微信给陶崧说:"我最近很累,感觉我们不合适。我们还是分手吧。"为了怕自己心软,王小轶忍痛拉黑了他。

陶崧打电话过来,她不接,把他的手机也加入了黑名单,以后,他打过来手机不会响。他又换了个电话打过来,她知道也是他的,不接。

她抱着包,里面是一沓医院的检验报告。她在高铁上对着窗子哭了,哭得喘不过气来。

她坐在最后一节车厢,这列车厢上人很少,还是偶尔有人回头来看。可是她不管了。

她一次一次被打倒,一次一次站起来,就这样还不够,命运还要这样欺凌她。是不是我王小轶注定只能像行尸走肉一样活着?你要怎么样才肯放过我?

5

王小轶回到家里已是晚上了。她心灰意冷,随便在楼下吃了一碗粉。刘美兰打电话过来,要王小轶去看她。王小轶没好气,说自己刚刚从广州的医院回来,生病了,生大病了,很难受,浑身哪哪都难受。

结果20分钟后,刘美兰就自己杀上来了,直接到王小轶的出租屋里。她左看右看,说王小轶明明没啥事啊,看起来还行,是不是故意装病？

王小轶不耐烦了，没好气地说："什么装病？我都快要死了，要去切除子宫了！"她忍不住怪起刘美兰，"我这还是家族遗传病，还不是从你和姨妈那里继承来的！"

刘美兰说："你说生病我信，哪里就到了要切除子宫的地步了？"

王小轶甩诊疗书给她看，她看不懂，但至少知道女儿没骗她，她的第一反应却是："那你还不赶紧马上找个男人结婚，马上怀孕，马上生孩子！"

"如果我还能安然无恙地生完孩子，你觉得医生还让我切除子宫吗？"

"那怎么办呀？女人不能生孩子，这一辈子不就完了吗？你问问医生能不能先怀上？生完孩子再切子宫，那也总算有个依靠。"

"求求你了，你烦不烦人啊？你不关心我死活，先关心生孩子了？我跟谁生？路边抓一个男人吗？"王小轶一边说，一边把刘美兰往门口推，"我算是明白了，我一生不幸的根源就是你。你放过我吧，让我安静一会儿好吗？"

但是王小轶又生病又累，她的力气没有刘美兰大。刘美兰不肯走，拦着门说："你现在不正需要人照顾吗？你这几天搬到我那里吧，也别去村里上班了，我给你做饭，照顾你，你好好休息，养养身体……"

王小轶也没力气了。一个下午从平城赶到广州，再到医院，又匆匆赶回平城，她已筋疲力尽，瘫倒在沙发上，不想争论了。

刘美兰坐过来，挨到她身边，还摸了摸她的脸："好像你又瘦了？钱是赚不完的，你就是钻钱眼里了，就知道整天忙着赚钱，叫你休息也不肯，到头来还不是害了自己？你是不撞南墙心不死，活该啊！"

王小轶烦得想关闭自己的耳朵。哪怕刘美兰想表达的是关心，不想让她太累,也总会以最令人反感的方式说出来,她就没有学会过说人话。

看着王小轶不动,刘美兰又说:"如果你太累了不想走,不如我搬过来陪你住两天?你忙成狗一样,哪有空做饭啊,都饿瘦了。还没吃晚饭吧?吃了?我看看你的冰箱……行,我去给你炖点雪梨瘦肉汤,补气……明天早上我再给你买些吃的,我来做饭……"

刘美兰一边在厨房里忙忙碌碌,一边唠唠叨叨,还把王小轶的厨房、洗手间里里外外都刷洗了一遍。

等她把瘦肉汤炖好端出来的时候,王小轶已在沙发上睡着了。

第二天,王小轶把自己生病的消息告诉吕筝,吕筝大吃一惊:"我就是肿瘤科的,你怎么不早告诉我?何至于这么严重?"

吕筝把王小轶的B超和各种报告数据、检验指标仔细看了,说:"确实是子宫肌瘤,而且瘤体太多,发展得比较严重了。但现在我非常不推荐切除子宫,做子宫肌瘤剔除手术也是一个办法。现在还可以微创,伤口小。我建议你来北京,再做一次检测,得到更准确的结果。"

王小轶喜出望外:"真的不用做子宫切除?"

"你的病情发展得有点快,传统一点的办法,切除子宫就一了百了了。但我要想办法争取能保全病人的子宫。因为医生不仅要救死扶伤,还要尽可能地提高病人的术后生活质量。"

吕筝还告诉她:"子宫肌瘤是家族遗传,我妈妈就是因为子宫肌瘤转成恶性去世的,你妈妈也有子宫肌瘤,但她的症状较轻,但怀不了二胎,成了她一辈子的心病。而你呢,虽然年轻,但积劳成疾,又没有及时治疗,加重了。"

王小轶又问:"那我做了这个肌瘤剔除手术之后,还能生孩子吗?"

吕筝说:"医生不打包票。但我们的手术目的就是不影响你的生育能力。"她建议王小轶尽快去北京复检。

王小轶好开心：我说老天不会这么不公平呢！我还有机会！

但是，很快她又发愁了。她这么粗暴地对待陶崧，还能再把他找回来吗？这已经是她第几次拒绝和伤害陶崧了？他还给她机会吗？她还能再吃回头草吗？

这个烦恼，一下子压倒了对疾病的忧愁。

6

王小轶来北京，直接就去了吕筝所在的医院做全面检查。检验结果很快出来了，跟之前的差不多，没有癌变。但现在的难题是，黏液下的子宫肌瘤密集，又多又大，而且有些已经发生了粘连。吕筝与其他专家一起做了会诊，认为以现在的医疗能力，是可以做肌瘤剔除手术的。而且可以采用微创技术，尽可能缩小创口。只要定期观察，没有新的病变，是可以怀孕的。

王小轶这才安下心来，办了住院手续，约定了过两天由吕筝主刀。吕筝说，微创手术，住院几天就可以了；她准备给自家的保姆加点钱，让她来医院照顾一下王小轶，这样就安心了。

手术很成功。

做完手术第二天，许臻臻打电话说，她要过来看望王小轶，王小轶不许，因为自己脸色苍白，没化妆，好难看。许臻臻哑然失笑："我们俩这么多年什么关系呀，打嗝放屁都见过，还怕脸色不好看、没化妆吗？咦，这么在乎外貌，你现在是深陷爱情当中了吗？陶崧人呢？"

这不就是王小轶的心病吗？她含糊地说，因为生病不想连累陶崧，又分了。许臻臻还想问，但王小轶说身体太累了，挂了电话。

王小轶一个人在病床上辗转反侧，在想着怎么办，不知道陶崧是不是能原谅自己一次又一次的绝情，一次又一次的不辞而别。是她太鲁莽了，为什么不等确诊了，真的不行了，才跟陶崧分手呢？一会儿她又想，也许当时的决定是对的，万一真的是切除子宫自己不能没脸没皮地连累他啊！

跟王小轶通话后没多久，许臻臻意外地收到了陶崧的电话。陶崧问她知不知道王小轶为什么忽然拉黑了自己："我有三四天都联系不上她了，很着急，不知道是不是我哪里做错了？"

许臻臻差点就要说王小轶在北京刚做完手术了，但她反应过来了。因为不知道王小轶的态度，可不能随意透露姐妹的消息。她对陶崧说："那我试试联系她。有什么事我告诉你吧！"

第二天，许臻臻要来看望王小轶，问她想要什么，王小轶笑了："我一个人在医院里很孤独呢，你不要带吃的，给我带束花吧！"

下午下班后，许臻臻抱着一束粉色的洋牡丹出现在王小轶面前。许臻臻笑说："我发现了，你以前可没有这么爱美，也从来不搞那套华而不实的东西呀。你变了。现在这样好，你热爱生活了。陶崧对你的改变真大。说说看，你们之间到底怎么回事？"

"臻臻，你做短视频、直播谈了那么多女性话题，有没有什么教人挽回分手的方法？"王小轶很无奈。她跟陶崧互相确定心意才两个多月，正在热恋当中，当得知自己可能要切除子宫时就鲁莽地跟他提分手……现在没事了，想和好，但是她拉不下来这个脸，更怕被陶崧拒绝。

说出来王小轶都嫌自己太作了，要是陶崧恨她、讨厌她，不再接受她，她也承认那是她自作自受。

许臻臻说："你还信什么'情感挽回'？那些都是骗人骗钱的套路。没有男人是愚蠢的，特别是有点钱的男人、白手起家的男人，他们不会委屈自己。男人接受你，要么是因为你的条件合适，对他们有用；要么，是真心喜欢你，跟你一起就是开心。我觉得，陶崧对你是真心的。他为你做过很多事；你也应该诚恳地面对他。"

"但我怕他生我的气，我太幼稚了，一而再、再而三地拒绝他，他也许不再给我机会了。"

听得许臻臻直叹气："你现在怎么患得患失了！你不能这样。你应该拿出一次又一次重新创业的勇气，去搞定自己喜欢的男人，千万不能坐在这里瞎想！没有什么丢面子的，就算不被接受，也是你的勇气，不丢人。我们这样的年龄，再也不会后悔做过什么事，只会后悔没做什么事。你错过了跟陶崧坦承困难、一起分担的机会，现在就不要再错过了。他还关心你，昨天打电话跟我问起你的情况。"

"可是……我觉得他不会原谅我的。"

"求求你了，赶紧打电话给陶崧吧！你不敢为你自己的幸福努力一把吗？"

7

这天晚上，王小轶都在努力鼓起勇气，一直想到晚上11点，她才下定决心，想清楚明天的计划：下午出院后，先回到酒店，好好收拾打扮，再约陶崧出来，漂漂亮亮地出现在他面前。

上次在豪华酒店里，在陶崧面前呕吐，已经够丢脸了。王小轶还记得以前大学时跟陶崧一起看过电视剧《汉武大帝》，里面的李夫人为了不让汉武帝看到自己的丑样子，违抗旨意，不肯见面。当时，她和陶崧还讨论过这个故事呢。不能让他看到自己憔悴、软弱的样子，陶崧喜欢的是一个优秀的、坚强能干的她。

但刚下这个决心一秒钟，王小轶就神差鬼使地拨通了陶崧的电话："是我。你明天下班以后有空来接我出院吗……"

陶崧有点惊讶，但还是立即答应了。

但挂了电话后，王小轶又后悔了：完了完了，我住院带的是宽松的丑衣服，化妆品也不成套，怎么办？今天怎么就鬼迷心窍、情不自禁了呢？

第二天早上，吕筝来查房。王小轶恢复得不错。吕筝吩咐她一定要定期复查，最后说："我当初学医，就是因为不希望我妈妈这样的悲剧再发生。你现在手术成功，恢复不错，也算是完成了我的一个夙愿。"王小轶抱了抱表姐，很感慨。

一个下午都在紧张中度过，王小轶输完液，换上干净衣服，精心打扮整理好。她看着自己的脸色，依然是灰黄的，一点神气都没有，好失望。

也就在这时，陶崧的微信说，他已到门口了。

王小轶想着要好好感谢他，并为自己的鲁莽拉黑行为道歉，要诚恳一点。但当她拉着行李，看到陶崧站在医院大楼的门口，在人群中东张西望地寻找她的身影的时候，她一下子就扑到他怀里了："你怎么才来呀，我好想你……"

完了，思考那么多都没有用，就是控制不住啊，她根本不能按照预想的那样做。

陶崧也像啥事都没发生一样，一边拖着她的行李，一边搂着她，接她上车。

刚刚上陶崧的车，王小轶就收到许臻臻的电话，说自己下班了，要不要过来接她出院。王小轶看着陶崧，只知道傻笑，说："不用了，已经有人接我了。"

许臻臻在电话那头，忍不住翻了个白眼："昨天我去找你的时候，你还在哭呢。"

陶崧也听到了，虽然开车要看前面，但他的眼里都是笑意："你真傻啊！"

王小轶说:"我差点以为要失去你了,幸好只是虚惊一场。"她告诉了陶崧实话,为什么失联,是因为担心要切除子宫,就不能生育了,她不想让他有心理负担。

陶崧叹气说:"你真傻啊!就算是你要动这个手术,我们也可以一起面对的。如果我们在一起,要不要孩子都没关系……"

此刻的王小轶放松下来了,说:"现在我已经做完了剔除肌瘤的手术,放心吧,没有大的危险了。"

陶崧说:"我只怕你死,如果是别的问题,我还有什么可担心的?我不是在说漂亮话。如果在七八年前,我们还在大学恋爱的时候,那我肯定没有这么想得开。我只想讨个能相夫教子的老婆。但是,在经历了这么多事情之后,我改变想法了。女人和男人都是人。生育权是在女人那里,你想不想生,要不要生,都是你决定;我爱你,就接受你做的每一个决定。"

王小轶有点吃惊:"我还压根没想到这么远,我只怕我不完整了……"

"你又说傻话了。只要你健康,就是完整的。"

"我没法想那么多。我之前的每一刻,都在想着怎么赚钱、怎么还债,怎么处理母女关系……我每一刻都在战斗,还没来得及规划未来。"

"没关系,这些问题我来思考,以后我们有的是时间慢慢聊。不过,你以后除了奋斗,还可以有诗意的生活。我保证。"

王小轶说自己订了酒店,要去酒店,但陶崧悄声劝她,退房吧,到他家。

王小轶很尴尬:"可是,我的伤口还没好呢……"

说得陶崧都笑起来了:"想什么呢,又不是必须做什么事。你到我家来,我可以好好照顾你。你先休息,等着我,我花两小时把工作做完了,然后我们好好说话——难道你来北京,我还能让你一个人待着吗?那你要男朋友干吗呢?"

第二十章

1

自从上次闹了矛盾,阿尔法一整天都没有找许臻臻。她在办公室里,别人看她是风平浪静,与以往没有什么不同,有条不紊,可是她心里有点拿不准,有点慌。

直到下班,阿尔法才发了个微信给她,说他有个品牌活动,要先走。而许臻臻还要在公司加班,她就故作豁达地说:"那你忙吧,我要加班。"

还好,这家伙还知道要报备。

许臻臻低头忙着整理策划案,发现她有些资料需要跟鲜橙小姐对接。鲜橙小姐说,文件存在自己家里的电脑上了,她下班就回家,回去就发给许臻臻。

但鲜橙小姐下班差不多一个小时了,许臻臻左等右等,都联系不上鲜橙小姐。她家很近,怎么也该到了呀!她打了鲜橙小姐的手机,手机都一直在响,却没有人接。她有点担心,就打电话问阿尔法怎么办。

阿尔法一听,也有一种不祥的预感。毕竟鲜橙小姐独居,最近莫名其妙的跟踪和骚扰太多了。他让许臻臻先去鲜橙小姐家,他也立即赶过去。

两人进了单元门,就站在鲜橙小姐家的门外,许臻臻打她的两个手机,隔着门都能听到两个手机轮流响,一直响,里面却没有动静。

安静当中,透着不对劲。

许臻臻马上叫来物业,要开门,但物业也没有这个权力。最后,报警,同时物业也找到了开锁公司,警察盯着开门。

门打开了,大家一看,鲜橙小姐真的在屋里,瘫倒在地上,一动不动。

大家吓一跳,赶紧检查,还好,她只是晕倒了,没有受伤。警察检查了一遍屋子,确认没有外人进来过,也没什么问题;阿尔法和许臻臻就赶紧把鲜橙小姐送去医院。

路上,鲜橙小姐被大家吵醒了,她说自己没事,可能就是太饿晕倒了,吃点东西就可以了,不用去医院。许臻臻哑然失笑。她和阿尔法不放心,还是坚持让鲜橙小姐到医院做全面检查。

鲜橙小姐是低血糖与严重贫血。医生给鲜橙小姐输液,说输完液之后就可以回家了,没有什么大碍。

两人一直陪着鲜橙小姐输液,让她很不好意思。她说,最近在减肥,已到了一个减不下去的瓶颈期了。这些天来,鲜橙小姐每天只吃一个苹果,几颗提子,一杯牛奶,一包盐饼干……这是一整天的食量。还要每天做有氧运动,在跑步机上跑5公里。

许臻臻听了,只有佩服:"这是我一顿早餐的量呀。我明白了,你完全可以为了公众的要求苛待自己,能把自己的命也豁出去。难怪你能成功。"

"刚才医生说,幸好你们送我来得及时,不然后果不堪设想。我不能再这样节食了,不健康了,有马甲线也没意义。无论如何,要感谢你和阿尔法救了我。惭愧,以前我对你那么刻薄,说的话那么难听,你都没有记仇。"

"这些都是小事,没有你的这些鞭打,我也不会成长。我只需要记得,在我需要独立出来、陷入困境需要支持的时候,你都是站在我这一边的。你还把自己的一些商业资源和利益让渡给我。我这人,记恩不记仇。"

鲜橙小姐笑着对阿尔法说:"你没有爱错人。"

等两人走出医院之后,阿尔法很无奈地说:"鲜橙小姐虽然跟我同龄,但是,她总觉得自己是我姐,老是指导我。"

"那你烦她吗?"

"还行吧。不过,以后我跟你一起,我就归你管了;她就算是我亲姐,也不能管我了。"听到阿尔法这么说,许臻臻开心地亲了他一口。

阿尔法叹气说:"我的天,为什么最近跟你恋爱之后,整天出入派出所和医院啊?这里到底有什么玄机?"

"哼,你这就后悔了吗?"

"没有。只是让我觉得——如果早知道和你一起的生活这么刺激,我应该早点跟你一起的!"

许臻臻笑他虚情假意,忍不住开始质问他,为什么从昨晚回去后,一直不找她,不跟她说说话?就不会说两句好听的哄哄她吗?他到底是怎样想的?

阿尔法惊讶:"你也没有联系我啊!怎么就单方面变成我不理你了?我还嫌你不理我呢!"

正在这时,许臻臻的手机响了,她一看是妈妈,就对阿尔法哼了一声:"等我打完电话找你算账。"

电话里,陈晓芬很生气地说,没想到啊没想到,朱子平马上就要结婚了!她说,朱子平家有一个亲戚,把自己在贵州的表侄女介绍过来了,刚刚高中毕业没两年,在平城的餐厅当服务员,朱子平跟她认识了两个星期,准备下个月等那女孩20岁了就领证。

许臻臻哑然失笑:"妈,你生气啥?这跟我们有啥关系?"

"这种坏人,也能有女孩看上?听说那女孩还长得特别漂亮,我简直都想托人告诉那姑娘朱子平的真相了……"

"妈,别管闲事。朱子平现在也只能找一个高中毕业的服务员了,他的前女友可是电视台著名主持、现在全国知名的时尚网红,以前订婚的对象也都是身家大几千万的拆迁户之女。还有,你可得祈祷他赶紧安定下来,如果他一直找不到对象,还不知道要怎么骚扰我们家呢。"

"那好吧……你也要争气一点啊,赶紧跟阿尔法把好事办了吧,别被朱子平比下去……"

"这话我就不爱听了。我活着可不是为了跟朱子平较劲的,他不配成为我的竞争者。妈,你怎么活回去了?你说过不干涉我的个人生活的,无论我结不结婚,你都不会干预,你都爱我的呀……"

挂上电话,许臻臻跟阿尔法说:"别管我妈。她们这些人,表面上是听了我的劝,接受了我自由主义的那一套,但是呢,骨子里还是忍不住各种比较、各种较劲。大半辈子的观念,一时半会也改不过来。她们的人生里乐趣不多,就是盯着孩子结婚生子。我现在都跑到2000公里以外了,才不会听她的呢!"

阿尔法笑说:"我觉得你妈妈很好呀!看到你们一家人感情深厚,我很羡慕,他们真的很爱你,总是站在你的立场考虑问题。我爸妈离婚之后,我就再也没有见到过我这位生物学上的父亲了,他从来没有给过我抚养费,也没有问过我,我已经忘了他长什么样了。"他的内心大概还是那个从初三开始就一个人在美国生活、父母不闻不问的男孩,就算现在他谅解了,但是,再也很难有对家人的信任和亲密了,心里的这个黑洞也不可能弥补了。

许臻臻说:"我算幸运的,他们爱我。但是,如果我从来没有离开过他们,一直是他们身边的乖宝宝,他们也不会像现在这样尊重我、信任我。有时候,就算是爸妈和孩子之间,也难免有博弈。

他们强，就要求我听他们的，我再乖他们也不满意；我强了，他们就听我的，就算我脾气差点都不敢惹我。"

阿尔法看着她，摸了摸她的头发："所以对于你妈妈来说，你家现在是你说了算吗？"

"对啊！说真的，我以前还以为你是个妈宝男呢。毕竟，有一个这么有名的妈妈，这样的妈妈往往都有点控制欲，不过，你没有……"

"不止一个人问过我同样的问题。米娜小姐管不了我，也没空管我，她自己就忙得要死，各种各样的活动与派对，忙着交朋结友，忙着谈恋爱。"阿尔法停顿了一下，说，"其实，在她来办公室、你第一次见她的那次，是你让我和米娜的关系好转了，她夸你非常真诚，'有赤子之心'。"

"嗯？我也不明白，米娜小姐为什么会一眼就对我有好感？莫非是觉得我看起来像是能照顾人的女孩吗？那你可要跟米娜解释解释，我不擅长照顾人，我也是娇小姐，虽然只是来自十八线小城的娇小姐。别误会了……"

"你不用管她。她哪里就需要人照顾了，她自己有老公，还有两个保姆。"

说到这里，阿尔法握住她的手说："这个周末，米娜要参加个私人派对，她要我请你一起去。"

"我想去，但又不太想去。你妈妈的朋友都是些有来头的人，我怕我紧张，到时大气不敢出，那就不好玩了。"

"那不会。你知道，阎王好见，小鬼难缠，越是社会地位真的高的人，他们客气、礼貌、表面功夫做足的，谁会为难一个年轻人？再说嘛，你是我女朋友，他们会看我妈的面子的。"

本来，许臻臻鼓起了勇气想问阿尔法，他是真的"不婚主义"，还是"只是不跟你结婚"。她明白，多数男人表达的是前者，内心想的是后者，她很想问个清楚。可是，今天他说得那么好听,那么主动把她介绍给他的母亲、介绍给他的朋友,许臻臻又不舍得破坏这种美好氛围。

她把想说的话咽了下去。

2

说到底,阿尔法还是对米娜心存芥蒂。他怨恨她在自己还是一个孩子的时候,跑去跟一个美国男人在一起,还在他身上挥霍掉大部分财产。阿尔法觉得米娜不爱自己。

许臻臻替他分析说:"其实,米娜也并不是像你说的那么傻白甜。不管是在美国,还是回到中国,她的那位美国前夫给她带来了很多人脉资源,带给她身份与声誉。你在刚刚开始做时尚博主的时候,也因此得以接触最顶尖的时尚资源。仅仅是有钱未必能进入这个圈子。所以,米娜也不算太亏,她是把这一段婚姻当成事业来经营啊。"

她又忽然想起了什么:"你在美国念大学,没有人管你,那么自由,不觉得很幸福吗?你继父那么有名,你又那么帅,那时一定交过很多女朋友吧?哼!"

阿尔法目瞪口呆:没想到暗箭是从这个角度射过来的。他从手机里把几年前的照片翻出来:"你看,这张大合照还有好莱坞明星呢,这个是米娜。这个,是我。"

许臻臻仔细一看,笑得眼泪都出来了。一个戴眼镜的小胖子!就是通常电影里站在男主角旁边、在男主泡妞时用来陪衬的那种"老实人"模样!

"哈哈,万万没想到,现在英俊潇洒、风流倜傥、人见人爱的网红阿尔法,以前长这么胖,哈哈!那我相信了,你在美国是不容易交到女朋友。"

"总之，我从中学到大学毕业为止，真是自卑得要死。那时，我好恨我的家庭，好恨米娜。我不恨我亲爹，因为他是陌生人，我当他没有存在过。可是，我妈……不行，我做不到放下，我觉得一切都是她的错。"

阿尔法说，米娜跟美国时装设计师离婚后，来纽约找他。他那时大学快毕业了，想跟中国同学一起回中国找工作。米娜身心和钱包受创，也想回中国，中国毕竟还有房子，有家庭关系。但他不想原谅妈妈，不想跟她一起回国。

"那最后，你是怎么跟她和解的呢？"

"我去登山，摔断腿了。她照顾我两个月，那样子，真的很像一个好妈妈。那能咋办呢？亲妈，我还能不认吗？"

许臻臻才恍然大悟："原来你腿上那个缝针的疤有这个来历。那我放心了，你妈妈自己还是宝宝呢，你不可能是妈宝……"

周末，阿尔法和许臻臻分别收到了正式的请柬，地址是盘龙大观的盘龙会，一个高端私密的私人会所，请柬上还有专门的着装礼仪要求。

现在的许臻臻可不是当初那个左支右绌的"老天赏土吃"的"土美土美"的女孩了。

人啊，自信起来，穿什么都是顺眼的。

这个私人会所很高档，古香古色的，一路走进去，红豆杉的千手观音、金丝楠的家具、巴西的紫晶观音洞，还有难得一见的字画真迹。

进了会所，20多位米娜的朋友，要么是长辈，要么是40多岁的中年人，米娜穿得最考究，其他人都是出席商务活动的正装风格。

米娜正要介绍，其中有一位穿西装的男士认出了许臻臻，他是一个彩妆品牌的亚太区总监，许臻臻曾受邀参加过他们的活动。他先向许臻臻握手，抢先介绍了："许小姐现在很红，短视频新势力榜上都进了前二十名,我们想跟她合作广告都要排很久时间。"又看到阿尔法,"令郎也非常优秀,也是时尚界的网红博主。真是'虎母无犬子'啊!"

米娜娇嗔地说:"我怎么听起来,是你在笑我是'母老虎'呀!"

听米娜一个一个地介绍,许臻臻才知道,来宾有的是富商,有的是时尚品牌的高层,许多如雷贯耳的名字。

这群人年龄更大,自然有这个圈子的核心人物,聊一些年轻人没听说过的八卦。阿尔法和许臻臻他们是后辈了,只能在这里安静地听。快9点的时候,阿尔法接到一个电话,接完电话后,他匆匆跟许臻臻说:"完了,我要马上回办公室去。我的头条文章要推翻重写,要赶在11点半前推送。"因为今天的头条是某个品牌广告的,通篇都是以它的代言人为主题,没想到就在刚才,该男星被爆出轨,品牌第一时间宣布与该男星解约,并要求紧急换内容。

阿尔法说:"我本来说好送米娜回家的,但现在没办法,要请你帮忙送一下她。你别打车,开我的车。出租车太脏,米娜不坐。"他把车钥匙给了许臻臻。

散会的时候,知道许臻臻开车送她,米娜又很热络地挽住她的胳膊。

3

许臻臻开车,米娜坐在副驾位上。两人现在都算是时尚圈中的同行了,只不过米娜资历深多了。许臻臻提到的有些人物,比如欧美时尚圈的或是时尚博主,米娜也只是轻描淡写地说,"哦,这人是我的男闺蜜""哦，她借走我的一对宝石耳环从此我再也没有联系上她""哦，这人是我美国前夫的前前女友"。

米娜还主动说："某某主编是我好友，某某设计师跟我熟，如果有合适的机会介绍你们认识。"

但是，许臻臻不觉得米娜的优越感对她是一种冒犯，反而听得津津有味。她在回想，为什么阿尔法同样的表达，她会不开心呢？

说白了，米娜和阿尔法并不是凡尔赛，并没有晒优越感，他们不是故意假装低调引得别人"嗷嗷"地惊叹，而是他们原本的生活圈子就是如此。米娜穿一身的香奈儿套装，是因为她的衣橱里，随便一件都是这样的衣服。

许臻臻赞叹："米娜小姐，你真是一位在逃公主啊！"

"哈，你也是公主啊！我们每个女生都是公主。"

如果别人50多岁还说自己是公主，肯定会被鄙夷，但是用在米娜身上，就很合理。

许臻臻笑了："对，我也是公主，不过是十八线小城的在逃公主。离开了自己的家，一个人在外漂泊。"

许臻臻说，她的父母曾希望她能够乖乖听话，留在他们身边，传承他们，继承他们那个很小很小的家族的荣耀。其实，父母们也就是科长，但在那个小城，这些职位却足以使他们感受到尊重，为此而骄傲。所以，以前许臻臻知道米娜小姐的时候，已经很吃惊了，她在许臻臻这样的小镇女青年眼中，就是属于看不见的顶层。她根本想不到自己还有机会跟米娜小姐在一起喝下午茶，有时候，她确实会自卑。

"自卑？你为什么需要自卑？你还这么年轻，我都老太婆了，我还没说自卑呢！"米娜小姐说，"你刚才用的词很好玩，'在逃公主'，我喜欢这个说法。你在老家，不管是哪个城市……平城……哦，不好意思我地理不好，没听说过——你在老家，你的父母生活得很好，他们还可以把自己的资源分给你，可是，你逃了，一个人重新开创自己的生活。阿尔法，也在逃。他生我的气好多年了，从中学的时候就说要跟我断绝母子关系，他不在乎我能带给他的东西，就一个人蛮干。直到他做出点成就了，我们的关系才恢复。而我，也在逃。我的父亲，大概你也听说过，他能给我的更多，可是我一直叛逆，不要接他的班，一心谈恋爱，都在时尚圈打转，几乎把他气死了，我也从他的荫蔽下逃走了……也许我今天依然没有什么成就，但是我很高兴一直都在做着喜欢的自己，我想要这样的生活。你不要迷信什么豪族，富不过三代。我现在做的事，与我父亲无关；阿尔法做的事，与我无关；而你做的事，也与你的父母无关。家族的荣耀与传承并不重要。就算是再大的家族，最终也会归于平凡……"

许臻臻感叹，说得真好，如果不是因为要开车，她几乎就要鼓掌了。

米娜住得较远，路上的时间很长。原本，许臻臻很担心会尴尬，或者会被米娜像审讯一样问来问去，也担心自己会说错话。但现在，她却感觉，米娜更像是一个良师益友，呃，虽然这种定位有点土。

米娜说："不管是你，还是阿尔法，已经没有什么经济压力了，你们只需要做你们喜欢的事，朝你们的方向努力。有些东西不能改变，比如家世、外表；有些东西可以不断更新进步，比如事业、机会、认知。你们这一代人，如果再为阶层这些事所累，那还真是格局不高了……"

许臻臻说："但我知道，时尚界都是很势利眼，他们喜欢区分老钱（Old money）和新钱（New money），我怎么可能超脱这一行业呢？"

"没错，时尚业就是一个先敬罗衣后敬人的势利行业，但它不完全是关于阶层的，也看你能不能成功、能不能超越。中国的时尚杂志三大女魔头，活跃了那么久，她们的出身也没有多高啊！可哪个明星不疯狂巴结她们？而那些豪门二代、三代，我认识得太多了，多数也就是吃穿不愁的普通人，谈不上别的。豪门就像是一个蚁穴，蚁后在的时候，子孙繁荣发达；哪天蚁后没了，剩下的工蚁还有巢穴吗？没有谁能被庇护一辈子。"

许臻臻想起来，阿尔法曾跟她说过，在他外公去世后，他爸爸与米娜的关系就急转直下，两人居然能大打出手。她懂了。

米娜说："我希望你们另立巢穴，不要在上一辈的荫蔽下。不拘一格，才能走得更远。"

开了一个小时的车，许臻臻才把米娜送回家。米娜在告别的时候说："臻臻，我挺喜欢你的。不过，你别有什么心理负担。我不会去管阿尔法，我也管不了他，更不会干涉他谈恋爱，他很有主见。我是说，万一你们分手了，你还是可以找我喝咖啡的。"

弄得许臻臻哭笑不得。

许臻臻自己打车回家了。她发微信告诉阿尔法，说跟米娜聊了很久。

阿尔法忙问她："你们聊啥了？"

许臻臻回复说："我爱你。"

4

吕筝去开完小雨的家长会回来，发现袁以智已经回家了。小雨在房间做作业，保姆在厨房做饭。她很冷淡地跟袁以智打了个招呼："你跟阿姨说了你要在家里吃饭吗？"并不打算听到他回答，就要自己回书房。

袁以智说"吃了"，跟着吕筝到书房，说："跟你商量个事。咱们这房子不是前几年还清了房贷吗，我现在创业遇到了困难，还需要五六百万,我们把房子卖掉吧。"

"呵呵,这房子还有我爸的300万元呢。创业失败率99%,你是要我们一家人睡大街吗?"

"真的是,一家人有什么好分得那么细的?你听我说,上次的pre A轮融资失败是碰到了一些意外,接下来的这次融资肯定能行的。我们的这个小程序是新的赛道,是未来趋势,肯定能成功……"

"袁——以——智!我们离婚吧!"

"你疯了吧?我现在为我们的家努力,为我们女儿努力,决不妥协。只要成功了,不要说一套房,十套房都能挣回来。你怎么这么目光短浅,只知道盯着一套房?"

"不要提女儿,你不配!我刚开完家长会,你知道你女儿的学习成绩吗?不知道吧?你知道她现在读几年级吗?"

"她学习不是有你管着吗?管不好是你的责任,别扯我身上。我的任务就是好好赚钱,赚大钱,这才是家庭分工的意义。你去外面问问,我不嫖不赌,连客户叫'三陪'我都躲到一边,人家都笑我是妻管严。你哪里还能找到像我这样好的男人了?我一心就是为了这个家,在我需要支援的时候,你居然提离婚?"

"你为这个家?我宁愿你吃喝玩乐,一年半也花不掉700万元。可你现在还要卖房,加杠杆,再赔个一两千万!"

"你没脑子啊!好,就算我答应你离婚,你都40岁了,离开我了,还有其他男人要你吗?"

吕筝笑出了声。袁以智真是失智啊。她不想再说了,"砰"的一下关上门,把他一个人关在里面。她马上又打开门,冲他说:"告诉你,自从你这一年稳定地不回家、很少出现之后,小雨的学习成绩大幅进步了,家长会上老师表扬小雨了。这个家没有你,一切会更美好。"

门再次关上了。

还好，吃完饭，袁以智又走了。吕筝舒了一口气。

以前，王小轶还奇怪，问吕筝，袁以智现在总是在公司租的房子里加班、过夜，是不是有别的女人？吕筝说："他的公司租在燕郊，是很远，加班多的话就不太可能经常回家。——但这些都不重要。我一点也不想跟他过了。他有女人更好，那我想离婚就容易多了。"

现在看来，吕筝不能再拖了，她托人联系了律师，列出自己家的财产情况。房子提前还贷完了，袁以智大概出了200多万元，其余的500多万元是吕筝和吕筝的父亲出的。后来，袁以智就把几乎所有能动用的钱都拿去创业了。

如果不离婚，以后不知道该有多大的窟窿。

吕筝打电话给吕天航，说自己打算离婚了。但吕天航的反应也出乎吕筝的意料，他说：

"能不能借我20万元？"

她很奇怪，父亲又不是生病，为什么需要那么多钱？而且，理论上他也不缺钱啊！

仔细一问，原来是何红玉向他索要的。为什么何红玉要钱呢？因为何红玉的儿子殴打儿媳妇，打到住院。儿媳报警了，要离婚，儿子也同意离婚。房子是两人共同买的，要离婚，儿子得把一部分的房款还给儿媳，现在还差20万元。

关键是，她的儿子已经家暴过很多次了，一次比一次动手狠。连何红玉都急了，再不离，她觉得儿子就要把老婆打死了。她不心疼别人，但是怕儿子坐牢啊！

吕筝明白了："难怪何红玉的孙子豆豆整天打人，打小雨、打其他小朋友，还打你，有其父必有其子。"

问题是，吕天航的退休金都在何红玉的手里了。像他这种退休干部手里没有什么大额现金，都用来买了房子，安排了各种储蓄。但他要是不给钱的话，何红玉就天天闹，这日子没法过。吕筝说：

"你不如来北京住一段时间吧！"

但吕天航说，他的身份证和其他证件也被何红玉锁起来了，防着他走，现在他也不敢提离婚。

吕筝劝父亲："下定决心离婚吧！你比人家大20岁，她不就是图你的钱吗？如果仅仅是图你的退休金，可以不介意，可人家的目的是要把你的房子和钱都掏空，这个坑会越来越大……唉，你这又是何苦呢？"

吕筝让父亲先拖着，她会回平城帮他解决的。但是她查了一下自己的银行账号，恐怕真的连20万元都没有了。前些年的存款，已经用来提前付房款了。袁以智把自己的收入全拿走了，这几年她一个人养全家，还要交小雨的择校费和补习费。

即便这样，她也想好了，自己是要离婚的，也劝爸爸离婚。现在让吕筝最难受的是袁以智回来。他一回来，她就不想说话，他在客厅，她就去房间，他去房间，她去就陪小雨，总之，看到他就像看到瘟神。

5

现在陈晓芬一个人在平城生活，经常跟许臻臻通电话，母女关系比以前好多了。陈晓芬告诉女儿，王小轶真好，每个星期都来看望她，不用干吗，就算只是陪她说说话、陪她散散步，她也很高兴了。

她也投桃报李："这不，上两个星期我们那个退休干部群里的张姨，她老公是平城旅游局的副局长，问大家平城有啥拿得出手的特产，可以当作高档礼品的，我就狂夸了一轮'轶工坊'的水染布。后来张姨说，旅游局真的派人去看了，订了一批货，还感谢我呢。"

"那王小轶岂不是很开心?"

"对啊,她说没想到。"

对于王小轶来说,最近,她碰到了两件事,一个好消息,一个坏消息。

好消息是,在陈晓芬的推荐下,平城旅游局的人来考察和了解丽溪村,又看了去年电视台拍的纪录片,还有一些网红宣传"轶工坊"带活乡村经济、引导农村女性一起工作的片段,"轶工坊"出名了。王小轶决定先挑中一款价位适中的服装,订200套,配上平城的一些宣传资料,作为政府公关、商业考察团和其他高端客户的礼物,多多推广"水染布"这种有地方特色的传统非遗工艺。

数量不算多,但这是政府部门的采购,意义不同。

这两天,旅游局又再派人来了,他们还想多订几批,只是需要定制款式,价格上希望更优惠。几轮商谈下来,这事基本上能敲定了。

旅游局的李科长表示,丽溪的风景很好,建议可以开发"乡村一日游",牵头搞个度假村。温书记和梁姨等村委里的人乐不可支,王小轶当然更开心。她想把"轶工坊"的服装及织布、染布,做成一个有沉浸式体验的旅游项目,还可以专门设置一个与游客互动,教游客织布、染布的深度体验项目。这样,就能把平城的旅游业做成战略合作,把当地生态与传统文化融合在一起。

如果能做成,那对丽溪村、对平城,都福泽深远。

但是,这种喜悦,很快被另一个坏消息冲掉了。

服装店的阿雅给王小轶看了几套衣服,看起来版型、颜色都很像"轶工坊"的衣服,只是摸上去的手感差很多,走线和细节都做得很差。当然面料也不是水染布,只是拿劣质的混棉麻面料来仿制的,只是乍一眼看上去,有点像。

"这是哪里的?"王小轶吓了一跳,难道是他们的织布和服装厂里混进了这种严重不合格的产品吗？不可能啊？

阿雅说："不是。这是我和村里的人在其他店里买下来的，打着我们'轶工坊'的标签，价格只有我们的三分之一。你看，这个款，我们卖900元，他们卖300元……"

听她的介绍，在平城已发现至少三家服装店在卖这样打着"轶工坊"牌子的盗版服装了，实际上肯定还有更多。

阿雅说："不信，你花一个下午坐在这里，你就懂了。"

下午有一个旅行团的游客过来，在王小轶的热情游说之下，衣服卖出了两件。又过了半小时，又有一个旅行团过来了。一位中年女性走过来摸一摸他们的衣服，再看一眼标价，说："前面有一家跟你们的一模一样的，比你们便宜多了。你们怎么卖这么贵啊？"旁边她的团友也说："对啊，你们是不是赚黑心钱？"

王小轶看了一眼阿雅，笑容满脸地解释："您仔细看，我们的不一样。这纹路、这手工、这走线，都是高档的服装才有的……还有，这钉珠工艺，也是高级的手工艺才能做出来的……"

"算了，看起来都差不多，我干吗不买便宜的？"她们把衣服抖开，搓了一下面料之后，扬长而去。

王小轶垂头丧气。阿雅说，这一个月明显感觉到生意不好，不止一次听顾客说别家一模一样的更便宜，她就让员工们搜集了几家店的仿制品。

回去，王小轶跟服装厂的管理人员开会。大家都生气，有的说要去闹，砸了仿冒者的店；有的说要告他们，要让他们赔钱。

让王小轶烦恼的，不是对付这件事。而是她从这些细节当中，意识到她们这样的小品牌，创新之路是多么难，生命是多么脆弱！

6

王小轶刚刚开完会，就接到陶崧的电话，说他已到丽溪村村口的长途汽车站了，还带了一个人过来。她很高兴，蹬蹬蹬地就向外跑。

这次，陶崧一下子就接住了飞扑过来的王小轶，抱住了她，亲了一下她的额头。

陶崧身后钻出了一个人。

"陶岩！"王小轶惊喜地叫起来，拉住她的手，左看右看，"小岩，你怎么跟你朋友圈里长得不一样啊！"又抱怨陶崧，"你带妹妹来怎么都不告诉我一声啊？"

陶岩现在已经是一个22岁的圆脸小个子姑娘，有点黑，但精神很好，笑起来还有酒窝，她说："我让我哥先不要说的。"笑着笑着，陶岩一把抱住王小轶，眼泪就流下来了，"太好了，终于见到你了。"

王小轶也很激动："我上次见你的时候，你才15岁哩，还没长大，现在已经是大人啦。你是不是今年暑假就能大专毕业了？太好了，太好了……"王小轶说到这里，就忍不住抹眼泪了。只有她，才知道陶岩有多不容易。

陶岩说，她学的是工商管理，哥哥带她来这里看看，既是想让她见一见王小轶，也是想让她看一下这里的织布仓库和服装工厂，了解一下工作环境。

三人去到丽溪村唯一的一家咖啡馆。陶岩年龄最小，变化最大，他们让她先说。

这次，是陶岩先找到哥哥，说想实习。这可有点难办。陶崧从事的是IT行业，跟陶岩的专业完全不对口。在北京这样的地方，没有高学历，有关系都不好使，塞进去也留不下来。他让陶岩来北京,住了两天酒店,带她去逛了一下科技展览馆和动物园等,弥补一下她缺失的童年,这是两兄妹最长时间的一次相处。

陶岩很开心:"哥哥,你变了,跟以前一点都不像了。"陶崧告诉妹妹,他已经跟王小轶开始交往了。陶岩高兴得尖叫,比自己谈恋爱还高兴:"我就知道!我就知道再也没有比她更好的女人了。"

本来陶崧计划周末飞去平城与王小轶约会的,临时改变主意,把妹妹也叫上了。

陶岩说:"我去北京之前,从学校回了一趟老家——其实那也不叫家了,那只是我以前住过的房子,是空的,没有人。村里跟我一样大的两个女孩,有一个生了三个孩子;另一个,生了一个,肚子里还有一个。兰姐,就是哥哥你也认识的那个邻居,比我只大十岁,已经当了祖母了,可现在还经常被她的婆婆打。我庆幸,我出来了。"

陶岩跟陶崧说,他们兄妹俩现在算是永远离开了老家,但她在那里生活得更久,还有一些问题要处置,需要哥哥的帮忙。

陶岩的思路很清晰:有一些人虽然是亲戚,但从来没有给陶家一粒米的好处,她上门求助还被冷言冷语;偏偏就是这些人,知道陶崧在城里有钱之后,又过来借钱,觉得分钱给亲戚是理所当然的,这样的亲戚也就没必要再来往了。但邻居王姨、刘二伯、刘三伯等几家人,经常帮助她,常常给陶岩和爸妈分一点吃的,也会帮陶岩干一点体力活。她希望哥哥能在过年过节时给他们一个大红包,答谢他们。还有,刘二伯的女儿也快要初中辍学去结婚了,看能不能帮一下她?陶岩不希望看到别的女孩也遭受跟她一样的苦。还有,家里那套两年前装修过的房子,价值10万元左右,放着没用又卖不掉,能不能暂时借给兰姐和她的三个小孩住?兰姐没了丈夫,跟公公婆婆住一起关系很糟,却多次在陶岩最难的时候主动帮她,爸妈的下葬也是兰姐在帮忙操办……

回过头看，陶岩承担起一家人生活重担的时候，仅有13岁。如果不是周围几位邻居时不时救济一下，她都不知道自己能不能坚持下去。只是，别人能帮的有限，大山里土地贫瘠，大家都很穷，也只能让他们饣饿不死。

每个月父母的低保加上哥哥工作后寄来的300块生活费，陶岩和父母只能勉强吃上饭。所以，当陶岩收到王小轶寄来的1000块，第一次给自己、给家人都换了新被子的时候，居然被新被子的暖和感动得哭了。她从来不知道在冬天人的脚是可以暖和起来的。太舒服了！

陶崧很惊诧妹妹这么冷静沉稳，恩怨分明。他一一记下来，让陶岩好好安排，他负责出钱。

陶岩说她不想再回乡了，她要靠读书、靠打工，走出来，走向城市。她还说，现在自己的力量单薄，希望在工作以后能赚多一点钱，能多帮一些家乡的女孩走出来，过上好一点的日子，这才是对家乡最大的反哺。

陶岩越说越兴奋，她告诉王小轶："所以，你不知道，你给我寄钱、寄学习资料，逼我读书，鼓励我千万不要放弃，不要相亲、不要早早结婚生育……这些，对我来说，是多大的拯救啊！"

王小轶拉住陶岩的手："上次见你的时候，感觉你特别聪明。如果你只读到初中就辍学，那就太可惜了。"说到这里，她白了陶崧一眼。

陶崧笑着对王小轶说："其实，最感谢你的人，不仅有我妹妹，还有我去世的爸妈，还有我。直到我妹妹告诉了我整件事，我才意识到自己骨子里一直在重男轻女，我发现了自己的有限性。"

"听不懂。"王小轶嗔怪地说。

陶崧说："你不用懂理论，你做得比谁都好。你只需记住我对你的爱和感激就行了。"

陶岩受不了他们的黏黏糊糊了，说要去参观，想看一下这里的工作环境。

　　王小轶先把陶岩带到打样和裁片车间、染料车间，一路看下来，最后他们才来到纺织仓库，这里最重要。陶岩还是第一次看到手工的纺织机是怎么工作的。

　　这时也快下班了，织工们忙完今天的工作，纷纷站起来，伸伸懒腰。何嫂看见王小轶带着人来了，她开开心心地迎过来，看到站在王小轶身边的陶岩，问："这妹子是……"

　　王小轶说是妹妹，何嫂立即过去握住陶岩的手，把她的手放在自己的一双大手中紧紧握着，还搓了好几下，亲热地说："哎，妹妹呀，你的手真冷。你第一次来，不知道我们这个仓库是在溪边，又全是树阴，比周围温度要低好几度呢！小姑娘还穿短裤，冷死了……要不要我回去找条长裤给你，我女儿也跟你身材差不多……"

　　何嫂又搓了搓陶岩的手，想把它们捂热，好一会儿才放开。

　　陶岩很尴尬，王小轶乐了："何嫂是我们纺织组的组长，她特别能干，又很有责任心。"

　　她跟何嫂说："何嫂，她叫陶岩，跟我很亲。这两天，你有空就带她了解整个'轶工坊'的运作。她大学快毕业了，悟性非常好。"

　　梁姨知道陶崧来了，还带了妹妹来，就邀请他们来自己家里。这次，是梁姨的老公下厨，梁姨自己和王小轶等人在院子里喝酒。

　　王小轶说："现在老梁这么贤惠了？"

　　梁姨笑着说："我现在忙村委的事，又要顾着'轶工坊'，回家晚，他不做家务谁做，总不能等我回家再干吧？不过，小轶，感谢你，现在村里做家务的男人比以前多了，他们的女人不离村就可以挣钱，他们买烟都能买高档一点的了，也服气了。"

7

异地恋的每次见面都弥足珍贵。丽溪没有旅馆,王小轶他们要回平城住酒店。他们订了一套行政套房,陶岩订另外一间。

但陶崧和王小轶都很忙。客厅外面是陶崧忙自己的工作,在开电话会议;房间里是王小轶在忙自己的工作,也是在开电话会议。

王小轶隔着电话,和阿雅、梁姨、设计师、黄律师等人在讨论怎么处理盗版问题。她很头痛,那么多商家盗用"轶工坊"的设计和品牌,会把他们品牌给毁了的。

黄律师看了王小轶拍的那些服装对比图,说:"很显然,这就是侵权。除了质量不好以外,他们抄得跟你们一模一样。你已经给'轶工坊'注册了专利,他们肯定侵犯了公司专利权。另外,还有一家胆子更大,干脆贴上了你们的牌子。要告的话,肯定能赢。"

但阿雅和梁姨告诉黄律师,那些店全都是小店,都是小本买卖,赢了也拿不到多少赔偿,可能还不够打官司的费用呢。

设计师娜娜听到这也不行那也不行,怒了,说:"还不如把他们的店都砸了,既然是小店,我们也赔不了多少钱。"

梁姨说:"那不行,很多都是乡里乡亲的,说不定还是远房亲戚。他们的观念里不认为仿制一件衣服是违法,你要是不让他们仿,他们还觉得你不讲情理呢。赚了钱吃肉不让别人喝汤,乡邻之间,以后绝对会想一百种办法来坑我们。"

王小轶总结了一下:"你们说的这些,我都想过。起诉肯定还是要起诉的,要求他们必须撤下仿制我们的产品,还要罚款、赔偿。但是光维权还不够,未来怎么走?"这就像是医生治箭伤,只把露出来的部分剪掉,治不好伤。"轶工坊"这样的小品牌,才刚刚萌芽,经不起折腾。

陶崧早就忙完了,在等着王小轶。王小轶挂了电话,他才嘤嘤嘤地拱上来。

王小轶说自己很发愁，陶崧劝她："你来北京发展吧！真的，平城的纺织工坊和服装作坊可以继续做，另外再开辟新地盘。做生意，根基可以在地方上，但想发展壮大，只能到大城市。这里才是各种规则的制定者，能更好地交换资源。等壮大了以后，现在这些小小的蚊蚋就影响不了你们了。"

王小轶说，自己正在一个转折点上，快两年了，如今产量既无法满足订单需求，也无法提高利润。她想建立起服装流水线，把非标产品变成标品，只有这样，才能把服装厂规模变大。她打算，原来的纺织作坊还保留着，作为高端系列；同时她还想另开一个工厂，开辟一个可以做出标准件的产品流水线，采用喷水织机进行生产，再雇用一套专业的班子。丁小姐已明确表示，愿意投资这个新的项目。

这次，陶岩的出现，让王小轶又看到新的可能。陶岩很聪明，头脑清晰。她希望能把陶岩留在"轶工坊"，让她从总经理助理做起，跟着梁姨慢慢学，稳住丽溪村的这个阵地。陶岩学的是工商管理，未来可期。

陶崧不说话，抱着她，半天才说："我现在才明白，为什么我们中间要分开那么多年了。如果不分开，我们不可能现在变成全新的人，站在一起。"

王小轶眼里的泪光在闪。这么多年，王小轶觉得自己从来没有被人需要过、赞美过，她总是怀疑自己根本没有与人沟通的能力，她太理智了，姹紫嫣红看不见，毫无兴致。

王小轶问陶崧，上次她生病，自作聪明拉黑了他，他为什么不生气。陶崧说："我曾经因为你的离开，恨了你5年，总是想要哪天活出了人样给你看，我一定要证明给你看，一定要羞辱你。可耽误了那么多年，我才终于明白，那不是恨，我从来就没有恨过你，一直都爱你。"

8

陶岩在丽溪村待了几天,说自己很喜欢丽溪,也喜欢这个"轶工坊"的工作氛围。王小轶安排她在丽溪村住下了,吩咐她跟着梁姨全面地了解整个工作流程。

而对于盗版侵权作品,王小轶先请律师起诉。由于证据很直接,官司打赢了。"轶工坊"把目前能查到的小商家的仿制产品都收缴了,但提出的赔偿金额,是1元。

连那些商家都很纳闷:既然约等于不赔钱,那为啥你们还要花钱、花精力打官司?

梁姨出面,跟这些小商家们晓之以理:"大家都不容易。我们不要你们的赔偿,让一步,是因为考虑到大家都是乡亲,不想为难各位。也请你们念在我们这些老乡的分儿上,别来影响我们的生意。不然我们'轶工坊'活不下去,很多人就要失业了。"

同时,她也提供了律师告知的一些震慑后果:因为"轶工坊"的各种商标权和外观设计是得到法律保护的,下次再侵权,他们就会按法律来办了,谁侵权的,不仅要赔上他们的研发成本、现实利益损失,还要赔偿将来可得利益的合理预期,相当于盗版一个"轶工坊"的款式,到时赔的可能是收益的三到五倍,赔不起的话法院还可以冻结侵权者的资产。

这样太不划算了。

虽然大家都嘀咕着这个卖衣服的怎么这么霸道不讲理,不过从那以后,平城和丽溪村果然再也见不到"轶工坊"的盗版了。经过这件事,王小轶要在北京建一个销售中心的计划提前了。

许臻臻知道王小轶来北京了,让王小轶来办公室找她。王小轶刚来不一会儿,就看到阿尔法与许臻臻一前一后出来了。

王小轶笑了:"你们干吗分开走?"

许臻臻不好意思地说:"虽然嘛,我们是公开的,但是可不想让人时时刻刻都觉得我们俩太黏糊、太恋爱脑,我们要公私分明。"

阿尔法笑说:"今天周末,我陪米娜小姐,就不跟你们吃饭了。你们稍等,我开车出来送你们。"

在路上,阿尔法对王小轶的商业模式蛮感兴趣的。他很详细地询问关于在北京的产品市场份额调研,采购群体市场导向调查,投入资金预算和分配方案,人力资源解决计划,如何估算投入成本和预想利润的风险度和自身承受度,以及是否需要他帮忙找一些网红或赞助一些三四线的明星节目……阿尔法果然在网络营销这一块很有经验。

送到家门口,阿尔法就先走了。王小轶望着他的背影说:"臻臻,你这个男朋友真不错,人好,头脑也不错。不过,听你说他妈妈是个时尚界名媛哦,你怕不怕嫁过去之后,有个难搞的厉害婆婆?"

"他对他妈妈是直呼其名的,所以你知道他们家的风气有多平等了吧?你说的这个问题啊,我曾经忧虑过,跟阿尔法也吵过,但是米娜跟我聊天的时候说,别管什么阶层了,富不过三代,她不在乎这个。大概就是这意思吧。"

"天,这样的女人居然说这样的话?她也太神奇了吧?"王小轶好奇的是,家世就是这些名媛最大的资本啊,怎么能说扔就扔呢?她又加了一句,"那米娜不会反对阿尔法跟你的事了?"

"你想到哪儿去了?我和阿尔法,还有米娜小姐,三个是独立的人,就算我以后跟阿尔法分手了,也不妨碍我跟米娜当朋友。再说了,我也没说要跟阿尔法结婚啊。他不想结婚,我经历了那么多事情之后,也过了渴望结婚的时候了。现在我跟他感情很好,兴尽而归,就够了。就算中道而返,我也很开心有这段共同经历,不后悔。"

王小轶叹息:"真好。你现在的境界,早已不是在平城时懦弱的样子了。以前朱子平那样对你,你还像溺水时抓住游泳圈一样不肯放。"

许臻臻笑着说:"我现在想通了一点,咱们别整天再被那些阶层什么的束缚住了。有时,我们无法解决现实的问题,没有能力,就把自己的不顺心归结为阶层问题,归结为原生家庭的错。我和你吵过好几次,不都是因为那些事吗?但是,当我们往前走之后,就发现,经过真火淬炼的感情,怎么能被这些抽象的问题影响?那只是可笑的虚荣和骄傲,不值一提。"

第二十一章

1

吕筝约袁以智回来商量离婚,她把草拟好的一份离婚协议书给他看,重点是小雨的抚养权归她。其他的存款,各人赚的归各人。房子,她付了绝大部分,归她,但可以分期返还袁以智出的房款。

直到现在,袁以智还很难理解,还在说:"你怎么这么没头脑,这么冲动?"

吕筝都气笑了:"袁以智,你爱我吗?"

"说这干啥呢?好好讨论事情。"

"你看,自从我们结婚后,你从来没说过'我爱你',因为你完全说不出口,连哄骗都哄骗不出口。"

"这重要吗?我们不是好好过日子吗?我除了太忙,陪你的时间不多之外,没有什么恶习,吃喝嫖赌烟酒全不沾,有多少男人能做到像我这样?"

"我现在不是在指责你,而是告诉你:你从来就没有爱过我。离开我,离开一个你不爱的人、你不爱的家,对你来说难道不是一件好事吗?"

"你疯了吗？我又没有别的女人！"

"也许你没有别的女人，但是，我也从来不是你的女人，不是你的爱人。我提离婚，你应该很高兴才对。你不用勉强地回这个家，你自由了。"

"好好好，我没你那么能说。但我们有小雨，我要为她负责，现在这么辛苦奋斗都是为了小雨。你就不能为了她安生一点吗？"

"你说的话你自己信吗？小雨在你跟前的时候，你一个星期都跟她说不了几句话，你说你爱她？以前你还好一点，还愿意陪她，可最近这三年，她的生活费、择校费、各种费用，你出过一分钱？你带过她出去玩吗？辅导过她学习吗？"

"但是我们还是一个完整的家！等我把这边的事业搞出头了，自然就有时间陪小雨了。你就不能等等吗？"

吕筝说："真的，我不想勉强你了。其实咱俩现在也没有多少共同财产了，很容易就算清楚。而且也分居了一两年了，大家还有什么可牵绊的？还不如放自己一条生路吧！"

这时，保姆接小雨回来了。两人不谈了，不想在小雨面前吵架。

袁以智晚上睡在沙发上，一大早就走了。

奇怪的是，接下来差不多连着两周，袁以智都没有联系过吕筝。本来，两人虽不和，但平时都会吱一声，吵几句，袁以智周末也会回趟家的，他居然凭空消失了。连保姆都奇怪了。好多天之后，吕筝实在忍不住了，打电话给袁以智，他按掉了；发微信问，他说他没事。吕筝让小雨用自己的儿童手表打电话去问。袁以智接了，但只说了"爸爸在开会，忙完再联系你们"。

吕筝生气了：你不就是不想离婚想冷暴力拖着吗？行，再拖下去，事实分居更好离了。

她也不再联系袁以智了。

就在他们上次吵架后过了一个多月，袁以智终于主动打电话给吕筝了。他说他同意离婚了，他周六要回趟家，两人好好商量一下。

吕筝不知道他发生了什么事，有点紧张。她特意支走小雨，把她放到爷爷奶奶那里，专门等着袁以智回来。

袁以智的钥匙拧门的声音是迟疑的。吕筝见到袁以智的第一反应是：天！他怎么胡子拉碴的，一看就瘦了好多，都不是憔悴了，就是"累丑"。而袁以智则怯生生地说："还好，你没有换锁……"

袁以智似乎没有以前的中气了，他先说，同意她的离婚协议，几年前两人的账户就分开算钱了，财产分配和抚养费就按吕筝的方案走吧。

袁以智还主动说："我决定了，一周后就去民政局办离婚证吧。我只希望，以后可以让我随时探视小雨。"

吕筝喜出望外，没想到这么顺利。她最怕的是袁以智故意在她最在乎的抚养权上为难她、要挟她、拖着她。

袁以智很心酸："唉，没想到，在你眼中，我竟然这么坏！我这几年过得这么苦，怎么就落得了这样的下场？"

吕筝总算放心了，这才小心翼翼地问："你这一个多月里到底发生了什么？你的公司拉到了新的投资吗？很忙吗？"语气里有客套，却再没有一丝指责和抱怨的意味了。是啊，她已经在心里切断了与他的关联，就是好奇地问问罢了。

袁以智支支吾吾了一下，终于承认，他前段时间因为殴打合伙人大辉，被行政拘留了10天。放出来后，他想通了，决定把公司关了，现在正办理各种清算事宜。

吕筝很震惊，袁以智这种高智商又冷静冷血的科技男，还会打人？

袁以智看到吕筝的担心，只有苦笑。他醒过来了，创业梦简直可笑。

大辉是袁以智的大学校友,财务管理博士,总说自己有资源、有经验,负责融资。袁以智这个有多年IT项目经验的数学博士,则搞技术开发,负责小程序,管理团队,还真金白银地投自己的钱进去。直到这几个月,因为跟吕筝吵架总是提到钱,袁以智虽然对女人的见识短很不屑,但到底还是警醒了一点。他确实觉得这钱烧得不明不白,人员并不多,租的地方也很偏僻很便宜,为什么9个月就花了六七百万?

其中,袁以智投了500万元,大辉还融了300万元,这些钱都快烧完了。

袁以智对财务一窍不通。而且当他感觉不对劲的时候,才发现在公司里自己并没有亲信,两眼一抹黑。财务部门、行政系统、营销策划、客服推广,都是大辉的师兄妹们或是亲朋故旧——你要说有问题嘛,那些人也是有学历、有相关经验的,说得过去。以前袁以智还觉得这样方便管理呢,听之任之。但袁以智的技术部却都是招聘来的,流水的兵,拿钱干活。他的同学都在高校,前同事都在大厂,没有人想来创业,他招不到同行者。

结果,在这个公司里,跟袁以智最亲近的,居然就是大辉本人了。

袁以智在许诺美好前程的时候,大家都是嗯嗯嗯地鼓掌,他还以为打动人心了呢。现在画的大饼已经没有以前的美味了,谁还妄想着改变整个互联网生态、重构社区生活方式、颠覆2.0中心时代呢?别人都是上班打卡,上一天班拿一天工资。甚至,年轻人招进来了,都暗暗地想这个老板是个傻瓜。

原来,从头到尾被忽悠到的只有他一个人。

一旦袁以智多了个心眼,就感觉到恐惧了。他被架空了,自己还懵懵懂懂呢。

这时大辉偏偏来刺激他,说未来已来,种的花就快要结果了。只要袁以智再拿500万元到800万元,就能再坚持5个月,客户量就有望达到预期目标,谋划的下一轮融资就能到位。大辉还建议袁以智卖房,还一个劲地说:"舍不得孩子套不住狼……"

袁以智终于忍不住了:"你为什么不投钱?你为什么不卖房?"

"啊?我已经拉到了300万元的天使轮啊!Pre-A轮虽然失败了,但我找的那个投资公司准备投A轮,已经有眉目了,现在的困难是暂时的……我们在帮助你实现理想呀……"

袁以智坚持问:"你为什么一分钱不投?"

两人终于吵了起来。袁以智拉出那些莫名其妙的报销,虚高的支出单据,大骂大辉中饱私囊;大辉反咬他几个月前雇过的一位程序员删库跑路、公司蒙受重大损失,公司迟迟未能成功融资全部赖他……

两人打成一团。当然,袁以智怨气更大,出手更重;大辉个子小,被打得满脸是血。员工们报警,警方判定袁以智先出手,拘了他10天。

被关起来的那10天,袁以智终于醒悟了,自己从头到尾就是一个丢脸的玩意儿。大辉说得对,现在你还想重塑互联网生态,改变世界,痴心妄想呢!大家不过是混口饭吃。结清这个月的工资就散伙,燕郊的办公楼也可以退了。

袁以智要从头开始找工作。

当然,他也想清楚了另一点:自己对不起吕筝,对不起小雨。他已亏了五六百万,如果再往前一步,坚持卖房,他就该家破人亡了。幸好吕筝不同意。他没有脸再回这个家了。原来如此。吕筝心想,对于这么固执的人,讲道理是没用的,只有赤裸裸的现实才能教训他。她沉默了好久,说:"你不会再去二次创业了吧?以现在互联网市场的情形,加杠杆的、对赌的,远远比九死一生惨烈。虽然离婚后这些跟我无关了,但……"

"我不会再犯这个错误了,已经有公司约我面试了,管理岗。"

可即便如此,袁以智也并没有问吕筝是否可以复合或重来。吕筝想,可能他意识到,除了歉疚,长期的疏离,他也不再爱她们母女了,他同样想要自由。

也好,袁以智没有把浪子回头当作要求复合的筹码,光凭这一点,他就还是个有底线的人。

袁以智有点迟疑:"你工作这么忙,能照顾好小雨吗?我还能做什么?"

吕筝说:"你这两年都没有怎么照顾过小雨,她不长得好好的吗?你放心。"

两人约好时间到了民政局,拿到了离婚证。

吕筝再一次跟袁以智握手:"希望你过得好。也欢迎你随时回来看小雨。"

2

吕筝好不容易解决了自己的事,就收到吕天航的电话。

吕天航是用备用手机打过来的。上次吕筝托王小轶给吕天航的钱最终还是被何红玉发现了,没收了,还被骂不信任她,一直当她是外人,既然这样,何必再侍候他?

他现在又没有钱了。

吕天航很难过,觉得自己好丢脸。他决心,一定一定要离婚了,不然,半条命都没有了:"但我怕她,她太凶了……"

吕筝说:"爸,不要紧。我两天后到平城,我来应付。"三天后,吕筝到了平城。下午,吕筝、王小轶、吕天航、何红玉,还有何红玉的儿子小马,五个人,在吕筝住的酒店的大堂见面了。

其实真正要谈的,是吕筝和何红玉两个人。吕天航这人耳根子软,谁劝他,他就听谁的;谁的话硬,他就觉得谁有理。吕筝不能让他拿主意,她提前跟吕天航说,让他一问三不知,全都推给自己。王小轶则是被吕筝拉过来壮胆的。

何红玉知道这次谈判重要,让儿子小马在周末的时候赶过来。其实她知道儿子是个蠢货,但有比没有好,她也需要人壮胆。几个人很严肃地坐成一圈,一人点了一杯饮料。

吕筝先开口了:"何阿姨,你跟我爸已经处不好了,大家都不开心,你也不爽,对吧?再拖下去,也没意思。你看,平城的这套房子,在我妈去世后,写的就是我爸和我两个人的名字,其他的财产,也是由我来做投资、买保险的。能到你手里的,就是他的退休金,每个月一万多元。加上你自己的2000块退休金,本来你们俩可以在平城美滋滋地过日子,每年还能出国旅游两趟,多好啊!就算哪天我爸不在了,我懒得回来,也不赶你走,这房子你还能住下去。但你现在带着你的孩子、你的一家在我爸家里折腾,欺负他,他不能忍了,我也不想忍了。"

何红玉说:"你想赶我走?我不离。你爸离不开我,没人照顾他,连饭都没得吃。"

何红玉的儿子小马说:"吕医生,你大老远过来,就想欺负我们孤儿寡母?结了婚房子什么的都是共同财产了,想赶我妈走,没那么容易。"

"不用我动手赶,有法律条文。"吕筝说。

小马冷笑:"可惜你在北京,你不在平城,你管不了你爸。我不让他们离婚,他就离不了。"

吕筝心想,这人真是缺心眼,但太蛮了也不好对付。她放缓语气,对何红玉说:"想必你跟我爸结婚之前,也是看中他的退休干部身份吧?也是知道我们家有点关系吧?你不离婚,没问题,我马上托关系找到财政局的人;还有,这家银行的平城支行副行长是我同学的哥哥，我就说我爸的账户有问题，先冻结我爸的退休账户，以后，你一分钱也休想取出。还有，莫非你觉得，以我爸的身份在公检法会没有人？开什么玩笑呢？我爸善良，好说话，还对你有感情，所以为你着想。我一直不想为难你，是因为我爸的心一直向着你。但你伤害了他的情感，就欺人太甚了。还有马先生，你几次因为你自己的家庭事务闹到派出所，你老婆还差点让你坐牢，你也随时可能被开除，你就不要来教我们怎么做人了吧？如果不是你三番几次派你妈妈来勒索我爸，他们说不定还能过安生日子。"

小马听到吕筝这么硬，他的态度就软下来了。论口才、论思维逻辑，这种二流子怎么能跟名校博士比？

何红玉其实也知道这日子没有盼头了，这次来她是想谈离婚费用的，她说："别说那么多废话，后来我才知道他的很多钱都不在他手里，我也不想伺候老东西了。给我30万元，我就离。不然拖也要拖死他，谁也别想好过。"

吕筝与王小轶互相看了一眼，吕筝说："好，谈钱容易，那我们来好好谈。我爸跟你结婚到现在一年零九个月，退休金扣除所有的税费，25万元多一点，现在一分钱不剩了。你们俩能花多少钱？好，一个月3000元，顶了天了，婚内这段时间用于你们两人消费的，6万多元，算7万元，剩下的18万元在哪儿呢？是不是全都陆陆续续给你儿子了？我没猜错吧？这里只是算我爸的退休金，还没算你的，你的退休金本来也应该是家庭共同收入呢，我没算进去，已经便宜你了。你说你伺候我爸，好，但是我爸从你进家门开始，你就让他带孙子，结婚后你从来不接送你的孙子，都是我爸去，风雨不改，让他挨家长骂、挨老师训。你在这个时候跟你的朋友们打牌，对吧？你当我爸的保姆，我爸当你的钟点工，是谁该给谁钱呢？退一万步说，平城的保姆，平均月入4000元，我算5000元，顶多只需要给你付10万元，那你给你儿子的18万元，是不是还得还回来？"

何红玉目瞪口呆:"你胡说八道,我还年轻,伺候一个七老八十的老头,怎么可能我要倒贴钱?"

吕筝说:"别说我一家欺负人,你趁我不在的时候,你们一家子怎么作践我爸的?他那么喜欢你,你怎么对他的?出门想打个车都没钱,电话也不敢打、不敢接,亲生女儿不敢见,怕你。还整天被你那乖孙子揪耳朵,拧胳膊,身上经常青紫,我都想让他报警了。如果你踏踏实实跟我爸过日子,给你儿子钱那点事,都不算什么。但是,你还几十万元几十万元地索要,还精神虐待我爸。我不过以其人之道还治其身。"

"呸,你想要我这么算了?不可能!难道我白白服侍他了?"

小马也马上把胳膊支棱起来,想打架的样子。

王小轶也立即摆出防御的姿势。

吕筝对何红玉说:"我话还没说完。你们结婚一年零九个月,现在离婚,再补给你5万元,你痛快一点,好吧?"

"太少了。"

"给脸不要脸。那行,爸,我们走,一分钱不出。我帮你上诉离婚,要求她还回来18万元。平城的法官得叫你二舅,北京的律师我认识一箩筐。如果何阿姨没钱,还可以强制执行,把何阿姨出钱买的儿子婚房拍卖了还钱。"

吕筝作势要起身,何红玉慌了,说还可以谈。小马一听搞不好自己的房子都没了,不敢作声。

何红玉毕竟跟刘美兰不一样,公开的时候是要面子,讲道理的。吕筝一条一条,有理有据,她知道自己占不了便宜了。

最后,吕筝跟何红玉说:"阿姨,离了好,你现在还年轻,拿点钱,再找个伴不难。"

何红玉答应收钱离婚。吕天航也长吁一口气。

吕筝跟吕天航说:"爸,你这三天住酒店。何阿姨,你用三天时间,把家里属于你的东西收拾干净,搬走。注意,别多拿,不然我还会追讨回来。等你搬完,我爸再回去。"

这次,吕天航总算顺利地离婚了。

吕筝在回北京前说:"爸,你再考虑考虑,搬到北京跟我一起住吧。我跟袁以智离婚了,他已经搬走了。家里有保姆,你不用做家务。你在北京还可以报个老年大学,学学书法和国画。"

3

陶岩在丽溪村待了三个星期,她非常聪明,跟着梁姨了解整个工作程序,迅速就融进这个环境了。王小轶问她愿不愿意留下来当总经理助理,同时也郑重地告诉她:"你一开始来我这里,是因为你哥哥;我是生意人,我希望你来,是因为我觉得你适合这个工作,对我有用;我给你的收入,不会亏待你。但我也希望,我和你的个人关系,不要影响工作。在商言商,你以后也要建立这种思维。"

陶岩想了想,说考虑考虑。

第二天一早,陶岩发了邮件给王小轶,洋洋洒洒写了四五千字,虽然有点幼稚,但结构和逻辑还是很清晰的。

陶岩很想留下来,她谈得最多的,是她对农村女性的想法。以她的切身经历,她知道一定要离开贫困的农村,她不想回到自己的家乡。但丽溪村又不同,在这里她感受到了温暖。丽溪的经济条件稍好,村民们都受过教育,陶岩看到的是,农村女人赚钱多了、男人得在家做饭带孩子;大人不敢打孩子,男人不敢打女人,女孩子们念书比男孩们念得好……还有王小轶建的那个图书室,虽然书还不多,但是都被小朋友们翻烂了,有些人也会把自己买的故事书或小说塞进来。当陶岩看到半大的孩子坐在树阴下看书的时候,那种氛围让她动容，想起以前她无书可读的残酷童年。

陶岩还说，在"轶工坊"工作有前途。"轶工坊"的收入在平城算中等偏上，是很有竞争力的，管理人员都买了五险一金，其他的合同工也都按劳动法管理，有保障，"轶工坊"已招收过两位大学生了。这里既有明晰的管理，也有浓厚的人情味。有个女工照顾发烧的孩子，几天没来上班，又不请假，公司便坚决按照"旷工"来处理，罚扣了几天的工资，扣了全勤奖，小组当月也不能评优秀了。但是，王小轶和梁姨又给了她几百块作为孩子的营养费。这里的每个阿姨都很好，她们不仅把"轶工坊"当作职场，还当作娘家。而她们看陶岩，就像看娘家未出嫁的小姑娘一样，都对她很亲切。

王小轶看完陶岩的信，很高兴，她告诉陶岩："虽然我个人希望你一直都留在丽溪村，但是，你的未来不止于此。你尽力做好工作，只要有这个能力和兴趣，我鼓励你继续深造，可以自考本科，以后甚至可以考研究生。"她还补充，"你什么时候都不要忘了，你自己的前途最重要。"

4

"水染布"这项民间传统工艺与丽溪村结合的模式，吸引了省里扶贫办的注意。他们派人来考察丽溪村，认为这个针对农村妇女的扶贫计划很好，既调动了农村的积极性，又有商业价值，是一条可复制的经验。

他们让王小轶赶紧申报，最后批给了丽溪村的"轶工坊"每年20万元的专款专用款项，为期三年。王小轶用来改善设备，又给每位员工增加了50~200元的工资不等。

开会的时候,她给大家放了几段新闻节目和专题节目。她对每一位员工说:"你们认出来了吗?电视上这些平城的活动,甚至省城的活动,嘉宾们手里拿到的礼物就是我们'轶工坊'的出品。我当初说过,总有一天女工们可以指着电视说,那是我们织的布、绣的花,我已经初步实现了。接下来,我想让我们的产品在省里、在国内更有名,我要让'轶工坊'走得更远。"

王小轶告诉大家一些变动:"轶工坊"将在北京开设销售中心、设计中心,平城只是作为一个织布原料的生产基地。她依然是总经理,但工作重心将主要放在北京的品牌建设上,开拓销售渠道,并拓展出其他产品线。目前,还准备与丁小姐等投资人在平城规划租建一个厂区。未来的路还很长。

王小轶任命梁姨为丽溪村"轶工坊"副总经理,陶岩是副总经理助理。主管织工的面料开发总监阿香,营销总监阿雅和小何,还有打样师傅、裁片师傅等,都各司其职。设计师娜娜则跟她一起回北京,在设计中心工作。

当地女性渴望工作,又很顾家,很是忠诚可靠。只要"轶工坊"能开下去,她们就不会失业,再没有比这个开在家门口、收入不错、工作氛围好的服装厂更能满足她们的所有需求了。这些农村的中年人,在这近两年的时间里都成长得很快,头脑灵活,办事成熟可靠。

她们像是找到了自己的家。

王小轶回到北京注册了新的公司,租了新办公室。她不再是以前单打独斗的服装商贩,而是建立了一个复合的品牌公司,在多家平台上都注册入驻了新的官方品牌店。

有意思的是,就在这个时候,平城电视台再次举办了平城"青年企业家"评选,联系到王小轶,她在候选名单上。王小轶很抱歉,说没有时间去出席活动。但两周后,在她缺席的情况下,王小轶依旧被评为平城的"青年企业家"。

而现在，身边有了陶崧，王小轶看到的北京，与两年半前的北京，竟然完全不一样了。现在，北京也有温暖，有期待了。不再是一个她每天一睁眼就想着钱，想着从哪里赚钱、从哪里省钱的空心之城。

时间过得真快啊！

5

吕筝把吕天航接到北京一起住，小雨也喜欢外公。周末的时候，三人开开心心地逛了一整天。

三代人都觉得：自由的感觉真好啊！

吕天航说："以前带那个豆豆，才7岁，真是像小恶魔一样。咱小雨真懂事啊！"逛街时，小雨用自己的零花钱买了章鱼小丸子，还喂外公吃，把他感动得差点流泪了。

吕筝笑说："如果你碰到合适的阿姨，还是可以结婚的；但不要依赖对方照顾你，因为照顾都是有价的。"

袁以智打电话来说，他租了房子，找到新工作了，是一个新兴互联网公司的管理岗，收入是之前公司的一半，他已经满足了。还有，离婚时吕筝分期返还他的房款，他用来给女儿设了一个账户。他希望，周末他能接小雨过来，带她去玩。

吕筝和小雨都答应了。

小雨跟爸爸出去玩了一天，回家时说："妈妈，你们还是离婚的好。咱们还是一家人的时候，爸爸从来不陪我，不带我玩。现在你们不是一家人了，他对我可好了，总哄着我，还说以后每隔一周都要带我出来玩，就是怕我不愿意见他。"

"你喜欢跟爸爸一起出门吗？"

"还行吧。"小雨问,"他陪我的时候我觉得他是很疼我的。妈妈,如果爸爸改了,懂得顾家了,他会不会回来呢?"

吕筝说:"爸爸也许还爱你,但他不爱我。他永远是你的爸爸,但不会再是我的丈夫。小雨,不管我和你爸爸之间有什么矛盾,但我和他都会尽力保护你、爱你。我们都要学着把这些关系分开。"

"妈妈说得对,爸爸以前总是不在家,只要在家就惹你生气。我不想你不开心,还是现在这样好,我们跟外公一起生活,没有压力。妈妈,我爱你,我一直爱你。"

6

鲜法公司要做重大的人事调整了,赵小姐召开管理层会议。

会上,赵小姐宣布她将卸任公司CEO一职,由鲜橙小姐担任;她自己保留股份,但不再管理公司业务。阿尔法和鲜橙小姐之前已持有5%的公司股份,许臻臻也新获赠3%的公司股份。

赵小姐准备同时退出自己创办的4个公司的管理层,只保留股权。她要开始人生的另一阶段了。她才43岁,还想做点别的事。

其实,赵小姐私下告诉过鲜橙小姐和许臻臻,她离开的重要原因之一,是她很想要孩子,她要去美国做试管婴儿,生下孩子;然后到大理开个客栈。连客栈的地点她都已经找好了,那就是一个天非常蓝、云非常白的地方,她要打造昂贵却独一无二的住宿体验,从此过着潇洒的日子。

这样的日子,一直是她疲惫工作多年的梦想。

阿尔法和许臻臻鼓掌欢迎新的老总。鲜橙小姐上台说,她还是会把重心放在原来的工作上,贯彻赵小姐"无为而治"的理念,一切不变。唯一要改变的，是不断地适应新时代。

  上次因为减肥、低血糖被送进医院之后，鲜橙小姐也开始检讨自己了。老是这样苛待自己，命都要短几年，还谈什么事业呢？这种摧残身体的自律，并不能让自己更有力量、更快乐，意义何在呢？她在自己的直播节目里，特别用了一集，以自己为反面教材，反思了她对于白瘦幼身材的错误观点，倡导大家健康生活。

  同事们都啧啧称奇："鲜橙小姐向来是以工作狂到自虐著称的，现在怎么开始倡导健康生活了？"

  等开完会之后，阿尔法和许臻臻一起去吃饭的时候，许臻臻忽然说："我还是不明白，为什么是我？"

  "没明白。"

  "你为什么会喜欢我？你的家境那么好，事业好，学历好，长得帅，难道不是被无数的女孩追逐吗？在美女如云的时尚圈里，我并不突出呀。一直到现在，我都还在怀疑你的真实存在……"

  "啊，你居然还在琢磨这事吗？是怀疑我骗你吗？除了你这个人，你有什么值得我骗的？"阿尔法笑了，"我以前交过好几位女朋友，有的特别美，有的特别有钱，有的家族实力很强，但是，跟每一个在一起的时候，我都不开心，我总是逃避确认关系。"

  "那你说，你是什么时候爱上我的？"

  "很早。那次我跟丽莎分手后跟你亲吻，就爱上了你。实不相瞒，我一直不愿意承认，是因为你那时只是我手下的普通员工，我不相信自己的真实感受，呃，觉得我不该喜欢一个这么普通的女孩。所以，我一直拖着，想回避。谁知道我眼瞎了呢……跟你一起，就是真的开心，每天都有说不完的话，都想着要跟你分享我所看到的一切，吃到好吃的就想着带你去。而你，又够傻，喜欢我分享的每一个琐碎无聊的细节……爱情并不是把所有条件量化了，逐项相加，得出了最完美的结果之后，再决定去爱的呀。爱你，并不是我主动做的选择，而是我的心在走向你，我控制不了它。"

许臻臻哈哈大笑:"这倒像真心话。那时的我确实太普通了。"

"可我这颗该死的心呀,就是喜欢你,有什么办法?我从小到大经历过很多背叛,只有你,可以让我彻底信任。我的前几位女友,我知道她们只欣赏我英俊潇洒、事业成功的一面,舍得为她们花钱的一面;我也尽可能藏起我的软弱,让她们满意,不想失去她们的崇拜。但是,跟你在一起的时候,我就只想说心里话,特别放松和舒适,想到你,我内心就很温暖。现在我认为,什么条件、阶层,都是虚的,只有和喜欢的人待在一起,才是真的。我渴望与你在一段完美的亲密关系里,无时无刻不希望跟你在一起。"

"那你喜欢我什么?我只听见你的感受,没有听到我的优点。"

阿尔法想了想,说:"因为你非常优秀。你能用几个月的时间,创立下自己的江湖,这并不是运气,而是你内心有大智慧和一腔孤勇。现在回头来看,一般人都会越来越磨平自己的锐气,而你,越战越勇,棱角越来越尖,特别有蛮劲。我很幸运,能与这么有生命力的女孩一起并肩战斗。"

许臻臻出神地想了一下。她喜欢阿尔法什么呢?是帅吗?是客观条件非常优秀?是他几次在事业的重要关头帮了她?都是,也不全是。她说:"你出身显赫世家,见识的都是社会高层和豪门,但是你却对普通人有悲悯之心,心怀善念,所以,你能看见我。你打动我的,是善良。"

与阿尔法一起的时候,许臻臻很愉快,彼此都是真心的。这种快乐,就像做梦一样迷幻、美丽。但许臻臻心里依然明白,她接受了阿尔法的不婚主义,也就是接受了这段关系的不确定性。对方不够爱,不愿天长地久,心头的这根刺依然在。许臻臻唯一能做的,就是在有限的时间里尽情地享受相处的时光,尽力地表达爱。

这样,就算离开了也不会后悔。

这或许也是孤独的现代人类的宿命吧。

7

刘美兰知道王小轶又要回北京了,很不高兴,几次想挽留。等王小轶走了之后,她知道了女儿在北京的新住址,又给她寄了一箱腊肉腊肠,这也是她自己腌制的,用的是上好的肉。

陶崧说,比外面能买到的高价腊肠还要好吃。王小轶想起自己当时刚刚诊断出子宫肌瘤、快要崩溃的时候,是刘美兰主动摸进她家里,照顾她几天的。王小轶又反思了,也许自己态度太生硬,妈妈是粗鲁,教养不足,行事颠三倒四,但心总是想为自己好的。

王小轶跟陶崧曾好好探讨过这个问题,陶崧说:"其实我没有资格来评价,因为我本身就是一个不孝的人。我既没有给父母养老送终,也没有跟他们培养出很深的感情,这是我的人生失败,也是终生遗憾。我不希望你也有遗憾,你可以再给她一两次机会,也可以选择不原谅。关键是,你问心无愧,不后悔,不遗憾。"

王小轶抱着他:"你现在变成了一个哲学家了。"

王小轶要回丽溪村工作几天,晚上是住在平城的出租屋里。本来,她不想告诉刘美兰的,但刚好刘美兰打电话来,知道她在平城,就立即说:"我有空,我去你那里给你做几顿饭。我们都好久没见面了。"

也就是一个多月没见面吧。刘美兰真是来做饭的,自己买了鱼和肉过来。王小轶陪她一起,几乎就有点其乐融融的感觉了。两人吃饭的时候,王小轶还给刘美兰夹菜。

刘美兰问她陶崧家里的情况,她也照实讲了。还没有来得及说现在陶崧的经济情况呢,刘美兰一听到陶崧的原生家庭之惨,就开始不高兴了:"连爹妈都去世了,他家能出多少彩礼钱呢?还不如你去年相亲过的那个胖子呢!"

王小轶怎么能告诉她,陶崧比那胖子全家加起来都要有钱几十倍呢?她对刘美兰的厌烦又从心底激活了:"我不会要他一分钱彩礼的。"

"他爸妈去世了,没给他留钱。那他不是还有妹妹吗?等妹妹嫁人了,收了妹妹的彩礼他就有钱了。"

王小轶被成功激怒了。她已是一个企业家,两度创业,如今已在平城小有名气了,她的妈妈,还是只想把她卖个便宜价钱!而且,她妈妈看哪个女人都是用彩礼来算钱!王小轶假笑说:"你收我的彩礼要干吗呢?你又没有儿子呀!你生不出儿子呀!"

"你还是人吗?"刘美兰知道王小轶在故意刺激她,但就是控制不了生气,"我是你妈啊,你笑我没儿子?我生你的时候多苦!要是你是个带把的,我还用受这么多年的苦?"

王小轶也生气了:"你是生我了,但好好养我了吗?我还是一个小孩,就夏天挨饿、冬天挨冻,考上大学你不让我念。我们家没有那么穷!你就天天想着把我扔尿桶里溺死!那你为什么不扔?为什么不扔?"

"我是生气了才骂的,你以为我舍得吗?我只是恨我的命苦啊!"刘美兰哭了,开始絮絮叨叨,说生完之后,她的婆婆看到是个女孩,当着她的面,把给她端来的红糖水倒掉,一直冷着脸。她坐月子只坐了三天就开始给全家人做饭了,老公,也就是王小轶的爸爸,不仅不帮忙,还骂她没用,肚子不争气。后来,连骂都不骂了,在家里一动不动,就等着刘美兰侍候他……

"我的苦谁又知道?生不出男孩难道是我的错吗?"

"那难道这一切是因为我的错?冤有头债有主,你的婆婆、你的老公折磨你,你报复他们去啊!为什么折磨我?你从我出生开始,就对我讽刺挖苦,我怎么做都不对。我考上大学你不让我去上学,还是姨妈和邻居凑的钱。好了,我工作了,我每个月给你3000块钱,给你全款买一套房,写你的名字,每次回家还被你各种羞辱。你在大年三十用姨妈骨灰盒敲诈表姐一家,又在姨父结婚的时候用姨妈遗照大闹现场,你还差点逼我嫁给一个初中毕业的胖子来收彩礼……你这么多年对我干过一件人事吗?只要靠近你三米之内,我就一整天胸闷气短,心情不好。把我生出来,又不是我求你的!你嫌我是女儿害了你一辈子,现在断绝母女关系不就遂了你的愿!你根本就没必要来看我!你把房子还给我!把我这么多年给你的钱还给我!"越说王小轶越压制不住怒火了,"你走吧,你真的不要再来找我了。我不管以后结不结婚,我都不想生孩子了,不生!"

说了这一吨的话,刘美兰却仿佛只听了后半句话:"胡说,女人怎么能不生孩子呢?我还要抱外孙呢。"

"刘美兰,我说了这么多,你是听不懂人话是吧?是,你是生了我,但是,在我的记忆中,你留给我的都是恐惧。你因为自己过得不好,恨不得把你的熟人、亲人都拖进泥泞。每当别人过得好,你就一哭二闹三上吊;每当别人过得不好,你就恨不得能在对方身上踏上一万只脚。我不想生孩子,是希望你和爸爸的基因在我这一代永远终结。我已经恨你、看不起你到这种程度了,你还听不懂吗?请——你——立——即——滚——出——去!"王小轶的声音不大,但越说越沉静,越说越有力。

刘美兰有点吃惊,好像在仔细想怎么回事。她终于不说话了,默默地拿着自己的小包,开门,走了。

王小轶也不去看她,听到门关上了,她把门的小锁锁上,到了房间,把头埋到被子里,放声痛哭。

如果她不那么心软,或许她就根本不应该回平城,宁愿到一个不知名的小地方,重新开始生活。她从来不回忆,对故土没有眷恋,偶尔闪现在脑海里关于过去的记忆,都是苦的、肮脏的,没有任何美感的；她是为了抽象的亲情、家乡，才回来的。

但是她错了。理智上告诉她，她不应该再跟一个永远让她痛苦、压抑、丢脸、羞愧的人在一起，可是，她是不是真的从此没有妈妈了？王小轶不知道。她一个人蜷缩在自己的宇宙里，哭得头皮发麻，停不下来。

她没有童年，没有少女时期，仿佛一出生就背着千钧重的壳。从来不知道什么是爱、什么是信任，这比父母对她的直接伤害，更让她意难平。每当她孤独的时候，坠入苦难深渊的时候，想到家是一个更孤独、更苦难的所在，是多么绝望。

但是，现在断绝了关系，就一切都了结了吗？王小轶知道不能。她命该如此。

王小轶打电话给陶崧，带着哭腔说："我和我妈大吵一场，断绝母女关系了。我没有家了。"

陶崧沉默片刻后说："那你在平城忙完工作，就尽快回来吧。你的家，是我。"

王小轶又哭了，哭得停不下来。

陶崧慌了："你怎么啦？没事吧？你妈又来骚扰你了？"

她擦擦眼泪，勉强笑说："我爱你。"

8

这次王小轶回北京一个星期了，刘美兰居然安静了好多天，没打电话来。是真的，她真的接受事实，断绝跟王小轶的联系了。

王小轶反倒有点不习惯了。

有一天下半夜，王小轶猛地在梦中惊醒，只觉得心脏揪心地痛，喘不过气来，好半天都无法消除那种紧张感。陶崧也醒了，问怎么回事，是不是要一早去医院看一下病？

王小轶感觉自己不像生病，但就是浑身不自在，心里很慌。她觉得，这是某种征兆，而不是她器质性的受损。她忽然打了个冷战，神差鬼使地，就去拨刘美兰的电话。

电话响了很久很久，都没有人接。

陶崧安慰她说："也许你妈妈半夜手机调静音，睡觉不接很正常，别想多了。"

话虽然如此说，但王小轶还是一直睡不着，心慌难受。

公司刚刚建立不久，很忙。但是，当王小轶一大早打了几个电话给刘美兰，每次都没有人接之后，她决定立即回平城一趟。她马上买了机票，奔赴机场。

中午12点多，到了广州白云机场。王小轶正在排队出机场的时候，收到一个未知来电。她接了，是邻居李阿姨打来的。

李阿姨说："小轶，你妈妈，走了，去世了。"

王小轶惊呆了，她仿佛早有预感，问："阿姨，是什么时候的事？"

两个小时前，约好一起去买菜的几个阿姨敲不开刘美兰家的门，快递来了也敲不开。大家检查到刘美兰没有离开屋子，街坊们找来开锁的，才发现刘美兰一直躺在沙发上，已没有了呼吸。大家赶紧打120送医院。到医院之后，证实她昨天半夜已去世。王小轶脸上的泪水滑下来。那个时间点，正是她半夜心脏忽然剧痛的时间，没有来由。可现在，她无法说清自己的感受，变得很麻木——麻木地去医院，麻木地签字，麻木地等待着。

医院尸检的结果，说刘美兰是死于心梗。医生劝王小轶不必太自责，死者平时身体健康，心梗纯属意外，这是预料不到的，很难及时救回。

她的情绪很复杂。她曾经希望刘美兰永远不要出现，永远不要来烦她，但是当刘美兰真的走了，连肉身都走了，王小轶心里却很失落。刘美兰与王小轶，一直纠缠在一起，就算她在北京工作多年，刘美兰始终提醒着她有这个母亲的存在。母女俩有着那么浓烈的怨恨，却始终没有好好交流过。

王小轶回到妈妈的房子里。李阿姨过来安慰王小轶："你妈妈去世的时候，手里一直紧紧地攥着一双小鞋子，我扯都扯不下来。喏，我把这双小鞋子摆到桌上了，看看是不是你小时候的？"

王小轶看了一眼，对这双鞋没印象了，但看起来破破旧旧的，像是她小时候的风格。李阿姨也不想打扰一个刚刚丧母的人，就先走了。

她摸着这双小鞋子，百感交集。就算是她的，又怎么样呢？这是要证明母亲还爱着她吗？可是，这么多年，母女之间的感情已经耗尽了，一双小鞋子又能挽回吗？

心情萧瑟，王小轶把东西重新整理一遍。翻遍了所有书架和抽屉，爸爸只有寥寥几张照片，母亲的也不多。而且，一家三口没有任何合影——没有夫妻合照、没有母女合照、没有父女合照。

王小轶想到这里，眼泪忍不住了。

父亲一辈子都是个透明人，母亲这一辈子都是"是非精"。她有点明白了，因为母亲害怕像父亲一样是个透明人，所以要恨女儿，恨丈夫，恨姐姐和她的一家，恨所有亲人和过得比她好的人。只有不断地成为谣言中心、信息中心，她才能获得存在感。

可是，刘美兰恨的人都比她死得早，她还要继续恨下去吗？何必呢？

在一个柜子的最里面一层，王小轶发现了一个生锈的大铁盒，是很老款的饼干盒，至少几十年没有人动过了。她打开来看，是一些资料，纸特别陈旧，原来是妈妈年轻时候的东西，有些比王小轶年龄都大了。

再看下去，里面居然有刘美兰和刘美荷两人的一些小学卷子和中学卷子，还有刘美兰的一本笔记本。虽然刘美荷大一岁，但是两人是同一年级同一个班。王小轶比较了一下，刘美兰比刘美荷的成绩还要稍好一点。但是为什么刘美荷读了高中、考了大学，而刘美兰初中毕业就打工了呢？

她又翻了那本发黄发硬的日记本。里面有刘美兰读到初二、初三时写的小文章，画的画。后面"姐姐"出现得越来越多了。刘美兰恨她的姐姐，好看，嘴巴甜，老师同学都喜欢，男同学围着转；她暗暗地说，一定要超过姐姐。最后那几页，是好几篇圆珠笔写的日记，却被铅笔画得一团糟，字迹很难辨认。王小轶还是把内容拼出来了。

两姐妹的爸妈说："家里没钱，你们两个人中必须有一个人要去打工，只能有一个人念高中。你们成绩差不多，抽签。"

抽签的结果是刘美荷去念高中，刘美兰去工厂流水线打工。

刘美兰恨，恨得咬牙切齿，觉得是姐姐作弊，偷走了她的上学机会。她在姐姐的水杯里吐痰，在鞋里放图钉，撕掉她的作业本……她把这些写下来，又画掉了。那时，刘美兰还曾有过作家梦，她的语文是班上最好的。

刘美荷高中读的是寄宿学校，最终考上了大学。20世纪80年代的大学生可稀罕了。她跟大学同学、平城一个干部的儿子吕天航相恋，两人一起留在北京工作，很快结婚生女。而刘美兰去了几个地方打工，谈过男朋友，但她总想找一个比姐夫条件好的人，就这样不得不拖到二十八九岁，不能再拖了，最后她找了王小轶的爸爸。别人问："这个男人比你姐夫强吗？"刘美兰理直气壮地说："比他高！"

刘美兰觉得自己一辈子都完了，她这么恨姐姐，恨姐姐的一家，恨意深埋了几十年。她曾经多次提过，姐姐生的是女儿，如果她能生个儿子，就能压倒姐姐了。但是，王小轶的出生终于让刘美兰彻底失望了。

这些细节，王小轶从来不知道。如果她不是一直忙于工作，忙于生存，也许，多花点时间，能改变母亲。

　　旁边还有一个很旧的小柜子，被其他箱子压在底层。王小轶没有打开看过。现在，她开箱了，才发现里面放着的是王小轶小时候的东西，衣服、课本、笔记本、奖状、玻璃弹珠、画的小公主，还有两本相册，是她从小到大的照片。原来他们都保留着。她不喜欢这个家，对这些几乎从不回忆，但如今猛然间面对，她意外看到，她在照片里还是笑得多，每次拍照都能拍到她在笑。

　　里面还有一本厚厚的笔记本，打开一看，还是刘美兰写的日记。王小轶坐下来，慢慢看，才理清楚了是怎么回事。

　　在王小轶刚出生的时候，奶奶就想不要她了，声称要把这个女婴按到尿桶里淹死，这样就不会再有第二个女婴轮回了。刘美兰产后极其虚弱，跳下来抱着婴儿死命不让奶奶抢走。父亲像死人一样看着，不发一言。王小轶4岁的时候，刘美兰大着肚子在田里劳动，没有照顾好她，她掉进沟渠里，被冲走了。当时刘美兰跳进水坑里追着去救王小轶，女儿救出来了，她7个多月的胎儿也胎死腹中，引产后发现是个男婴。这也是刘美兰怨念的开始。此后她再也不能怀孕了，被丈夫看不起，她也觉得没有儿子是亏欠了王家的，就发疯一样同时打好几份工养家，还承包了家里的家务。

　　但是人非草木，刘美兰太苦了，满腹的怨气，恨丈夫，恨刚死的婆婆，更恨女儿，她无法停止愤怒和埋怨。她能干、聪明，但是家人都讨厌她，她除了在邻居那里加倍夸张地找存在感，她还能怎么样呢？

　　在王小轶和世人的眼里，刘美兰疯癫，爱搞破坏，没有理性，而实际上是因为她的执念太深，这种恨纠缠了她几十年。

　　王小轶重新摸着那双小鞋子。她知道了，那是她4岁掉进沟渠时穿的一双小皮鞋。不是皮的，而是革的，泡了水之后变形没法穿了，但是刘美兰一直保存着，因为她爱女儿。她在日记里，写尽了自己对女儿又爱又恨的痛苦，还有现实中的艰难。

王小轶看到后面,眼泪已经把笔记本都打湿了,她无法抑制自己的眼泪。刘美兰只是没有受过好的教育,她在那样的环境里竭尽全力地扶植这个家,但她不能像一棵植物一样,在一个冷似生铁的家庭里毫无怨言地操劳,她做不到。

你王小轶怪妈妈不爱你,可你曾爱过你妈妈吗?你和父亲曾给她一丁点儿温暖吗?

她的心脏又感觉到了揪心的疼痛,就像昨天半夜里经历的那样。

花了点时间,王小轶把妈妈的骨灰盒存放好。遗物整理好之后,她把这些笔记带回自己身边了。

她希望,妈妈的桀骜、压抑、怨念,都消散吧。这辈子,女儿没有来得及好好理解她。希望下辈子她可以重新有个好的开始。

 尾　声

又到了过年时。

许臻臻把妈妈接到北京来一起过春节。陈晓芬说，自己在平城一点儿也不孤单，现在学会了用微信社群，热衷于参加各种活动，"聚餐啊，郊游啊，逛街啊，马上就把队伍拉起来了"，她说，过完年她还回平城去，在北京她太不习惯了。

阿尔法到米娜和刘叔叔的家里一起吃年夜饭，跟许臻臻视频。陈晓芬也跟米娜打了个招呼，挂了电话后，陈晓芬立即自卑了："呀，那位米娜小姐也56岁了，怎么看起来才30多岁的样子，怎么这么好看啊？啊，我却是个老太婆了，怎么办？"

许臻臻抱着妈妈笑："人家的保养，不是靠护肤品，而是靠人民币和美元。"

而陶岩也来到北京，跟哥哥和王小轶一起过年。

大年初一，王小轶和许臻臻总算能凑到一起逛街了，不过，这一次是各自带上了自己的男朋友。陶崧和阿尔法早就见过，一个是IT界新秀，一个是时尚圈网红博主，两人相谈甚欢。这样也好，女孩子之间就可以聊得更肆无忌惮了。

许臻臻对王小轶说："我以前羡慕你敢闯敢干，在北京收入是我的几十倍，一切靠自己挣得了自由。我躺在自己的舒适圈里，完全在父母的羽翼之下寸步难行。好在，我也站起来了。证明了自己。"

王小轶说:"以前我羡慕你有那么完美的家庭,有爱情,有稳定的工作,而我全都没有。我以为我缺的是钱,拼命挣钱。后来才发现,我最想要的是尊重与认同,是价值感。我也找到了。"

许臻臻说:"你发现了吗,我们走出自己的家,都耗尽了所有力气。我们互相走了对方的路,一条螺旋上升的路。总算可以掌控自己的人生了,这是我们最大的成就。"

阿尔法正好偷听到这句,眼巴巴地看着她:"那我呢?不算你的成就吗?"

"算。可这个成就,要摆在心里,不能拿出来炫耀啊。"

王小轶接到电话,吕筝带着小雨也来国贸了,问能不能一起逛。

不一会儿,吕筝带着小雨到了。小雨一眼就看到阿尔法:"呀,我认识你,你不就是那个网红阿尔法吗?真人比视频里还要帅啊?你是臻臻姐姐的男朋友吗?我们可以合个影吗?回去我要跟我同学吹牛了……"

看小雨大惊小怪的样子,许臻臻得意地朝阿尔法抛了个媚眼:"瞧,我的成就。"

陶崧低声地对王小轶说:"你觉得我算不算你的成就?"

王小轶笑得要打他。她轻轻地按了按自己胸前的项链,结果陶崧的胸口衣服里不停地发着光,红光、蓝光、绿光、紫光、红光。终于,那诡异的光,把所有人的目光都吸引过来,一起直愣愣地看着陶崧胸前的闪光,都在想,一个大男人,戴的那是个什么鬼玩意儿?

他的脸都红了。